dtv
premium

Tanja Langer

Nächte am Rande der inneren Stadt

Roman

Deutscher Taschenbuch Verlag

Von Tanja Langer
sind im Deutschen Taschenbuch Verlag erschienen:
Cap Esterel. Roman (13379)
Kleine Geschichte von der Frau, die nicht treu
sein konnte (13658)

FSC
Mix
Produktgruppe aus vorbildlich
bewirtschafteten Wäldern und
anderen kontrollierten Herkünften

Zert.-Nr. GFA-COC-1298
www.fsc.org
© 1996 Forest Stewardship Council

Der Inhalt dieses Buches wurde auf einem nach den
Richtlinien des Forest Stewardship Council zertifizierten
Papier der Papierfabrik Munkedal gedruckt.

Originalausgabe
April 2008

www.dtv.de
Umschlagkonzept: Balk & Brumshagen
Umschlagbild: >Nude Girl< (1996) von Philip Sutton
(VG Bild-Kunst, Bonn 2007)/Bridgeman Giraudon
Satz: Fotosatz Reinhard Amann, Aichstetten
Gesetzt aus der Sabon Antiqua 10,75/13° und der Caslon Open Face
Druck und Bindung: Kösel, Krugzell
Gedruckt auf säurefreiem, chlorfrei gebleichtem Papier
Printed in Germany · ISBN 978-3-423-24659-0

Für Wolfgang Siano

Die Macht der Gefühle erweist sich zuletzt stets als Maskierung und die Liebe als lächerliches Spiel, bei dem es in Wahrheit um Kopf und Kragen geht. Milan Kundera

Man muss hungrig sein, man muss Hemmungen haben und alle Bilder vergessen können.
Maria Lassnig

I.

Schattennächte

Zu jener Zeit gaben wir uns gern Namen. Wir waren jung, und nichts war entschieden. Wir spielten wie Kinder, bis es ernst wurde, und es gab Verlierer und Gewinner. Im Spiel mit Eva hatte ich immer geglaubt, der Verlierer zu sein. Bis ich Heumann traf.

Jetzt liege ich nachts oft wach und sehe undeutliche Schatten an meinen Wänden. Mein Schlafzimmer geht in den stillen Hinterhof hinaus, und manchmal höre ich nur die Lichter in den Treppenfluren anspringen, wenn jemand nach Hause kommt. Ich suche Sätze für meine Erinnerungen, und am Morgen im Halbschlaf sammle ich Bilder. Ich klammere mich an diese Bilder. Ich kritzele sie, in knappe Worte übersetzt, bei der Arbeit auf Zettel, wenn ich Akten durchsehe, mit Klienten telefoniere oder beim Rauchen aus dem Fenster starre. Ich sehe Evas Gesicht, das sie morgens auf die Tischplatte neben den Teller legte. Ihre helle Haut, so weich, dass die Abdrücke der Falten des Kissens darauf zu sehen waren und jedes Haar, das sich im Schlaf unter ihre Wange geschoben hatte. Sie war eine unruhige Schläferin und erzählte oft von ihren Träumen. Sie brauchte eine Kanne Kaffee, bevor sie ansprechbar war. Manchmal sah sie mich aus ihren grünen Augen wie aus weiter Ferne an.

Nicht sprechen, sagte sie, bitte. Schmier mir Honig drauf, danke.

Bitte, danke, ja.

Ich lernte Eva kennen, weil sie eine Anzeige aufgegeben hatte. Sie suchte eine Wohnung; ich bot ihr am Telefon eine Mitwohngelegenheit an. Das ist nett, sagte sie, aber ich will allein wohnen. Wir kamen ins Reden, was machst du, was studierst du, wir lachten über irgendwelche kleinen Sätze, und ich verliebte mich in ihre Stimme. Ich fasste meinen Mut zusammen und fragte, ob wir uns nicht einmal sehen könnten. Wir verabredeten uns, und es begann.

Es war die Zeit, in der die Zeit viel langsamer verstrich als heute, in der wir für alles viel mehr Zeit hatten und haben durften, in der Solidarität eine feste Überzeugung war und Zukunft ein schönes Wort. Wir lebten in schmutzigen Hinterhöfen, Berlin war eine Insel, deren Mauer bröckelte, und wir heizten unsere Öfen mit Kohle, die wir aus dem Keller hochschleppten.

Ich wanderte damals gern durch die Straßen im Wedding, vorbei an den alten Häusern, und betrachtete die Einschusslöcher aus dem Krieg und die alten Aufschriften auf den Häuserwänden von Geschäften, die es hier einmal gegeben hatte. Mein Großvater erzählte mir viel von der Zeit vor dem Krieg und der unmittelbar danach, von der Atmosphäre der Stadt in den fünfziger Jahren, bevor die Mauer gebaut worden war. Mein Großvater war Psychiater; ich bin bei ihm aufgewachsen, seit meine Eltern bei einem Autounfall ums Leben kamen. Ich war vierzehn. Meine Großmutter starb noch im selben Jahr.

Opa benutzte Stofftaschentücher, die er von einer Zugehfrau bügeln ließ, er las jeden Morgen die Zeitung und trank jeden Abend vor dem Essen ein Glas Sherry oder Port. Er hatte viele solcher Gepflogenheiten, die ich liebte wie seine Erzählungen. Ich hatte das Gefühl, sie verbänden mich mit früheren Zeitschichten, für die ich eine große Aufmerksamkeit entwickelte. Von meinem Taschengeld kaufte ich manchmal alte Fotos auf dem Flohmarkt und betrachtete sie mit Opa. Stundenlang konnten wir uns über sie unterhalten, von wann sie waren, wen oder was sie zeigten. Wenn Opa Worte wie »Kaiserzeit« oder »Weimarer Republik« aussprach, klangen für mich darin Welten mit, durch die er mich gern und oft spazieren führte.

Heute denke ich, dass Menschen wie ich, für die das, woher sie kommen, in irgendeiner Form versperrt oder schwierig ist, viel versessener auf diese Spurensuche sind als andere. Vielleicht täusche ich mich auch. Ich stelle für mich selbst oft Behauptungen auf, die ich gleich wieder bezweifle. Dazu neige ich im Grundsätzlichen wie im Detail.

Wegen meiner Liebe zu Opa und den Spuren kam es völlig selbstverständlich dazu, dass ich Geschichte studierte. Ich entschied mich zusätzlich für Jura, das galt damals als sichere Sache. Mein Vater war wie mein Großvater Arzt gewesen; ihnen darin zu folgen, hatte ich wenig Lust, auch wenn ich mich gern wie die beiden kleidete: Ich trug nämlich schon als Junge, mit fünfzehn, sechzehn Jahren, am liebsten Seiden- und Leinenhemden, wie sie. Ich mochte das glatte, kühle Gefühl auf der Haut. Ich besaß nicht viele, einige waren tatsächlich noch von meinem Vater, alle von bester Qualität. An meine Mutter erinnerten mich keine Dinge; von ihr blieben mir eine schwer zu ertragende Sehnsucht nach Zärtlichkeit und Unbeschwertheit, ein bestimmter Geruch und ihr Lachen, von dem Opa sagte, es sei in meinem aufgehoben.

Ich glaube, Eva hat sich in meine Seidenhemden verliebt. Als sie noch Eva hieß. Robert nannte sie eines Tages Milena, womit der Schlamassel seinen Anfang nahm. Vielleicht auch nicht. Aber von da an ließ er sich nicht mehr bremsen. Robert erfand oft Namen für andere, und er benutzte sie so stur, dass wir uns an sie gewöhnten. Wir hatten Spaß daran. Nur in Evas Fall ahnte ich, dass es nichts Gutes nach sich ziehen würde.

Robert, Eva und ich. Eva, Robert und ich.

Seit ich Heumann getroffen habe, geht mir all das durch den Kopf – Opa, wie er seine drei Stück Zucker in den Kaffee warf, Eva, die sich in meine Seidenhemden verliebte, Robert, der irgendwann anfing, sie Milena zu nennen. Ich habe ohnehin nicht viel anderes zu tun in meiner freien Zeit, seit mich Irene verlassen hat. Neulich las ich, es sei altersbedingt, dass man Mitte vierzig plötzlich an seine Jugend denkt, irgendeine Schleife im Gehirn. Ich habe nichts dagegen. Es ändert nichts an den Erinnerungen, ob man sie wissenschaftlich oder philosophisch erklärt. Im Gefühl hat das Leben keine sukzessive Logik. Die Ereignisse, die ich mir in meinen schlaflosen Nächten vor Augen stelle, *verspringen*. Von Evas Stupsnase zu Roberts unrasiertem Gesicht herrscht eine eigene Ordnung der Zeit.

Robert war mein Freund, so wie Herbert, Oliver und Lukas. Wir hatten zusammen das Gymnasium besucht. Wir mussten als Westberliner nicht zum Bund und blieben auch deshalb zum Studium hier. Robert zog als erster von uns mit einem Typen zusammen, den wir nicht kannten; es gab damals riesige Altbauwohnungen zu Spottpreisen, wenn man sie teilte. Also gründeten auch Oliver, Lukas und ich eine Wohngemeinschaft. Sie löste sich wieder auf, als es Lukas nach Amerika und Oliver zu seiner Freundin zog. Wir waren immer in Bewegung; wir standen dauernd irgendwo auf der Straße und packten eine wachsende Menge an Kartons in geliehene Autos. Wir waren auf die Welt gekommen, als die Mauer gebaut wurde. Das bedingte unseren Umzugstrieb.

Wir hatten zusammen Klassenreisen gemacht, Fußball gespielt, die ersten Partys besucht und uns zum ersten Mal verliebt, natürlich nicht alle zusammen, und auch nicht gleich glücklich. Robert war immer unser heimliches Zentrum und blieb doch zugleich seltsam fremd; mit seinen aufmerksamen, fast misstrauischen dunklen Augen und einem eigentümlich halben Lächeln, das uns jedes Mal aufs Neue verwirrte. Robert hatte uns immer etwas voraus. Er fuhr ein *aerodynamisches* Rennrad und ging zum *Tai-Chi*. Er las Bücher, deren Titel wir noch nicht einmal gehört hatten, und er stand auf *Cool Jazz*, als wir uns noch mit *Jethro Tull* und *Genesis* vergnügten.

Und er liebte das Kino, leidenschaftlich und systematisch.

Die enge Verbindung unserer Gruppe hatte vielleicht auch damit zu tun, dass Robert die Gabe besaß, Menschen zu verwandeln.

Nehmen wir nur mal Herbert. Herbert war hässlich. Kleiner als wir, ungelenk, mit einer riesigen Stirn, über der nur dünnes blondes Haar wucherte. Schüchtern bis zum Stottern. Er wohnte im selben Haus wie Robert, die beiden liefen miteinander zur Schule. Eines Tages hatte Robert die Idee, ihn Harro zu nennen, und tatsächlich wurde Herbert ein anderer. Keiner hatte bemerken können, dass er intelligent war; plötzlich zeigte er sich gescheit. Er verlor seine Angst zu stottern und wurde in der Schule deutlich besser. Dann brauche ich eben etwas länger für den Satz, sagte er und grinste. Bald blinkerte er sogar die Mädchen an, und die Mädchen wurden lächelnd rot.

Dabei blieb Harro stets zuverlässig und hilfsbereit. Er war es, den wir nachts von der nächsten Notsäule oder der Spinnerbrücke aus anriefen, wenn wir bei einer unserer unsinnigen Spritztouren mit dem Moped oder später im gepumpten Auto auf der AVUS mit einer Panne liegen blieben. Wir rasten manchmal wie die Idioten diese Strecke rauf und runter; aus der Stadt hinaus konnten wir ja nicht, das bewirkte vermutlich einen umso exzessiveren Bewegungsdrang, und irgendwo mussten wir ja auch üben. Jeder andere hätte gesagt: Was, mitten in der Nacht? Vergiss es.

Harro kam, komplett ausgerüstet, mit einer Thermoskanne Kaffee noch dazu.

Zuverlässigkeit ist wichtig für mich. Ich habe Opa nie warten lassen, und wenn es einmal später wurde, habe ich ihn immer angerufen. Obwohl es damals keine Handys gab.

In der Freundschaft mit Robert wurden wir alle zu anderen. Vielleicht holte er nur etwas aus uns heraus, von dem wir zuvor nichts gewusst hatten. Nur einer kam dabei auf Abwege, Thilo; er fing an zu klauen und dann nahm er Drogen. Erst wich er Robert nicht von der Seite, dann hasste er Robert. Ich kam nie dahinter, was zwischen den beiden eigentlich gelaufen war. Robert blieb letztlich immer geheimnisvoll und undurchschaubar. Mich nannte er den »Professor«, oder den »Philosophen«. Der wurde ich auch, mit allen Konsequenzen, mit Kant und Voltaire und vielen Zitaten im Kopf.

Ich denke an Eva, und schon drängt sich Robert ins Bild. Das ist ja bezeichnend. Andererseits: Ein Schritt vor, zwei zur Seite, einen halben zurück – ich neige zu komplexen Denkfiguren und nehme mich nicht allzu ernst. Meine Kollegen halten das für ausgemachte Raffinesse. Ich habe schon manchen Prozess damit gewonnen. Es irritiert die Leute. Wie sagt Hegel so schön: Der Umweg ist manchmal der direkteste Weg. Dabei versuche ich nur, genau zu sein.

Eva und ich hatten uns bei »Leydicke« in der Mansteinstraße verabredet, nicht weit von den Yorck-Brücken. Ich bin seit hundert Jahren nicht mehr dort gewesen, eine uralte Kneipe, in der es schauerlich süße Fruchtweine gibt, die abgrundtief besoffen machen. Damals, in den Achtzigern, fanden wir sie schön schräg, mit den hohen Holzregalen und den runden Stehtischen.

Ich habe halblange dunkle Locken, hatte sie am Telefon gesagt, und du?

Ich auch, sagte ich, aber kurze.

Mein Haar ist hart wie Strohwolle und kräuselt sich wie

Bimbolocke, so haben sie mich früher gehänselt, schrecklich, ich trug es schon immer sehr kurz deswegen. Eva grub oft ihre Finger hinein und sagte, ich solle es wachsen lassen. Ein bisschen wenigstens, sagte sie und faltete die Hände wie ein kleines Mädchen. Meine Augen sind hellbraun, sie sind vielleicht das Schönste an mir. Mein Gesicht ist länglich und mein Mund viel zu mädchenhaft, meine Haltung ist nicht besonders, ich neige dazu, den Rücken vorzubeugen, ich bin dünn und werde mit dem Älterwerden auch nicht kräftiger. Eva mochte mich, wie ich war; sie streichelte oft meinen Buckel. Kaum kannten wir uns etwas näher, zog sie meine Hosen an. Zu meinen altmodischen Hemden trug ich klassisch geschnittene Stoff- oder Anzughosen, auch sie von meinem Vater; es war wohl meine Art, ihn mit mir zu nehmen. Ich trug seine alten Anzüge aus den sechziger Jahren, die mittlerweile wieder modern geworden sind, zu einer Zeit, als alle sich darüber lustig machten. Alle außer Eva. Eva war auch von meinen Budapester Schuhen begeistert, handgearbeitet, aus gutem Leder, fürs ganze Leben. Ich wünschte mir oft, Eva wäre wie diese Schuhe. Fürs ganze Leben.

Als Eva bei »Leydicke« hereinkam, erkannte ich sie sofort. Es war ein schöner, kalter Wintertag, sie kam in einem dieser etwas schäbig wirkenden Wildledermäntel, die innen mit Kunstfell gefüttert sind, mit roter Mütze und blauem Schal. Sie trug hohe Stiefel und unter dem offenen Mantel einen grauen Rock mit einem bunt gemusterten, dicken Pullover. Sie zog die Mütze ab und schüttelte ihr Haar. Es war auf Kinnlänge geschnitten und kraus wie mein eigenes. Ich liebte sie sofort.

Sie hatte inzwischen eine Ein-Zimmer-Wohnung im Wedding gefunden. Mit Außenklo, sagte sie, und ich erzählte ihr begeistert von meinen Wanderungen durch diesen Bezirk. Ihre weiße Haut war von der Kälte gerötet; ihre Augen blitzten grün; ihr Lachen war übermütig. Wir redeten und tranken

Obstwein, Aprikose, Schlehe, Himbeere, bis morgens um vier, und als wir auf die Straße traten, schneite es. Wir küssten uns, leicht schwankend, und dann brachte ich sie nach Hause in den Wedding, den ich so mochte. Es war die glücklichste Busfahrt meines Lebens. Die Lichter der nächtlichen Straßen leuchteten zwischen den wirbelnden Schneeflocken.

Kurz danach gab ich die Wohnung unserer ehemaligen WG auf. Die Vorstellung, sie mit anderen Leuten zu teilen, vor denen womöglich am Morgen eine nackte Eva durch den Flur ins Bad tänzeln würde, war mir unangenehm. Für mich allein wäre sie zu teuer gewesen, die Jungs würden nicht wiederkommen, und irgendwie gehörte sie zu einem Lebensabschnitt, der nun vorbei war: die Zeit vor Eva.

Ich zog zurück ins Haus meines Großvaters. Er hatte einen flachen Bungalow der zwanziger Jahre im grünen Dahlem, nicht weit entfernt von der Freien Universität, was praktisch für mich war, weil ich dort studierte.

Ich hatte mein eigenes Reich bei ihm. Ein großes, wenn auch nicht sehr helles Zimmer im Souterrain, mit separatem Eingang, Zentralheizung, einem eigenen kleinen Duschbad und dem frischen Geruch der Waschküche im Raum nebenan.

Opa hat mich gleich am Anfang vor Eva gewarnt. Er hatte sie gern, man verstehe das nicht falsch, aber er sagte: Sie ist kein Mädchen, das bei einem bleibt. Sie wird dich unglücklich machen.

Als er es sagte, war es zu spät; es war sowieso zu spät; im Grunde war es schon am Telefon zu spät gewesen. Was für ein Glück!

Wir trafen uns etliche Male, bevor wir zum ersten Mal miteinander schliefen. Das gefiel mir gut. Sehr gut sogar. Zum einen war ich schüchtern und bin es noch, zum anderen genoss ich die Aufregung. Es konnte gar nicht lange genug dauern, mir vorzustellen, was da alles auf mich zukam. Ich war vollkommen glücklich damit beschäftigt, Evas Gesicht kennenzulernen, und ihre leichten, wechselhaften Bewegungen; wie sie die Nase kraus zog, wenn sie grinste, wie sie die Nüstern blähte wie ein Pferdchen, wenn sie unternehmungslustig war, und wie schwer sich ihre Lider auf die Augen legten, wenn ein Anflug von Melancholie sie überkam. In Evas Augen lernte ich die Farbe Grün kennen, mit grauen und blauen Nuancen, mit lichten Momenten und braun-schwarzen.

Es war Winter, und Eva schleppte mich auf die Schlittschuhbahn. Ich hatte noch nie auf dem Eis gestanden. Sie hat es mir beigebracht, geduldig, lachend, und zur Belohnung gab es heiße Küsse. Sie flog über das Eis, sie trug eine kobaltblaue kurze Jacke und ihren weiten grauen Rock. Ihre grünen Augen schimmerten dunkel wie das Wasser unter der Eisschicht an den Rändern des Wannsees, zu dem wir auch einmal fuhren; er war in diesem Jahr zugefroren. Kaum standen wir am See, fing sie an zu weinen. Aus heiterem Himmel. Alles glitzerte. Ich fragte, was los wäre, aber sie schüttelte den Kopf und lehnte sich nur an mich. Später gab es immer wieder solche merkwürdigen Ausbrüche.

Ich habe nie wieder mit einer Frau so geschlafen wie mit Eva. Eva war schamlos, hemmungslos, kindlich und entwaffnend. Sie küsste mich, als wollte sie mit ihrer Zunge bis in meinen Kopf und in mein Herz und meine Lungen, zu den Zehen hinunter und wieder hinauf. Mir wurde jedes Mal schwindlig davon, und ich wollte jedes Mal mehr. Sie zeigte mir, was zwei nackte Menschen miteinander tun können und was ich bis dahin nicht gekannt hatte, und sie wollte immer genau wissen, was ich mochte. Sie war, bei allem Ungestüm, auf liebevolle Weise aufmerksam. Ich hatte tief sitzende Schamgefühle und genierte mich, doch sie nahm mir meine Scheu. Ich liebte die Biegung ihres Nackens, ihre runden Oberarme, die knubbelige Form ihrer Knie, die dunklen Schatten auf ihrer weißen Haut, die Härchen auf ihrem Schamhügel, die in einer schmalen Linie zu ihrem Bauchnabel hinaufliefen. Ihren Geruch nach feuchtem Waldboden und Seife. Mein eigener Körper wurde geschmeidig, atmete auf; mit Eva zusammen fühlte ich mich sogar schön. Meine Haut, die ich immer grün fand, bezeichnete sie freundlich als *oliv*. Ich überließ mich ihr vollkommen. Vielleicht wurde mir das zum Verhängnis. Aber das ist nur so ein Heute-Gedanke.

Natürlich wickelte Eva meinen Großvater, seinen Bedenken zum Trotz, um den Finger. Ich nahm sie mit, an einem Sonntag, zum Mittagessen, wir kannten uns vielleicht vier oder fünf Wochen. Opa hatte für uns gekocht, und Eva spielte das wohlerzogene Mädchen. Sie senkte ihre dichten Wimpern und schlug sie mit charmantem Lächeln wieder auf; sie lobte das Essen und beantwortete Opas Fragen nach ihrem Studium. Bei der Frage nach ihren Eltern schüttelte sie kurz den Kopf und wechselte das Thema. Sie stürzte ein Glas Weißwein herunter, an dem sie bis dahin nur vorsichtig genippt hatte, und redete immer schneller. Sie redete ein bisschen irre, erzählte von ihrem Studium der Kunstgeschichte, vor allem aber von den Künstlern, die sie mit ihrem Seminar für Gegenwartskunst regelmäßig besuchte, lachte dazwischen über ihre eigenen Witze und warf den hochroten Kopf in den Nacken. Sie stocherte im Essen, das sie bis dahin mit großem Appetit gegessen hatte, und kleckerte mit der Soße, von der sie sich drei Kellen auf die Kartoffeln und den Wirsingkohl kippte.

Oh Mann, dachte ich, das geht ja jetzt völlig daneben.

Eva, sagte ich und legte die Hand auf ihren Arm, aber es half nichts. Irgendwann merkte sie, dass Großvater sie erstaunt betrachtete. Sie entschuldigte sich. Sie wurde still. Sie hatte es eilig fortzukommen.

Ich habe dir doch noch gar nicht mein Zimmer gezeigt, sagte ich enttäuscht.

Na gut, sagte sie, aber dann muss ich los.

Geht ruhig, sagte Opa, ich mache die Küche und koche uns einen Kaffee, vielleicht können wir den noch zusammen trinken.

Kaum waren wir in meinem Zimmer, küsste Eva mich wie verrückt und überrumpelte mich auf der Stelle, das heißt im Sitzen auf dem Sofa. Ich legte ihr die Hand auf den Mund, was sollte Opa denken? Aber ich wehrte mich nicht. Es war etwas so Verzweifeltes in ihr, dem ich nicht widerstehen konnte. Niemals.

Von diesem Tag an fing ich an, sie zu bemuttern. Ich kaufte ein und kochte für uns in ihrer Wohnung im Wedding. Ich trug sie manchmal die Treppen hoch, sie zappelte in meinen Armen und lachte. Ich deckte sie vor dem Einschlafen zu. Sie nahm es nach dem ersten Sträuben an. Ich betete sie an, wenn sie die Augen schloss und sich mir überließ. Nur einmal, als ich sie zugedeckt und die Küche aufgeräumt hatte und mich, um sie nicht zu stören, neben ihrem Bett auf dem Boden ausstreckte, fuhr sie, fast eingeschlafen, wieder hoch.

Was gibt denn das? zischte sie. Spinnst du?

Und sie zerrte mich ins Bett.

Bei einem anderen Besuch in meinem Zimmer schlenderte sie langsam durch den Raum, strich mit der Hand über die Flächen und sah sich alles genau an. Meinen Holztisch mit dem verschließbaren Rollo vor den Fächern, die alte schwarze Bürolampe, die Bücher im Regal, den roten Teppich. Den Scherenschnitt von Kant, der leicht gebeugt steht und Hut und Stock in der zierlichen Hand hält. Sie probierte den Drehstuhl aus, auf dem ich immer saß, und nahm das gerahmte Foto meiner Eltern in die Hand, das auf meinem Schreibtisch stand.

Sind sie schon lange fort? fragte sie.

Sie sagte nicht: tot, sie sagte *fort*. Ich erzählte ihr von dem Unfall, bei dem ihnen ein Betrunkener von hinten ins Auto hineingefahren war. Mein Vater war auf der Stelle tot gewesen.

Meine Mutter hätte vielleicht überleben können; doch nach wenigen Tagen im Krankenhaus versagte ihr Herz. Eva nickte, streichelte mein Gesicht und griff mir in die Haare.

Du musst sie ein bisschen wachsen lassen, sagte sie.

Wenn ich an Eva denke, erinnere ich mich an lange Spaziergänge. Es war März, als es schon wärmer wurde, in jenem Jahr, das weiß ich noch, es war in den Semesterferien. Wir schlenderten durch die Straßen. Ich zeigte Eva alte Parkbänke und mein Lieblingsantiquariat, in dem es nach billigen Stumpen und Staub roch und in dem es Bücher gab, in denen noch die Vorkriegspreise standen. Eva war die erste Person außer Opa, die sich über mein Interesse an den Berliner Fassaden nicht mokierte; sie machte mich sogar auf Dinge aufmerksam, die ich nicht wusste. Sie zeigte auf die Ornamente unter den Dachtraufen und erklärte mir, dass sie ein Verweis auf die kosmische Ordnung seien, in die der Mensch sich stellte, ein Schmuck, der an die Ewigkeit der Sterne erinnern sollte. In den auf- und absteigenden Linien findest du Aufgang und Untergang, von Sonne und Mond, von Leben und Sterben, sagte sie.

Berlin im Frühling ist wunderbar. Das Licht wirft bewegliche Muster auf Bürgersteige und Straßen, es flutet durch das zarte Grün, es funkelt auf der Spree. Noch heute ist der Frühling die Zeit, in der ich am wenigsten das Gefühl habe, in einer Großstadt zu leben. Es duftet nach Linden – wozu sich damals der Geruch nach Kohleöfen gesellte, wenn die Nächte kalt blieben und manchmal noch lange geheizt wurde. Die Linden und die Kohlenabgase bilden ein einmaliges Gemisch, das über der ganzen Stadt hing, nur dass im Osten schlechtere Briketts verwendet wurden. Mich zog es auch nach draußen, ich hatte Lust, lange zu laufen, ich schlug Eva mehrmals vor, in den Grunewald zu fahren, aber sie sagte: Ich hasse den Wald, du brauchst es gar nicht zu versuchen.

Dafür saß sie gern in Biergärten, an der Schleuse im Tiergarten, am Paul-Lincke-Ufer in Kreuzberg oder an der Spree im Wedding. Sie schlürfte mit einem Strohhalm ihre Weiße mit Schuss und hielt ihr Gesicht in die Sonne. Sie erzählte und redete und fragte und lachte. Ein Glückskind, dachte ich, wenn ich sie ansah. Selbst in ihren sprunghaften Gesten lag eine ungeheure Zärtlichkeit für alles. Ich war stolz darauf, mit ihr an einem der hellen Tische zu sitzen, ich übersah keineswegs die Blicke der anderen Männer, sogar Frauen. Ich konnte es nicht fassen, dass diese lebendige, schöne Frau sich ausgerechnet mich ausgesucht hatte. Du bist anders als die andern, sagte sie, das mag ich. Sie brachte mich oft zum Lachen; und sie lockte meinen eigenen Humor hervor. Ich hatte gar nicht gewusst, wie witzig ich sein konnte. Ich war überrascht, dass sich jemand so sehr für meine Gedanken interessierte; Eva fragte mich nach allem und jedem; und sie hörte zu.

Mich beschäftigten damals die Grundlagen der Rechtsphilosophie, das heißt Fragen des Naturrechts. Gleich zu Beginn meines Studiums war ich in meiner bis dahin ungetrübt naiven Vorstellung erschüttert worden, dass die Idee des Rechts oder der Menschenrechte naturwüchsig wären, oder von Gott gegeben. Ich begriff, dass es sich um komplizierte Konstruktionen der Menschen handelte. Ich studierte Rechtsgeschichte und belegte philosophische Seminare über Geschichtskonzeptionen; ich las Bücher wie Löwiths ›Weltgeschichte und Heilsgeschehen‹ oder Leo Strauss' ›Naturrecht und Geschichte‹. Ich lernte, dass die Idee des Fortschritts als *große Erzählung* betrachtet wurde, die französische Denker auseinandernahmen, um sie auch anders erzählen zu können. Seit die Welt eine ungeteilte, von verschiedenen Kulturen und Religionen geprägte ist, kehrt die Frage wieder, was denn die Grundlagen eines globalen Rechts sein könnten. Ich entdecke eine Gedächtnisschleife, die über meine persönliche Geschichte hinausgeht.

Wie weggewischt war das alles noch bis vor Kurzem! Kein Gedanke daran. Womöglich hätte ich sogar Eva völlig vergessen – wenn ich Heumann nicht begegnet wäre. Vor zwei

Wochen. Auf der Bergmannstraße, wo wir uns beinahe über den Haufen gerannt hätten.

Was für ein Schock! Ich erkannte ihn sofort, nur sein Name fiel mir nicht ein. Ich starrte ihn im ersten Moment an, weil er mir so gealtert schien, weil er so fremd darin aussah, weil ich nicht fassen konnte, dass er es war. Als ob er wie Alec Guinness auf der Leinwand ewig gleich hätte bleiben müssen! Mich durchzuckte der Gedanke, wie oft ich unbewusst gefürchtet hatte, einen alten Bekannten zu treffen, der unter die Räder gekommen ist. Ich weiß gar nicht, warum, denn Heumann sah für sein Alter gut aus, schlank, das graue Haar kurz geschnitten, die Gesichtszüge klar.

Heumann nickte mir zu, und das war die größte Überraschung: Dass er *mich* erkannte. Dass er wusste, wer ich war. Ich sah es an seinen Augen. Ich hätte es nie geglaubt, denn damals, als wir uns kennenlernten, dachte ich immer, ich wäre für ihn eine unbedeutende Randfigur, einer von denen, die man sich nicht merkt. Es ist immerhin zwanzig Jahre her, dass Eva in einem lärmerfüllten Atelier zwischen riesigen Bildern und vielen Leuten zu mir sagte: Darf ich vorstellen, Franz Heumann, mein Professor.

Zwanzig Jahre! Es geht mir gar nicht um das Älterwerden an sich, ich sehe jeden Tag mein Gesicht im Spiegel, ohne groß darüber nachzudenken. Nein, es war etwas anderes: Ich sah mich plötzlich einer Zeit meines Lebens gegenüber, an die ich all die Jahre keinerlei Anknüpfung gefunden hatte. Sie war stehen geblieben und verschwunden, meine eigene Lebenszeit; und diese Erkenntnis traf mich, als ich in Heumanns freundliche Augen mit den vielen Falten sah. Die Zeit von zwei gelebten Leben, schoss es mir durch den Kopf, wie etwas entsetzlich Endgültiges. Heumann muss Ende fünfzig sein, rechnete ich rasch durch; ich bin fünfundvierzig.

Ich sah ihn an und begegnete mir selbst. Völlig unvorhergesehen traf ich auf einen Teil von mir, den ich offensichtlich *ad acta* gelegt hatte; in einen Ordner abgeheftet, mit einem grünen Aktenschwanz versehen, in den Keller gepackt, eingestaubt. Das war es. Weggelegt und abgeschnitten. Ein tiefer, grässlicher Schmerz fuhr mir in die Glieder, rüttelte mich auf und – berauschte mich.

Sollen wir einen Kaffee trinken? fragte Heumann.

Fliehen oder bleiben, ich zögerte einen Augenblick zu lang, doch was hätte ich schon vorgehabt?

Warum nicht? fragte ich zurück. Ich brannte im Grunde vor Neugier und griff schon nervös nach meinen Zigaretten in der Jackentasche. Wir setzten uns am Marheinekeplatz in ein Café, das österreichische Spezialitäten zu freundlichen Preisen anbietet. Wir bestellten zwei große Braune und ich konnte Heumann etwas ruhiger in Augenschein nehmen. Das Sonnenlicht fiel schräg in die Platanen, ein schöner Spätsommernachmittag, er trug ein einfaches hellgraues Jackett, ein lichtblaues Hemd und braune Schuhe, ein ausgewähltes Modell Annodunnemal. Jemand, der wenig Geld hat, aber es nicht merken lässt, gepflegt, sympathisch. Ich wette, er kauft seine Schuhe auf dem Flohmarkt, aber gute Schuhe, die er dann blank wienert und in Schuss bringt. Die ganze Zeit ratterte ein Satz durch meinen Kopf: Heumann kannte Eva. Heumann kannte Eva. Eva, Eva.

Erinnern Sie sich an Sembicki? fragte Heumann und setzte seine Kaffeetasse auf den Unterteller. Ich war heute bei seiner Beerdigung.

Oh, sagte ich, tut mir leid. Ich zog die Stirn in Falten. Sembicki?

Der Konzeptkünstler, der mit Gegenständen vom Bau Kunst in den Straßen machte, mit Zink – und Plastikrohren, oder Bauzäunen, erläuterte Heumann.

Ach, sagte ich, langsam dämmert es. Ich sah einen hageren Mann, der wie ein Schlot rauchte und immerzu wahnsinnig schöne Sätze sagte.

Lungenkrebs, sagte Heumann. Ich hustete wie zur Bestätigung, und wir mussten beide lachen.

Schlimm, schlimm, sagte ich, aber ich kann es auch nicht lassen.

Und ich zündete mir die nächste Zigarette an.

Wir redeten drei Stunden lang, um uns herum spielende Kinder, Kaffee trinkende Mütter, junge und ältere Menschen, die, wie wir damals, die Muße haben, in Cafés zu sitzen. Ein Radfahrer hatte neben uns sein Rad an den Stuhl gelehnt und las die Zeitung. Alle drei Minuten kam jemand mit einem Hund vorbei.

Ich habe ja nur so viel Zeit, entfuhr es mir, weil ich ein Abendarbeiter bin.

Ich auch, sagte Heumann und grinste verschmitzt. Ich registrierte das Graugrün seiner Augen und die feine Narbe über den schmalen Lippen.

Heumann und ich klapperten alle Stationen und Leute ab, die wir früher gekannt hatten. Er erzählte mir, was aus Theo Hölt geworden war, nachdem er seinen riesigen Erfolg ausgereizt und sich mit seinem Galeristen zerstritten hatte. Er erzählte, dass Horchmann soff, aber weiterhin Sammler fand, die ihm seine Bilder abkauften. Bilder, die auf den Markt gehörten, wie Heumann meinte, weil sie etwas zu sagen hätten; Bilder, die keine Öffentlichkeit fanden, weil auch Horchmann sich mit dem Galeristen überworfen hatte.

Die jüngeren Künstler sind ganz anders, sagte Heumann, sie benehmen sich besser. Sie sind mit dem Markt groß geworden und können sich gut darin bewegen. Na ja, fügte er hinzu, auch nicht alle.

Das gilt nicht nur für Künstler, sagte ich. Viele aus meiner Generation hängen in der Luft.

Und in meiner bleiben sie darin hängen, sagte Heumann.

Wir nickten bedächtig und bestellten ein Bier.

Heumann hat es offenbar auch nicht leicht. Er hangelt sich mit Lehraufträgen durch, Beratungen für Künstler, Texten für Kataloge, Aufsätzen. Es gab eine Zeit, als man in Berlin von solchen Dingen gut leben konnte.

Alles kommt wieder, seit ich ihn getroffen habe. Eva kommt wieder. Ich komme wieder, ich selbst als junger Mann. Robert. Der Geruch unseres Lebens damals und der meines jetzigen Lebens werden durcheinandergewirbelt, Linden und Kohle, griechisches Essen vom Restaurant in meinem Haus unten und meine ewigen Zigaretten; und die Bilderfetzen dieser Leben lassen immer neue Muster entstehen, schnell, wechselnd, bunt, und plötzlich habe ich in diesem Durcheinander auch wieder Irene im Ohr, die mich im vergangenen Sommer verlassen hat. Keine drei Jahre sind wir zusammen gewesen.

Du bist gar kein richtiger Mann, hatte sie wütend gesagt und angefangen, ihre Sachen zu packen. Ich hatte geahnt, dass dies geschehen würde, aber mich weggeduckt und stillgehalten. Schmerz und Schmutz, buchstabierte ich immerzu, wie ein Irrer; in Zeitungen, auf Werbetafeln, überall las ich diese Wörter, Schmerz und Schmutz.

Ich weiß gar nicht, was ein richtiger Mann sein soll, hab ich geantwortet.

Aber ich hatte natürlich sofort kapiert, was Irene darunter verstand. Einen Typen, der *cool* lächelte und sie immer ein bisschen im Ungewissen hielt. Der nach Erfolg unter den Achselhöhlen roch. Ein bisschen nach Alphatier.

Irene war und ist so unerträglich tüchtig. Sie macht Karriere als Kulturmanagerin, sie gehört zu der Generation, von der Heumann geredet hat. Als wir uns bei einer Party von Freunden kennenlernten, beendete sie gerade das Studium und fand es charmant, von einem älteren Mann zum Essen eingeladen zu werden. Anwälte kann man immer brauchen, sagte sie. Doch dann fand sie ihren ersten gut bezahlten Job, wurde weiterempfohlen, herumgereicht und angefragt, und die Anwälte, die sie kennenlernte, wurden auch immer jünger. Ehe ich mich's versah, passte ich mit meiner etwas staubigen Kanzlei und meinem ganzen Auftreten nicht mehr ins Bild. Ich habe diese Kanzlei vor fünfzehn Jahren übernommen und behalten; sie läuft gut, auch wenn ich keine spektakulären Fälle habe. Sie sieht aus wie das Büro eines Privatdetektivs in einer Chandler-Verfilmung der vierziger Jahre plus Berliner Jugendstil. Früher hätte ein Kulturmensch so eine Kanzlei poetisch gefunden; heute stehen sie offenbar auf Schick, da müsste ich zumindest Wirtschaftsanwalt sein und nicht alle möglichen mittellosen Leute bei kleinen Zankereien beraten. Du mit deiner Vorkriegseinrichtung, hat Irene immer gesagt, anfangs liebevoll, später spöttisch. Stahl mit Glas oder Schleiflack auf asiatisch fand sie angemessen. Das wäre sicher viel männlicher. Gegen die Jüngeren hab ich übrigens überhaupt nichts. Viele sind gar nicht so *cool*. Wenn wir noch ein bisschen warten, ist Wedding der nächste Bezirk, der von den Kulturschaffenden erobert wird, habe ich in der Zeitung gelesen, vielleicht taucht Irene dann wieder auf. Ach was, sie kann mir gestohlen bleiben, mit ihrem roten Knautschlackmantel und ihren Allüren!

Seit der Typ nix verdient, kriegt er keinen mehr hoch, hat mir mal eine Frau anvertraut, deren Scheidung ich machte. So stehen die Dinge zwischen richtigen Männern und Frauen. Das fällt mir zu Irene ein.

Es ist eigenartig, dass ich Heumann all die Jahre nicht getroffen habe; er wohnt nur wenige Straßen von mir entfernt hier im Kiez. Aber ich lebe ja auch in derselben Stadt wie Eva, und ich habe sie später nur ein einziges Mal wiedergesehen. Zufällig, aus einiger Entfernung auf dem Kudamm, sie schob einen Kinderwagen und trug ein Kind auf dem Arm, es ist schon ein paar Jahre her. Vielleicht war sie es gar nicht, sagte ich mir damals und schob das Bild schnell von mir weg. Man kann sich ja so schön in die Tasche lügen.

Ich habe nie begriffen, was es damit auf sich hat, mit dem »richtigen Mann«, aber die Frauen, mit denen ich zusammen war, wussten es alle. Früher oder später haben sie mich aus diesem Grund verlassen: weil sie es so genau wussten und ich nicht. Die Frauen haben nicht gesagt, dass ich asexuell wäre (das war das Schlimmste in Evas Augen, wenn eine oder einer asexuell war, damit ist sie überhaupt nicht klargekommen). Auch nicht schwul. Nein. Du bist gar kein richtiger Mann. Das ist der ewig wiederkehrende Refrain meines Lebens. Der Refrain, der kommt, auch wenn der Text dazwischen sich ändert.

Damals mit Eva war diese Frage niemals aufgekommen, aber jetzt frage ich mich, ob es womöglich doch damit zu tun gehabt haben könnte, dass ich sie verlor.

Robert war ein richtiger Macho.

Wie viele Welten nebeneinander in dieser Stadt existieren, wurde mir im Gespräch mit Heumann immer deutlicher; obwohl ich es weiß, habe ich selten das Gefühl, dass es mich persönlich betrifft.

Wir wechselten das Lokal, nachdem wir vom Bier zu Weißwein übergegangen waren; es wurde allmählich kühl, der Abend kam, ich lud ihn in das österreichische Lokal ein paar Meter weiter ein, wir hatten wegen der Wurschtsemmeln und Marillenknödel, die man in unserem Café servierte, Appetit auf ein richtiges Abendessen bekommen. Wir aßen Gulasch mit Serviettenklößen und Strudel mit Vanillesoße und tranken zwei Flaschen Blaufränkischen und führten ein Gespräch unter Männern, von denen einer kein richtiger war, und beleuchteten bei der dritten Flasche die daraus entstehenden Verhältnisse von allen Seiten. Mit anderen Worten, ich erzählte Heumann von Irene, und Heumann hielt mir einen langen komplizierten Vortrag über den Wechsel in den Geschlechterrollen im Verhältnis zur ökonomischen Selbstorganisation und die entsprechend wachsende Zahl von Künstlerinnen auf dem Weltmarkt, und obwohl ich höchstens die Hälfte verstand und innerlich schnaufte, feuerte ich ihn mit kräftigem Nicken an. Manchmal warf ich einen Aphorismus der französischen Moralisten dazwischen, wie den von Chamfort, der einmal sagte: *Der Verkehr zwischen Mann und Frau gleicht dem der Europäer in Indien. Es ist ein kriegerisches Geschäft.* Darüber amüsierten wir uns ausgesprochen und ausgiebig. Heumann freute sich über meine philosophische Halbbildung und ich mich über seine Vorurteilsfreiheit. Wie sich herausstellte, hat er ebenso viel Glück mit den Frauen wie ich.

Nachdem wir acht Stunden lang miteinander geredet hatten und die Hirschgeweihe an den holzgetäfelten Wänden um uns herum zu wandern begannen, sagte ich: Ich bin jetzt in der Mitte meines Lebens angelangt, und ich sehe drei Möglichkeiten: 1. Ich verzichte auf immer auf den Umgang mit Frauen, weil ich ein weiteres Verlassenwerden nicht ertrage. 2. Ich bringe mich um, weil die Vorstellung, ohne eine Frau zu leben, zu traurig ist. 3. Ich finde heraus, was ein richtiger Mann ist und warum ich keiner bin, und bringe mich dann um. Dann habe ich wenigstens was kapiert.

Dann sag aber vorher Bescheid, sagte Heumann mit schwerer Zunge. Ich wüsste auch gern, was das ist. Vielleicht ist es ja –

Wir lachten uns halb tot und torkelten nach Hause, ein Stück gemeinsam, dann trennte sich unser Weg.

Am nächsten Morgen fiel mir auf, dass wir über die Person, die uns eigentlich verband, gar nicht gesprochen hatten. Eva.

Seitdem denke ich um so heftiger an sie, an meine Geschichte mit Eva. Ich lege meine ältesten Platten auf und sehe alte Fotos an. *It is summer in Siam*, singen die Pogues, und ich denke an Schneegestöber. Ich höre Joni Mitchell, Suzanne Vega und Tom Waits, Platten, die ich mir nach Eva gekauft hatte, um die Erinnerung zu bewahren, und bei jedem Lied fällt mir etwas anderes ein, in Schleifen, Spiralen und Refrains, in meinem altvertrauten Schritt: vor, zur Seite, zwei zurück ...

2

Die beiden ersten Monate mit ihr waren wolkenlos. Wir verbrachten viel Zeit miteinander. Eva studierte Kunstgeschichte, an der Freien Universität in Dahlem wie ich, und an der Hochschule der Künste am Steinplatz in Charlottenburg. Sie fuhr mit der U-Bahn hin und her, oder, als es wärmer wurde, mit dem Fahrrad. Ich war meistens mit meinem blauen *DAF* unterwegs, den Opa mir zum achtzehnten Geburtstag geschenkt hatte. In der U-Bahn zeichnete Eva; ich entdeckte ihre Skizzen zufällig, als einmal ein paar Blätter aus ihrer Tasche fielen.

Eva hatte ein Jahr in Paris Französisch und Kunstgeschichte studiert, Grundlagen der Moderne, wie sie sagte, Ingres, Manet, Cézanne. Sie hatte nebenbei unregelmäßig einen Zeichenkurs besucht, »Anatomie für Künstler«. Anfang Januar hatten wir uns kennengelernt; sie war mitten im Semester zurück nach Berlin gekommen. Ich hatte Heimweh, sagte sie; später deutete sie etwas von einer gescheiterten Liebesgeschichte an. Ich wollte gar nichts davon wissen. Zu sehr wünschte ich mir, unsere Geschichte wäre für uns beide die erste. Sie gab mir auch genau dieses Gefühl. Der erste und einzige zu sein.

Wenn sie in Dahlem an der Uni war, trafen wir uns mittags in der Mensa oder auf einen Kaffee zwischendurch. Der Winter war kalt und klar.

Ich mag das Paargetue nicht, sagte sie. Wenn wir an der Uni zusammen essen oder uns sehen, will ich kein Gesumse, hörst du?

Ich hörte, ich nickte, was hätte ich tun sollen. Es fiel mir schwer, denn wenn ich Eva auf dem Gelände traf oder zufällig über den Weg lief, hätte ich sie natürlich am liebsten umarmt und geküsst. Ich hätte mich gern mit ihr *gezeigt*. Im Grunde war es überflüssig. Die anderen merkten es ohnehin. Spätestens als Eva anfing, meine Hemden und Hosen zu tragen. Und als sie eines Tages kam und sich die Haare so kurz abgeschnitten hatte wie meine. Sie grinste mich an und nahm meine Hand.

Ich bin du und du bist ich, sagte sie.

Oh nein, dachte ich, so ist es sicher nicht.

Eva wohnte in einem heruntergekommenen, hellhörigen, lauten Haus. Im Hausflur tanzten Stuckfiguren unter dickem Staub, die vor langer Zeit wohl einmal etwas bürgerlichen Anstrich in ein proletarisches Haus hatten bringen sollen. Die Stufen waren ausgetreten und schief, von den Wänden blätterte die Farbe ab. Auf jeder halben Treppe war ein Klo in einem engen Verhau; zog man an der Kette, drohte der Spülkasten auf einen herunterzufallen. Der Blick aus Evas Fenster ging auf eine schartige Brandmauer.

Aber da oben sieht man den Himmel, sagte sie und lachte. Er sieht jeden Tag anders aus.

In den Wohnungen ringsum gab es oft Geschrei. Wir lagen in Evas Bett und lauschten. Als wäre es verboten, flüsterten wir unsere Kommentare und dachten uns Geschichten zu den Leuten aus. Das Zimmer war weiß gestrichen, die Dielen rotbraun; eine Arbeitsplatte auf zwei Böcken lehnte sich gefährlich zur Doppelfenstertür des Balkons hin; an der hinteren Wand des Raumes wartete Evas Bett, Matratze auf Holzkasten, die handgenähte grüne Decke aus Rohseide vergnügt darübergeworfen. Daneben auf dem Boden stand ihr *Ghettoblaster,* ein schwerer Radiorekorder. Gleich morgens griff sie danach, suchte ihren Sender im Radio oder schob eine Kassette mit selbst aufgenommener Musik hinein. Überall lagen Kassetten, Schallplatten, Zettel, Stifte, Armreifen und Ketten, eine zärtliche Sorglosigkeit. Aus Obstkisten hatte sie ein Bücherregal gebaut, auf dem auch ein einfacher Plattenspieler mit eingebautem Lautsprecher stand. Das Schönste an diesem Raum war der gelbe hohe Kachelofen mit dem weißen Zierdreieck obenauf. Er wurde so heiß, dass es für die Küche mitreichte. Eva wusch sich am Waschbecken in der Küche, das heiße Wasser kam aus einem wacklig angebrachten Boiler, Baujahr circa ihr eigenes. Sie füllte das Becken mit schaumigem Wasser und ließ den nassen Waschlappen auf ihre Haut klatschen, bis der blaue Boden voll Pfützen stand. Sie lachte und quietschte, und dann wollte sie mich waschen. Ich kam mir etwas albern dabei vor. Damals dachte ich wohl noch, ein Mann tut so was nicht. Wenn ich aber nicht dachte –

Nach der Schule, bevor ich mit den Jungs zusammengezogen war, hatte ich in einer ähnlichen Wohnung gelebt, im zweiten Hinterhof, in Moabit. Unter mir lebten zwei Frauen zusammen, die ich sehr oft zanken hörte. Es war schrecklich, wie ihre Stimmen in die Höhe schießen konnten, abwechselnd mit einem völlig übergeschnappten Lachen. Eines Tages, es war Sommer, klingelte es Sturm an der Tür, ich öffnete, die eine der beiden rannte an mir vorbei und – sprang aus meinem Fenster. Noch wochenlang sah man den Blutfleck im Hof; die Frau hatte überlebt; ihr blieb lediglich ein leichtes Hinken zurück. Als sie noch im Krankenhaus lag, kam ihr Vater und räumte die Wohnung aus. Im Treppenhaus blieb er vor mir stehen und sagte: Sie hätten besser auf sie aufpassen müssen.

Der Mann hatte etwas so Erstarrtes in seinen Augen und so kräftige Armmuskeln, dass ich ihm unwillkürlich auswich. Als er sich grob an mir vorbeidrängte, obwohl ich mich flach an die Wand drückte, schlug mir sein schlechter Atem entgegen. Nur stumm traute ich mich, gegen ihn aufzubegehren: Wie kannst du mir so etwas sagen? Du bist doch die Ursache für die ganze Geschichte! Ich korrigierte mich wie üblich, monokausale Erklärungen waren mir schon immer ein Gräuel, doch der Satz blieb in meinem Gedächtnis so stehen: Du bist schuld.

Die Frau, deren Namen ich vergessen habe, fand bald nach ihrer Rückkehr eine Parterrewohnung im Nachbarhaus; ich selbst zog ebenfalls um. Später sah ich sie manchmal auf dem

Flohmarkt, wo sie selbst gemachte Puppen verkaufte. Ich fragte mich, ob sie hin und wieder eine von ihnen aus dem Fenster warf.

So viele Frauen habe ich übrigens gar nicht gehabt.

Seit ich vor zwei Wochen mit Heumann sprach, ist mir eingefallen, dass ich schon früher manchmal an Eva gedacht habe, ganz still, für mich allein, so wie ich an meine verstorbenen Eltern oder an meinen verstorbenen Großvater denke. An Abenden, an denen der Mond besonders dick und gelb zwischen den Häusern hängt, oder wenn es leise schneit und die Stadt ungewöhnlich still wirkt.

Ich bin allein. Ich habe keine Geschwister, keine Cousins, keine Kinder.

Dass ich keine Kinder habe, bedauere ich. Die Frauen wollten keine Kinder mit mir, weil ich kein richtiger Mann bin. Von so einem wollen sie natürlich kein Kind. So einen richtigen Mann brauchen sie, der weiß, wo es langgeht, und es den Kindern zeigt. Es könnten ja Söhne sein; und Söhne müssen später Männer werden; und wenn da zu Hause so eine müde alte Socke rumhängt, ist ihre Zukunft gefährdet, so ein Typ, der den Abwasch macht und niemals laut wird und beim Sex gern abwartet.

Alles Quatsch, würde Eva sagen, der gefährdet doch höchstens ihr Selbstbild. Ist doch gut, wenn ein Mann sich um die Kinder kümmert und sie auch mal bemuttern kann.

Bemuttern durfte ich in meinem ganzen Leben nur Eva. Eva fand es schön. Eva würde mir die zwanzigjährigen Jungen auf der Straße zeigen und sagen: Guck mal, wie weich ihr Haar in die Stirn fällt, und wie sie sich bewegen. Sie war in solchen Dingen von einer bezaubernden Entschiedenheit.

Mein eigener Vater war keine müde alte Socke. Er ist nur zu früh gestorben.

Plötzlich muss ich wieder an Evas ersten Besuch bei mir denken, als ich ihr mein Zimmer im Souterrain zeigte. Mir kommt es so vor, als hätte ich mich damals gefragt, ob Eva es darauf angelegt hatte, mich vor Großvater in Verlegenheit zu bringen, als sie mich auf dem Sofa verführte. Aber vielleicht bringe ich etwas durcheinander; ich weiß nur, dass ich auf ihre Verzweiflung reagiert habe, ich hatte gar nicht *gedacht*. Ich glaube, Robert war es, der mich irgendwann auf solche Ideen brachte, als er längst eifersüchtig war und ich es noch nicht kapiert hatte. Immerzu redete er davon, dass es zwischen zwei Menschen darum gehe, wer der stärkere sei.

Ich hatte Robert natürlich nicht verschweigen können, dass ich mich verliebt hatte.

Du machst dich rar, sagte er, ist es ein Mädchen?

Er wollte sie kennenlernen; ich zögerte es hinaus. Ich wollte Eva für mich allein haben. Aber ich erzählte ihr von meinem alten Schulfreund. Sie zog die Augenbrauen hoch und sah mich belustigt an.

Soso, er schreibt Gedichte? Muss ja ein toller Typ sein.

Sie nahm mich an die Hand und zog mich an sich.

Wir können ihn später treffen, sagte sie, wir brauchen keine anderen Leute.

Eva brauchte sehr wohl andere Leute, nur nicht meine. Sie hatte einiges vom Semester aufzuholen; dazu gehörte auch, dass sie mit anderen zusammen Referate vorbereitete und am Abend noch mit ihrem Seminar über zeitgenössische Kunst Ateliers von jungen Künstlern besuchte.

Ich vermisse dich, wenn du so oft weg bist, sagte ich.

Komm doch mit, sagte sie, ich nehme dich einfach mit.

Auf diese Weise lernte ich eine ganz neue Welt kennen. Ich fühlte mich dort fremd, in den mit Papier ausgelegten, oft ungeheizten Räumen, in denen Tee auf einem Gasbrenner gekocht und leere Bierflaschen gesammelt wurden. Wir hockten auf dem Boden zwischen Farbtöpfen, Terpentindosen, Spritzpistolen und Pinseln, und ich wurde das Gefühl nie los, dass die anderen über meinen Anzug und meine Hemden lachten. Alle anderen trugen Jeans und T-Shirts, die Mädchen waren ähnlich bunt gekleidet wie Eva, wenn sie nicht gerade meine Sachen angezogen hatte. Es gab bei den Kunsthistorikerinnen auch junge Frauen, die wie viele Jurastudentinnen Perlenohrringe und Twinsets zu karierten Röcken trugen, aber solche interessierten sich nicht für ihre Zeitgenossen, sondern befassten sich mit dem achtzehnten oder neunzehnten Jahrhundert, sagte Eva. Die warten nur auf einen Mann, fügte sie hinzu.

Ich fragte mich, ob Eva mich vorführen wollte; aber sie war viel zu begeistert von allem, als dass ich ihr so etwas wirklich unterstellen mochte. Es war mein eigenes Problem. Eva pfiff auf das, was die anderen dachten, sonst hätte sie sich nämlich mit so einem wie mir geschämt. Sie hatte gar keinen Sinn für diese Art der sozialen Scham; sie hätte mich vermutlich nur verwundert angesehen, hätte ich es angedeutet. Ich wusste, dass die anderen es mit ihren Liebesbeziehungen ziemlich locker hielten. Sie stellten es nicht gerade aus, aber Eva erzählte mir von den wechselnden Verhältnissen. Mir wurde jedes Mal mulmig dabei. *Bleu-mourant*, oder wie der Berliner sagt, *plümerant*. Im Grunde wartete ich immer darauf, dass Eva mich um irgendetwas bitten würde, das ich nicht wollte und das ich ihr zuliebe trotzdem tun würde.

Einer der Künstler, ein Typ mit schlechten Zähnen und langen Haaren, der riesige abstrakte Bilder malte, küsste Eva auf den Mund, als wir hinkamen, vor allen anderen, und er zog sie auf seinen Schoß, als wären sie ein Liebespaar, und grinste mich dabei unverschämt an.

Was hattest du mit ihm? fragte ich sie leise.

Das Übliche, antwortete sie lachend, Modelle braucht er ja wohl keine!

Theo Hölt hieß er. Hölt erlebte gerade seinen Durchbruch

auf dem Markt. Er schmiss das Geld, das er für seine Bilder bekam, mit vollen Händen aus dem Fenster. Es gab Haschisch und Koks, es gab Champagner und Kaviar; und dann gab es Tee und Bier und billigen Käse, oder gar nichts. Es gab ununterbrochen Gespräche, Gelächter und am Ende auch Gelalle, Punkmusik und laszive Tänze, bei denen Eva sich mitschüttelte oder miträkelte und ich in der Ecke stand, verlegen rauchte und zusah.

Der legere Umgang mit dem Sex war für mich eine Qual. Vor Eva hatte ich mit genau zwei Mädchen geschlafen, nachdem ich viele Monate mit ihnen *gegangen* war. Um mich herum lebten offensichtlich nur Menschen, die ständig neue Partner hatten, für die Sex wie das tägliche Glas Wasser war, wie die Kommunistin Alexandra Kollontai es jedem Menschen als Grundbedürfnis zugesprochen haben soll. Das entsprechende Zitat stand auf Postkarten, die eifrig verschickt wurden. Ich fühlte mich manchmal unter Druck gesetzt, es so zu tun wie die anderen; doch mir warfen sich die Mädchen nicht gerade an den Hals; meine zurückhaltende Art brachte mich also gar nicht erst in Verlegenheit. Eva sagte oft, dass sie genau das an mir liebte, diesen Ernst. Und sie küsste mich so, dass ich es glaubte.

Bei einem der Besuche im Atelier des Malers Theo Hölt hakte Eva mich unter und zog mich zu einem Mann, der etwas älter war als wir und der mir schon aufgefallen war.

Das ist Franz Heumann, mein Professor! sagte sie strahlend, und das ist Konrad!

Wir schüttelten uns die Hände. Heumann war schlank, hatte schulterlanges, schmutzigblondes Haar, eine schmale Nase und verschmitzte Augen. Seine Hände waren auffallend kräftig, und als er bemerkte, dass mein Blick auf sie fiel, sagte er:

Die eine Hälfte meiner Familie sind Bauern, die andern Musiker.

Wir lachten.

Eva übertreibt, sagte Heumann, ich bin gar kein Professor, ich habe nur einen Lehrauftrag.

Was für ein Unsinn, sagte Eva, er ist der einzig wahre Professor! Zumindest für Gegenwartskunst!

Heumann fing sofort an zu erzählen. Sein Großvater war Vertreter für Öle und Fette gewesen, so sei er zur Kunst gekommen.

Ach ja? fragte ich, das müssen Sie mir erklären.

(Alle duzten sich, ich musste mich erst daran gewöhnen.)

Er hatte einen Kasten, sagte Heumann, in dem er Proben für die Fette aufbewahrte. Sie rochen ungewöhnlich und hatten fantastisch leuchtende Farben, violett, karmesinrot, bernsteinfarben. Ich konnte sie stundenlang betrachten. Mein Großvater fuhr damit über Land und bot sie an, für Wagenräder, Haushaltsgeräte, Traktoren.

Das war Heumanns frühkindliche ästhetische Erziehung, sagte Eva und strahlte uns beide an.

Heumann hatte, wie ich bald herausfand, gar keinen Abschluss. Aber er war Evas Lieblingslehrer und in meinen Augen immer der Professor. Er war es, der mit Hölt und anderen Künstlern befreundet war und seine Studenten dorthin mitnahm; er diskutierte mit uns allen vor den abstrakten Bildern über das, was wir darin sahen oder sehen sollten. Er hatte wie Eva eine große Schwäche für informelle Malerei, in der ich nur eine wilde Kleckserei entdeckte, obwohl Heumann und Eva sich durchaus bemühten, mir die Strukturen darin zu erklären. Unter Strukturen verstand ich etwas anderes, zum Beispiel den Aufbau von Hegels Rechtsphilosophie.

Nach den Besuchen im Atelier gingen wir oft noch in eine Kneipe mit der ganzen Gruppe, die viel Bier trank und viel redete. Heumann hielt zu später Stunde gern Vorträge; am liebsten nach Mitternacht, wenn mir die Augen schon zufielen. Ohne Eva wollte ich jedoch nicht fortgehen, also trank ich Kaffee und rauchte eine nach der anderen, um mich wach zu halten. Eva wurde nie müde. Sie saß kerzengerade da und nahm alles auf, was um sie herum geschah.

Einmal hockten wir wieder in irgendeiner lauten, billigen Eckkneipe, in der es stark nach fettigen Buletten und Bratkartoffeln roch, und Heumann hielt einen Vortrag über Kierkegaards ›Tagebuch des Verführers‹. Er versuchte zu erklären, was die *unmittelbaren Stadien des Erotischen,* von denen Kierkegaard sprach, mit dem Unmittelbaren, das sich in einem Kunstwerk dem Betrachter mitteilt, zu tun haben, und weshalb Grenzüberschreitungen des sogenannten guten Geschmacks, die sich ebenso unmittelbar mitteilten, für die Kunst existenziell seien. Von da kam er auf den japanischen Schriftsteller Mishima und die Lust des Perversen, der seinen Genuss nur dann erlebe, wenn er gegen Gesetze verstoße.

Welche Gesetze? fragte Eva, und alle lachten.

Ich fand es nicht besonders komisch. Ich fühlte mich schlagartig ausgeschlossen und von seltsamen Ängsten gequält. Alle am Tisch hatten plötzlich so ein wissendes Einvernehmen in den Augen, von dem ich nichts verstand. Von Mishima hatte ich noch nie etwas gehört.

Er hat rituellen Selbstmord begangen, sagte Eva, *Harakiri,* als er mit den japanischen Normen zu sehr in Konflikt geriet. Er war homosexuell, das war auf den Tod verboten.

Während Eva bei diesen »Sitzungen« aufblühte, beunruhigte mich zunehmend etwas an ihnen. Ich hatte oft das Gefühl, mich verteidigen zu müssen, ohne genau zu begreifen, weshalb, und obwohl mich nie auch nur ein Mensch dazu veranlasst hätte. Ich ging mit, ich versuchte zu begreifen, doch es wollte mir nicht in den Kopf, weshalb Maler sagten, sie könnten nicht malen, und es gerade deshalb täten. Ich hörte ratlos Schlagworte wie *wir sind geniale Dilettanten* (sie schrieben es *Dilletanten*!) und dass es eine ganze Ausstellung mit dem Titel »Ich kann nicht malen« gegeben hatte. Eva redete wie ein Wasserfall, um mir zu erklären, dass die Künstler eine Wirklichkeit einzuholen suchten, die selbst so viele künstliche Elemente aufwies; dass sie die Alltäglichkeit in die Kunst bringen wollten, wenn sie Bilder aus Stoff machten oder Wörter auf die Leinwand schrieben. Dass sie von sich sagten: *Heute sind wir so und morgen anders.* Kippenberger war ein aufsteigender Stern damals; er prägte den Spruch »durch die Pubertät zum Erfolg«, was ich immerhin witzig fand; und heute ist er tot.

Ich wollte immer der gleiche sein, und ich stieß an meine Grenzen, zu verstehen, was erstens diese Maler trieb und was zweitens meine Freundin daran so in Begeisterung versetzte.

Ich fand es erholsam, wenn wir keine Vorlesungen oder Seminare hatten. Wir saßen in Evas kleiner Wohnung zusammen und arbeiteten. Sie lag bäuchlings auf dem Boden oder auf dem Bett; mir überließ sie den Schreibtisch, oder wir saßen beide daran. Ich beschäftigte mich mit den Klassikern der Demokratiebildung, und Eva las dekonstruktivistische Texte zur Kunst. Wir diskutierten oft über die Angriffe gegen die Vernunft und den Sinn der Aufklärung. Eva zeigte allerdings einen hartnäckigen Widerstand gegen alles Theoretische, was ich sehr bedauerte.

Manchmal stand sie wie ein Kind mit schief gelegtem Kopf irgendwo am Straßenrand und dachte angestrengt über etwas nach. Ihre grünen Augen bekamen eine dunklere Farbe, ihr Mund verlor seinen leichten Trotz und wurde fragend, fast durchscheinend wirkte sie, und ich hielt inne und sah sie an. Dann konnte sie überraschend aufblicken, die Lippen umstülpen und ihre Nase frech in die Luft strecken.

Sie war in ihrem Denken sprunghaft und folgte ihren Intuitionen; ich machte mir für alle Arbeiten einen Plan und hielt mich für einen durch und durch rationalen Menschen.

Ich erklärte Eva oft, dass ich am liebsten unpersönlich wäre, oder, wie ich es nannte: *distant.* Sie schüttelte darüber den Kopf. Ich bin genau das Gegenteil, sagte sie, und ich will rauskriegen, wer ich bin.

Was machte es, dass wir so verschieden waren? Wir liebten uns, wir lasen, machten Notizen und schrieben. Ich lernte zu subsumieren und zu systematisieren und Fälle zu diskutieren, Schadensersatzfragen bei vorgetäuschtem Kündigungsgrund, Nachbarschaftsstreitigkeiten über Wegerechte, Banküberfälle, bei denen etwas schiefging, Dinge aus dem richtigen Leben eben. Ich schlug mich mit der »herrschenden Meinung« herum, der gängigen Deutung dieser Fälle, kurz »hM« genannt, und versuchte, das Geld für den Korrepetitor, der mich einmal wöchentlich drillte, nicht zu verschwenden.

Aber wir lernten nicht nur. Wir gingen ins Kino, in dem Eva oft heulte, und besuchten Museen, mit denen sogar ich etwas anfangen konnte. Wir fuhren nach Ost-Berlin, das ich bis dahin gemieden hatte.

Typisch, sagte Eva, sei nicht so ignorant! Man muss doch wissen, was da los ist!

Kein Westberliner, den ich bis dahin gekannt hatte, mochte die *Zone*. Eva dagegen sagte, das ist hier außerordentlich spannend, und schleppte mich durch die Straßen rund um den Alexanderplatz, durchs alte Nikolaiviertel, die Frankfurter Allee hinauf bis zum Prenzlauer Berg; bis nach Pankow und Weißensee fuhren wir mit der Tram; ich immer leicht angespannt, Eva neugierig und konzentriert. Eva machte mich auf die gebrochenen, stumpfen Farben der Trabis aufmerksam. Das sahnige Gelb eines Wartburg, das matte Blauviolett eines Lada. Die Maler hier benutzen auch solche Farben, sagte sie, es sind Industriefarben, billiger als unsere, anders, sie haben einen eigenen Reiz, findest du nicht?

Ich fand alles eher grau, vor allem die Wände ohne Werbeplakate; aber Eva sagte, wie schön das wäre, wie fein die Grautöne wären, und dass vor den Häusern nicht alles vollgeparkt wäre. Ich zuckte die Achseln.

Ich verstehe dich nicht, sagte sie, im Westen klebt dein Auge an jeder alten Mauer, warum siehst du diese Dinge hier nicht? Hier ist doch alles viel greifbarer, die ganze Geschichte.

Weil ich das System hasse, sagte ich. Deshalb will ich hier davon nichts wissen.

Oh, sagte sie und hob die Augenbrauen. Du magst wohl das proletarische Klopapier nicht?

Sehr witzig, sagte ich, zum ersten Mal ärgerlich, du mit deinem empfindlichen Popo wirst das harte Recyclingzeug gerade mögen. Ich kann Leute nicht ausstehen, die andere einsperren.

Du hast ja recht, beschwichtigte sie mich, und dann verwickelte sie mich in eine unserer komplizierten Diskussionen, an die ich mich im einzelnen nicht erinnere, über Bonbonpapier und Kommunismus, den »Schwarzen Kanal« und andere klassische Hassobjekte, weiß der Teufel, was. Ich erinnere mich allerdings genau, dass sie dabei einen buntgescheckten Rock zu hohen Wildlederstiefeln trug und den taubenblauen, kurzen Pullover, und daran, dass alle sie ansahen. Ihre Lippen waren rosa, und ihre Augen hatte sie schwarz umrandet. Wir gaben unsere fünfundzwanzig Mark Zwangsumtausch für Bücher und Schallplatten aus, in der Buchhandlung am Alexanderplatz, wobei ich das Gefühl hatte, den Leuten etwas wegzukaufen.

Eva hatte eine ganze Sammlung Schallplatten der Klassikedition »Eterna«, hergestellt im *VEB Deutsche Schallplatten Berlin DDR*, mit Klavierkonzerten von Tschaikowsky, Prokofieff und Beethoven, mit schönen Zeichnungen von Michelangelo oder gemalten Porträts der Komponisten vorn auf der Plattenhülle. Sie besaß Schönberg und Händel (je 12 Mark 10, ich kaufte sie mir auch), sowie ein besonders rares Exemplar einer Aufnahme zweier Violinkonzerte von Bach mit Yehudi Menuhin.

Ich mag Bach fast noch mehr als Janis Joplin, sagte Eva.

Einmal sahen wir uns im Berliner Ensemble ›Maria Stuart‹ in einer uralten Inszenierung an. Eva griff mir im Dunkeln in den Schritt und grinste; ich schubste ihre Hand fort. Wir tranken in der Pause eine rote Flüssigkeit aus Gläsern, deren Ränder mit Zucker beklebt waren. Eva fand es großartig. Sie flüsterte mir ins Ohr, welche Leute ich mir angucken sollte, und ich wies sie zurecht wie ein kleines Mädchen. Sie lachte. Natürlich starrten die Leute auch uns an. Eva war einfach eine auffällige Erscheinung. Und sie lachte immer etwas zu laut.

Ich atmete jedes Mal erleichtert auf, wenn wir die zugige Durchgangshalle mit den hellgelben Kacheln am Grenzübergang Friedrichstraße hinter uns gebracht hatten und mit der S-Bahn wieder in den Westen hineinfuhren. Mich überfiel regelrecht eine Euphorie, wenn ich die Lichter und Straßen *meiner* Stadt wiedersah. Ich aß Currywurst lieber als Ket-Wurst.

Im Westen gingen wir in die Schaubühne am Lehniner Platz; wir sahen ›Die Fremdenführerin‹ von Botho Strauß, in dem ein Paar seine Nichtbeziehung diskutierte und Eva mich kichernd anschubste, wenn der Mann über seine Vernunft redete. Wir sahen Stücke von Tschechow, die ich mochte, weil bei Tschechow alles so schön langsam ging. Seine Stücke endeten immer mit *Komm, an die Arbeit!* Das gefiel mir besonders gut.

Im Nachhinein bin ich erstaunt, wie viel wir in so kurzer Zeit erlebt und unternommen haben. Mein Leben ohne Eva war etwas eintönig gewesen, ohne dass ich es gewusst hatte.

Es war die Zeit, in der Gorbatschow der NATO vorschlug, die Atomwaffen bis zum Jahr 2000 in einem Dreistufenplan abzubauen, und radikale wirtschaftliche Reformen ankündigte. Es war die Zeit, in der das Raumschiff *Challenger* nach dem Start explodierte und alle sieben Besatzungsmitglieder starben, darunter zwei Frauen, und die Gegner der Wiederaufbereitungsanlage in Wackersdorf von einem riesigen Polizeiaufgebot vom Platz gejagt wurden.

Es war die Zeit, in der wir unendlich viel Zeit für die Liebe hatten, und das Leben.

Manchmal wurde Eva im Theater oder im Kino seltsam ernst, und dann bat sie mich, allein nach Hause gehen zu dürfen. Am nächsten Tag sah sie unausgeschlafen aus. Ich auch. Diese Nächte ohne sie waren schlimm. Ich las Kant und verstand keine Silbe, ich hörte die Heizung mit einem Knacken an- und ausspringen, in meinem dunklen Zimmer, ich versuchte, Eva zu riechen auf meiner eigenen Haut.

Doch die meisten Nächte verbrachten wir zusammen. In den meisten Nächten schliefen wir miteinander. Wir schliefen so oft miteinander, dass mir manchmal alles wehtat.

3

Eines Tages fragte ich sie, ob sie mich nicht heiraten wolle. Sie sah mich vollkommen erstaunt an.

Wieso denn das? fragte sie. Das brauchen wir doch gar nicht!

Ich sehe sie noch genau vor mir: Sie trug weiße, durchbrochene Handschuhe und einen azurblauen Mantel zu einer weißen Hose. Ihr Mund war knallrot angemalt und ihre grünen Augen leuchteten.

Es war ein Fehler gewesen, sie zu fragen.

Wenige Tage darauf bat sie mich, ob ich sie mit dem Auto zu einer Familie fahren könnte, die kleine Katzen verschenken wollte. Ich sagte ihr, dass ich Katzen nicht ausstehen könne, und fuhr mit ihr hin. Die Familie kam aus Polen; sie hatten zwei kleine Kinder und eine Katze mit vier Jungen. Eva suchte sich das magerste und kleinste aus, einen struppigen, schwarzen Kater, bedankte sich, und wir gingen. Wir mussten alles für das Tier einkaufen und in ihre Wohnung bringen. Sie redete ununterbrochen, ich schwieg verstockt.

Der Kater hieß Josef. Wegen Joseph Beuys, der im Januar gestorben war.

Nachts kam er in unser Bett. Es war unser erster Streit. Ich wollte nicht mit Josef in einem Bett schlafen. Eva meinte, er bräuchte ihre Wärme. Sie bestand darauf. Ich drohte Eva, in der Küche zu schlafen, das heißt, ich bot es an, ich konnte ihr gar nicht drohen. Sie regte sich auf, wehrte es ab, aber ich bestand darauf.

Verflucht noch mal, dann tu's doch, sagte Eva schließlich, die Katze soll schlafen, wo sie es möchte.

Der *Kater,* sagte ich.

Der Kater, wiederholte Eva zornig.

Ich nahm eine Wolldecke und legte mich in der Küche auf den Fußboden. Ich schmiegte mein Gesicht an das blaue Linoleum.

Das Linoleum war glatt und kühl.

Meine Knochen liebten das Linoleum.

Nach einer endlos scheinenden Zeit kam sie in die Küche und sagte in die Dunkelheit: Geh weg.

Geh bloß weg.

Ich hielt mich für einen durch und durch rationalen Menschen. Die Menschen zu allen Zeiten zeigen die Neigung, die Vernunft überzustrapazieren, und verwandeln sie nicht selten in Terror. Wer aber machte sich selbst zum Opfer?

Als Irene, meine letzte Freundin, mich verlassen hat, packte sie ihre Sachen zusammen und bat mich, ihr beim Runtertragen zu helfen und ihre Skier und Skischuhe aus dem Keller zu holen. Irene hat nie mit mir zusammengewohnt, sie hat immer darauf bestanden, ihre Wohnung zu behalten, aber mit der Zeit sammelt sich doch einiges Zeug an. Auch von Cornelia und Sophie gibt es hier noch ein paar Kartons. Ein richtiger

Mann hätte Irene vermutlich eins gehustet. Aber die praktischen Seiten von so einem wie mir nimmt jede gern mit. Als sie weg war, stand ich ratlos im Hof. Ich stand im Hof und sah langsam an der Fassade des Hauses hinauf zu meiner leeren Wohnung.

Die Katze soll schlafen, wo sie es möchte.

Irgendwann fragte ich mich, ob Eva, wenn sie vorgab, allein schlafen zu wollen, vielleicht einen anderen sah. Bei einem anderen schlief. Mit einem anderen.

Im Frühling letzten Jahres hatte Irene angefangen, öfter in ihrer Wohnung zu übernachten. Ich brauche etwas Zeit für mich, hat sie gesagt. Es ist immer gefährlich, wenn eine Frau diesen Satz sagt. Im Klartext heißt das: Ich hab einen andern. Im Frühling hat sie es zum ersten Mal gesagt, im Sommer stand ich ratlos im Hof.

Danach saß ich ein paar Wochen lang abends reglos in meiner Wohnung und lauschte auf die Geräusche der Nachbarn, bis ich mir sagte, *Komm, an die Arbeit!* Ich bin es nicht gewohnt, nichts zu tun. Ich tue immer etwas, auch wenn ich mich eher als kontemplativen Charakter beschreiben würde. Aber äußerlich verankert sozusagen, aktiv. Ich begann, Studien der Melancholie zu treiben. Ich las Panofskys Dürerinterpretation ›Saturn und Melancholie‹ und Petrarcas ›Gespräche über die Weltverachtung‹. Auch der Gesunde hat die schwarze Galle in sich, lernte ich. Von Zeit zu Zeit schwillt sie ihm an.

An dem Abend, bevor Irene mich verließ, hatte ich ihr noch eine kuriose Passage über die Neigung zu Vexierspielen und Doppeldeutigkeiten in Übergangszeiten vorgelesen, die ich bei meinen Studien der niedergehenden Kulturen gefunden hatte. (Diese Studien hatte ich im Frühjahr begonnen, wen wundert's?) Ja, am Donnerstagabend hatten wir noch nett zusammen gegessen, Spaghetti mit Meeresfrüchten bei Kerzenlicht und Rotwein; sicher wollte Irene mir noch einen schönen Abend bereiten, oder sich selbst, bevor sie es mir am Freitagmorgen dann sagte. Ich glaube nicht an spontane Beschlüsse bei Irene.

Eva wäre so etwas mitten in der Nacht eingefallen, und sie hätte nicht bis zum Morgen gewartet, sondern mich aus dem Bett gescheucht, ihre Sachen genommen, und zwar sofort.

Überhaupt liebte Eva die Nächte.

Als wir jung waren und noch nicht so viel Schlaf brauchten und nicht immerzu Angst hatten, die Tage nicht bewältigen zu können, liebten wir alle das Leben in den Nächten.

Nachdem Irene mich verlassen hatte, schrieb ich ihr einen langen Brief, in dem ich versuchte, ihr alles zu erklären. Erst als ich die erste Seite mit meiner schwer lesbaren Handschrift gefüllt hatte, begriff ich, dass ich schon wieder dabei war, mich zum Idioten zu machen. Was hätte ich denn zu erklären gehabt? Sie war doch gegangen! Ich knüllte das Papier zusammen und warf es in den Mülleimer, Schmerz und Schmutz –

Manchmal frage ich mich, ob frühere Zeiten wirklich besser waren. War nicht das Entscheidende immer schon da: das plötzliche unsinnige Glück, das Verliebtsein, die Trauer über die Unfähigkeit, dieser Liebe nachzugehen, sie zu leben, die Trauer über die vielen Absurditäten des Lebens? Ist mein Philosophieren das eines Privilegierten? Bin ich ein Fatalist? Bin ich blind für die Nöte anderer? In der Gästetoilette im Haus meines Großvaters hing ein Stück Holz mit eingeschnitzten Buchstaben darauf:

Herr, gib mir den Mut, das Änderbare zu ändern
Die Gelassenheit, das Unabänderliche zu ertragen
Und die Weisheit, das eine vom andern zu unterscheiden.

Geh bloß weg.

In dieser entsetzlichen Nacht, in der Eva mich fortgeschickt hatte, saß ich in meinem Souterrainzimmer und wartete. Ich traute mich nicht, sie anzurufen. Das Zimmer wirkte dunkel und verlassen. In mir gab es eine fühllose Stelle, die brannte.

Ich betrachtete das Foto meiner Eltern und wischte den Staub davon ab. Ich lochte alle Zettel und heftete sie in Ordner. Ich drehte mich in meinem Drehstuhl hin und her. Ich saß still und tat nichts. Es war das erste Mal, dass ich so etwas erlebte.

Sie rief an, am nächsten Tag.

Warum meldest du dich nicht? fragte sie vorwurfsvoll.

Ich wusste nicht, ob ich weinen sollte, lachen oder zornig werden.

Der Zorn ist eine etwas unterentwickelte Figur in mir.

Ich neige eher zum Nägelkauen. Damit man es nicht so merkt, habe ich mir angewöhnt, die Häutchen um die Nägel herum zu bearbeiten. Manchmal hat Eva mir auf die Hände geschlagen, wenn sie es sah. Manchmal hat sie die Finger auch geküsst und traurig gesagt: Sie sind doch schön, so wie sie sind.

Wir trafen uns noch am selben Tag am Bahnhof Zoo. Das Herz schlug mir im Hals. Wir gingen am Landwehrkanal spazieren. An der Stelle, an der man Rosa Luxemburg und Karl Liebknecht tot ins eisig kalte Wasser geworfen hatte, musste ich an Rosas Gefängnisbriefe denken. Meine Kehle wurde eng.

Eva zog mich in Richtung Nationalgalerie und zeigte mir munter plappernd eine Treppe, die ins Wasser führte. Eine Künstlerin hatte die Stufen gelb und drumherum ein Rechteck blau angemalt. Ich bin das Gelb, dachte ich, und du das Blau.

Wir liefen weiter, und ich starrte auf die bunten Graffitischriften an der Kanalmauer, ohne ihre Bedeutung zu begreifen. Eva verlor kein Wort über die vergangene Nacht.

Nach zwei Stunden hatte sie genug, und wir gingen ins »Café Berio« am Winterfeldplatz.

Wir saßen im lärmerfüllten Café auf den roten Samtstühlen und tranken heiße Schokolade mit Sahne und ich schmeckte das süße Getränk nicht und ich hörte Worte ohne Sinn und sah nur ihr schönes Gesicht.

Sie erzählte von ihrem geliebten Professor Heumann, der in der letzten Seminarsitzung über die Institutionalisierung der Nichtberührung in unserer Gesellschaft gesprochen hatte. Ich dachte an die schlechten Zähne von Theo Hölt. Eva musste die Worte zweimal wiederholen, bis ich sie allmählich begriff. Es war wohl so etwas wie die planmäßige Organisation, sich die Dinge vom Leib zu halten. Eine allgemeine Vereinzelung zu bewirken, um die erfolgreich Vereinzelten dann besser manipulieren zu können. Ich grübelte nicht lange über einen möglichen Hintersinn ihrer Worte, denn plötzlich, ohne jeden Grund, wachte ich aus meiner Erstarrung auf und fühlte ihre Hand warm und lebendig in meiner. Ein Schluchzen mühsam unterdrückend, küsste ich sie.

Von da an brach etwas schwer Erklärliches in mir auf. Ich schlief mit Eva, und es war, als wüsste ich nicht mehr, wo mein Körper aufhörte und ihrer begann. Es war, als würde sie meine Haut von innen berühren. Es machte mich glücklich, doch zugleich befielen mich Alpträume. Alpträume im Schlafen, aber auch im Wachen. Wenn ich an ihrer Haut atmete, oder durch sie hindurch, konnte es passieren, dass diese Träume mich packten. Ich fing an, laut zu fantasieren, was ich sah und was mir Angst machte. Theo Hölt, schlechte Zähne, andere Männer, andere Mädchen, Eva dazwischen, Körper in dunklen Zimmerecken, Beine, Brüste, Küsse, alles. Es machte mich noch verrückter nach ihr. Ich empfand eine Lust darin. Eine unheimliche Lust. Sie nahm es, irritiert, als Ausdruck meiner Liebe. Dann flehte ich sie an, mich zu Hölt oder irgendeinem anderen Künstler mitzunehmen und mich zusehen zu lassen, wie sie miteinander schliefen. Ich bat sie, mir alles zu erzählen, was sie früher mit ihm und anderen getan hatte. Sie sagte Nein.

Ich tobte. Ich schämte mich.

Doch dann sagte ich wieder solche Dinge, es war wie ein Sog. Ich war wie besessen. Ich überantwortete mich ihr vollkommen. Ich fantasierte, wie sie mit anderen schlief, während ich es mit ihr tat. Manche Fantasien erregten schließlich auch sie und sie schrie.

Sie sah mich oft traurig an. Dann fuhr sie mit ihren Fingern durch mein Haar und küsste meine zitternden Lippen.

Und manchmal wurde sie wütend. Sie setzte sich auf mich und klemmte mich mit ihren Beinen ein. Sie stieß ihre Hüften immer heftiger gegen meine, und wenn ich den Kopf zur Seite drehen wollte, zwang sie mich, ihr in die Augen zu sehen. Wenn ich flehend ihren Namen sagte, hielt sie mir den Mund zu. Wenn ich sie küssen wollte oder ihre Brüste berühren, packte sie meine Handgelenke und drückte sie aufs Bett. Ist es das, was du willst? fragte sie böse, und ich kam. Ich kam wider Willen, ich schämte mich, und zugleich empfand ich die allergrößte Lust.

Als wir zum ersten Mal auf diese Weise miteinander geschlafen hatten, weinte Eva.

Ich kannte mich nicht mehr. Dieser Mensch, der ich da wurde, war mir neu. Er war mir unbegreiflich nah. Ich wollte ihn, und ich hasste ihn.

Mein Schlaf wurde dumpf. Ich bekam Probleme mit den Augen. Sie brannten, die Zeilen verschwammen. An manchen Tagen fühlte ich mich von allem entfernt; ich verfolgte mit Mühe meine Vorlesungen; ich bekam Migräne. Opa war besorgt. Er gab mir Tabletten und schlug vor, ich sollte mehr Sport treiben. Eva fand, ich sei zu blass. Sie war liebevoll zu mir; doch je liebevoller sie war, desto mehr wollte ich, dass sie mich quälte. Ich war süchtig danach. Nach dem, was ich als *schamlos* empfand. Als *Außer-mir-sein*. Es machte mich blank vor Erregung.

Einmal, als wir uns völlig aufgelöst ineinander verkeilt hatten und es nicht aufhören wollte und ich mich fühlte und nicht mehr fühlte, ließ ich mich hinreißen zu flüstern: Schlag mich, Liebste, ich bitte dich.

Doch sie schloss nur die Augen und wandte ihr Gesicht stumm zur Seite.

Ich besuchte mit ihr alle Ateliers, ich war geradezu versessen darauf, sie dort zu beobachten, bis sie mir auswich und ihre Besuche verschwieg, aber das war vielleicht später. Manche Tage verbrachte ich im Halbschlaf und onanierte verzweifelt; es kommt mir wie eine Ewigkeit vor, dabei waren es vielleicht zwei, höchstens drei Wochen, in denen uns diese Dinge widerfuhren.

Ich habe keine Chronologie der Liebe, und damals hatte ich auch keine Worte, die ich in einen Kalender hätte eintragen können, so wenig wie für das silberne Licht, das sich bei Regen auf die Straßen legt und leuchtet, wenn ich manchmal nachts spazieren gehe.

Plötzlich war alles wie weggefegt.

Opa kam auf die Idee, ich könnte eine Brille gebrauchen. Tatsächlich registrierte ich, wie sehr es mich anstrengte, klein gedruckte Texte zu lesen. Ich bekam eine Brille, und alles war wieder gut.

So kommt es mir vor, so fällt es in der Zeit zusammen.

Warum verhängt man Spiegel, wenn jemand gestorben ist?

Ich hielt mich für einen durch und durch rationalen Menschen.

Es war in der Zeit, in der viele Häuser besetzten und die Wände lila strichen und in den Fluren vergilbte Plakate von Che Guevara hingen wie das Foto eines fernen Onkels, eine Zeit, in der Vollkornbrötchen zu essen noch immer eine revolutionäre Geste war. Es war eine Zeit, von der wir glaubten, dass sie niemals enden würde, dass wir die Wälder schützen müssten und den Reichtum anders verteilen, langsam und beharrlich.

Ich aber aß weißen Toast und trug die Seidenhemden meines Vaters, und ich liebte ein Mädchen, ein Mädchen namens Eva. Doch einer kam und hat sie mir genommen, er war mein bester Freund. Vorbei die Nächte, in denen ich meine Beine um Evas weichen Körper schlang, meine Hand auf ihrer Hüfte hielt oder ihre Hände auf meiner Brust fühlte, wenn sie sich zum Einschlafen an meinen Rücken schmiegte.

Es war auch die Zeit von *Hard Rock* und *Heavy Metal*. In die Wohnung unter Evas zog ein Typ ein, der nachts spät nach Hause kam und seine Anlage dröhnend aufdrehte. Evas Tisch wackelte, wir taten kein Auge mehr zu. Meine Versuche, ihn um Ruhe zu bitten, scheiterten. Er sah mich nur müde an und zuckte mit den Schultern. Er sah aus, als hätte jemand einen Mehlsack über ihm ausgeschüttet; sein Gesicht war aschfahl. Wir legten Mozart auf, aber es half nicht viel. Ich glaube, ich muss mir etwas Neues suchen, sagte Eva und schüttelte den Kopf.

Manchmal sagte sie: Ich liebe dich.

Und meine Uhr lief.

4

Ich traf Robert und unsere alte Clique bei Harros Geburtstag wieder. Ich ging allein hin. Es war Ende Februar (das ist sicher, denn an Harros Geburtstag hat sich nichts geändert), und es war sehr kalt.

Wir feierten in einem großen Lokal mit Altberliner Küche und Lichterketten, das Eva sicher spießig genannt hätte.

Die Jungs und ich hatten uns eine Weile nicht gesehen und freuten uns. Robert umarmte mich. Er hatte die Haare, die er zu Schulzeiten meistens lang getragen hatte, säbelkurz abgeschnitten. Seine dunkelbraunen, eigentlich sanften Augen wirkten dadurch unangenehm soghaft, auch die Backenknochen stachen härter aus seinem Gesicht hervor; er wirkte blass und leicht abgemagert. Er trug einen auffallenden goldenen Ohrring.

Biste jetzt andersrum geworden? zog Harro ihn auf.

Robert legte nur den Kopf nach hinten und grinste verächtlich.

Okay, okay, machte Harro, mit beiden Händen in der Luft fuchtelnd.

Alle kuschten irgendwie vor Robert. Keiner konnte es erklären, es war immer so gewesen.

Wir tranken ziemlich viel und nahmen uns vor, dass wir uns künftig wieder häufiger treffen sollten, um vielleicht auch mal Billard zu spielen. Wir redeten miteinander, als wären wir alte Männer, die sich an den Krieg erinnern und sich nichts Neues zu erzählen haben. Wir redeten von den wild bewachsenen Ruinen und Müllhalden, wo wir zusammen Bier getrunken und die ersten Zigaretten gepafft hatten. Die anderen hatten dort zusammen um die Wette *gewichst,* sie erwähnten es wie nebenher und machten Witze darüber, als müssten sie beweisen, wie *cool* sie waren. Ich bekam einen komischen Geschmack im Mund.

Robert hatte an diesem Abend etwas an sich, das mich befremdete. Wie er zwischen den Tischen hin und her schlich und die Leute ansah. Wie er den Raum im Auge zu behalten schien, während er mit jemandem sprach. Wie er den Mädchen Alkohol einschenkte, ohne selbst einen Tropfen zu trinken. Ich beobachtete ihn wie ein bizarres, vielleicht krankes Tier. Meine ganze Wahrnehmung schien mir in der Begegnung mit den Freunden verrutscht. Ich musste mich konzentrieren. Es war mir unangenehm. Aber auch meine Freunde sahen mich neugierig und misstrauisch an.

Plötzlich wurde mir klar, was es war. Es lag an dem, was Eva mit mir machte. Eva hatte mich verändert. Eine Welle der Einsamkeit zog von meinen Schultern den Nacken hoch. Es kam mir vollkommen absurd vor, die Zeit mit anderen zu verschwenden. Mein Körper war in Aufruhr, wenn ich nicht in Evas Nähe war. Ich wollte zu ihr, schnell.

Ich verabschiedete mich, es war noch vor Mitternacht.

Was, jetzt schon? Harro war enttäuscht.

Lass man, sagte ich tröstend, wir sehen uns ja bald wieder.

Na gut, knurrte Harro gespielt. Dann schlug er mir gewohnt freundschaftlich auf die Schulter.

Nächstes Mal bringste aber dein Mädchen mit!

Er zeigte seine schiefen Zähne und sah mich vielsagend an. Er hatte noch weniger Haare auf dem Kopf als zuletzt, dafür ließ er sie länger herabhängen.

Als ich schon zur Tür hinaus war, stand Robert plötzlich neben mir.

Trinken wir noch einen? fragte er.

Ich weiß nicht, sagte ich.

Komm ruhig nachher zu mir, hatte ich Evas Stimme im Ohr, *ich bin lange wach*. Ich konnte es nicht erwarten, sie zu sehen.

Robert schien es zu riechen. Er fasste mich am Arm, sah mich mit seinen verschatteten Augen seltsam an, unglücklich und selbstbewusst zugleich.

Komm schon, sagte er, halb bittend, halb befehlend.

Früher hätte es mir geschmeichelt, dass er mich fragte. Er hatte schon immer so eine geschickte Art gehabt, einen von uns allein ins Vertrauen zu ziehen.

Na gut, sagte ich, lass uns auf dem Weg was trinken.

Ich habe Robert nie Nein sagen können. Ich hatte es bis dahin auch nie gewollt. Ich habe mit ihm die besten Gespräche geführt, und mit ihm zu schweigen war exquisit. Ich fühlte mich *besonders* mit ihm, und ausgezeichnet, wenn er seine Leidenschaft für technische Dinge mit mir teilte, vor allem aber für Filme. Wir hatten viele lange Nächte nebeneinander im Dunkeln sitzend verbracht, wenn mehrere Filme eines Regisseurs hintereinander gezeigt wurden, Bertolucci, Pasolini, Visconti. Robert kannte sämtliche Programmkinos der Stadt; staubig riechende Vorführsäle mit abgewetzten Teppichböden und einem ganz eigenen Publikum. Er interessierte sich für tschechische, ungarische und sowjetische Filme; er las Bücher darüber und wusste über die politischen Hintergründe Bescheid. Meistens nahm er nur mich mit. Du bist der Intelligenteste, sagte er, mit dir zu reden, bringt mir was. Und er nickte auf seine unnachahmliche Weise, mit dem vieldeutigen, sparsamen Lächeln.

Er hatte ausgeprägte Auffassungen von allem, eine gewisse Brutalität in seiner Weltsicht, die er *knallharten Realismus* nannte, der ich mit meiner Verliebtheit in die Vernunft und die Entwicklungsfähigkeit des Menschen ratlos begegnete und die sich mit seiner eigentümlichen Sanftheit seltsam mischte. Seine Hände waren klein und zierlich, und er hatte eine zärtliche Art, Sachen anzufassen.

Wir alle, Harro, Oliver, die andern Jungs und ich, waren völlig überrascht und regelrecht eifersüchtig gewesen, als Robert im zweiten oder dritten Semester mit Mirko zusammenzog und nicht mit einem von uns. Mirko kam aus Bochum und fuhr Motorrad; seine abgenutzte Lederjacke trug er drinnen wie draußen. Er studierte Mathematik.

Überrascht horchte Robert auf, als ich jetzt meine Atelierbesuche mit Eva erwähnte. Am liebsten hätte ich mir auf die Zunge gebissen. Einerseits wollte ich gar nichts von Evas und meinem Leben verraten, und andererseits kam es mir irgendwie aufgesetzt vor, von mir als einem Besucher von Künstlerateliers zu erzählen. Eva hätte bestimmt den Kopf darüber geschüttelt, ich meine über das *Aufgesetzte*; sie hatte mir in der ganzen Zeit kein einziges Mal zu verstehen gegeben, dass sie mich in dieser Umgebung fehl am Platz fand; ich selber fühlte mich aber oft so. Dann wieder war es mir egal. Ich verließ mich darauf, wie sie in den Dingen dachte, die die Liebe betrafen.

Die Kneipe, in die Robert mich zog, kannte ich nicht; sie roch nach Haschisch, die Musik war laut und schnell. Einige Typen sahen Robert interessiert an. Ich rauchte nervös eine Zigarette nach der anderen, hin und her gerissen zwischen der sonderbaren Stimmung, die von ihm ausging, und meinem Wunsch, zu Eva zu fahren. Robert sprach so, als hätte er den ganzen Abend darauf gewartet, mit mir allein zu sein, zugleich aber tastend und zurückhaltend. Er behielt mich dabei genau im Auge. Als traute er sich nicht, oder als wollte er mich testen. Ich war mir nicht sicher.

Er war mit Mirko gut ausgekommen. Sie hatten sich alles geteilt, ohne große Scherereien. Die Miete, das Einkaufen, Aufräumen, Kohlenholen. Sie hatten oft bis in die Nacht hinein miteinander gesprochen und Musik gehört. Mirko hatte eine Freundin, Nora. Sie hatten oft zu dritt zusammen gekocht und geredet.

Nach einiger Zeit war Nora mit in die Wohnung gezogen.

Ich hab was mit ihr angefangen, sagte Robert.

Au Scheiße, sagte ich.

Es ist so gut wie vorbei, sagte Robert.

Und Mirko?

Ich weiß nicht, sagte Robert langsam, ich denke, es hat ihm gefallen.

Und er sah mich schief lächelnd von unten an, wissend, überlegen, lauernd, alles auf einmal. Dann dehnte und streckte er sich auf seinem Stuhl und genoss ganz offensichtlich meinen schockierten Blick.

Ich glaube, in diesem Moment hatte ich zum ersten Mal Angst davor, dass er Eva kennenlernte.

Pass auf, murmelte ich, pass auf.

5

Nach diesem Treffen rief Robert häufiger an. Wenn ich bei Eva oder an der Uni war, hinterließ er eine Nachricht bei Opa.

Mirko und Nora waren nach Jugoslawien gefahren, wo Mirko entfernte Verwandte hatte. Robert erzählte nur knapp den Stand der Dinge, dann sprach er über unsere üblichen Themen, Bücher, Platten, Filme. Er fragte, ob wir nicht zusammen ins Kino gehen wollten, zusammen mit Eva. Es wäre ihm peinlich, wenn aus ihrem Kennenlernen so eine große Sache gemacht würde.

Ich stutzte etwas. Ich fragte Eva.

Och nö, sagte Eva, keine Lust.

Der Frühling kam ...

... und Beuys pinkelte überallhin. Eva packte ihn am Nacken, schimpfte ihn aus und trug ihn in sein Katzenklo in der Küche. Sie legte Zeitungspapier im ganzen Zimmer aus, wenn sie das Haus verließ. Wenn er beim Sex aufs Bett sprang, um zuzusehen, schubste ich ihn herunter, aber so, dass Eva es nicht mitbekam.

Nach einer Weile war das Tier so nett, nicht mehr jede Nacht in unser Bett zu kommen.

Meine Eifersuchtsfantasien und der Wunsch, sie Eva mitzuteilen, beruhigten sich. Sie war vergnügt und ich war glücklich.

Die Tage wurden länger; die Mauern luden sich mit Wärme auf; wir saßen auf Evas winzigem Balkon und tranken Tee mit dem Blick auf ihren Himmel. Oder wir verabredeten uns in einem Biergarten an der Spree, bei ihr in der Nähe, und ich lernte den Wedding von einer anderen Seite kennen. Eva war der einzige Mensch, der es schaffte, mich zur Gegenwart zu verführen.

Hin und wieder kam sie sonntags mit zu Opa. Opa hatte am Wochenende schon immer für sich und mich gekocht; ich wollte ihm diese liebe Angewohnheit nicht nehmen, zumal er jetzt nicht mehr allzu viel von mir hatte. Ich bemerkte, dass er sich manchmal schwach fühlte, dass er im Sessel neben der Stehlampe über seinem Maigret oder Clausewitz einnickte, was er allerdings nie zugegeben hätte. Er war wie die meisten in seiner Generation darauf bedacht, niemandem zur Last zu fallen.

Einmal, als ich abends zu Hause war und ihm in der Bibliothek bei seinem Sherry-Ritual Gesellschaft leistete, fragte ich ihn nach meinen Eltern. Ich hatte so wenig Erinnerungen an sie, und daran, wie sie miteinander umgegangen waren.

Deine Mutter war ein Floh und dein Vater liebte Flöhe, entfuhr es Opa.

Bitte? fragte ich entgeistert. So salopp sprach er sonst nie. Wir sprachen ohnehin nicht allzu oft von ihnen. Wir waren so lange zusammen traurig gewesen, dass wir es irgendwann vermieden, uns an unseren Schmerz zu erinnern.

Man soll sich die Liebesbeziehung der eigenen Eltern anschauen, hatte ich irgendwo gelesen, um zu begreifen, wie man selbst es damit hält. Nur was ist, wenn man sich gar nicht erinnern kann? Wenn man kein *Modell* vor Augen hat?

Ich glaube, deine Eltern waren ein glückliches Paar, korrigierte Opa sich.

Und dann wollte er über andere Dinge sprechen, er wollte wissen, wie es mit meinen diversen Seminaren und Scheinen stand.

Das Mädchen bekommt dir besser, als ich dachte, sagte er, aber du solltest die Uni nicht vernachlässigen.

Mehr gab es nicht zu sagen; er sah mich nur etwas besorgt an, als wollte er in Zweifel ziehen, was ich vergaß, weil ich es vergessen wollte: Wie lange es wohl halten mochte, mit Eva und mir.

Im Hinblick auf einen alten Bekannten hatte Opa einmal einen Ausdruck benutzt, der gut auf mich gepasst hätte, den er über seinen Enkel jedoch niemals geäußert hätte: *Die Matratze brennt, da ist nichts zu machen.*

Manchmal lag ich in Evas Arm und wünschte mir, dass es zu Ende ginge.

Aus Angst davor.

Eines Tages überraschte ich sie in unserem Biergarten im Wedding. Sie saß dort manchmal mit einem Buch unter den Bäumen am Wasser. Ich hatte sie zu Hause nicht angetroffen und war zu den Geschäften gelaufen, bei denen sie manchmal einkaufte oder herumbummelte und mit den Leuten plauderte, beim türkischen Gemüsehändler, beim Antiquariat, beim Blumenladen.

Als ich kam, sah ich ihren dunklen Krauskopf neben einem rötlichen Lockenkopf sitzen, der genauso zappelig auf und ab wippte wie ihrer. Man hörte das Gegacker der beiden Mädchen schon von weitem. Als ich näher kam, blieb ich wie angewurzelt stehen: Wie ähnlich sie sich sahen!

Die Erklärung war schnell gegeben, was sie nicht weniger verblüffend machte: Es war Evas Schwester Anka. Eva hatte sie nie erwähnt; sie knurrte. Spionierst du mir nach? fragte sie ungehalten.

Es passte ihr nicht, dass ich etwas über sie herausgefunden

hatte. Ich war etwas verärgert über diese Geheimnistuerei; aber Anka, die uns kurz ansah und grinste, fing die Situation mit ihrer Unbefangenheit auf. Sie war anderthalb Jahre jünger als Eva, hatte graue Augen und gerade ihr Studium der Biologie in Tübingen aufgenommen. Sie lümmelte auf dem Gartenstuhl in T-Shirt und hochgekrempelten Hosen, unter denen derbe Stiefel vorguckten, und sprach mit Händen und Füßen, um nicht zu sagen mit Armen und Beinen. Ich habe nie einen leichtfüßigeren Menschen kennengelernt. Anka perlte und kicherte, stellte einen Haufen Fragen, kommentierte alles. Evas Anspannung löste sich wieder, und wir amüsierten uns den ganzen Nachmittag miteinander.

Zwischendurch, als ich die beiden Mädchengesichter vor mir sah, geschah etwas Sonderbares, was meine untergründige Unsicherheit wieder aufriss: Die beiden schienen sich zu verflüchtigen. Wie Metall. Ich sah sie an, sie waren da, Eva war besonders schön, ein bisschen rot von der Sonne, mit einem ausgeschnittenen blauen Kleid und ihrer hellen Haut am Hals, und zugleich entzogen sie sich mir vollständig. Ich trieb von ihnen fort, ich hätte am liebsten nach beiden gegriffen, *haltet mich fest, der Fluss nimmt mich mit!* Eva beugte sich unvermittelt vor und küsste mich auf den Mund.

Wir gehen jetzt, sagte sie, genug geplaudert. Anka muss zum Zug, und wir haben ja auch noch etwas vor. Ich gehe nur noch für kleine Mädchen.

Anka zahlte. Sie sah mich aufmerksam an, holte tief Luft und sagte: Ich nehme kaum an, dass sie es dir gesagt hat.

Was? fragte ich entsetzt. Ich war sicher, dass sie mir sagen würde, Eva wäre verheiratet, obwohl mein Verstand diesen Gedanken umgehend für absoluten Unsinn erklärte.

Unsere Mutter –

Ich atmete auf.

Unsere Mutter war ein bisschen durcheinander. Wir wissen nicht genau, was sie hatte. Sie verschwand immer wieder, und eines Tages, im Winter, ist sie nicht zurückgekommen.

Ach, sagte ich. Das war es also!

Anka beugte sich vor. Ich roch sie. Sie roch dunkler als Eva, obwohl ihr Haar heller war, zimtig, und auch nach Patschuli, ein schreckliches, aber damals sehr beliebtes Parfum. In ihren grauen Augen waren winzige bernsteinfarbene Sprenkel zu sehen.

Du darfst Eva nicht sagen, dass ich es dir gesagt habe, sie bringt mich um!

Sie zog sich ruckartig zurück.

Da kommt sie schon, sagte sie.

Warum hast du mir nicht von deiner Schwester erzählt? fragte ich Eva an jenem Abend, als wir durch die Straßen liefen, in denen es gar nicht dunkel zu werden schien. Oder von deiner Mutter?

Ich weiß es nicht, sagte Eva. Es hat sich nicht ergeben.

Was ist mit deinem Vater? fragte ich.

Hat sie etwas gesagt? fragte Eva ungeduldig. Ich sah, dass sie wütend wurde. Sie sah mich mit ihren grünen Augen an, als würde sie gleich sagen, *geh bloß weg,* so wie bei der Sache mit dem Kater.

Was sollte sie denn gesagt haben? Ich mimte den Unschuldigen.

Ach nichts, sagte Eva. Mein Vater lebt allein; wir können ihn ja mal besuchen. Aber ich habe eigentlich keine Lust dazu. Ich wünschte manchmal, wieder in einer ganz anderen Stadt zu leben, vielleicht in London, er hat mir auch gesagt, dass er mir einen Aufenthalt bezahlen würde, aber erst, wenn ich mein Grundstudium hinter mir habe. Das braucht man auch, um zum Beispiel bei *Sotheby´s* ein Volontariat zu machen. Weißt du, ich hätte einfach gern die Freiheit, eine andere zu sein. Man muss doch auch mal von den Eltern weg. Außerdem ist mein Vater viel unterwegs.

Ich sah sie verwirrt an. Du willst also weg?

Natürlich! sagte sie. Willst du denn ewig hier bleiben?

Aber du hast doch schon in Paris studiert!

Na und? Es gibt doch so viele Orte auf der Welt!

Ja und was wird mit uns? stammelte ich. Mir wurde schwindelig.

Ich hasse dich, sagte sie, plötzlich kreidebleich, wenn du mir so misstraust.

Sie fing an zu rennen. Ich rannte hinter ihr her, hielt sie fest, doch sie schlug mir ins Gesicht.

Lass das bloß sein, schrie sie, du machst alles kaputt!

Was hätte ich tun sollen? Sie riss sich los, und ich ließ sie laufen. Wenn ich daran denke, wie sie dort im blauen Kleid zwischen den grauen, alten Häusern davonrannte, schnürt sich mir noch heute die Kehle zu. Eva, wollte ich rufen, doch ich bekam keinen Ton raus.

Ich wusste gar nichts von ihr! Nichts von dieser sonderbaren Sache mit ihrer Mutter, nichts von ihrer Schwester, nicht, wo ihr Vater wohnte. Ich hatte noch nicht einmal danach gefragt! Natürlich kannte ich Berliner, die in Friedenau geboren und aufgewachsen waren und, sobald sie konnten, nach Neukölln oder einen anderen Bezirk am entgegengesetzten Ende der Stadt zogen, dort ein neues Leben anfingen und von ihrem früheren nichts mehr wissen wollten. Trotzdem!

Wieder verbrachte ich eine schlimme Nacht, und wieder hatte ich am Morgen Probleme mit den Augen und Kopfschmerzen. Diesmal half die Brille nicht. An die Uni wollte ich nicht. Ich traute mich noch weniger als nach der Nacht auf ihrem Küchenboden, bei ihr anzurufen. Ich saß in Opas Flur neben dem Telefon, wo es auf der Konsole unter dem Spiegel stand, und wartete.

Ich betrachtete das Muster auf dem großen blauen Perserteppich zu meinen Füßen, die Vögel und Blumen und Linien, auf und nieder, Ornamente, die auf himmlische Zusammenhänge verwiesen. Wortlos versank ich in ihnen, ein fallender Stern.

Am Nachmittag rief sie an. Ihre Stimme klang rauh.

Du klingst so heiser, sagte ich schüchtern.

Ich habe Halsweh, röhrte sie.

Kurzes Schweigen.

Wir wollten doch ins Kino, kam aus knisternder Ferne.

Ins Kino? fragte ich verdutzt.

Ja, sagte sie, mit deinem Freund, diesem Dichter. Wie wäre es heute Abend? Ich habe gerade nicht so viel zu tun, quatschen kann ich nicht und morgen fängt das Seminar erst später an.

Als ob sie sich sonst um irgendwelche Uhrzeiten gekümmert hätte! Sie schlief, wann immer es ihr einfiel, manchmal fand ich sie schlafend auf der Wiese im Park an der Uni, und oft war sie die halbe Nacht auf, selbst wenn sie am nächsten Morgen früh aufstehen musste.

Ist gut, Eva, sagte ich langsam. Ich rufe ihn an. Ich hole dich ab. Um sieben.

Brauchst du nicht, sagte sie.

Bitte, flehte ich.

Sie knurrte. Na gut, sagte sie schließlich.

Ich rief Robert an. Ich versuchte, beiläufig zu sein. Er sagte nur kurz, okay, er hätte ohnehin vorgehabt, ins Kino zu gehen, mit Harro und Oliver, sie wollten sich ausnahmsweise mal ein bisschen Hollywood reinziehen. ›*Out of Africa*‹ wollten sie sehen, im »Odeon«. Im »Odeon« in Schöneberg liefen die Filme immer im Original, mit Untertiteln. Ich schluckte. Er war geschickter als ich, selbst im Beiläufigen.

Zum ersten Mal war ich es, der ihr verzweifelt die Sachen vom Leib riss, als ich zu ihr in die Wohnung kam, aus der ich Mozart bis ins Treppenhaus klingen hörte. Sie wehrte sich, wie im Spiel, dann ließ sie es geschehen, erwiderte meine Küsse, schmiegte sich an mich und schnurrte wie ein Kätzchen. Wir waren spät dran, sie hatte nur noch ein schwarzes Unterkleid mit Spitze an, ihre Augen und Wangen glühten ein bisschen von ihrer Erkältung, sie sah schön aus. Wir küssten uns immer ausschweifender, unsere Zungen tanzten; ich schob ihr Höschen nur zur Seite und drängte in sie hinein, im Stehen in der Küche, und plötzlich wurde es noch einmal ganz anders als sonst, wild und lasziv und *wie ohne ein Gefühl*, und ich hätte mir am liebsten das Leben genommen.

Ich umarmte sie mit all meiner Kraft.

Du erdrückst mich, sagte sie.

Aber sie lachte dabei und küsste mich noch einmal.

Die wenigen Monate, die ich mit Eva zusammen war, kamen mir wie Jahre vor. Sie war dreiundzwanzig, ich vierundzwanzig. Wir waren unendlich jung.

Wir wussten so wenig, wir wussten nichts.

Und Eva lernte Robert kennen.

Robert kam mit Harro, Oliver und Lukas. Wie eine Horde Halbwüchsiger standen sie herum und starrten Eva an. Eva zuckte kurz zusammen, schüttelte allen die Hände, drehte sich zu mir um und nahm meine Hand. Mein Herz klopfte wie verrückt. Ich wäre am liebsten mit ihr fortgerannt. Dann stellten wir uns in die Schlange und sahen den Film. Eva saß zwischen Robert und mir. Sie lehnte sich an mich wie immer, sie schniefte wie immer und bat mich um ein Taschentuch. Als wir das Kino verließen, heulten Sirenen. Auf der Straße Blaulichter, Polizei, Rettungswagen. Am nächsten Tag erst hörten wir es: Es hatte einen Anschlag auf die Diskothek »*La Belle*« gegeben, zwei Menschen waren getötet worden und an die zweihundert verletzt.

Wir wussten von nichts und wunderten uns und standen auf der Straße. Eva und Robert sahen verlegen aus; sie kickten beide unsichtbare Gegenstände im Rinnstein herum.

Sollen wir noch was trinken gehen? fragte ich. Sollte ich doch an meiner Höflichkeit krepieren!

Ich will nach Hause, sagte Eva zu meiner Überraschung,

nächstes Mal gern. Und sie schüttelte allen die Hand. Die Jungs waren verblüfft, Harro zog eine Schnute.

Och nee, sagte er, wir sind doch wegen dir hier!

Eva lachte. Ist nett von euch, grinste sie, ich bin aber heute nicht in Stimmung für Gruppe. Komm, sagte sie zu mir und hakte sich bei mir ein, wir müssen mal nach dem Kater sehen.

In dieser Nacht war ich vor Erleichterung außer mir. Sie wollte mit mir allein sein! Erst wollte sie eine Pizza essen gehen und Wein trinken. Vergnügt schob sie mir von ihrer Pizza kleine Stücke in den Mund, während ihre Lippen vom Salatöl glänzten. Wir sprachen über alles Mögliche, aber kaum drei Sätze über den Film. Als ich sie zwischendurch fragte, wie sie meine Kumpels gefunden hatte, zuckte sie nur mit den Achseln. Dazu kann ich noch nichts sagen, sagte sie, normal jedenfalls. Und sie wechselte das Thema. Sie krächzte inzwischen wie ein Rabe und bekam offenbar auch noch einen dicken Schnupfen. Trotzdem küssten wir uns auf dem Nachhauseweg im DAF immer wieder, und wir hörten nicht auf damit, als wir bei ihr ankamen, und wir schliefen miteinander, so wie wir es am Anfang getan hatten, nur viel freier und vertrauter. Als es hell wurde, musste ich mir auf die Zunge beißen, sie nicht wieder zu bitten, mich zu heiraten. Nein, es stimmt nicht: Es war vielmehr so, als hätten alle Worte mich verlassen, vor Glück.

Für eine Zeit war alles sehr ungezwungen zwischen uns. Ich selbst stand wegen zahlreicher Prüfungen unter Druck, da ich mich im Wintersemester mit meinen philosophischen Neigungen etwas verzettelt hatte. Zivil- und Strafrecht sowie öffentliches Recht forderten meine gesamte Aufmerksamkeit; ich wollte die Scheine schaffen und musste pauken, auch wenn mir die Konzentration auf die »herrschende Meinung« schwerfiel. Ich hatte mich noch dazu in einem Seminar über Vernunftkonzepte festgebissen und wollte es nicht aufgeben;

ich las weiter Hegel und Kant. Meine Geschichtsseminare besuchte ich nur noch unregelmäßig, weil ich so viel Zeit mit Eva verbrachte. Anders als sie konnte ich den nachts versäumten Schlaf tagsüber nicht nachholen; unser juristischer Stundenplan war rigide, die Anwesenheit wurde kontrolliert.

Die Jungs machten sich lustig über mich, als wir uns einige Tage nach unserem Kinobesuch zufällig in der Uni über den Weg liefen.

Was, du gehst neuerdings spazieren? Wie hat sie das denn hingekriegt? stichelte Harro.

Dafür siehste aber reichlich blass aus, feixte Oliver hinterher.

Sie hatten mich früher immer einen lustfeindlichen Stubenhocker genannt, nach dem Motto *Körpersäfte sind ihm lästig*. Jetzt beneideten sie mich. Eva ging ein- oder zweimal mit zu einer Verabredung; sie spielte Billard, als hätte sie es gelernt, trank das Bier aus der Flasche, flirtete mit allen und blieb Robert gegenüber auf Distanz. Die Jungs nannten sie *leicht wie einen Vogel*, was mich maßlos ärgerte, weil es meine eigene Angst so ungeniert auf den Punkt brachte. Ich glaube, die Jungs nervten sie, was mich wiederum beruhigte. Sie interessierten sich nicht im geringsten für Kunst, außer Robert natürlich, der den Teufel tat, es hervorzukehren. Als die Jungs das nächste Mal anriefen und uns treffen wollten, entschuldigte sich Eva, sie hätte zu tun und keine Lust, also sagte ich ab; ich wollte sie nicht zu oft allein zu lassen.

Sie hatte sich seit Semesterbeginn schon einige Male mit Kommilitonen getroffen, um ein Referat über »Geschlechtertheorien und Kunstgeschichte« vorzubereiten. Ich vermutete natürlich, dass es sich nur um *einen* Kommilitonen handelte; sie bemerkte meine Unruhe und brummte.

Kannst ja kommen und alle kennenlernen.

Ich könnte ja etwas für euch kochen, schlug ich vor.

Nette Idee, sagte Eva nur und grinste.

Böses Mädchen, gab ich zurück und küsste sie.

So lernte ich Silvie kennen (ich fragte mich insgeheim, wann sie sich mit ihr angefreundet hatte), Frank und Leonhardt. Über Frank ist nicht viel zu sagen, aber Leonhardt himmelte Eva unverhohlen an; er war ein großer, attraktiver Mensch und bewegte sich, als hinderten ihn seine Beinmuskeln an einem unauffälligeren Gang. Er hatte einen knallroten Botticellimund, schneewittchenweiße Haut und dunkle Locken. Sein Äußeres täuschte über seinen scharfen Intellekt hinweg; bald war ich mit ihm in heftige Diskussionen verstrickt, in denen ich feststellte, wie schrecklich naiv ich selbst und wie unzureichend meine philosophischen Kenntnisse waren. Leonhardt hatte seinen Derrida gefressen und demontierte jeden Satz, den ich sagte. Ich geriet ins Schwitzen. Eva zeigte sich brillant und machte Witze über uns; ich staunte, da ich davon ausging, dass Theorie nicht ihre Sache war.

Wieso tust du immer so, als verstündest du nichts davon? fragte ich sie spät in der Nacht.

Ach weißt du, sagte sie und küsste meinen Hals, ich finde Theorien ganz amüsant, aber sie fesseln mich nicht wirklich. Nur wenn sie auf Bilder anwendbar sind, wenn ich damit etwas besser begreife. Ich bin mir nicht einmal sicher, ob ich das Studium abschließen will. Ich würde viel lieber etwas Praktisches machen.

Die Wahrheit war, dass Eva gern bildende Kunst studiert hätte, es sich aber aus irgendeinem Grund nicht zutraute. Sie war oft traurig darüber, doch sobald sie vor Bildern und Zeichnungen stand oder sich von Skulpturen und Installationen begeistern ließ, vergaß sie es. Sie ging in diesen Dingen auf.

Silvie war ein blasses, blondes Mädchen aus Köln, mit großem Busen und hochgestecktem Haar; sie trug, wann immer ich sie sah, ausgesprochen feminine Kleider, anliegend, mit weitem

Ausschnitt. Ihre blassblauen Augen sahen mich groß und fragend an; ihr Mund war ungewöhnlich geschnitten, so als bildete die Oberlippe zwei Herzen. Silvie schob auf hohen Absätzen so langsam in den Raum, dass jeder sich nach ihr umsah; sie war mir schon bei einem unserer Atelierbesuche aufgefallen. An dem Abend, an dem ich für alle kochte, stellte sie sich zu mir und hackte Petersilie.

Ich kann Männer, die auf Rollen festgelegt sind, nicht ausstehen, sagte sie freundlich.

Später trank sie eine Menge Rotwein, ohne dass man es ihr angemerkt hätte. Sie hielt einen langen Vortrag, bei dem ihr rheinländischer Singsang immer stärker wurde und Eva sich vor Lachen ausschüttete, während die Männer am Tisch immer ratloser wurden.

Ihr könnd eusch dat jar nich vorstellen, sagte sie, was für einen Energieverschleiß wir Frauen täglich haben, in der Abwehr männlicher Bestimmungen, wie wir aufzucken, weil FRAU ausgespart wird, in den Zeitungen, in den Büchern, in den Vorlesungen. Stellt eusch mal vor, in der BILD-Zeitung hieße die Schlagzeile *Streik der Aufseherinnen*, und die Männer wären mitgemeint, was dat fürn Aufstand gäbe! Und dann noch dieser dämlische Lacan, auf den jetzt alle so scharf sind, der sagt auch noch: *La femme n´existe pas*. Die Frau existiert nit. Son Gorkes.

Ihr Französisch löste bei allen Heiterkeit aus. Eva hielt sich die Rippen.

Isch sach eusch mal eines, fuhr Silvie ungerührt fort, ehe isch mit meinem Freund über mein Seksual- und Geschleschtsleben diskudiere, schlaf ich doch lieber mit ihm. Dann sach isch so för misch, bedauerlich, sehr bedauerlich, aber isch kannit anders, weil isch es leid bin, dat lange Reden, und weil die Reaktion auf das Nicht-Wollen so massiv ist, dat isch et janz unangemessen finde.

Ich wurde immer trauriger, als ich das alles hörte, während Eva sich offenbar nicht mehr einkriegte vor Lachen.

Du musst das nicht so schwernehmen, sagte sie in der Nacht, Silvie ist wahnsinnig lieb und im Grunde zu gescheit, um so lieb zu sein. Ihr Heinrich ist ein wunderbarer Mensch, der sie liebt, aber jetzt ist er für ein Jahr fortgegangen und hat sie mit seinen ganzen Büchern in seiner Wohnung zurückgelassen. Sie liest eins nach dem anderen, um ihm nah zu sein, und wir können sie auf die Dauer nicht halten, weil sie die Kunstgeschichte völlig schleifen lässt. Sie geht zu den Philosophen, weil er Philosophie studiert hat, sie weiß inzwischen alles über die Kabbala und sämtliche jüdischen Denker von Benjamin bis Scholem. Scheine macht sie, glaube ich, gar keine.

Ich war wie immer verblüfft.

Sie hat überhaupt kein Geld, redete Eva weiter, sie kriegt nur ganz wenig BAföG, ich weiß ehrlich gesagt gar nicht, wovon sie lebt. Sie hebt Rabattmärkchen von Butter-Lindner auf, die sie findet oder die sie sammelt, wenn sie dort Milch kauft, was völlig unvernünftig ist, weil die Milch teurer ist als anderswo, aber sie sagt, nur dort schmeckt die Milch wie richtige Milch, sonst trinke ich lieber Wasser. Wenn sie genug Marken auf einer Karte hat, kauft sie davon Nudeln.

Warum jobbt sie nicht? fragte ich. Du jobbst doch auch manchmal.

Silvie kann es nicht. Silvie ist nicht von dieser Welt, antwortete Eva, als wäre dies eine völlig logische und verständliche Erklärung.

Eva gab ihr manchmal Geld, einmal bezahlte sie ihre Telefonrechnung, obwohl sie selbst auch nicht so viel hatte. Evas Vater vertrat den Standpunkt, dass man im Leben besser zurechtkäme, wenn man finanziell nicht allzu sehr verwöhnt würde. Eva war es unwichtig; wenn sie etwas brauchte, half sie im Buchladen aus, stand Modell oder machte sonst was. Silvie lieh uns im Gegenzug für die Telefonrechnung wunderbare Schallplatten von ihrem fernen Freund; wir hörten Haydn, Schumann und Chopin rauf und runter, was mir besser gefiel als Pop und Punk. Als Silvie einmal eine Karte für ein

Horowitzkonzert geschenkt bekam, war sie tagelang sprachlos vor Glück. Danach erzählte sie uns alles, bis zur kleinsten Fingerbewegung des Pianisten.

Jahre später erfuhr ich durch Zufall, dass Silvie bei einem Austauschprogramm mit Studenten in Israel einen Kibbuznik geheiratet und mehrere Kinder mit ihm bekommen hatte.

Weißt du, sagte Eva mitten in der Nacht nach der Kocherei, diese Institution *fester Freund* ist doch irgendwie blöde.

Wir zankten uns bis zum Morgen, denn ich sah in diesem Satz ihre Vorbereitung auf eine Untreue, was sie wiederum als eine Unterstellung und weiteren Beweis meiner Projektionen und womöglich eigenen Wünsche interpretierte, so dass wir am Ende beide weinten und sie schrie. Ich schreie nie; ich klammerte mich nur an sie und beschwor sie, das alles nicht zu glauben, ich sei glücklich mit ihr und wolle es nur mit ihr sein.

Würdest du es mir beweisen, indem du mit einer anderen schläfst und dann doch bei mir bleibst?

Um Himmels willen, sagte ich, wieso sollte ich das denn tun? Ich wüsste nicht einmal, wie, geschweige denn, mit wem!

Wie kannst du dann so sicher sein, nur mich zu lieben? Vielleicht schläfst du mit einer anderen und findest es viel schöner als mit mir?

Du spinnst ja völlig, sagte ich.

Leonhardt sagt, erst die auf jeden Besitz verzichtende Liebe ist die richtige.

Ich hatte es gewusst. Dieser Sportcenterphilosoph mit dem Botticellimund war schuld an allem. Ich drehte mich zur Wand und sagte kein Wort mehr. Eva schubste mich, dann schlug sie meinen Rücken, nicht sehr, eher eine Reihe von Klapsen, dann umschlang sie mich von hinten und fasste nach meinem Glied, das sich zusammengefältelt hatte wie eine verschrumpelte Socke.

Nein, Eva, sagte ich leise, so geht das nicht.

Sie ließ aber nicht locker. Verzeih mir, murmelte sie, verzeih mir, bitte, bitte, und natürlich brachte ihre Hitze meine Schrumpelblume zum Blühen.

Ich war ihr so entsetzlich ausgeliefert! Immer wieder musste ich feststellen, dass ich sie in Situationen, in denen ich mich im Grunde schwach und hilflos fühlte, am meisten begehrte. Ich wurde zu reinem Verlangen. Und zu meinem großen Erstaunen liebte sie mich in diesen Momenten besonders hitzig und hingebungsvoll.

Beim Büffeln erholte ich mich nur halbwegs von unseren verwirrenden Nächten. Wir waren viel zu unerfahren, um all diese Dinge zur Sprache zu bringen, denen ich im Nachhinein Namen gebe, als hätte ich sie schon damals begriffen. Damals fühlte ich mich vor allem hin- und hergeschleudert zwischen vollkommenem Glück und vollkommenem Unglück.

Ich lebte so intensiv wie nie. Heute weiß ich das. Wahrscheinlich haben das auch die paar Frauen gespürt, mit denen ich später, nach Eva, zusammen war.

Komisch, dass zwischen Irene und mir überhaupt etwas angefangen hat. Es muss eines der produktiven Missverständnisse des Lebens gewesen sein, die daraus resultieren, dass wir uns selbst so schlecht kennen. Ich mochte ihr lebhaftes Lachen und ihre spitze Zunge, ich dachte, sie wären nur ein Teil von ihr, und nicht ihr Wesen. Wie Eva verliebte sie sich in meine altmodischen Anzüge, mit dem Unterschied, dass sie gerade angesagt waren; sie ahnte nicht, dass darin einer steckte, der noch nie mit der Mode gegangen war, sondern sein ganzes Leben diese Anzüge trug. Irene wurde stutzig, als sie versuchte, mir eine angeblich dazu passende Brille aufzuschwatzen, eine mit starken schwarzen Rändern, wie andere Männer sie zu dieser Art Anzügen trugen.

Irene hatte zwei Seelen in ihrer Brust: die sentimentale und die merkantile. Die sentimentale verwechselte sie mit einer Neigung zu den Künsten; die merkantile setzte sich durch. Zuletzt machte sie eine Ausstellung im alten Puff am Savignyplatz, vor dem früher immer die langbeinigen Nutten mit den hohen, glänzenden Stiefeln gestanden hatten und mich jedes Mal in Verlegenheit brachten, wenn ich vorbeiging. Ich kam nicht selten vorbei, es war nach dem Wedding schließlich Evas Gegend; oft schlenderten wir auch gemeinsam an den Damen vorbei, wenn wir ins »Hegel« gingen, das es heute nicht mehr gibt und in dem außer der sehenswerten dicken Chefin noch ein ebenso sehenswerter schmieriger Russe am verstimmten Piano in die Tasten schlug und sich seine russische Seele aus dem Leib sang. Die roch ganz schön nach billigem Rotwein, aber wir fanden ihn großartig, denn er sang, als schrieben wir das Jahr 1905 und die Revolution stünde vor der Tür und alles würde gut.

Jedenfalls gibt es den Puff auch nicht mehr, er ist jetzt gewissermaßen *profaniert*, wie die vielen Kirchen, in denen heutzutage Kulturevents stattfinden. Die Kulisse ist vermutlich noch erhalten, und ich kann mir gut vorstellen, weshalb Irene sie ausgesucht hat, um die Ausstellung mit pornografischen Blättern zu zeigen, die ihr irgendein Sammler zugespielt hat.

Irene hat eine Schwäche für pornografische Darstellungen; seit Jahren handelt sie damit im Internet; der Witz ist, dass ich, als ich ihre Vorliebe bemerkte, sie auch noch darauf gestoßen habe, obwohl mir das Genre mehr als fremd ist. Ich entdeckte auf dem Flohmarkt ein besonderes Heft, ein *Insiderding*, und schenkte es ihr zum Geburtstag.

Wo hast du das her? schrie sie begeistert und küsste mich.

Ich erzählte es ihr, und fortan verbrachten wir etliche Sonntage damit, Flohmärkte nach weiteren Exemplaren zu durchstöbern. Auch so ein Missverständnis. Sie vertickte die ersten im Netz und verdiente ganz hübsch Geld damit. Dagegen ist im Grunde ja nichts zu sagen.

Auch nicht dagegen, dass sie es im Bett gern distanziert hatte; nur dass mir da irgendetwas fehlte; es lief nach dem ersten Reiz auch nicht so. Es war ein bisschen, als hätten wir in der Küche im Stehen angefangen, und nun dachte sich jeder von uns eine andere Fortsetzung: Sie dachte, es würde so bleiben, und ich dachte, die Zärtlichkeit käme noch.

So etwas wie damals mit Eva, als alles zusammenkam und für mich neu war und mich überschwemmte, das gab es sowieso nie mehr wieder.

Vor lauter Erhitzung verpatzte ich damals zum ersten Mal zwei Klausuren und damit einen großen Schein. Ich sagte Eva, ich müsse mehr arbeiten, ich könne mich in ihrer Wohnung nicht genug konzentrieren. Eva war überrascht.

Nanu, sagte sie, was ist das denn?

Eva war ein Konzentrationsgenie; egal, wo sie war und was sie tat, sie war davon absorbiert. War sie nicht damit beschäftigt, eine bestimmte Aufgabe zu lösen, war sie von allem irritierbar, von Gerüchen, Geräuschen, dem Geplapper von Fremden, einem falschen Essen; sie gab dann keine Ruhe, bis die Situation verändert und ihr wieder wohler war. In Kneipen mussten wir manchmal den Tisch dreimal wechseln, wenn wir überhaupt im selben Lokal bleiben konnten. Sie war eine kapriziöse Prinzessin in diesen Dingen, was mich manchmal an die Grenzen der Geduld brachte. Na ja. Zugegeben. Ich fand es hinreißend, dass sie immer so genau wusste, was sie wollte. Ich staunte, wie sie es fertigbrachte, ihre Seminararbeiten pünktlich und offenbar mit guten Ergebnissen abzuliefern, was sie alles wusste, wie viel sie las, wie viele Bilder sie sah, wenn wir nicht zusammen waren, und wie viele Menschen sie kannte.

Zwei, drei Nächte blieb ich zu Hause bei Opa, dann saß ich wieder bei ihr. Zu Opa ging ich, um zu duschen, die Kleider zu wechseln, nach ihm zu sehen.

Wenn mitteleuropäische Menschen Probleme haben, stellen sie sich stundenlang unter die Dusche. Und arbeiten bis zum Umfallen. Ich duschte ziemlich viel in dieser Zeit.

6

Nora und Mirko kamen aus Jugoslawien zurück und hatten geheiratet. Ich war platt. Robert sollte aus der gemeinsamen Wohnung ausziehen und suchte nun nach einer neuen.

Ich hatte seit einer Woche nichts mehr von ihm gehört, als er mich am Telefon erwischte und es mir erzählte. Er wirkte aufgewühlt und unglücklich. Ich traf ihn, allein, und wir tranken unzählige Gin Tonics, ein grässliches Gesöff, das wir *cool* fanden. Er erzählte von Nora. Ich hatte Nora bis dahin nur einmal flüchtig gesehen; er hielt mir ein Foto hin. Sie war sehr hübsch, klein und zierlich, mit schmalen, ausdrucksvollen Lippen, zwischen denen eine Zigarette klemmte.

Ich dachte, du hasst Raucher, frotzelte ich.

Robert nickte. Stimmt, sagte er.

Sie hatte einen langen dunkelbraunen geflochtenen Zopf, der ihr von der Seite nach hinten über den Rücken fiel.

Robert steigerte sich immer mehr in seine Verachtung für Nora und Mirko hinein, wegen der Tatsache, dass sie geheiratet hatten.

Diese ganze bescheuerte Idee der Treue ist doch eine blöde bürgerliche Erfindung, sagte er wütend beim vierten Gin Tonic.

Jetzt fängst du auch noch an damit, sagte ich und griff nervös nach den Nüssen, die auf dem Tisch standen.

Wieso auch noch?

Nur so.

Um keinen Preis wollte ich ihm erzählen, dass ich das auch schon von Eva gehört hatte.

Wieso? wiederholte er und sah mich interessiert an.

Ich lenkte ihn mit Oberflächlichkeiten ab; ich wollte nichts über Eva und mich erzählen. Das war mein Eigenes, mein Liebstes, mein Privates. Doch jede noch so banale Bemerkung wie die, dass wir manchmal Museen besuchten, dass ich für ihre Arbeitsgruppe gekocht hatte oder dass ich eigentlich zur Zeit mehr arbeiten müsste, veranlasste Robert, mir schwierige Fragen zu stellen, die suggerierten, dass ich für Eva ein Zeitvertreib war. Mitten im Gespräch fing er an, sie *Milena* zu nennen, woraufhin ich so tat, als wüsste ich nicht, von wem er sprach. Ich kannte ja seine Namensgeberei und ihre Auswirkung; ich wollte nicht, dass er von Eva so sprach, als dürfte er über sie verfügen.

Milena war die Verlobte Kafkas, sagte Robert.

Na und? fragte ich.

Ich ging nicht weiter darauf ein, doch er redete weiter von Milena und meinte Eva. Die Haut über seinen Backenknochen war gespannt; die Adern an den Schläfen traten hervor.

Sie nutzt dich doch aus, sagte er. Dass du für sie einkaufst, das ist doch nicht zu glauben! Dass du für sie und ihre Arbeitsgruppe kochst, da machst du dich doch zum Idioten! Merkst du das denn nicht?

Er sah mich mit seinen dunklen Augen merkwürdig leer an. Mir wurde schlecht. Früher hatte Robert mich mit beschützender Geste darauf hingewiesen, wenn Leute mich ausnutzten. Ich war ihm oft dankbar dafür gewesen. Er hatte auch schon mal einem anderen eins auf die Nase gegeben, wenn dieser mir zu nahe getreten war. Aber jetzt wollte ich nicht hören, was er mir sagte. Ich fühlte mich in seiner Gegenwart immer kleiner werden, ich dachte an einen Apfel, durch den sich genüsslich schmatzend Würmer fraßen. In Evas Gegenwart fühlte ich mich meistens schön und klug.

Ich mache das gern, sagte ich leise.

Ich hätte sofort gehen sollen. Er ließ nicht locker. Ich fühlte mich wie gelähmt. Als würde er mir Gift ins Ohr träufeln, gegen das ich mich auch durch Zuhören nicht immunisieren konnte. Ich fragte mich plötzlich, ob es der alte, der Vor-Eva-Konrad gemocht hatte, wenn man ihn fertigmachte. Irgendwann fing Robert wieder mit der bürgerlichen Treue an. Dass sie Unsinn wäre. Lüge.

Das sagt man nur, wenn man jemanden nicht genug liebt, sagte ich.

Nein, sagte Robert, das sagt man, wenn man jemanden so sehr liebt, dass kein anderer es stören kann. Wir müssen uns ganz frei darin bewegen. Die Berührung mit anderen ist ein flüchtiges Geschenk, das merkst du doch immer, wenn die erste besinnungslose Verliebtheit aufhört. Du merkst es, wenn aus dem Erforschen des anderen ein ruhiges Sich-Kennen wird.

Ich zuckte innerlich zusammen. Fast hätte ich genickt. War es mit Eva nicht genau so? Wir schliefen jetzt nicht mehr so oft miteinander. Dafür hatten wir die Katerkrise überwunden. Dafür gingen wir spazieren, lagen beieinander und – Aufregungen gab es genügend. Und Sex eigentlich auch. Und das alles ging Robert einen Dreck an. Also nickte ich nicht.

Er lächelte mich abgründig an. Als fühlte er sich unbedingt überlegen.

Du merkst es auch, sagte Robert, wenn du dir sagst: Heute muss ich gar nicht mit ihr schlafen. Du kannst es bezwingen.

So hast du es wohl mit Nora gemacht, was? Ich sagte es schneller, als ich mir auf die Zunge beißen konnte.

Plötzlich ließ Robert seine ganze Anspannung fallen. Er zuckte mit den Achseln, lehnte sich in seinem Stuhl zurück. Stolz und gequält sah er aus, wegwerfend und melancholisch.

Robert hatte schon immer eine schräge Mischung aus Pseudobuddhismus und Samuraikämpfertum vertreten. Er nannte das die Freiheit von den Leidenschaften. Fragt sich, welche er meinte. Er war Vegetarier, und er liebte Gewaltfilme.

Ich bekam Zweifel an seinen magischen Kräften. Die einzige Person, die mich verhexte, war Eva. Robert merkte es, und nicht nur das, er merkte, dass ich ihm eine Erfahrung voraushatte. Er wollte das auch. Er wollte es in seinen Experimentierkasten legen und sagen: Das kenne ich auch. Aber er merkte, dass er mich nicht wie früher zu einem lammfrommen, bewundernden *So isses* verleiten konnte.

Früher hatte ich immer nur mit der Vernunft und dem Recht, an das ich fest glaubte, argumentiert. Für die Gewaltlosigkeit. Für die zivilisierenden Kräfte im Menschen. Für die Trennung von Staat und Religion. Ich war ein begeisterter Anhänger der Menschenrechte. Ich wollte später für *Amnesty International* arbeiten. Die Philosophie hatte mich zwar zunächst verwirrt, dann aber bestärkt, und sie änderte nichts an meinen langfristigen Plänen, an meiner Grundhaltung. Ich war ein Junge aus gutem Haus, nicht aus einem überspannten oder nur auf Wohlstand hin orientierten Haus. Ich hatte Wertvorstellungen. Ich war nur etwas schüchtern. Und von Natur aus skeptisch. Und ich hatte Eva früher nicht gekannt. Jetzt kannte ich Eva, und zum ersten Mal fühlte ich mich nicht mehr wie der ahnungslose Konrad, der ich in Roberts Augen immer gewesen war. Obwohl Robert mich auch schätzte, aber wohl doch nur wegen meiner – ja, weswegen eigentlich?

Robert trank noch einen Gin Tonic. Ich wollte mich verabschieden, aber er hielt mich am Ärmel fest. Er sprach mit schwerer Zunge.

Es sind doch nur meine eigenen Ängste, sagte er einschmeichelnd. Komm, bleib noch. Ich meine nur, was würdest du tun, wenn ... wenn ... Nehmen wir einmal an, dass Milena einen anderen vögelt?

Ich hatte die Nase voll. Ich schlug mit der Hand auf den Tisch, Blut schoss mir in den Kopf. Sag mal, euch hamse wohl ins Hirn geschissen! Ihr wisst ja überhaupt nicht, wovon die Rede ist! Ich sprang vom Tisch auf, warf Geld hin und floh.

Grüß Milena, schrie Robert mir hinterher.

So endete unser Gespräch. Ich fuhr nach Hause, wo ich mich für den Rest der Nacht übergab. Ich wollte das alles nicht. Ich wollte keine Experimente. Ich war krank vor Verlangen, und die Vorstellung, Eva könnte mich verlassen oder mit einem anderen etwas anfangen, um sich oder ihre Liebe oder meine auszuprobieren, machte mich verrückt. Ich saß in meiner Souterrainbude, die auch am Tag immer etwas schattig war, und wünschte, ich wäre Eva nie begegnet. Ich wünschte, ich säße hier wie noch vor einem halben Jahr und studierte meine Anspruchsgrundlagen für das Zivilrecht, meinen Kant und Hegel und hätte Freude an der Entwicklung der westlichen Demokratien. Alles war verzerrt. Alles schwankte. Ich hasste Robert. Er kam mir vor wie ein Pennäler, der in den obskuren Vorstellungen der Pubertät hängen geblieben war, und ich weinte, weil ich ihm jahrelang geglaubt hatte. Weil ich jahrelang der Überzeugung gewesen war, dass er das Leben besser begriff, dass er mehr wusste. Ich hatte so eine alte, tiefsitzende Zuneigung zu ihm, und etwas in mir fragte immer noch, ob er nicht recht hätte, ob es nicht doch um diesen Kampf ging, den Ausgleich der Kräfte, *the balance of power*.

Ich dachte an sein stummes, verständnisvolles Nicken, an seine Lebensphilosophie des Erduldens, des Schmerzes, des Hinabsteigens in alle Orkusse. Nur: in welche stieg er denn hinab? Was erlebte er denn? Er blieb immer schön geschützt! Er schlief mit Nora und konnte sicher sein, dass Mirko es ihm nicht übel nahm, sondern es irgendwie *cool* fand, seine Freundin mit ihm zu teilen. Trotzdem hatte Mirko die Notbremse gezogen, war mit Nora weggefahren und kam mit ihr verheiratet zurück! Nicht schlecht, dachte ich, und ich beneidete ihn um seine Entschlossenheit. Und um Noras Ja natürlich. Robert hatte einen deutlichen Knacks weg, seit die beiden zurückgekommen waren und ihn rausgeworfen hatten. Er hatte sicher Liebeskummer wegen Nora und konnte es nur nicht so zeigen. Es war sein Stolz und seine Verletztheit! Das war es: Wir konnten es nicht richtig zeigen!

Ich hielt mich fest an diesem Gedanken; ich konnte und wollte meinen alten Freund nicht preisgeben.

Mitten in der Nacht, das heißt, es war schon fast Morgen, rief ich Eva an. Ich wäre lieber zu ihr gefahren, aber ich fühlte mich ekelhaft und ausgelaugt wie eine glitschige Kröte im Kerker. Die anzufassen wollte ich ihr ersparen. Sie nahm schlaftrunken ab.

Ich war unendlich erleichtert.

Dass sie da war. Dass ich ihre Stimme hörte.

Ich sagte ihr, dass mir das Wichtigste sei, mit ihr zu reden. Dass es mir gar nicht so sehr um das Körperliche ging. Dass mich diese ganzen sinnlichen Dinge nur verrückt machten. Dass ich wieder zu mir selbst finden müsste, dass ich Angst hätte, mein Studium nicht zu schaffen, dass ich keiner wäre, der mit einer anderen schlafen könnte, nicht zum Beweis der Treue und auch nicht zum Beweis der Unabhängigkeit.

Aber Konrad, sagte sie besorgt, was ist denn los? Sie hatte zuerst nur müde gemurmelt, doch ich merkte, dass sie inzwischen hellwach war.

Willst du nicht zu mir kommen? fragte sie.

Ich fing an zu weinen und schwieg.

Soll ich zu dir kommen?

Bloß nicht, du weckst Opa.

Das hätte gerade noch gefehlt.

Es ist mir alles unheimlich, sagte ich, es macht mich so konfus. Am liebsten wäre ich –

Was denn?

Am liebsten wäre ich nur dein alter Onkel, der mit dir Schlittschuh läuft und redet.

Robert hatte seine Macht ausgeübt, als ich glaubte, ihm entronnen zu sein. Ich fühlte mich wertlos, schmutzig und traurig in meinem Verlies, verwirrt und hässlich, und ich schämte mich.

Als ich am Morgen, nach zwei, drei Stunden Schlaf, hoch in die Küche ging, hörte ich Evas Stimme. Ich war offenbar vollends verrückt geworden. Aber nein. Eva stand mit Opa in der Küche und bereitete das Frühstück vor. Sie hatte Brötchen mitgebracht und plauderte mit dem alten Herrn über Marmeladesorten. Sie hatte ihm ein Glas Orangenmarmelade geschenkt, was er sehr aufmerksam fand. Er war reizend mit ihr, er lachte sogar. Eva trug eines meiner Seidenhemden und meine Hose. Sie kam auf mich zu, küsste mich und hielt mir ein Glas frisch gepressten Orangensaft hin.

Ich habe heute eine Prüfung, und ich wollte, dass du mir Glück wünschst.

Wir konnten vor Opa nicht reden. Wir frühstückten, und dann musste Eva los. Ich wollte sie begleiten, aber sie wehrte ab.

Wasch dich erst mal, sagte sie, ich muss mich jetzt auch ein bisschen konzentrieren.

7

Je heller die Stadt wurde, je heiterer die Tage, desto mehr quälte ich mich. Es waren Tage, die sich wie Wochen anfühlten. Eva ging mit keinem Wort auf meine Onkelbekenntnisse ein. Nur einmal sagte sie, es wäre doch alles sehr einfach, warum ich es nicht nehmen könnte, wie es war. Sie wollte mit einem leben, der die Nächte mit ihr teilte, nicht mehr und nicht weniger.

Ich glaube, sagte sie, in den Nächten kommt eine andere Schicht von uns in Bewegung, in Berührung.

Ich nickte.

Weißt du, sagte sie, die Zärtlichkeit zwischen uns kommt immer von innen, das andere ist nur der Auftakt dafür.

Was hätte ich später bei Irene darum gegeben, dass sie einen solchen Satz sagte! Damals, bei Eva hingegen, verstand ich diesen Satz als ein: Ich empfinde Zuneigung für dich, aber keine Leidenschaft.

Und litt.

Unsere Nächte wurden unruhig. Selten schliefen wir tief und fest nebeneinander; wir wachten auf, wenn der andere sich rührte; selbst der kleine Kater schreckte hoch, um sich mit lautem Schnurren wieder einzurollen. Ich konnte das Gefühl nicht loswerden, dass Eva insgeheim Sehnsucht nach einem anderen hatte. Aber das sage ich vielleicht im Nachhinein, denn wir sahen uns nach wie vor fast jeden Tag. Ich gewöhnte mich sogar an Josef, der inzwischen stubenrein war, sein Pinkeln allerdings jedes Mal mit lautem Gemaunze ankündigte. Wenn Eva sich wusch, sprang er an ihren nackten Beinen bis zur Hüfte hoch und zerkratzte ihr die helle Haut. Ich war entsetzt, sie aber schubste ihn nur und lachte.

Irgendwann kochte ich wieder für Evas *Kunstgeschichte-und-Geschlechter-Arbeitsgruppe* und verstrickte den Sportphilosophen in ein Gespräch über die Liebe. Wir quetschten uns in Evas schmaler Küche auf Klappstühlen an den Tisch und aßen das Moussaka, das ich gemacht hatte. Ich hatte Weißbrot und Joghurt dazu mitgebracht und zur Abwechslung einen richtig guten Rotwein. Alle waren hocherfreut, riefen *super!* und *toll!* und langten zu; dabei diskutierten wir ununterbrochen und mit vollem Mund. Das Fenster zum Hof stand weit offen, wir hörten noch spät am Abend die Vögel singen und die Nachbarn klappern, die ihre Fenster genauso aufgerissen hatten wie wir.

Leonhardt setzte mir sehr einsichtig auseinander, dass eine geschlossene Zweierbeziehung, wie sie in unserer Gesellschaft das gängige Muster sei, nur der besseren Beherrschbarkeit diene, dass sie die bürgerliche Maschinerie in Gang halte und ganz wesentlich der Idee der Freiheit und Selbstbestimmung widerspreche. Er ruderte dabei mit den Armen. Er hatte etwas ungeschickt Tänzelndes, selbst wenn er saß. Vor lauter Einsicht verlor ich fast den Bezug.

Woll, woll, meldete sich Silvie und schürzte die Lippen, *wer immer nur mit einer pennt, der stützt bloß das Establishment,* oder wie das früher immer hieß.

Silvie zwinkerte uns zu. Sie trug ein schwarz-gelb gepunktetes Kleid, sie sah aus wie eine geheimnisvolle Frauenfigur aus einem alten Film.

Das meine ich gerade nicht, sagte Leonhardt, abgesehen davon, dass du nicht korrekt zitierst. Das ist genauso unfrei, dieser Zwang, dass man mit allen schlafen muss. Das war vielleicht einmal revolutionär, aber das haben wir hinter uns. Das haben andere für uns erledigt.

Aha, sagte Eva trocken. Ich wüsste nicht, wer diese Dinge für mich erledigen könnte.

Frank, dessen Gesicht etwas von einem Nussknacker hatte, schlug sich lachend auf die Schenkel und brüllte: Ich auch nicht, nee, echt!

Leonhardt ließ sich nicht aus der Ruhe bringen. Das Sprechen von zwei Körpern, sagte er, sollte ein Gespräch sein wie jedes andere. Es ergibt sich eben. Und es sollte sich frei entfalten können. Es gibt schließlich auch Gespräche ohne Konsequenzen.

Und wie entstehen dann überhaupt intensive Bindungen? fragte ich.

Sie entstehen durch das Gespräch!

Alle lachten.

Was gibt es denn da zu lachen? fragte Leonhardt ärgerlich.

Det Bumsen bindet also doch, sagte Frank zufrieden. Ob zu zweit oder zu dritt!

Wenn das die Gesprächsgrundlage ist, sagte Leonhardt und zog verächtlich die Augenbrauen hoch, dann wird es wohl so sein.

Isch kann dat nisch unterscheiden, sagte Silvie freundlich. Ich weiß auch jar nich, ob isch dat alles so annalisieren will.

Silvie las gerade ›Der Grüne Heinrich‹ von Gottfried Keller, weil sie dann immer an ihren Heinrich denken konnte. Sagte sie. Sie litt jetzt immer mehr unter der Trennung von ihrem Liebsten und war eher still geworden. Eva legte oft den Arm um sie oder nahm ihre Hand.

Was ist mit dem Kampf der Geschlechter? fragte ich.

Der Todhass der Geschlechter, sagte Leonhardt und grinste. Weininger war ein verklemmter Trottel, der vor jeder Möse Angst hatte!

Die anderen kicherten; ich fand diese ungenierte Art zu sprechen unangenehm.

Wer isn Weininger? fragte Frank.

Frank hatte überhaupt keine Probleme, seine Unkenntnis in den Raum zu stellen, das machte ihn mir sympathisch. Ich betrachtete ihn aufmerksamer als sonst und sah, dass er eigentlich ein hübsch geschnittenes Gesicht hatte, mit etwas nach unten gezogenen Lidern, die ihn immer etwas schläfrig wirken ließen.

Weininger, dozierte Muskelmann Leonhardt, und nahm einen Löffel Joghurt mit Honig, war ein Wiener Philosoph der Jahrhundertwende, der sich in Beethovens Sterbezimmer das Leben genommen hat. Er war Antisemit und der Meinung, die Weiber wären dumme Gefäße und man halte sich am besten von ihnen fern.

Warum soll man den denn lesen? fragte Frank.

Aber Leonhardt war schon weiter.

Der Kampf der Geschlechter, sagte er, reproduziert die Machtmechanismen des gesellschaftlichen Zusammenhangs. Ihre Brutalität des Ausschlusses –

Och, machte Eva, können wir nicht mal über was anderes reden!

Wir sind durchdrungen von den Werten, die uns gemacht haben, schloss Leonhardt, seinen Botticellimund schmollend verzogen.

Ich dachte über das nach, was er gesagt hatte. Im Grunde wollte ich meiner Unruhe, die Eva immer wieder in mir auslöste, irgendwie Herr werden, ich suchte verzweifelt nach einem intellektuellen Konzept. Der Verstand war immer mein Freund gewesen; warum sollte er es nicht auch hier sein? Ich dachte, dass ich ihr vertrauen müsste. Dass die Werte, die mich gemacht hatten, die Treue mit einschlossen. Dass ich ihr jedoch die Freiheit lassen müsste, ihre Vorstellungen zu leben.

Eva schien vollkommen unbekümmert. Ihr Haar, das sie um meinetwillen abgeschnitten hatte, wuchs wieder nach und stand ihr wild gelockt um den Kopf; sie trug weiter meine Hosen, und wenn es sehr warm wurde, bunte Röcke und Kleider, die sie auf dem Flohmarkt kaufte. Sie erzählte mir so vieles, was sie beschäftigte, und doch hatte ich immer das Gefühl, nicht alles von ihr wissen, sie nicht in allem erreichen zu können. Da es im Ganzen mehr war, als ich jemals von einem Menschen erfahren und bekommen hatte, war ich trotzdem glücklich. Ja, selbst und vor allem die Aufregungen, die ich ihretwegen erlitt, machten mich glücklich.

Ich begleitete sie weiter in die Ateliers und in Ausstellungen. In Berlin gab es eine Unzahl von Künstlern; wir hätten uns mit nichts anderem beschäftigen können. An einen Bildhauer erinnere ich mich, er machte Skulpturen aus Kohle, aus der »Senatsreserve«, also dem Kohlenvorrat, der daran erinnerte, dass wir in einer eingeschlossenen Stadt lebten. Er benutzte Porzellanscherben, die er in Abbruchbuden aufstöberte, Rosshaar, zerfetzte Plastiktüten, Kalkstein, lauter Fundstücke, die mit Berlins Geschichte zu tun hatten. Er mauerte sie mit Beton zusammen, zu Iglus und Pyramiden, zu dicken Männchen, die auf dem Kopf standen oder zu tanzen schienen. Ein anderer baute Landschaften aus Pappe, die er anmalte, und bunten Plastikteilen oder anderen Zivilisationsresten, die er vom Sperrmüll holte. Wenn ich diese Dinge sah, sprang mich manchmal eine eigenartige Kraft an.

Einmal ging ich mit Eva wieder in das Atelier des Malers mit den schlechten Zähnen, Theo Hölt; ich nannte ihn innerlich immer Hölle, beim Vornamen rief ihn keiner. Wir kamen mit einer kleinen Gruppe, vielleicht drei andere außer uns, und dieses Mal schüttelte Hölt mir die Hand und sah mich anerkennend an. Wegen Eva, vermute ich, weil ich immer noch mit ihr kam. Er hielt es also auch nicht für möglich.

Sein Händedruck war kräftig, der ganze Mann roch nach Farbe und Alkohol, seine Augen waren hellwach, und sein Mund hatte etwas, als würde er jeden Moment schnalzen oder durch eine seiner Zahnlücken spucken. Eva turnte durchs Atelier und hatte bald überall Farbflecken; sie trank ein bisschen viel und erzählte irgendeinen Unsinn, während Heumann die neuen Bilder – Arbeiten, wie er sie nannte – betrachtete. Er stand längere Zeit nachdenklich davor, die Arme verschränkt, eine Hand ausgestreckt an der Wange.

Komm mal, sagte er zu mir. Das ist gut, du wirst sehen, das wird sein absoluter Durchbruch. Er wird eine Ausstellung in New York damit machen; er ist im Gespräch mit einem Galeristen dort.

Ich stellte mich neben ihn und sah auf das Gewirr von Linien und Farben, aber aus den Augenwinkeln schielte ich nach Eva, die mit Hölt schwatzte und einen großen Laib Käse für alle aufschnitt. Wenn Heumanns Prognose zutraf, würde Hölt bald nicht mehr nebenher als Taxifahrer arbeiten müssen.

Heumann gab sich Mühe mit mir und erklärte mir anhand der Bilder Kompositionsprinzipien abstrakter Malerei und weshalb bestimmte Flächen rosa sein mussten und keine andere Farbe haben durften. Er stellte einen Zusammenhang zur System- und Chaostheorie her, dem ich nur schwer folgen konnte, was aber sicher nicht an ihm lag. Er hätte sich mit Leonhardt vermutlich so manches schöne Wortgefecht geliefert, aber Leonhardt war nicht in diesem Seminar. Leonhardt interessiert sich mehr für die Theorie als für die Praxis, sagte

Eva, das macht ihn ja so schön unverwundbar. Aber hier geht es doch auch um Theorie, sagte ich. Heumann und der Höllenmaler diskutierten mit den Studenten, also mit uns, über Tachismus und informelle Malerei, die mir trotz Evas Leidenschaft ein Rätsel blieb. Heumann machte eine rasante Überleitung und erläuterte, dass Andy Warhol in seinen Ideen auf das Konzept der *Nicht-Identifikation* setze. Dass sich aber genau damit viele identifizierten, als handelte es sich um eine besondere Lust an der Auflösung der Subjektivität und Eigenverantwortung.

Aha, sagte ich erfreut. Das verstehe ich zur Abwechslung mal!

Mir gefiel Warhols Idee. Eine Kunst, die konzeptionell und nicht subjektiv dachte, fand ich gut. Sehr gut sogar. Subjektivität brachte einen nur in Schwierigkeiten. Das sah ich ja an mir. Über die Sache mit der Lust an der Selbstauflösung wollte ich nachdenken. Das war mir ein bisschen unbehaglich.

Eva lachte über mich. Du bist wirklich ein Mann des achtzehnten Jahrhunderts, sagte sie, stets der Aufklärung verpflichtet!

Was ist daran schlecht? fragte ich.

Gar nichts, sagte sie.

Manchmal wusste ich nicht, ob sie mich ernst nahm oder sich über mich lustig machte. Wahrscheinlich tat sie beides.

8

Zwei Schritte vor, einen zur Seite, zwei zurück –

Die Chronologie der Erinnerung richtet sich nach dem, was ich ertragen kann. Sie schert sich nicht um Daten oder Jahreszeiten.

Mitte April hatte Robert eine Wohnung gefunden. Sie musste komplett renoviert werden, und obwohl ich wenig Zeit hatte, versprach ich, mit Eva zu kommen und zu helfen.

Der Samstagmorgen, an dem wir uns auf den Weg zu Robert machten, war seltsam still. Die Straßen waren leer, obwohl die Sonne schien.

Roberts neue Wohnung lag in einem Hinterhaus in Charlottenburg. Es war nicht so heruntergekommen wie Evas, aber auch nicht gerade gepflegt. Nur der Hof war überraschend licht und schön; eine Firma hatte ihr Lager in der Remise, und ein Bewohner im Erdgeschoss hatte angefangen, sich ein Gärtchen anzulegen. Roberts Wohnung war im obersten Stockwerk. Er öffnete uns die Tür in einem Maleranzug, mit einem Brenner in der Hand. Er schüttelte mir die Hand und küsste Eva auf beide Wangen.

Ich mache den Lack von den Türen ab, erklärte er, die Reste sind ziemlich hartnäckig. Ihr könntet euch die Fensterrahmen vornehmen; dafür ist der Brenner nichts.

Eva und ich machten uns mit Schmirgelpapier und Spachtel an den Fenstern zu schaffen. Die Vögel zwitscherten und das Radio lief.

Hört mal eben mit dem Lärm auf, rief Robert, es gibt Nachrichten.

Die Nachrichten ließen uns erstarren. Sie erklärten die leeren Straßen. Wir sahen uns ungläubig an.

In der Sowjetunion hatte es ein Reaktorunglück gegeben. Im Block 4 des Kernkraftwerks in Tschernobyl in der Ukraine war eine noch unbekannte Menge radioaktiver Strahlung ausgetreten und zog als brennende Wolke Richtung Westen. Die Regierung empfahl der Bevölkerung, sich nicht im Freien aufzuhalten. Vor allem Kinder seien gefährdet, und da Sand die Strahlen unter Umständen verstärke, sei von einem Aufenthalt auf Spielplätzen abzuraten.

Wir sollten vielleicht die Fenster schließen, sagte Eva. Sie war bleich geworden.

Quatsch, sagte Robert, bis die Wolke hier ist, dauert es doch.

Es war der 26. April 1986.

Ich liebte ein Mädchen, das hieß Eva. Ein Mädchen, das Lack von den Fenstern in der Wohnung meines besten Freundes abkratzte und kein Wort mehr sagte.

Ich starrte in das leere Zimmer, in dem zerrissenes Packpapier den Boden halb bedeckte; ich starrte in den Sonnenschein draußen, der uns vor einer Stunde fröhlich gestimmt hatte und nun etwas Unheimliches bekam. Ich hörte Robert etwas zu Eva sagen, die nicht antwortete. Ich sah auf meine mageren Hände und fand sie hässlich.

Unsere Leichtigkeit war dahin. Wir hörten stündlich Nachrichten; ich sah bei Opa fern; wir kauften frühmorgens die Zeitung. Die Nachrichten waren widersprüchlich; alle waren verunsichert. Wie weit würde die Strahlung sich verbreiten? Keine Nahrungsmittel aus dem Osten sollten gegessen werden (als ob es so viele davon gegeben hätte!); vorerst sollte keine Milch getrunken werden, da nicht bekannt war, welchen Belastungen die Kühe ausgesetzt waren. Mindestens zehn Tage lang blieben die Spielplätze wie leergefegt; danach sagten sich offenbar die Mütter, dass dies nun unser Leben sei, und gingen zaghaft wieder hinaus.

Es war ein sonderbarer Riss. Die Welt hatte in unserer Empfindung am Eisernen Vorhang aufgehört. Und plötzlich war dieser Vorhang durchlässig. Für Gift. Für die größte Umweltkatastrophe, die wir uns vorstellen konnten. Deren Folgen niemand abzuschätzen wusste. Die schlimmsten Visionen entstanden. Unsere Kinder würden an Krebs sterben; die Ungeborenen würden noch im Mutterleib deformiert. Wir selbst würden an Leukämie zugrunde gehen. Über kaum etwas anderes wurde gesprochen.

Vieles, was später in der Ukraine tatsächlich Wirklichkeit wurde, erwarteten wir für uns selbst, für ganz Europa.

Erst viel später erfuhren wir, dass man in Tschernobyl ein Experiment hatte durchführen wollen, einen Test für den Fall, dass die Stromversorgung und damit die Kühlpumpen des Atomkraftwerks ausfallen würden. Dabei war einiges schiefgelaufen. Der Havarieschutz hatte versagt, die Sicherheitsvorrichtungen wie die Notkühlung der Brennstäbe hatten nicht funktioniert. Doch damals hörten wir nur Ungenaues, man wusste wenig über die Einzelheiten des Vorfalls; es wurde wild spekuliert, bis hin zur Idee eines Anschlags durch die Amerikaner, was ich für baren Unsinn hielt.

Ich hatte mir bis dahin wenig Gedanken über Atomenergie gemacht. Genau genommen, hatte ich über die Kernkraftgegner gelächelt. Es war doch eine vernünftige Lösung! Ja, meine Vernunft! Für was hat sie nicht alles herhalten müssen! Die Vernunft, die du meinst, sagte Eva, schließt den Körper und die Gefühle aus, aber das geht nicht, sie muss alle Elemente des Menschen einschließen, denn wir wissen doch gar nicht, wie sich was in uns zusammensetzt und bestimmt! Was wissen wir denn überhaupt von uns?

Ich weiß heute nicht mehr, wie sich unser Schock allmählich wieder auflöste. Vielleicht wurden wir einfach nur müde.

Eine Zeit lang stand Eva vor dem Kühlregal im Supermarkt und fragte mich, ob sie dänische Milch kaufen sollte. Weil Dänemark doch weiter weg lag von Tschernobyl als Bayern. Oder noch besser irische, die kostete aber fast das Doppelte. Die Regale quollen plötzlich über von irischen Milchprodukten. Soja war damals noch nicht so verbreitet.

Biomilch macht ja nun auch keinen Sinn mehr, sagte Eva. Die Kühe sind alle belastet. Die armen Kühe.

Eva trank keine Milch mehr. Sie aß Margarine statt Butter, und beim Gemüse sah sie zu, dass es aus Südamerika kam. Fleisch aß sie ja ohnehin kaum.

Ich sagte, es wäre egal, wir wären den Strahlungen doch ausgesetzt, ob wir die Dinge nun äßen oder nicht.

Ich will aber vielleicht mal ein Kind, sagte Eva, da muss ich darauf achten.

An jenem Samstag im April, als wir Roberts Wohnung renovierten, wusste Eva noch nicht, dass Robert Vegetarier war und nur Tee aus dem fairen Teehandel kaufte. Er trank ihn aus einer Designerkanne, die hundertfünfzig Mark gekostet hatte und sehr einfach aussah. Sicher haben sie sich in Sachen Umweltschutz blendend verstanden.

Robert zeigte sich besorgt und mitfühlend Eva gegenüber, als wäre er selbst von der Katastrophe gar nicht betroffen. Ich verstand die Welt nicht mehr. Er sagte zu Eva, sie habe mich ja ganz hübsch umgekrempelt, so locker sei ich früher nie gewesen, und ich spürte, wie sich alles bei mir verkrampfte. Eva lachte nicht. Sie war vollkommen ernst, und in ihren Augen war etwas, das ich noch nie an ihr gesehen hatte. Auch Robert redete in einer Weise auf sie ein, wie ich es noch nie erlebt hatte. Er sprach seltsam gelöst, seine Hände beschrieben Kurven in der Luft; seine Stimme bekam ein dunkles Timbre.

Abends bei Brot und Bier erzählte Robert von Nora.

Sie ist eine faszinierende Frau, sagte Robert zu Eva, du musst sie unbedingt kennenlernen.

Irgendwie war es mir peinlich, wenn er die Frauen *Frauen* nannte; ich nannte sie immer noch Mädchen, vielleicht, weil mir der Abstand zu der Zeit, in der wir Jungen und Mädchen waren, nicht so groß vorkam. Er hatte auch eine Art, das *Frau* zu betonen, dass ich sofort an hässliche Unterwäsche denken musste. Eva schien zerstreut; das einzige, was sie interessierte, war Tschernobyl; wir mussten die ganze Zeit Radio hören. Nur aus Höflichkeit fragte sie, was denn Nora studiere.

Medizin, sagte Robert.

Ach so, sagte Eva.

Sie will in die Psychiatrie, sagte Robert.

Ach? sagte Eva und zog die Augenbrauen interessiert nach oben.

Ein paar Tage später entdeckte ich einen Umschlag mit Roberts Handschrift auf Evas Schreibtisch. Mein Herz sackte in die Hose.

Was hat er dir geschickt? fragte ich.

Ein Gedicht, sagte Eva und wurde rot.

Ich will es nicht lesen, sagte ich. Ich brannte.

Ich will aber, dass du es liest, sagte Eva.

Es war nicht an sie gerichtet. Es sprach von Zuneigung und Anziehung. Und darüber stand: *Für Milena.*

In der Woche darauf schickte Robert einen Band mit Liebesbriefen Majakowskis an Lilja. *Für Milena*, stand in seinen eigentümlich gedrängten Buchstaben darin.

Danach ließ Eva seine Post verschwinden. Davon ging ich jedenfalls aus. Sicher wird er ihr Kassetten und ähnliches geschickt haben. Ich hörte eine ganz neue Musik im Treppenhaus, wenn ich zu Eva kam. Patti Smith, Neil Young; aber es gab auch unbekannte düstere Lieder. Billy Bragg, sagte sie, als ich fragte, und schaltete den Apparat aus. Das war nur eine kurze Zeit. Oder später. Oder später wieder. Ich weiß das nicht mehr. Die Zeit schmilzt in der Erinnerung zusammen und macht Sprünge zugleich.

Eva schrieb Robert einen Brief, den sie mir vor dem Abschicken zeigte. Sie war seltsam in diesen Dingen. Sie wollte ehrlich sein. Ich wollte es auch, aber manchmal nicht so sehr.

Lieber Robert, hatte sie geschrieben, ihre Buchstaben waren groß und umarmten sich gegenseitig, deine indirekten Zuneigungsbezeugungen erfreuen und erschrecken mich. Du ziehst mich an, und zugleich läuten Warnsignale in meinem Kopf oder meinem Herz, wie immer man diese Instanz nennen mag. Ich tauche ab in deine Augen, vergesse – gefährlich, weil ich kein Mensch bin, der in Konsequenzen denken und fühlen kann, sondern eine, die sich losreißt, ehe sie sich einlässt.

Ich hörte auf zu lesen. Warum soll ich das lesen? fragte ich. Du machst ihm eine Liebeserklärung und glaubst, dass du mir damit Sicherheit gibst?

Lies weiter, sagte sie. Bitte. Sie saß am Fenster und das Licht fiel von der Seite herein auf ihr Gesicht. Ihre Augen waren von einem sehr hellen Grün und ihre Haut sah durchsichtig zart aus. Ich entdeckte winzige Sommersprossen. Die Sonne berührte ihre Schultern und die geöffnete Fensterscheibe spiegelte ihr Profil; von der Oberlippe zur leicht gewölbten Nase verlief ein eigenwillig aufgeworfener Schwung.

Vor diesem Profil bin ich machtlos, dachte ich und las weiter.

Ich bin unsicher, wie sich das Band zwischen uns gestalten soll, schrieb Eva, ich kann nicht so tun, als hätte ich deine Blicke nicht bemerkt und als hätte ich dich niemals angeschaut. Ich bin offen und ich bin verletzbar, da ist es besser, mich an meiner Weltzugehörigkeit festzuhalten. Die Last, andere zu verletzen, weil ich mir selbst nicht berechenbar bin, ist schwer zu tragen. Ich glaube fest daran, dass freie und beglückende Verhältnisse zwischen Menschen möglich sind. Ich bin keine Spielerin, es ist keine Koketterie in meinem Mich-selbst-Offenlegen. Es ist nur an der Zeit, mal so mit dir zu sprechen.

Mir war beim Lesen schwindelig geworden; ich bekam wieder diese Schwierigkeiten mit den Augen; die Zeilen verrutschten, ich musste die Sätze teilweise buchstabieren. Wieso offenbarte sie sich ihm? Ich war nun noch verwirrter als am Anfang, aber Eva strahlte mich an, als hätte sie mir soeben ihr Treuesiegel gegeben. Sie lachte, sprang auf und küsste mich.

Die nicht, sagte ich beim nächsten Treffen zu Robert.

Zur Sicherheit. Weil ich nicht wusste, wie er diesen Brief deuten würde, der mir ein vollkommenes Rätsel war, von Eva aber offenbar als Ausdruck ihres Zu-mir-Stehens aufgefasst wurde.

Von ihr lass die Finger, ich flehe dich an.

Robert nickte.

Es sah ehrlich aus.

9

Im Juni eröffnete mir Eva, sie habe mit einem anderen geschlafen. Nur einmal bisher, aber sie wüsste nicht, ob es nicht wieder vorkäme, und sie fände es besser, es mir zu sagen als sich in irgendein Lügengespinst zu verwickeln.

Es war nicht Robert.

Ich wusste nicht, wer es war. Sie wollte es nicht sagen. Kenne ich ihn? hatte ich nur gemurmelt, nein, hatte sie gesagt.

Ich sagte überhaupt nichts. Ich sagte nichts, ich fühlte nichts, ich war leer vor Kummer und Angst. Es geht vorüber, dachte ich.

An dem Abend, an dem sie es mir sagte, fuhr ich Eva zu einer Adresse, die sie mir nannte und bat sie – ohne auch nur eine Sekunde nachzudenken –, mich anzurufen, wenn sie heil wieder zu Hause angekommen wäre.

Sie rief mich morgens um sechs an.

Sie war verrückt. Sie war brutal und gefühllos. Sie war naiv und sorglos. Ich weiß nicht, was sie war.

Ich fühlte mich wie einer, dem das Gesicht weggerissen wird, dann wieder, als würde mich jemand in Eiswasser tauchen, ich bekam keine Luft, wollte schreien. Die Eifersucht wütete in mir, doch ich beherrschte mich. Mimte den Verständnisvollen. Zu wissen, was sie tat, gab mir das Gefühl, bei ihr zu sein. Wenn ich sie in dieser Situation einenge, dachte ich, verliere ich sie für immer. Ich wusste nicht, ob ich noch mit ihr schlafen wollte oder nicht.

Du riechst fremd, sagte ich, kaum bei ihr, geh dich waschen.

Sie wusch sich an ihrem Waschbecken und kroch zu mir unter die Decke. Sie weinte. Sie umarmte mich.

Die Freiheit ist so schrecklich anstrengend, sagte sie. Halt mich fest.

Ich hielt sie nicht fest genug. Sie aß immer weniger; sie wusch sich manche Tage nicht; sie lief zwei Wochen im selben Hemd und in derselben Hose herum, bis ich sie ihr wegnahm.

Ich kann nicht dir allein treu sein, sagte sie, du liebst mich zu sehr. Du liebst sogar das Leid, das ich dir zufüge, es bringt mich um.

Ich küsste sie, ich wusch sie, ich kochte für sie; ich sagte ihr, dass es mich glücklich mache, mich zurückzunehmen.

Ich liebte sie mit jener Verdrehtheit des Herzens, die sich selbst verletzt und dafür noch mehr liebt.

Ich machte mich zu einem Nichts. Das Nichts, das ich immer hatte sein wollen, in meinem schattigen Souterrainzimmer, der Mann, der leicht gebeugt im Rücken ist, der nicht schön ist, aber freundlich, der Mann, der niemanden verletzen will, dessen Lippen zittern, wenn sie die Lippen der Geliebten berühren, dieses Geschenk, das uns zuteil wird, flüchtig wie die Wolken oder ein Metall, wie Robert es ja gesagt hatte, Robert, der immer recht hatte, Robert, der alles wusste, nur eines nicht: Dass die Liebe stärker sein kann als der Wunsch zu beherrschen. Dass es eine Lust ist, von der Liebe zu einem anderen beherrscht zu werden. In meinem tiefsten Kummer triumphierte ich: über Leonhardts kalte Intellektualität, über Roberts unwissenden Zynismus, über mein eigenes Konzept der Vernunft.

Ich revidierte meine Vorstellung vom Menschen.

Der Mensch beginnt erst zu denken, wenn die Leidenschaften ihn packen.

Es hatte keinen Sinn, mir etwas vorzumachen. Ich saß nackt auf meinem ungemachten Bett, starrte meine ungeputzten Schuhe an, rauchte langsam eine Zigarette nach der anderen und wollte nur eines: Eva.

Solange Eva es mir erlauben würde, in ihrer Nähe zu bleiben, würde ich sie lieben. Neben ihr atmen, mit ihr aufwachen. Auch wenn sie es nicht verstand. Solange sie es nur duldete.

Ich lebte weiter mit ihr, als wäre nichts geschehen, und eines Nachts lag ich wieder auf ihrem Küchenboden. Ich weiß nicht mehr, weshalb, was vorgefallen war und welcher Teufel es mir eingeflüstert hatte. Ich lag auf dem harten Boden und fühlte mich getröstet. Ich fühlte das blaue Linoleum unter meinem Bauch und meinen Beinen. Ich wollte, dass Eva käme und mich liebte, wie ich war: Mit dieser Lust, mich zu erniedrigen, worin ich keine Erniedrigung sah, mit meiner Lust, nicht wichtig zu sein, mit dieser vollkommenen Lust, ihr zu dienen.

Eva kam nicht. Das heißt, sie kam lange nicht. Als die Nacht am stillsten war, stand sie im Nachthemd vor mir und sagte sehr gefasst: Du machst, dass ich mich schäbig fühle. Ich weiß nicht, wie ich damit klarkommen soll.

Ich lag ganz still auf dem Boden und hörte ihre Stimme. Ich hatte ihre Stimme so oft gehört, sie war mir in all ihren Nuancen vertraut, weich, klirrend, kumpelhaft, rauhbeinig, zärtlich, trocken, humorvoll. Jetzt klang sie ganz tonlos. Es machte mir Angst. Es war, als spräche gar nicht meine Eva, sondern eine andere. Eine Sekunde dachte ich, die da spricht, ist Milena, oder schlimmer noch, Lilja, wegen der Majakowski sich das Leben genommen hat. Aber ich wusste, dass ich mich selbst belog, wenn ich das glaubte. Nein, nein, dies war meine Eva, die sprach.

Warum, sagte sie, habe ich mich am Anfang nicht langsamer auf dich eingelassen? Warum konnte ich dich nicht gleich sehen, wie du bist? Du hast es doch selbst gesagt, dass du am liebsten *unpersönlich* sein möchtest, *distant*. Ich hätte einmal nachhaken sollen, was das für dich heißt!

Warum, fragte sie, nun etwas weicher, warum liebe ich dich?

Ich fühlte sie näher kommen. Sie kniete neben mir auf dem Boden.

Konrad, ich will das nicht! Ich will keine sein, die so einen liebt! Verstehst du das?

Mir liefen die Tränen aus den Augen. Niemals hatte ein Mensch so mit mir gesprochen. Ich spürte, dass sie nicht fühllos war, sondern verzweifelt. Ich setzte mich auf und nahm sie in die Arme.

Ich will nicht, dass du dich meinetwegen schäbig fühlst, sagte ich, aber ich liebe dich doch so sehr.

Ich fühle mich schuldig, sagte sie, ich verabscheue mich.

Wir griffen uns gegenseitig in die Haut, bis sie wehtat und aufriss, und die ganze Zeit sagten wir kein Wort, hörten uns nur atmen.

Im Morgengrauen fragte ich nach dem anderen Mann. Sie wollte es nicht sagen. Ich flehte sie an, dieses eine Mal sollte sie es mir sagen.

Warum hast du es getan?

Sie zog die Knie an den Körper, legte den Kopf darauf und wiegte sich hin und her.

Ich weiß nicht, Konrad. Muss ich immer wissen, warum ich etwas mache?

Aber du kannst doch mit mir schlafen!

Mensch, Konrad, ich wollte einfach mal mit einem schlafen, mit dem ich mich frei fühle. Nur so. Der unabhängig von mir ist und sich einfach nur an mir freut und ich mich an ihm. Ohne – sie zögerte –, ohne dieses ganze komplizierte Zeug.

Komfort ohne Konsequenzen, schoss es mir durch den Kopf, oder wie hatte Leonhardt gesagt: Manche Gespräche haben keine Folgen. Ich lernte schon wieder etwas Neues: Meine Hingabe verletzte sie.

Es kam nur langsam bei mir an. Es schmeckte bitter. Es war, als schnitte mir jemand bei örtlicher Betäubung die Hand auf, um mir zu zeigen, wie sie innen aussah, und ich starrte darauf, als gehörte sie nicht zu mir.

Ich trug Eva in ihr Bett. Ich betrachtete ihre dunklen Locken, die sie um meinetwillen kurz geschnitten hatte und die nun immer länger wurden. Ihre Augen, deren Farbe in der Dunkelheit nicht zu erkennen war. Ihren Mund, der so kindlich küssen konnte, ihre runden Schultern und Arme. Ich wiegte ihren Körper, der sich leicht anfühlte. Wir schliefen miteinander, und ich flüsterte dabei immer wieder: Ich danke dir, bis sie mir den Mund mit ihrem Mund verschloss.

10

Ich denke manchmal, wenn Eva mit mir allein war, liebte sie mich ebenso sehr wie ich sie. Doch wenn andere dazukamen, wenn sie das Bild unseres Paares in den Augen der anderen gespiegelt fand, verrutschte ihr etwas. Sie konnte nicht so zu mir stehen, wie es für ihr Empfinden hätte sein müssen. Ich begriff, dass sie rücksichtslos war, weil sie nicht lügen konnte.

Ich flüchtete mich in Arbeit; das konnte sie nicht. Alles, was sie erlebte, lief unmittelbar und brutal durch sie hindurch. So brachte sie es auch wieder heraus, konfrontierte sich und andere damit. Ich habe ihr oft unrecht getan, weil ich es mir nicht vorstellen konnte. Sie selbst hatte es oft genug gesagt, dass wir uns im Grunde gar nicht kannten, uns selbst. Dass sie sich so, wie ich mich in die Arbeit stürzte, in ihr Alleinsein stürzte. Sie weinte.

Wir hatten eine Tür verschlossen.

Die Menschen sind so fern voneinander.

11

Wir trafen uns mit den Jungs, Harro, Oliver, Robert, und wir klebten zusammen, Eva, Robert und ich, was sich wie selbstverständlich ergab. Eva und Robert. Robert und Milena. Ja, ich fing schon an, so zu denken: Robert, Milena und ich. Ich wünschte mir fast, er würde sie an sich binden, damit sie mir erhalten bliebe; im nächsten Moment würgte es mich bei der Vorstellung, sein schiefes Lächelgesicht könnte ganz nah an ihres rücken, seine schmalen, trockenen Hände könnten ihre Haut streicheln. Wenn Eva und ich zusammen schliefen, ging es oft sehr schnell oder gar nicht. Und wenn sie mit Robert zusammenkam, wurde sie zu Milena. Sie blitzte ihn herausfordernd an; sie lachte mit ihm über billige Witze; sie trank Bier und Schnaps und spielte Billard und tat so, als machte sie es für ihr Leben gern. Sie hatte eine Art, sich auf das Queue zu stützen, am Tisch zu lehnen oder uns zuzusehen, die ich hasste.

Wir kochten einmal zu dritt in ihrer Wohnung und tranken viel; sie erzählte immerzu Geschichten, und irgendwann stand sie auf und sang, und dann brach sie ab und fing an zu schluchzen.

Sie hat zu viel getrunken, sagte Robert, bring sie ins Bett. Er fing an, den Tisch abzuräumen.

Lass es sein, bat ich, es war mir unerträglich, dass er da war, dass er sehen würde, wie ich mich um sie kümmerte. Wortlos legte er mir die Hand auf die Schulter und ging.

Ein anderes Mal fragte Robert sie: Was hast du mit ihm gemacht?

Milena zuckte mit den Achseln, Eva griff verstohlen nach meiner Hand. Meine Kiefer schmerzten vor Anspannung.

Wenn Robert dabei war, zeigte sie ihre Zärtlichkeit mir gegenüber nur noch verhalten. Ich musste ihr glauben, dass sie nicht mit ihm schlief, weil sie auf ihre schreckliche Art ehrlich war. Aber ich war überzeugt davon, dass sie diesen anderen Mann traf, von dem sie mir nur ein Mal erzählt hatte. Ich dachte: Sie muss sich von dir erholen. Es wird vorübergehen, wenn du dich fasst. Du musst deine innere Freiheit wiedergewinnen, dann kommt sie zu dir zurück.

Ich legte meinen Kant beiseite, büffelte für meine Juraprüfungen, dann konnte ich es nicht lassen und kaufte bei den Büchertischen vor der Uni-Mensa ein Buch von Wittgenstein, hielt mich daran fest und grübelte lange über einzelne Sätze wie diesen: *Wo man an die Grenze seiner eigenen Anständigkeit stößt, dort entsteht quasi ein Winkel der Gedanken, ein endloser Regress: Man kann sagen, was man will, es führt einen nicht weiter.*

Was ich auch las, es stieß mich auf mich selbst zurück. Doch mit der Selbstbestimmung und der Freiheit kam ich nicht weiter. Eva hasste solche Wörter wie *quasi*. Wir Juristen benutzen solche Wörter häufig.

Der andere Mann.

Sie blieb wieder weg. Ich durfte sie nicht hinfahren, aber ich drängte sie mir zu erzählen. Sie sollte mir erzählen, wie das ist, die Liebe ohne Liebe. Denn dass sie mich liebte, und nicht den anderen, das sagte sie mir immer wieder, und ich glaubte es. Warum hätte ich es nicht glauben sollen?

Ein neues Spiel begann.

Ich verfolgte sie; ich verlor sie, weil ich mich genierte; ich wartete ein, zwei Mal gegenüber ihrer Wohnung in der Dunkelheit; wie ein Penner drückte ich mich im Hauseingang herum. Ich wollte wissen, wann Eva nach Hause kam. Ich wollte sehen, mit wem. Ob er im selben Bett mit ihr schlief wie ich.

Sie kam allein, am Morgen. Sie hatte Josef die ganze Nacht allein gelassen!

Ich konnte an nichts anderes denken als an ihre Begegnungen mit diesem Mann. Eines Abends sah ich die beiden. Durch Zufall, am Steinplatz.

Er hatte ein verschlossenes Gesicht und lief mit weißem T-Shirt und grauer, farbverschmierter Hose herum. Ganz offensichtlich war er ein Maler.

Am liebsten hätte ich gesagt, komm, Eva, komm nach Hause.

Ich trieb mich nun öfter am Steinplatz herum, in der Nähe der Hochschule der Künste, und wartete.

Der Maler hatte kantige, feste Bewegungen, und ich stellte mir vor, wie er mit Eva Liebe machte. Er war stark behaart. Er hatte auffallend dicke, gerade stehende Augenbrauen, und oben aus dem T-Shirt ragten rotbraune Haare hervor.

Einmal, in ihrem Arm, an ihrer Haut, die sich so anfühlte und so roch, wie sie sich immer angefühlt und gerochen hatte, und über die sich doch eine undurchdringliche Schicht gelegt zu haben schien, sagte ich wieder: Erzähl mir. Und ich hörte, während ich in die Dunkelheit starrte, Evas Stimme, rauh und auf grobe Art zärtlich:

Das Mädchen steht in ihrem Zimmer. Sie schaut auf die Blumenkästen, in denen Unkraut wuchert; in die Mittagsstille des Hinterhofs klingt die Stimme des Jungen, der über ihr wohnt. Die Sonne braucht noch eine halbe Stunde, dann wird sie bei ihr sein. Der Kater ist schwarz. Er sitzt neben dem Mädchen, deren Füße aneinanderstehen, die Beine zusammen, die Hände ineinandergelegt, die Brust geradeaus, wie eine Tänzerin. Sie hat ihre Wohnung aufgeräumt, mit einer Freundin gesprochen, in Zeitungen geblättert. In der Nacht hat sie von ihrem Freund geträumt und von dem geteilten Land, in dem sie lebt, der geteilten Stadt; er wartete auf der anderen Seite der Grenze, war ungeschützt durchs Niemandsland gelaufen, nicht wissend, dass die anderen sie als ihr Gebiet betrachteten.

Der Kater maunzt, er will spielen, er springt an ihren Beinen hoch. Ihre Beine, ihre Arme, selbst ihr Rücken sind zerkratzt. In die Ohren, in die Nase hat er sie gebissen, am frühen Morgen, um sie aus diesen schrecklichen Träumen zu reißen.

Sie hat Schwierigkeiten, über die Grenze zu kommen, aber er wartet dort. Von Weitem sieht sie sein dunkles Haar, die Tasche, die er immer bei sich trägt, über die Schulter gehängt, seine Brille hat er abgenommen.

Warum träumt sie von ihm, wenn sie bei einem anderen schläft?

Ich küsste sie an dieser Stelle, dann wollte ich die Geschichte weiterhören. Meine Angstlust war irrsinnig, ich wollte sie, ich wollte, dass dieses Gefühl nicht aufhörte.

Sie dachte nach. Sie lag neben mir in der Dunkelheit und sprach leise.

Der andere hat eine Freundin. Wenn sie anruft, sagt er, es ist gerade nicht günstig. Über die Entfernung verstehen wir uns besser, sagt der Mann zu diesem Mädchen.

Er nennt sie Lilli. Lilli, weil sie leichtherzig in sein Leben kam. Wird ihm bang, wenn er daran denkt, dass er sie nur für eine kurze Zeit sehen kann? Er wird fortziehen, zu der Freundin, in eine Stadt, in der man geteilte Verhältnisse nicht so spürt. Werden diese Nächte Spuren hinterlassen? Sie kann so spöttisch sein, weiß er, wann aus Ironie Ernst wird?

Was aber, unterbrach ich sie mit trockenem Hals, wenn die Körper die Herzen tragen? Was, wenn sie beim Sprechen der Körper zu weinen beginnen?

Eva setzte sich auf, zündete eine Kerze an, die neben ihrem Bett auf der Erde stand, und sah mich lange an.

Ich weiß es nicht, Konrad. Ich weiß es einfach nicht.

Bist du in ihn verliebt? fragte ich.

Nein, sagte sie.

Was ist es dann?

Dieses Nichts-Wollen. Es ist so leicht. Er hat einen festen Mund und fragt nichts.

Es ist wie ein Geschenk, sagte ich und dachte an Roberts Worte. Der kannte offenbar, wovon Eva erzählte. Ich hatte mir beim Zuhören vorgestellt, dass er es wäre, von dem sie sprach. Dann wieder hatte ich das Gefühl, sie erfände alles für mich. Es wäre gar nicht wahr. Es wäre ihr Geschenk an mich.

Geschenke, sagte Eva, verändern ihren Charakter.

Sie hatte ihr Nachthemd übergezogen und die Beine angewinkelt und saß so vor mir. Ich lag, auf die Seite gestützt, und streichelte ihre Füße.

Die Einmaligkeit, fuhr sie fort, wenn sie so immer neu erfahren wird, verfestigt sich: Das Ganze wird einmalig.

Nun setzte ich mich auf. Die Erfindung klang plötzlich verdammt nach Geständnis.

Du triffst ihn also öfter, sagte ich.

Eva sah mich verwirrt an.

Du wolltest doch eine Geschichte hören, sagte sie.

Ja, sagte ich.

Sie sah mich streng an. Dann sagte sie schnell und hart, als wollte sie mich bestrafen:

Sie verbrachten fast jede Nacht miteinander, ohne recht wahrzunehmen, was da geschah. Ihre Körper fanden immer mehr Gefallen aneinander, und sie ließen sich immer mehr ineinanderfallen. Sie schliefen Arm in Arm, jede Nacht, und wenn sie die Augen aufschlug, lächelte er sie an. Er war brüsk gewesen in der Nacht –

Hör auf, sagte ich und hielt mir die Ohren zu, es reicht!

Zum ersten Mal hatte ich Lust, meine Hände um ihren Hals zu legen und zuzudrücken. Stattdessen fragte ich: Liebst du mich? Sie nickte. Wir umarmten uns, wir krallten uns aneinander fest.

Sie wollte mir keine Geschichten mehr erzählen. Ich wurde verrückt daran. Ich wollte alles von ihr wissen. Ich wollte die Geschichte hören, in der aus dem Nichts-Wollen ein Alles-Wollen wurde. Ich wollte Antworten. Mit wem man in Freiheit umgehen will, den muss man sehr gut kennen. Das galt auch für mich selbst.

Doch das Ausbleiben der Antworten hinterlässt Blessuren, unheilbare, sie töten etwas. Also töten wir.

Hätte Eva sich mir gegenüber so verhalten, wie ich mich ihr gegenüber verhielt, was hätte ich gedacht? Das hat Gott Amor geschickt eingerichtet in der Welt, dass wir anderen zufügen, woran wir selber leiden. Schweigende Fluchten hat er großzügig verteilt. *Das Gesicht ist die Seele des Körpers*, sagt Wittgenstein. Das ist nicht richtig. Der Körper ist das Gesicht der Seele, so muss es heißen. In Evas Fall auf jeden Fall.

Lilja war eine Exzentrikerin, und Majakowski liebte sie wie ein Hund. In seinen Briefen an sie zeichnete er immer ein Hündchen. Ich bin Majakowski, auch wenn Robert glaubt, dass er es ist, weil er die Verse macht. Ich bin der Hund, der Eva die Kehle hinhält und bettelt; nein, ich tue es nicht, aber nur, weil ich weiß, dass sie mich dann noch mehr verabscheuen würde.

12

Eva hörte auf mit mir zu schlafen.

Ich nahm es mit Erleichterung an.

Es war Hochsommer. Die Stadt lebte in den Bädern. Ich hasste Bäder.

Wir sahen uns weiterhin.

Ich sah sie auch mit anderen.

Dann bat sie mich, sie nicht zu sehen.

Der Mond stand hoch in diesem Sommer, und ich lief durch die Stadt, allein.

II.

Das Gedächtnis der Farben

1
(Schönheit)

Das Mädchen steht in ihrem Zimmer. Sie schaut auf die Blumenkästen, in denen Unkraut wuchert; in die Mittagsstille des Hinterhofs klingt die Stimme des Jungen, der über ihr wohnt, sie sieht die Töne schweben. Die Sonne braucht noch eine halbe Stunde, dann wird sie bei ihr sein. Der Kater ist schwarz. Er sitzt neben dem Mädchen, dessen Füße aneinanderstehen, die Hände ineinandergelegt, die Brust geradeaus, wie eine Tänzerin. Sie schaut. Sie hat ihre Wohnung aufgeräumt, mit einer Freundin gesprochen, in Zeitungen geblättert. In der Nacht träumte sie von ihrem Freund und von dem geteilten Land, in dem sie lebt, der geteilten Stadt, er wartete auf der anderen Seite der Grenze ...

Nie wieder wird sie diese Grenze überschreiten, die Grenze zwischen dir und mir, Konrad und Eva, ein anderer ist gekommen und hat sich mittendrauf gestellt.

Er hat eine trockene Haut, dichte rotbraune Büschel in den Achseln, an der Scham, auf der Brust, den Beinen, überall; ein ganz neues Gefühl zum Streicheln. Ausgiebig, sanft, Küsse auf den Holzplanken seiner Wohnung, Küsse in frischer weißer Wäsche, auf seinem blauen Ausklappsofa, ich in meinem schwarzen Unterkleid, das er hochschiebt, bevor er meinen

Bauch streichelt ... durch die Haare fahren, den Hals berühren, seine Zähne sind weiß, gerade, mit winzigen Abständen, er hat erste Fältchen. Das rotbraune Haar fällt ihm sanft um das eckige Gesicht.

Er schiebt eine Strähne hinter das Ohr.

Der, mit dem sie seit einiger Zeit schläft –

was an Konrad mädchenhaft weich ist, die Kontur, die Hautbeschaffenheit, ist an ihm fest, sicher, selbstverständlich; so macht er Liebe; fest, sicher, selbstverständlich –

erzählt mir von seiner *festen* Freundin und den *Verhältnissen*, die er mit anderen Mädchen hat; er sagt, er halte nichts von diesem Wahrhaftigkeitswahn, man solle nicht immer alles erzählen. Er meint die Freundin damit, nicht mich, *klingeling*; sie wartet auf ihn, auf einem anderen Kontinent, am Ende der Welt ... soll sie warten, warte nur ... aber nein, er wird ihr dorthin folgen. Das war ausgemacht, daran wird sich nichts ändern.

Warum lässt sich der Mensch manchmal teilen, manchmal nicht?

Er trägt ein Lederband um den Hals mit Glasperlen daran. Sie leuchten türkis und azur wie seine Augen. Sie leuchten auf seiner rosig braunen haarigen Haut, zwischen den wohlgeformten Schlüsselbeinen.

Keine Illusionen der Verliebtheit. Auch das war ausgemacht. Doch der Ton ist nicht mehr so nüchtern wie am Anfang.

Das Mädchen in der Mittagssonne starrt auf die Brandmauer gegenüber; sie sieht die zusammengemörtelten Backsteine, brüchig ocker, unregelmäßig sichtbar, freigelegt vom Fassadenputz, wie ein Paket unter dem eingerissenen Packpapier.

Eine Schweißperle läuft zwischen den Brüsten des Mädchens herab, zugleich spürt sie den Kater um ihre Beine streichen, gleich springt er hoch und will spielen. Die Zeit kriecht wie die

Sonne, selbst die Schmetterlinge falten ihr *klapp klapp* der Flügel verlangsamt, und das Blütenblatt der vernachlässigten Geranie löst sich beim Zusehen allmählich vom Stengel –

Wenn es das Schöne nicht mehr gibt, ist es schwer auszumachen, wofür oder woraufhin gelebt werden soll.

Am Morgen lag er in meinen Armen und weckte mich mit seinem SEX. Sein SEX liegt in meiner Hand, er ist leicht gebogen. Wie eine Sichel, sage ich. Er lacht. Er findet es komisch, dass ich seinen Schwanz so nenne. ER heißt Jackson.

Sie verbringen fast jede Nacht miteinander. Sie sprechen wenig, Jackson und sie, über ferne Dinge; der Mann hält sich sorgfältig verborgen. Als sollte sie nichts von ihm wissen, als wollte sie es nicht. Er ahnt nicht, wie viel sie schon von ihm erfahren hat, an seiner rosabraunen Haut, dieser Fläche mit Erhebungen und Senken, Unterbrechungen, Flecken und Empfindlichkeiten, *Ornamente der Nacht*, die mich bannen, er weiß noch nicht, dass ich schwimmen kann und sehen zugleich.

Er erhält eine Postkarte von ihr, die in der Stadt schnell befördert wird, vom Vormittag bis zum Nachmittag, schon ist sie da. *Ich bin glücklich mit dir. Alles ist leicht.*

Okay. Wach auf. Jackson heißt natürlich nicht Jackson, sondern Jakob. Aber er bewundert den Maler Jackson Pollock und deshalb nennt er sich so.

In der Cafeteria der Hochschule der Künste sind wir ineinandergerannt, vor drei Wochen, er Pappbecher mit Kaffee in der Hand, ich Limo und Bulette, Blick in die Augen, Grinsen, Rotwerden, was machst du, woher kommst du, wo wohnst du, gehen wir ins Kino. Das Lachen, die Ironie, die superkurzen Sätze. Die Sätze wurden immer kürzer.

Er ruft sie an, sie ihn. Sie sehen sich. Sie sprechen wenig.

Das Licht fällt pappelsilbrig in den Hof, es flirrt.
Ich warte darauf, ihn zu sehen.

Ich schlafe tief und fest neben ihm, mein Bein zwischen seinen; kein solches Heckmeck wie mit Konrad.

Konrad ist aufgewühlt; manchmal besinnungslos. Ich hab es ihm gesagt. Das Reden mit dir ist das Wichtigste, sagt er. Alles Sinnliche ist mir fremd, sagt er, doch er belügt sich selbst. Das Sinnliche ist das Schönste an ihm. Neben seinem großherzigen Denken. Doch wohin ist sein Humor?

Konrad ist weit weg, das Mädchen will nicht an ihn denken …

Die Sonne ist bei dem Mädchen angelangt und sticht fast. Trotzdem ist es gut, die Sonne auf der Haut zu fühlen. Der Kater springt mit heiserem kleinem Miauen an ihr hoch, sie packt ihn. Setzt ihn auf ihre Schulter, spricht mit ihm.

Es stimmt, sagt sie, dass ich immer Sehnsucht nach einem anderen hatte, mit Konrad. Aber nicht von Anfang an. Er hat mich eingesperrt mit seiner Angst, nun soll er fühlen, was er fantasiert hat, *ich in den Armen eines andern,* das ist meine Strafe! Weil er glaubte, ich wäre nicht treu!

Doch, doch, Katerchen, sage ich, und meine Stimme wird härter, ich werde wütend, ganz böse schlägt mein Herz vor Zorn, ich weiß schon, dass er nichts dafür kann, dass er es aus Verzweiflung tut, dass es etwas ist in ihm, das er und ich nicht begreifen können. Und doch macht es mich wütend.

Eines Tages wird ihm der Kopf davon platzen, was er seine Vernunft nennt, mit der er alles herunterbügelt, was ihm nicht ins Bild passt. Manchmal möchte ich es regelrecht darauf ankommen lassen zu sehen, wann es reicht, wann er *Halt* schreit, *hör auf damit*, so wie er die Geschichte nicht zu Ende hören wollte. Hier, rufe ich, das ist mein Geschenk, meine letzte Liebesgabe, damit du dich besser kennenlernst!

Oh, Katerchen, der liebe Gott wird meinen Hochmut strafen!

Jetzt aber Schluss mit solchen Gedanken! Konrad hat gesagt, dass ich zu keiner konventionellen Zweierbeziehung fähig bin. Aber er, oder was?

Nein, ich werde ihm nichts mehr erzählen. Nichts. Die Sache gehört mir ganz allein. Mein Jackson.

Ich bin dreiundzwanzig, ich fang erst an, was zu erfahren.

Robert hat mir erotische Gedichte geschickt, darunter steht: Ich hab dich so gern. Noch so'n Beispiel. Was lernen wir an der Uni, über die Gleichzeitigkeit und die Schwierigkeit, sie zu erfassen? Hier hätten wir Anschauungsmaterial, direkt aus dem Leben gegriffen!

Es wird zu heiß, das Mädchen geht in den Schatten.

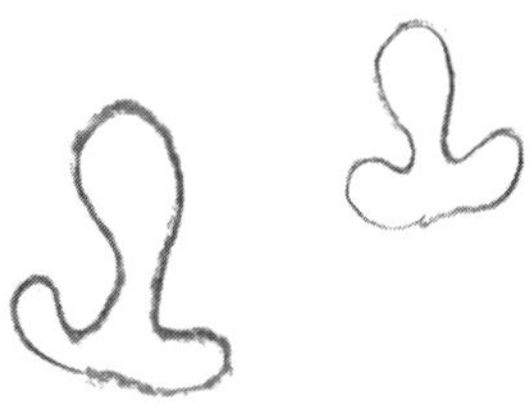

paar tage später
ich löse alles auf, vergangenheit, gegenwart, zukunft

Ich habe noch eine Nacht mit Jackson verbracht. Eins, eins, ich zähle so. Ich bin nicht logisch, ich weiß.

1,1

Eine seltsame Sache, unser Verhältnis, ohne Schmachten am Telefon.

Wir sehen uns jetzt täglich, besser gesagt nächtlich. Wir essen, sitzen im Bett vor dem Fernseher wie Geschwister, deren Eltern ausgegangen sind, wir toben auf dem Boden rum.

Gestern nach dem Van-Gogh-Seminar bin ich zu ihm; er hat gekocht; er mokiert sich darüber, dass ich es nicht tu. Er sagte, mach, wozu du Lust hast. Wir tranken Metaxa, und ich las, bis das Essen fertig war. Er möchte mit einer Frau zusammen wohnen, mit der er nichts hat. Er hat mein Shampoo gekauft.

Ich komme morgens nach Hause, und der Kater freut sich wie ein Wilder. Ich arbeite. Ich geh allen aus dem Weg.

Jackson wird die Stadt verlassen, Europa, und er wird so bald nicht wiederkommen. Sidney. Australien. Am anderen Ende der Welt.

Ich schreibe keine Daten. Dies ist meine Zeit mit Jackson.

Seine Augen haben eine große Wärme, wenn er mich ansieht, mit seinen azurtürkisen Augen. Und oft lustig. Ein paar Pünktchen drin, safrangelb. Sein Gang ist so fest wie sein Mund. Er ist einen Kopf größer als ich. Ich kann mich schön in seine Achsel schieben. Seine Brauen sind dick und rotbraun, zwei gerade Balken unter der hohen Stirn. Seine Mutter hat ihn und seinen Vater verlassen, als er zehn war. Sie ist nach Griechenland, Korfu.

Zum Kiffen und Schmuckverkaufen? frage ich und sehe eine vor mir, mit lauter klirrenden Armreifen und dickem Lidstrich, die ewig jung bleiben will. Meine Mutter ist zehn Jahre früher geboren als sie, vor dem Krieg; eine andere Welt. Eine völlig andere.

Sie würde dich mögen, hat Jackson gesagt.

Findest du das gut oder nicht?

Sie hat uns verraten, hat er gesagt.

Sie hat ihn mitten in der Nacht angerufen, als ich bei ihm war; ich hörte an seiner Stimme, dass er nicht mit seiner Freundin sprach. Danach hat er lange geschwiegen und mich angesehen, bis er die Sätze über seine Mutter sagte. Ich hatte plötzlich Kopfschmerzen.

Das Lederband am Hals, mit den Glasperlen dran. Daher weht also der Wind.

Ornamente sind schon. Sie sollen magische Kräfte bannen, die man nicht sehen, deren Wirkung man aber spüren kann. An dieser Stelle kommt der Glaube ins Spiel. Sie sind nicht abbildend, sie sind gestische, tänzerische, expressive Formen. Punkte, Kreise, Linien. Seriell. Geo bedeutet Erde, also symmetrisch ebenso wie asymmetrisch, wie die Formen der Natur, der Landschaft, Bergketten, die sich erheben, Flüsse, die sich schlängeln in ihrem Tal, Bäume, die einzeln und in Gruppen aufragen darin. *Schönheit.* In der Anordnung. Ornamente berühren sich mit der Zahlenmystik auf der einen, mit der Geometrie imaginärer Räume andererseits. Sie bannen die Zeit: In einer paradoxen Bewegung nehmen sie dich für einen Augenblick heraus aus dem üblichen Lauf der Dinge, in eine Versenkung, in der du dich zugehörig und aufgehoben fühlst – worin auch immer, einer Ordnung, deiner Gruppe von Menschen, der Welt, der Natur, dem Kosmos. Kosmos heißt Schmuck.

Ich bin auch ein Schmuck. Ich lege mich auf dein blaues Sofa, nackt, mit meiner weißen Haut und meinem schwarzen Haar, und sage: los, komm her, ich bin deine Odaliske. Ich nehme dich raus aus der Zeit.

TRITT einen Schritt beiseite, und der Zauber funktioniert nicht.

Silvie, meine süße Freundin, hat angerufen; ihr Großvater liegt im Sterben; sie muss hinfahren, wollte mich aber vorher sehen. Wir trafen uns gleich morgens, sie kam zu mir. Wir tranken Milchkaffee aus meinen alten *bols*, die ich aus Paris mitgebracht habe, und tunkten Kekse ein. Sie hatte den Kater auf dem Schoß und erzählte von ihrem Großvater.

Er isst nichts mehr, sagte sie. Er trinkt nur noch Limo und ruft nach seinem Bruder, der im Krieg gefallen ist. Er schläft viel, wacht kurz auf und fragt nach Gestalten aus seiner Jugend, er erkundigt sich höflich nach ihren Verhältnissen. Er ruft die ganze Familie zusammen, und meine Mutter sagt, er wartet nur noch darauf, dass ich komme.

Ich fing an zu weinen. Silvie weinte auch. Erst Heinrich und jetzt Opa, sagte sie, ich weiß nicht, wie ich das überstehen soll.

Warum bist du eigentlich nicht mit Heinrich weggegangen? fragte ich.

Ach Eva, sagte sie und sah mich mit ihren großen wasserhellen Augen an, ich hätte mich gar nicht getraut zu fragen! Ich habe doch auch gar kein Geld!

Aber er, sagte ich. Ich war wütend auf Heinrich.

Soll ich mit dir fahren? fragte ich.

Nee, sagte sie, is schon gut. Sind alle da, die ganze Familie, das wäre schwierig mit dir.

Ich nickte.

Kommst du wieder, Sivvie?

Klar, sagte sie. Dann ziehen wir zusammen, ja? Ich lass mir von irgendeinem Typen ein Kind machen, und dann leben wir einfach zusammen!

Ich lachte. Oh ja, sagte ich, das stelle ich mir lustig vor.

1,1

Konrad liebt mich, und ich lasse ihn und verletze ihn, aber das hat doch alles keine Zukunft. Ich kann ihn schon nicht mehr sehen.

Jackson sagt, er verliebt sich nur langsam. Ich will Jackson so kennen, wie ich ihn nachts umarmen will. Ich will das – wie Wassersaufen bei Hitze. Unbedingt. Nichts anderes. Jackson macht nicht mehr ganz so hektische Rückzieherküsse an meinen Zähnen wie am Anfang. Seine rotbraune fellige Haut schmiegt sich in meine Handflächen. Wenn er stöhnt, klingt es *verwundbar*, es macht *mich* verwundbar.

Konrad wird verrückt vor Liebe zu mir, und ich will Jackson, der weggeht. Ich könnte heulen. Ich habe den ganzen Tag Patti Smith gehört. Robert hat mir die Kassette geschickt. Er hat sie mir aufgenommen. Er hat darauf geschrieben *and then there were three*. Wen meint er?

Dass ich Konrad erlaubt habe, mich zu Jackson zu fahren, tut mir noch immer weh. Ich Idiot habe es zugelassen; das darf nicht mehr vorkommen. Ich sehe Konrad, als würden mir erst jetzt die Augen aufgehen: Wie er sich vorbeugt und mich von unten ansieht, wie er die Stirn runzelt, wie er sein krauses Haar in die Stirn hineinkämmt, um sich kleiner zu machen. *Tritt einen Schritt beiseite* ... Es ist abstoßend. Weil es würdelos ist. Ich darf das nicht mitmachen. Auch wenn er mich anfleht. Was habe ich überhaupt plötzlich für Begriffe im Kopf? Würde? Dürfen? Robert hat erzählt, dass Konrad beim Billard früher manchmal unkontrollierbare Zornesausbrüche hatte.

Ich muss mich zusammenreißen; Heumann hat heute schon gemeckert mit mir. Ob ich mich neuerdings nicht mehr für mein Studium interessiere? Am liebsten hätte ich gesagt, heiraten Sie mich doch, dann hat die liebe Seele vielleicht Ruh.

Jackson. Bis hierhin und nicht weiter. Er wird seine Freundin nicht verlassen, warum auch, er geht nach Sydney, sie ist schon dort, er hat ein Stipendium, sie auch. Warntafeln, halt dich fern. Nach Amerika, sagt Jackson, gehen viele, Australien ist im Kommen. Spätestens seit der letzten *documenta* ist klar, was da alles zu holen ist.

Ich höre nur *weg* und sehe Schafe im Busch wie in meinen Jugendbüchern, die in Neuseeland spielten. Mit Konrad kann ich reden, über das Schlimmste, auch wenn er es nicht hören will. Bei Jackson verstumme ich.

1,1

Letzte Nacht war er brüsk, ich weiß gar nicht, was in ihn gefahren ist. Er würde nicht mit mir schlafen, wenn ich blute. Bitte?!

Du bist ja verklemmter, als ich dachte, sagte ich. Hat dir jemand das Ammenmärchen von den unreinen Tagen erzählt, oder was?

Hau ab, hat er gesagt.

Wenn du so verklemmt bist, schrie ich, kannst du kein guter Maler sein!

Hör auf, brüllte er.

Ich konnte mir seinen Vater in diesem Moment sehr gut vorstellen, als autoritäres A., wahrscheinlich hat seine Mutter deshalb den Abgang gemacht.

Er schlief ein und ich weinte. Wär ich mal besser aufgestanden und weggegangen, aber ich war wie festgeklebt. Am Morgen sagte ich es ihm, ich wäre am liebsten weg, wie bei einem *one night stand*, und ohne Telefonnummer. Er sagte, ach Mädchen, und sah mich traurig an.

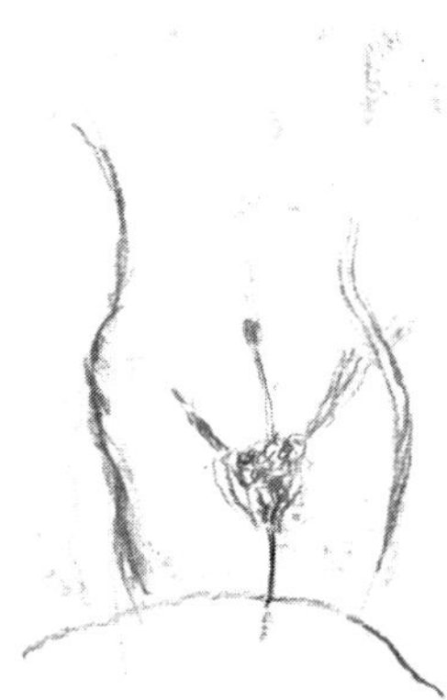

Nur mit Paul war der Sex noch irrer, losgelöster. Ich war überhaupt nicht verliebt. Bin aber immer wieder hingedackelt, in die Bruchbude in der *rue de Vaugirard*. Paul, mein Pariser Freund, Übersetzer, russisch-französisch, deutsch-französisch. Groß und schlaksig, große weiche Nase, Grübchen in den Wangen, verwegene Augen, immer ein bisschen aggressiv, dann wieder bedauernd, manchmal grimassierend, ein Clown, manchmal eine Schönheit. Paul schlief mit Männern und Frauen. Er war der erste, der mich wie einen Jungen vögelte, am Tag danach war ich ganz ausgeleiert, innen hat alles höllisch gebrannt.

Jackson, von dem ich dachte, er wäre so frei, schämt sich also für bestimmte Dinge. Er macht nicht alles. Das ist auch egal; es kann sich sowieso nichts entwickeln, er geht ja weg. Ich verlieb mich nicht in ihn. Dann kiekste nur falsch hin, hab ich ja jetzt bei Konrad gesehen, und mit dem war es rosarot am Anfang.

Es ist schlimmer mit Jackson. Es ist der Körper, der alles ist. Ich meine, alles ist da drin, Herz und Kopf und so. ICH. Manchmal möchte ich Jackson fragen: Hast du mit anderen so geschlafen wie mit mir? Er würde das Bettzeug in den Kasten packen und schweigen, ich kenne ihn. Das Licht würde auf sein Gesicht fallen.

Er hat Bücher angeschleppt, über die Kunst der Aborigines, die irren Ornamente aus Naturfarben; sie interessieren ihn mehr als die *land art* seiner Kollegen. Geometrische Muster, die keine Wirklichkeit abbilden, seriell. Ich mag mir die Bücher gar nicht ansehen. Ich muss an Jacksons Mama denken, die Ketten in Serien macht, und an meine, die zwischen den Bäumen im Wald verschwand und niemals wiederkam. Ich WILL nicht daran denken!

AAAAAAAAAHHHHHHHHH!!!!!!!!!!!!!!! ____________:

Jackson hat Besuch!

Du kannst heute nicht bei mir schlafen, hat er gesagt.

Bitte?

Ich schlug ihm ins Gesicht; er nahm mich nur in den Arm und sagte: Mädchen, Mädchen. Er schweigt. Er schweigt auch, wenn ich zwischen den Laken allen Dingen einen Namen gebe.

Eine alte Liebe. Vielleicht wird er rückfällig. Ich laufe Amok, wenn seine Haut auf eine andere trifft.

So ein Mist. Konrad! Verzeih mir! Warum gefällt mir Jackson besser als Konrad? Ich weiß es nicht. Ich weiß nur, dass ich gerade jetzt möchte, dass J mich streichelt, federleicht. JJJJJJJJJJJJ . . . ____________

Am Ende werde ich noch treu. Am Ende irre ich mich wieder. Es würde nichts mit uns, selbst wenn er hierbliebe.

Jetzt steh ich schon wieder auf dem Balkon in der Sonne und warte, mein Körper bildet eine Linie.

Das Ornament beschwört den materiell Abwesenden, das Numinose, Göttliche, eine unsichtbare Naturkraft, in der materiellen Anwesenheit seiner Form. Es ist eine Geisterbeschwörung. Im magischen Akt wird das Zeichen die Sache selbst. Die Navajo malen Ornamente in einem rituellen Tanz in den Sand, die haitianischen Voodoopriester in ausgestreutes Mehl auf den Boden, dann wischen sie sie wieder fort.

Jacksons Handschrift auf der Leinwand ist fest wie sein Körper, ausgeprägt, stabil. Er ist stabiler als Konrad. Er wirkt in allem so konzentriert. Vor allem, wenn er mit mir schläft. Ich mag es, wie er seine Farbtöpfe aufstellt, aber er mag es nicht, wenn ich in sein Atelier komme, in der Hochschule, er hat es mir nur einmal gezeigt. Er arbeitet nur dort. Andere Malerstudenten, die ich kenne, malen überall, sie haben keinen Extraraum dafür. Es ist der reine Luxus. Heumann hat mich mal zu einem seiner Freunde mitgenommen. Der hauste regelrecht zwischen seinen Bildern. Er machte seinen Tee auf einem Campingkocher und schlief in einem alten Militärmantel, in den er sich ein Fell hineingenäht hatte. Er erinnerte mich darin an Beuys. Fett und Wärme. Ich hatte sofort Lust, mal eine Nacht in diesem Fell zu schlafen, nackig. Aber Heumann fasste mich an der Hand und sagte, das wirst du nicht tun, ich weiß, wo das endet, und ich musste brav mit ihm gehen. Er hat mich sogar nach Hause gebracht. Manchmal hat er solche Anfälle. Ich weiß, dass er ganze Nächte mit den Künstlern herumzieht und säuft. Er sagt, nur wenn er ganz nah herangeht, lernt er was. Ich glaube, er wird nicht lange an der Hochschule bleiben. Er ist nett, aber viel zu alt. Fünfunddreißig.

Jackson wird nie so einer werden. Er ist auf merkwürdige Weise so gut sortiert. Es ist mir unheimlich. Als ob da etwas heruntergehalten wird, das explodieren könnte, es aber niemals wird. Ein Dauerständer, würde Theo sagen. Konrad findet Theo grauenvoll chaotisch, er sagt immer *der Höllenmaler*, aber irgendwas interessiert ihn dann doch wieder an ihm. Jackson würde ihm vielleicht sogar gefallen, ich meine Konrad. Jackson weiß genau, was er will. Jetzt will er Australien. Er hat Stil. Er ist intelligent. Er liest Zeitungen und

Romane, und wenn er gerade mal nicht schweigt, kommentiert er, was er liest. Mit mir schweigt er allerdings ziemlich gern.

Der Mistkerl ruft nicht an. Seine Besuchstrulla lässt ihm wohl keine Zeit. Ich rufe gleich Konrad an. Konrad käme sofort. Der Mond steht so hoch am Berliner Himmel, die Bäume rascheln so laut, mein Freund läuft allein durch die Straßen und Jackson – ——————

SIE BLEIBT NOCH EINE NACHT! Ich glaub es nicht. Ich tobe. Ich bin ins »Hegel« und hab drei Wodka getrunken. Der alte Russe mit den schmierigen Haaren hat sich gefreut, mich mal allein zu sehen. Statt Revolution hat er Sehnsucht gesungen, klingt aber ganz ähnlich. Liegt sicher am verstimmten Klavier. Gerade als ich anfangen wollte mitzusingen, kam Robert *zufällig* vorbei und hat mich nach Hause geschleift. Bis in den Wedding!! Mit dem Nachtbus. Nee, hat er gesagt, es gibt nicht noch einen. Meinte den Wodka.

Hattet ihr einen Rückfall? habe ich am Telefon gefragt. Wahrscheinlich saß sie daneben. Ich fluchte, dass er von unserer kurzen Zeit ganze Nächte verschenkt. Geht nicht anders, sagte er, war ausgemacht.

Ich rief Konrad an und ging mit ihm ein Bier trinken. Ich erzählte ihm alles Mögliche, nur nicht die Wahrheit. Er war sehr gut aufgelegt. Wir sahen Godard, ›*Pierrot le fou*‹ und spazierten danach lange Hand in Hand durch die Straßen. Es roch gut, nach Sommer. Er war glücklich, dass ich ihn brauchte. Er streichelte ununterbrochen über mein Haar.

Heute Mittag um halb zwei rief Jackson an. Er hat seinen Besuch zum Bahnhof gebracht und ist zum Telefon gestürzt, noch am Bahnhof. Ich hörte die Geräusche und Ansagen. Er werde sich aus dem Geschäft der Treue und Untreue zurückziehen, sagte er. – Von mir? fragte ich. – Ach nein, sagte er, wo wir nun mal angefangen haben.

Ich hasste ihn und fuhr zu ihm.

Die Macht des Schicksals besteht darin, dass keiner Zeit hat nachzudenken. Ist ein Zitat, von Alexander Kluge, vermittelt von *Professor* Heumann. Manchmal quälen mich Gewissensbisse, Konrad gegenüber, sogar Jacksons Freundin gegenüber, die irgendwo in Australien herumläuft und ihn liebt. Zum Glück kenne ich sie ja nicht. Ich wollte auch kein Foto sehen. Mein Herz geht langsam durch die Straßen meiner Stadt. Ich trage keine Stöckelschuhe, dann wär es leichter, *cool*. Ich kann den Mond nicht in meine Arme schließen. Oder mich an ihn hängen und baumeln daran. Es ist vier Uhr früh und vorhin stand ich tatsächlich im Hof von Robert und brüllte nach ihm. Robert hat geschlafen. Vielleicht ist er auch gar nicht da.

Eins, Eins.
Der Übergriff der Sinne aufs Herz.

Mensch Mädel, hat Heumann gesagt, denken Sie mal nach, über die Struktur dieses Bildes. Die Elemente. Wann Goya gelebt hat, kann jeder nachlesen. Sie müssen lernen zu sehen. Sonst bleiben Sie eine bürgerliche Pute, die nicht kieken kann. Die Kunst nur für ihren Teetisch braucht.

Ich weiß gar nicht, warum er so ungeduldig mit mir war. Manchmal hat er so einen Haschmich. Ich muss aber auch meine Scheine machen, habe ich gesagt. Das war es wohl. Er wollte, dass ich in ein Atelier mitgehe, von einer Malerin. Er hat immer Zeit, ich glaube, er hat die Ewigkeit für sich gepachtet.

In der Nacht J.s Körper gebogen über meinem wie sein Sex in mir drin. Das ist traurig, sagte er plötzlich, findest du nicht?

Ich dachte immer nur *die Struktur eines Bildes finden.* So ein Mist.

Wie sich eine nicht entworfene Linie ergibt, aus den Farben, der Bewegung. Aus meinem Leben. Authentischer kann man nicht erfinden. Was später bewusste Konstruktion wird. Geschenke, wenn sie dauern in der Zeit. Mitten im Akt hatte ich Lust, mit Heumann darüber zu reden. Ich hatte plötzlich das Gefühl, etwas zu begreifen. Ich will mich wirklich bemühen. Wenn er mich ärgern will, sagt Heumann *Sie* zu mir. Heumann hat langes Haar, und wenn er sich Bilder ansieht, legt er immer eine Hand an die Wange und stützt die andere in die Hüfte. Er schiebt das Spielbein vor und hat plötzlich so etwas souverän Professorales, das ihm sonst eher abgeht. Seine Augen sind hellblau und sein Mund schmal, aber nicht verkniffen. Seine Hände sind kräftig, aber nicht plump. Er ist ein hübscher Mann. Nur zu alt. Er will ein Buch über Andy Warhol schreiben, das verstehe ich überhaupt nicht. Was will er bloß mit den *frigid people*? *Frigid people really make it*, hat Warhol gesagt.

Wir machen ein Video über Liebe, Leidenschaft und Gewalt, sagt Jackson plötzlich, als er die Spaghetti abgießt.

Willst du die Malerei an den Nagel hängen? frage ich.

Nein, sagt er, aber die Zukunft liegt in der Videokunst.

Ach na ja, sage ich, du kannst ja mal eins machen, aber ohne mich.

Siehst du, sagt er, du liebst mich, aber nicht meine Kunst.

Wie kommst du denn darauf? frage ich. So habe ich es überhaupt noch nicht betrachtet.

Verena liebt meine Kunst, sagt er. Sie kommt am Sonntag und hilft mir packen.

Mir wird akut heiß. Daher weht der Wind, sage ich trocken. Wieso kommt sie her? Ich denke, sie ist in Australien und macht da das Nest für dich fertig.

Sie hat ihre Eltern besucht, ihre Oma ist siebzig geworden. Ihr Vater kommt übrigens auch her.

Das war letzte Nacht. Ich schluckte. Ich fühlte eine blöde Schwäche in meinem Körper.

Komm her, sagte er, und nahm mich in den Arm. Ich machte mich steif.

Ich werde dich besuchen, vielleicht komme ich ja wieder her und studiere hier weiter –

Lass mich, sagte ich und stieß ihn weg. Den Teufel wirst du.

Ich hockte mich in die Ecke seiner Küche. Du kennst noch nicht einmal meine Kniekehlen, sagte ich bockig. Das haben mir andere beigebracht, mich so zu kennen.

Nächstes Jahr, sagte er. Nächstes Jahr?

Er ist jetzt immer ganz entspannt, wenn ich über seinen Körper wandere. In jeden Winkel will ich. Seine Haut ist so trocken, fast spröde, ich mag sie, sie wird heiß ohne zu schwitzen. Er reagiert auf kleinste Berührungen. Ich werde ihm jedes Detail schreiben, das ich bei anderen entdecke. Am Dienstag hat er mir einen Vortrag gehalten: *Mit einer schlafen oder mit allen, etwas anderes geht nicht.* Vortrag Ende. Jackson ist ein eloquenter Mann.

Ich habe immer einen Spruch parat. Verdammt. Am liebsten hätte ich ihm eine Ohrfeige gegeben. Der Austritt des Herzens aus den Poren. Lieb mich, ach lieb mich. Sein Blick kann ganz aufgelöst sein. Er küsst mich jetzt nicht mehr so fliehend. Was heißt *jetzt*? Die letzte Zeit, jetzt ist ja schon wieder anders, jetzt läuft die Uhr auf Abreise. Da kann er leicht dicke Küsse machen. Am Anfang musste ich manchmal sagen, jetzt lass doch mal deinen Mund in meinen fallen.

Er war müde, ich zog ihn aus, klappte das Sofa auf, machte das Bett, zog ihn hinauf. Er kann nie lange still liegen neben mir, seine Hand fängt an zu reisen. Ich will, dass sein Mund auch mal eine schöne Reise macht.

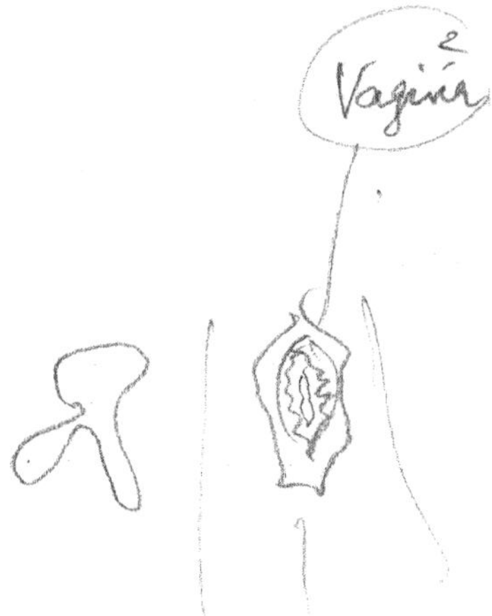

Ich bin gespannt auf seine Briefe. Drei Sätze? Oder vier? Ein Vortrag aus fünf Worten? Schickt er Bilder? Ich glaube, das wird nichts. Wenn wir uns nicht anfassen, was sollen wir da reden? Konrad will Einheit von allem, Reden, Körper, Seele, Geborgenheit. Mit Jackson Geborgenheit? Nur im Bett. Obwohl. Wenn er kocht und mein Shampoo kauft, fühle ich mich sehr geborgen. Das Physische ist das Innere.

Ich will keine Verschmelzung. *Dieser tradierte Gedanke ist regressiv*, nicht wahr, Leonhardt? Eins sein? Puh. Bin froh, gerade mal so meine Identität zu kennen, sie kennenzulernen. Manchmal tut das Nachdenken weh. Ist das dann auch Schicksal?

Konrad bat mich, mit in seine Wittgenstein-Vorlesung zu kommen. Wittgenstein ist so eine Art Heiliger für ihn. Es ging um die *Seele-Als*, was auch immer das sein mag. Konrad möchte gern eine eigenständige, philosophische Arbeit schreiben, etwas im Sinne von *Der Einfluss von Wittgensteins später Sprachphilosophie auf die Rechtsprechung*. Von den Sprachspielen und ihrer Unübersetzbarkeit. Das würde Jackson bestimmt gefallen.

Jackson findet, es ist keine gute Idee gewesen, Konrad von unserem Verhältnis zu erzählen.

Am Nachmittag gingen wir in die Rehberge, zum Plötzensee, schwimmen. Der kleine See war überfüllt, auf der Wiese drängten sich alle. Ich mag lieber Sand als Gras, aber okay. Das Sonnenlicht war so grell, dass die Farben wie ausgelöscht schienen. Doch eigentlich schimmerten das Wasser, die Büsche und Bäume silberngrün, so wie Corot es malt, sein berühmtes helles Grau, das hundert Farben hat, und die Menschen blitzten weiß oder dunkel darin auf. Jackson lag neben mir und döste; ich hatte seinen *Walkman* auf und beobachtete die Leute, es war, wie ich es mir früher manchmal wünschte: die Filmmusik im eigenen Leben. Nina Simone. Und schon sehe ich die Welt in Ausschnitten. Vielleicht sollte *ich* mal ein Video machen. Heumann hat mich irgendwann mal gelobt und gesagt, es braucht für die Kunst auch Leute, die sie sehen. Das wäre auch eine Kunst, und ich müsste nicht traurig sein, dass ich nicht selber Künstlerin werden würde. Ich weiß nicht, ob er recht hat. Ich bin traurig, trotzdem.

Handtuch neben Handtuch, Beine neben Beinen –

Mein Blick, meine Kamera, tastet Gesichter ab, Blicke, Bewegungen, Konstellationen. Harmonien, Rhythmen, Störungen. Mein Blick legt sie hinein, strukturiert die Wirklichkeit. Ich beobachte leidenschaftlich gern. Jackson findet: zu gern; deshalb würde ich kneifen, selber Bilder zu machen. Du lässt dich ablenken, sagt er. Da hat er sicher recht. Man muss so konsequent sein, wenn man etwas erreichen will. Jackson sagt: Ich bin jetzt vierundzwanzig. Wenn ich es in drei, vier Jahren nicht geschafft habe, schaffe ich es nicht. Der Markt ist hart. Es gibt zu viele; die Positionen sind alle besetzt.

Alle? fragte ich. Deine nicht.

Ach weißt du, sagte Jackson und zuckt die Achseln.

Heumann sagt, ein Künstler ist einer, der nicht anders kann.

Jackson wusch Wäsche, ich hocke daneben.

Mein Vater kommt morgen oder übermorgen, sagt er.

Was sagst du dann, wer ich bin? frage ich. Der weiß doch gleich Bescheid.

Ist mir egal, sagt Jackson.

Ferne Sommerabendgeräusche, Klappern im Hinterhof, Vögel, ein Fernseher. Das Kratzen von meinem Füller. Jackson, Jackson. In seiner Wohnung vergesse ich meine Verpflichtungen, und gleichzeitig lerne ich ganz viel. Ich habe einen kurzen Rock an und ein leichtes Sommerhemd. Ich sehe ganz anders aus als Jacksons Verena. Ganz ganz anders. Ich hätte gern Jacksons Wohnung fotografiert, am Morgen nach unserer ersten Nacht. Wie vom Bett aus gesehen das Licht durch die Fenster fiel. Wie die Kastanie grüne Schattenmuster in den Raum warf. Wie ich dann, im Kleid vom Abend davor, in der Jeansjacke, auf dem Fahrrad nach Hause fuhr. Wenigstens wartet Josef immer auf mich, den ich so oft allein lasse. Das hört ja nun auf.

Jacksons blaues Sofa zum Ausklappen. Blau steht mir am besten.

In der Cafeteria. So hat es angefangen. Dies ist mein Anfangsgebet. Mittwochs in der Cafeteria an der HdK. Hab mich umgedreht, bin aber vorwärtsgelaufen, da sind wir ineinandergerannt. Wo wohnst du, gehen wir ins Kino. Das Lachen, die Ironie, die superkurzen Sätze. Die Sätze wurden immer kürzer.

Ach Junge, nächste Woche gibt es ein Riesenloch in meinem Leben. Dann muss ich meine Nächte allein verbringen. Da werde ich lesen und schreiben und ein dickes Pensum schaffen, und Heumann wird sich freuen.

Jackson leidet unter dem Fortgang der Zeit. Dass ich nicht lache. Ich leide an deinem Fortgang, hab ich gesagt. Ich habe gar keine Lust mehr, mit ihm zu schlafen. Über das Diktat der Muschi. Vortrag Ende. Du spürst der Zeit nach wie ich. Du malst die Bilder des Vergehens, ich zimmere die Sätze dazu: Könnten wir glücklich sein!

Wir alle lieben eine Erzählung, sagte Jackson heute. Ich weiß gar nicht, wie er darauf gekommen ist. Vielleicht nur eine Zeile, einen Vers. Finde sie, sprich sie an, und du wirst ein guter Lehrer.

Ich will kein Lehrer sein, sagte ich.

Ich rede auch nicht von dir.

Lehrer? Ist das dein Ernst?

War nur mal laut gedacht, sagte er.

Ich glaube, Jackson *fait une crise*. Eindeutig.

Ich mache ein Seminar über Bäume. Bäume und der *Stillstand der Zeit*. Im Wintersemester. Bei Heumann natürlich.

Vorgestern projizierte ich mein Glück auf die Welt, sah synchrone Bewegungen, wo keine waren – oder doch? Sah Sonnenflecken auf dem Gesicht, das sich mir mehr und mehr öffnet. Manchmal macht er seine Haut ganz durchlässig, ich schlürfe daraus, langsam und genüsslich. Aus allen Falten, die es einmal geben wird. Jackson sagte ganz früh am Morgen, er würde lieber schreiben als malen. Ich fing zu lachen an, unpassend. Er zeigte mir Zeilen, die er angestrichen hatte, bei Pessoa, über Leere und zielloses Tätigsein.

Mach die Worte mit auf die Leinwand, sagte ich, das reicht. Mehr Worte hast du nicht, dachte ich. Im Ungesagten ist bei dir das Gesagte.

Was wir voneinander hätten? Das Auskundschaften von Seinsarten? Eigene Aufgaben leben, gemeinsam schlafen? Was sich öffnet – Warum will ich manche und laufe vor anderen davon? Ich bin verwirrt, heute ganz still. Ich träume nicht, ich bin ganz wach, und ich sehe die Möglichkeit der Liebe – wie sie kommt, um zu gehen?

Morgens um drei. Gestern Abend, Jackson räumte auf, ich machte ausnahmsweise etwas zu essen, Melonen und Schinken, auf den Teller geknallt, da klingelt es an der Haustür. Jacksons Vater stand unten. Mit seiner Freundin. Jackson hatte mich bloß ärgern wollen, als er behauptete, Verena käme, in Wirklichkeit kam sein Vater mit seiner Lebensgefährtin. Jackson nennt sie Chrissie.

Jacksons Vater nennt Jackson: Hacker. Weil er als Junge manchmal einen Wutanfall bekam und das Essen auf dem Teller zerhackte. Bis es aussah wie ein Bild. Jackson wollte, dass ich bleibe, mit allen einen Schluck trinke, und dann sollte ich mit, zum Italiener, noch ein Glas trinken, etwas essen, Konversation machen. Wir zankten kurz. Ein Blinder hätte gesehen, dass ich in Jacksons Wohnung zu Hause bin. Die Eltern kennen Verena doch, was hätte das denn gegeben? Jackson sagte über die Sprechanlage: Wir kommen runter.

Chrissie ist eine große, dürre Frau, im Kostüm, so eine, die genau weiß, wie man sich auf Cocktailpartys, im Büro und sonst wo zu benehmen hat. Nach der chaotischen Mutter von J. eine klare Wahl. Sie sah mich immerzu fragend an. Jacksons Vater fragte mir Löcher in den Bauch, bezog mich vollkommen selbstverständlich mit ein. Er ist Unternehmer. Korrekter Typ. Natürlich war ich eine Überraschung. Das ist Eva, sagte Jackson.

Als Chrissie ihn um ein Mineralwasser bat, im Lokal, blinzelte er mich an und sagte, haben wir, und ich nickte, als wohnten wir da zusammen, als gehörte ich zu ihm. Sein Papa fand mich nett; Chrissie war ein bisschen rivalisch. Sie versuchte andauernd, Jacksons Aufmerksamkeit auf sich zu ziehen, ich meine, für sich allein, aber Jackson reagierte völlig *cool*.

Sie findet Verena arrogant, sagte Jackson später. Sie ist ihr zu intelligent. (Ich hielt mir die Ohren zu.) Sein Vater überschlug sich bald, als wir uns verabschiedeten, sehen wir uns morgen? fragte er glatt. Er wollte unbedingt, dass Jackson mich zur U-Bahn bringt. *And Jackson did.* Jetzt schläft Jackson schon wieder allein in unserem Bett, ich weiß nicht, warum. Der Kater hat sich wie irre gefreut, als ich kam. Wir haben noch sechs Nächte, ich begreife nichts mehr. Jackson liebt mich, ich weiß es. Ich werde ihn entsetzlich vermissen, meinen schönen Freund.

Sein Vater und Chrissie haben ihm geholfen, alles einzupacken; sie nehmen die Sachen mit zu sich nach Hannover. Da kommt J. her. Sie sind mit einem kleinen Transporter gekommen. Die großen Bilder nehmen den meisten Platz weg. Ich hätte mich geweigert zu helfen, das war Jackson klar, er hat nicht einmal gefragt.

Eine Affenhitze in der Stadt. Zu heiß zum Fahrradfahren, aber die U-Bahn ist auch kein Vergnügen. Es stinkt überall. An der Hochschule rissen wir Fenster und Türen auf; alle schwitzen und stinken.

Ich träumte, man hatte mich entführt und wollte mich mit Gift zwingen, Überfälle zu machen. Ich lief fort, zu einem Busbahnhof, ich wusste, dass Jackson in einen Bus gestiegen war und unser Kind trug. Ich rief Jackson und fiel vornüber in eine Ohnmacht. Als ich wieder zu mir kam, sprang ich in den Bus; kein Jackson zu sehen, aber unser Kind. Ich riss eine Bank hoch, da lag er, gekrümmt.

Seit ein paar Tagen habe ich Unterleibsschmerzen, außer wenn J. mit mir schläft.

Es ist verrückt, aber ich laufe glücklich in den Tag, mir ist überhaupt noch nicht klar, dass Jackson morgen fährt.

Konrad hat mir wieder einen Brief in den Kasten gelegt. Er fährt durch die ganze Stadt, um mir einen Brief in den Kasten zu werfen, statt ihn mit der Post zu schicken.

Ich denke daran, wie Jackson seine Freundin wiedersieht. Heute sagte er mir erst, dass sein Flug nicht direkt nach Sydney geht, sondern dass er ein paar Wochen in Indien bleibt; er will das Taj Mahal ansehen und sich in Goa am Strand ausruhen. Mir blieb die Spucke weg.

Die Flüge waren gebucht, bevor ich dich kannte, sagte er.

Du hättest locker umbuchen können, sagte ich. Einen Augenblick überlegte ich, ob ich nicht mitfliegen soll. Ich verwarf es sofort. Er hat mich ja gar nicht gefragt. Gut für ihn. Da kann er von mir auf Verena umschalten. Ob er sie so lieben kann wie mich? Körperlich? Ob er dann nicht an unsere Nächte denkt? (So wie ich an meine Nächte mit Konrad? O Gott, ich denke nie an meine Nächte mit Konrad, wenn ich mit Jackson zusammen bin!)

Soll er doch fahren. Er hat schlecht geschlafen, ohne mich.

Mädchen, sagt er, Mädchen.

Ein letztes Mal sind wir zusammen, in der ausgeräumten Wohnung im Abendlicht, Halbschatten, auf einem Federbett auf dem Boden, durchsetzt von Traurigkeit.

Ging's dir gut mit mir? frage ich.

Extrem, sagt er.

Ich stichele wegen seiner Untreue, in diesem Moment ist mir die Vorstellung einer anderen Haut auf der seinen, eines anderen Körpers auf seinem, unerträglich. Mösenzucken bekomm ich davon. Im Kopf weiß ich von der Einmaligkeit unserer Konstellation. Aber mein Bauch flippt aus.

J. sagt: Was ist schon ein Jahr? Dann bin ich ja wieder da.

Ja, sage ich, mit Verena. Oder verkaufst du sie im Busch?

Auf seine Weise wird er mir treu sein wie ich ihm. Es würde mich selbst überraschen, bliebe ich asketisch. Allein um mich zu retten. Oder?

Ich weiß nicht, wieso ich das denke, sage ich, aber es könnte ziemlich gut gehen mit uns. Hmm, zustimmendes Grummeln aus dem ernsten Gesicht. (Warum nur denke ich, es wäre ihm mit keiner anderen so gut gegangen wie mit mir??)

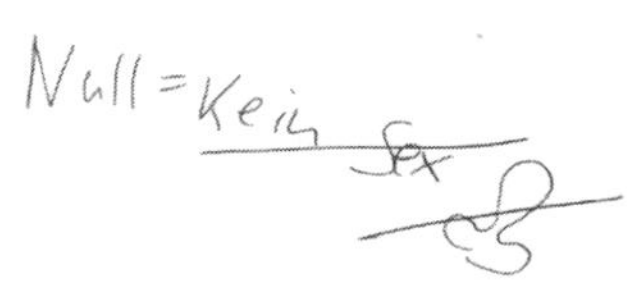

Jackson ist weg. Die Eltern bringen ihn nach Frankfurt. Von dort geht morgen sein Flug. Er hat versprochen anzurufen. Den ganzen Tag lauere ich am Telefon, schleiche in der Wohnung herum, rufe Hallo, wenn es klingelt, und falle zurück, wenn es andere sind. Kein Anruf.

Im Traum eine riesige Explosion.

Mitten in der Nacht. Geh auf den Balkon, guck hoch in den Himmel, seh die Sterne, leg mich wieder hin. Es nützt ja nix, mit anderen zusammen zu sein. Ich kann nur arbeiten.

Morgens um sieben. Aufstehen. Lesen. Notizen machen. Josef schnurrt. Im Traum wollte ich in eine ausländische Schule aufgenommen werden, dann fiel mir plötzlich ein, dass ich schon studiere. Ach und weh, ich bin allein.

Ich gehe den ganzen Tag nicht aus dem Haus, weil ich auf Jacksons Anruf warte. Bevor er in Frankfurt losfliegt. Sein Flug geht um zwanzig Uhr mitteleuropäischer Zeit.

Früher Abend auf meinem Sommerbalkon. Jemand Neues im Mittelhaus hört klassische Musik, Mozart. Mozart! Ich habe Angst. Vor der Unzuverlässigkeit meiner Gefühle, von der Jackson überzeugt ist und in die er mich damit schickt. Wie denkt er sich das? Er geht zu Verena, und ich soll zuverlässig sein? Was meint er denn damit? Wiederkommen? Was soll das heißen? Was ist nur in den wenigen Wochen geschehen?

20:15. Er sitzt im Flugzeug. Sein Flug ging vor fünfzehn Minuten. Er hat nicht angerufen. Meinen Körper durchzuckt es immer wieder. Ich habe Angst, dass ich mich irre. Wie er zu mir steht. Es bedeutet keinerlei Absicherung, nicht verliebt zu sein. Es ist viel schlimmer. Ein heimliches Abwarten im Inneren, was mit mir sein wird.

Konrad klingelte plötzlich am späten Nachmittag an der Tür, als hätte er es gerochen, dass ich allein bin. Ich konnte seine Unbeholfenheit kaum ertragen. Er wollte, dass wir zusammen essen, ich sagte, ich kriege bei der Hitze nichts runter, ich muss arbeiten; ich wollte ihn unbedingt loswerden, falls Jackson anrufen würde. Ich hätte es nicht ertragen. Ich konnte mich deswegen nicht ausstehen, und ich konnte ihn sowieso nicht ertragen. Seine unglückliche Art, in einem Körper leben zu müssen, sein Unglück wegen mir, ich hielt es nicht aus.

Er hat Jacksons Bild an der Wand gesehen und war bestürzt. Jackson hat es mir geschenkt. Es ist ziemlich groß.

Es hängt über meinem Bett.

20:27. Josef sitzt im Blumenkasten und macht fiepige Katzengeräusche. Man kann aus Freude verstummen. Wenn dich einer trifft, mitten ins Gewebe. Wird Jackson sich in Briefen öffnen, wie in den Nächten, nach und nach? Ich muss nur auf die Straße gehen, die Stadt liebt mich und trägt mich; es gibt lautes Glück und leises. Jeder Morgen, an dem ich aus Jacksons Haus kam, beantwortete alle Fragen nach einem Sinn. Die Sehnsucht nach einem anderen Reden verbarg sich hinter unseren saloppen Sätzen. Sie verbargen unsere Verwundbarkeit, die bei einem einzigen falschen Satz aufreißt und uns nackt macht.

20:38. Ist die Liebe eine Struktur wie ein Bild? Wie Natur? Ich kann nur sagen, was schön ist, was mich glücklich macht. Deine Augen zu sehen, azurtürkis, auf deiner Haut zu schwimmen, Weiß auf Rotbraun, deine flapsigen Bemerkungen zu hören, mittendrin einen hingeworfenen Satz, der mich aufhorchen lässt. Das Aufwachen neben dir, der zärtlichste Augenblick zwischen uns, weil im Lächeln, das gleich kommt, alles Vorherige aufgehoben ist: Nächte am Rande der inneren Stadt.

Wie werde ich jetzt immer erschrecken, morgens, wenn ich aufwache?

20:46. Ich presse die Lippen zusammen und meine Hände in mein Dreieck. Ich unterdrücke die Tränen, die in meine Augen wollen. Du sitzt im Flugzeug. Ich bin tapfer. In den dunkler werdenden Sommerhimmel schicke ich dir meine Gedanken. Der Wind soll dich für mich streicheln, durch den Körper des Flugzeugs hindurch.

Jackson hat angerufen. !!!!!!!

Ich habe das Bild von der Wand gerissen und mich draufgelegt und es festgehalten. Alles hat sich verschoben; er sitzt in Frankfurt auf dem Flughafen; der Flug geht erst um Mitternacht. Verena hat aus Australien angerufen, sagte er, ist wohl ganz gut, dass ich jetzt hinfahre.

Ich fing am Telefon an zu weinen und konnte nichts sagen. Er sagte auch nichts. Ich hörte die Ansagen auf dem Flughafen und das Geld, das in den Automaten fiel.

Das Geld ist bald alle, sagte Jackson. Bitte, sag etwas.

Ich schniefte. Jackson, sagte ich.

Mädchen, sagte er.

Rufst du noch mal an? fragte ich.

Ich rufe dich an, sagte er, dann tut tut tut.

04:44. Ich wache mit dem Kater auf, den Tauben, die gurren, dem Licht, das heller wird. Der Kater hat sich unter der Decke an meiner Seite eingerollt, dort, wo Jackson auch einmal lag, oder zweimal oder dreimal. Meistens waren wir bei ihm. Jackson mochte Josef; er fand es witzig, wenn er beim Sex mit im Bett saß und schnurrte. Josef ist ja noch so klein.

Jackson hat unseren Kontinent verlassen. Ich habe Hunger, ich bin traurig, ich habe jetzt schon Entzugserscheinungen. Mir ist heiß, ich habe Lust, mir ist kalt, ich hasse mein Lust-Haben. Ich weiß, dass ich so bald mit keinem anderen Körper in Berührung kommen will und kann, damit ich deinen in mir speichern kann. Ich will mich nicht einmal selbst anfassen. Ich träumte, mir wüchse über den ganzen Körper ein Fell, und mein Haar wurde immer länger, ich hob es immer wieder hoch und ließ es fallen und staunte.

Ich gehe auf den Balkon und sehe hinauf. Ich kann den Horizont nicht sehen, die Häuser sind zu hoch. Die letzten Sterne blinken, ihr Licht braucht Millionen Jahre, um zu uns zu gelangen; die Helligkeit, blauviolett, zieht langsam wie von Weitem herauf, bald wird sie zu einem zarten Vergissmeinnicht, Hellblauweiß, ein Ton, den es nur im Sommer gibt, sehr früh am Morgen. Als van Gogh im Irrenhaus von Saint-Rémy eingesperrt war, schrieb er an seinen Bruder, von seinem Fenster aus habe er lange vor Sonnenaufgang die Landschaft betrachtet, am Himmel nur der Morgenstern, der ungemein groß schien. – Die Venus, nach der ich meinen Arm ausstrecke.

Jacksons Stimme klang so traurig, ich habe plötzlich das sichere Gefühl, dass er mich liebt und bald zurückkommt. Mit dem nächsten Flieger, oder dem übernächsten. Das Problem heißt nicht V., sondern einzig und allein Jackson.

Jetzt ist Verena meine Schwester. Wir sollten J. den Schwanz abschneiden. Wenn er sich nicht bald für mich entscheidet und mir sagt, dass ich warten soll, halte ich das nicht aus. Er muss es mir sagen, sobald er dort ist.

Was für ein Unsinn. Wenn er es jetzt noch nicht gemerkt hat. Wie viele Wochen soll ich ihm denn geben?

Ich schreib ihm meinen ersten Brief, ich werd ihn sicher gar nicht abschicken müssen, aber falls er doch erst ein bisschen bleibt und dann zurückkommt, soll er ihn lesen, wenn er in einem fremden abgedunkelten Zimmer allein auf einer Liege liegt und der Ventilator über ihm ein gleichförmiges Geräusch macht, er soll dort an meine Lippen denken, an meine Hände, an alles.

Ich hasse dich, Jackson.

Null, null. Dies werden meine Nächte ohne Jacksons Körper sein; ich fühle ihn bei mir, ich kann ihn nur nicht anfassen. Null werde ich dazu sagen, null,

ooooooooo und ein Ornament von Nullen zeichnen.

JACKSON HAT UNSEREN KONTINENT VERLASSEN.

Ich, am ersten Tag dieser neuen Zeitrechnung. Vorgespräch für das Seminar *Bäume und der Stillstand der Zeit,* im Park; letztes Treffen vor den Ferien. Wir lagen alle mehr oder weniger im Gras und sollten Heumann beschreiben, was wir sehen. Heumann selbst saß auf einem Stuhl wie ein Kind, für das alle Möbel zu groß sind. Er formte seine feinen Sätze, die oft viel zu lang sind. Sie schwebten über uns in der trägen Luft, der Hitze. Ich sah die Halbschatten, die kleinen Holzstückchen, Borkenreste, Ästestückchen. Der Wind streichelte uns und trug Heumanns Worte fort. Der Kiefernwald, von dem er sprach, trat uns vor Augen, wenn wir sie schlossen. Moos, Boden, Trockenheit, blasshelle Strohhälmchen. Ameisen.

Die Strohhälmchen wurden immer größer. Sie wurden vierdimensional. Ich machte schnell die Augen auf und sah das Gras, auf dem ich lag, es schrie grün und wurde riesig und die Schatten waren lila und kamen auf mich zugerast und alles drehte sich wie irre – und plötzlich war ich bewusstlos.

Jackson hat mir ein Riesen-Paket geschickt! Noch von seinen Eltern aus. Sein Vater wird es zur Post getragen haben. Es ist sehr groß. Es enthält Ölfarben, Malmittel, Ölkreiden Marke *Jaxon*, wie witzig, und drei mittelgroße Leinwände. Und einen Band Gedichte von Dylan Thomas. Ich habe es ausgepackt und geweint.

Mit Jackson habe ich nie andere getroffen. Es hat mir nie jemand gefehlt. Es hätte ewig so weitergehen können. Es könnte ewig so weitergehen.

Nach dem Van-Gogh-Seminar hat Leonhardt mich gefragt, ob ich etwas mit ihm trinke. Es war die letzte Sitzung vor den Ferien. Heute nicht, sagte ich. Nächste Woche. Ich fühlte mich anlehnungsbedürftig und musste mich zusammenreißen, keine missverständlichen Gesten zu machen. Ich hab ihm gesagt: Es ist wegen Jackson.

Wer ist Jackson?, hat er gefragt.

Ich lief durch die Gänge der Uni, ich lief zur U-Bahn, alles kam mir unwirklich und vergrößert vor; alles rückte fort und alles war aufdringlich deutlich.

Es herrscht eine solche Hitze, trotzdem sitzen die Leute auf den Straßen draußen; drinnen hängen überall Ventilatoren; es gibt keine mehr zu kaufen, hörte ich im Radio. Ich trage noch immer dieselbe helle Hose und dasselbe grüne T-Shirt, das ich in unserer letzten gemeinsamen Nacht trug.

Am Nachmittag bekam ich rasende Kopfschmerzen. Ich würde Jackson so gern irgendwo anrufen, aber wo? Ich habe angefangen zu weinen. Ich glaube, ich muss mich betrinken. Verena wird ihn halten, ich weiß es. Sie ist ehrgeizig, sie hat Geld, ihr Vater hat Beziehungen, J. wird sich bei ihr anlehnen können. Verpiss dich, Jackson. Ich will nicht mehr die Falschen wollen. Er hat versprochen anzurufen. Ich werde ihm schreiben. Aber wohin?

In der zweiten Hälfte des neunzehnten Jahrhunderts bis ins beginnende zwanzigste Jahrhundert hinein entdecken die Maler mehr und mehr die Farbe als Eigenlicht; Licht=Farbe, Farbe=Licht; sie malen die Gegenstände als Träger von Licht, sie heben die Dinge aus ihren Horizonten, sie ordnen sie neu an, *bis diese zu schweben anfangen*. Die Konstruktion des Bildes ist es, die den Dingen ihren Platz zuweist.

Jackson hat angerufen! Ich glaub es nicht! Um fünf Uhr morgens, es wurde schon hell. Dort bei ihm ging es auf Mittag zu.

Ich dachte schon, du wärst nicht da, sagte er. Ich war sicher, du liegst schon in einem fremden Bett und vergisst mich.

Ich schluckte.

Hör zu, sagte er, ich suche mir eine *poste restante* Adresse, sobald ich einen festen Standort habe. Dann kannst du mir schreiben. Die Post dauert allerdings ziemlich lange. Die Menschen sind alle sehr nett, es ist aber irrsinnig voll. Ich wünschte, du – Knacken und Rauschen in der Leitung. So viel Worte hintereinander!

Ich wär gern bei dir, brülle ich.

Hast du mit den Farben angefangen? fragt er.

Ja. Ich habe angefangen. (Stimmt nicht.)

Gut so, sagt er. Hör zu, es ist in Ordnung, wenn du dich tröstest. Wir beide sind einzig, das wird sich nicht ändern.

Ja, sag ich.

Aber tu's nicht mit zu vielen gleichzeitig, Mädchen, das macht dich verrückt ——

Ich wusste überhaupt nicht, was ich sagen sollte. Ich fragte mich, ob er eine Art Freibrief von mir haben wollte.

Niemand wird jemals so sein wie du, sagte ich.

Dann war die Leitung unterbrochen und ich musste mich übergeben. Der Schmerz in meiner Schläfe war unerträglich. Er ist es noch.

An meinem Stundenplan in der Küche hängt ein Zettel von ihm, auf den er etwas gekritzelt hat über sich, über Distanzen, das Reisen. Es hat keinen Sinn, ihm in die Ferne Zeichen des Vertrauten zu schicken – bin ich ihm vertraut? – in eine andere Welt? Ist es nicht unbelasteter, ohne Geschichte zu sein, so zu tun, als könne man das, in einem völlig fremden Land?

Ich muss irgendwie raus hier.

Es ist schrecklich heiß; das Licht ist so grell, wenn man auf die Straße geht; mein Kopf dröhnt.

Null, null, null, null –

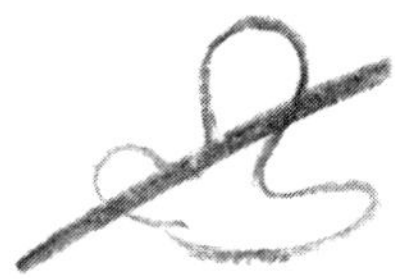

Ich habe den Überblick über die Zeit verloren.

Es ist Juli, Hochsommer, alle sind draußen, alle sind federleicht, viele sind verreist. Ich bin stumm. Die alltäglichen Handlungen kommen mir leer vor. Der Kater will auch nicht fressen. Die Pille zu nehmen ist mir widerwärtig. Sinnlos. Muss aber den Zyklus beenden.

Silvie kommt nicht wieder. Sie ist noch immer bei ihren Eltern und weint um ihren Großvater. Heute Morgen hat sie angerufen.

Ich weiß nicht, ob es Sinn hat, nach Berlin zurückzukommen, hat sie gesagt.

Ich flehe dich an, sagte ich, komm, ich brauche dich.

Meine Tante kennt jemanden in Israel, hat sie gesagt, ich könnte als Volontärin dorthin. Ein Austauschprojekt. Ich bräuchte kein Geld.

Und dein Studium? fragte ich.

Ach, mein Studium, sagte sie. Wozu? Was soll denn aus mir werden? Ich kann es mir dort doch auch überlegen.

Das klingt so, als wäre schon alles entschieden, sagte ich. Ich spürte schon wieder diesen Schwindel.

Ich bin noch nicht hundertprozentig sicher, sagte Silvie. Ich konnte richtig sehen, wie sie ihre süße Oberlippe leicht schürzte. Ich sah sie auf ihren Schuhen mit den Absätzen in ihren altmodischen Kleidern durch Hitze, Sand und zwischen Männern mit Gewehren herumschweben. Ich schüttelte den Kopf.

Isch ruf disch an, sagte sie im schönsten rheinländischen Singsang, halt den Kopf oben. Und noch was: Eine kluge Frau reist keinem Mann nach.

Mach's gut, Sivvie, sagte ich. Mach's gut, mach's gut. Pass auf dich auf.

Wer passt auf mich auf?

ooooooo ...

Ich bin zum Sterben traurig.

Ich brauche die anderen. Wir werden uns wiederfinden, egal, wem wir begegnen. Jeder Anfang, der sein Ende in sich trägt – das darf ich nicht denken. Ich darf nicht allein sein. Ich schlafe den Traum der Seelenmüden, komme nicht hoch, werde nicht wach, kriege die Augen nicht auf. Ich will im Schatten deiner Schulter liegen und schlafen und nicht mehr aufwachen ohne dich, Jackson. Du bist mein Licht und meine Farbe. Wieso hat er mich seinem Vater vorgestellt? Das macht doch nur Sinn, wenn etwas dauert.

Seit Jackson fort ist, gerät mir alles ins Schwimmen.

Ich habe ihm einen langen Brief geschrieben über den Hinterhof und den neuen Bewohner, der Mozart hört, über jene Stummheit. Er wird mir irgendwann eine Adresse sagen, an die ich meine Briefe schicken kann.

dieser sommer wird bis ans ende meiner tage gelb sein ein schmutziges, grelles gelb

lass mich ich will nur schlafen

mitte juli geht vorbei
hockt sich schwer auf meine kissen

Der Kater schläft in meinem Arm. Es klingelt, ich wache auf, in der Frühe, er sitzt direkt vor meinem Gesicht und sieht mich an. Es hat gar nicht geklingelt.

Aber ich habe Jacksons Stimme im Ohr, als er ein letztes Mal angerufen hat, aus Goa. Die Verbindung war schlecht, es rauschte, ich hörte die fremden Stimmen, Ansagen auf einem fernen Flughafen oder Bahnhof. Er wollte eine Rundreise machen. Jackson sagte: Jetzt können wir unsere Gefühle auf ihre Tropentauglichkeit testen. Er lachte, aber es klang traurig. Mir fiel überhaupt nichts ein, also sagte ich nur seinen Namen.

Pass auf auf dich, sagte ich. Und wieder seinen Namen.

Tropentauglichkeit. Was für ein Wort.

Das ist nun über zwei Wochen her. Die Hitze ist unerträglich. Probleme des Körpers mit dem Kopf lösen zu wollen, führt zu Migräne. Ich esse kaum, ich wechsle meine Hemden nicht, es ist mir alles egal. Ich würde am liebsten jede Nacht mit einem andern schlafen. Aber das darf ich nicht, es liegen hier schon so viele Herz- und Körperfetzen herum. Und vorher fragen kann ich wohl schlecht: *Weißt du, ich brauche nur ein bisschen Trost, aber mehr ist nicht drin.* Wer kann schon wissen, was sich entwickelt, in zwei, drei Nächten, wir haben es ja gesehen, wie das lief, mit Jackson und mir, ganz *easy*, und jetzt haben wir den Salat. Ich habe ein Gefühl, als würde der Boden unter mir schwanken. Ich habe Konrad gesagt, ich kann ihn nicht mehr sehen, Konrad, der mich füttern und waschen will und mir die dreckigen Sachen vom Leib ziehen, wenn ich es zuließe; ich bin zu schwach für jeden Widerstand, aber jetzt will ich ihn nicht mehr sehen, er verdoppelt mein Leid, er hat dasselbe, wir hocken zusammen, völlig bescheuert.

Jetzt hat auch noch Robert angerufen, seine Stimme klang besorgt, ich wette, Konrad hat ihm was gesagt. Ich schiebe Arbeit vor, ich will das alles nicht, ich habe ein entsetzliches Anlehnungsbedürfnis.

Juli, juli nimmt seinen lauf
geht zuende wie –

Benno. Ich habe mich aufgerafft, bin zur Unibibliothek gefahren, um Bücher für meine Seminararbeit auszuleihen, über van Gogh. Bei der Ausleihe steht er plötzlich hinter mir, spricht mich an.

Benno ist mittelgroß, hat helles Haar und eng zusammenstehende grüne Augen, und ein Kreuz, als würde er rudern. Er ist ehrgeizig. Benno hat seit Anfang des Semesters ein Auge auf mich geworfen. Ich habe nur selten mit ihm gesprochen, ihm zugenickt, ich hatte auch gar keine Zeit. Benno hat mich einmal mit Heumann in der Mensa zusammen gesehen und eine blöde Bemerkung gemacht. Er fällt im Seminar auf, mit seinen brillanten Analysen. Ich glaube, er liebt die Kunst gar nicht. Oder man betrachtet das Aufspießen auch als eine Form der Liebe.

Benno wittert, dass ich Trost brauche. Er sagt, traurige Frauen sind besonders erotisch. Sie ziehen einen so hinein in eine seltsame Welt. (Ein Loch, das man stopfen will, dachte ich, meinst du das? Aber ich habe es nicht gesagt. Ich bin viel zu sarkastisch in letzter Zeit.) Benno ist fleißig und belesen.

Ich sage, mein Freund ist in Indien. Benno ist freundlich, anders als sonst. Er schlägt vor, ins Kino zu gehen, trotz Jackson. Wir reden über Tschernobyl und *Perestroika*.

Drei Tage später. Er ruft an, wir sollen in die Nationalgalerie Ost, eine Sonderausstellung, ganz ungewöhnlich, *Wegbereiter der Moderne. Klimt, Schiele, Kokoschka*. Wir stellen die Anträge, wir fahren hinüber, wir stehen an, ich freue mich sogar ein bisschen auf die Bilder. Ich sehe Küsse, Liebespaare, Körper. Ich sehe Linien, ineinander verschlungen. Ich renne hinaus. Die Stadt sieht mich fremd an. Ich werde panisch, ich muss zu mir. Der Grenzer fragt: Sie können doch bis Mitternacht bleiben. Hat's Ihnen bei uns nicht gefallen?

Ich muss mich entschuldigen.

Leonhardt hat angerufen und mich an unsere Verabredung erinnert. Wahrscheinlich stimmt es, was Benno gesagt hat, von den traurigen Frauen. Ich traf Leonhardt, am Nollendorfplatz, wir liefen ein Stück, er fragte, was Konrad macht. Ich zuckte mit den Achseln. Schwierig, sagte ich.

Wir saßen im »Café Einstein« am Fenster, draußen üppige Apfelbäume. Wir löffelten Eiskaffee. Wir diskutierten über eine Treue jenseits der Askese, Leonhardts Lieblingsthema. Mir wurde übel. Irgendwann werde ich mit ihm schlafen, das will er mir doch sagen. Ich weiß es, er weiß es, aber es hat Zeit.

Du hast einen Standpunkt, sagte er, den man früher männlich nannte.

Ich zuckte wieder die Achseln. Ich bin eine schlechte Gesellschaft zur Zeit, sagte ich.

Ich sah seinen Hals an. Er hat extrem weiße Haut. Und extrem gut durchblutete Lippen. Ich fühlte schon wieder das Pochen in meiner Stirn. Die Schwüle lag zwischen der Realität und mir wie ein Puffer. *Aber vielleicht ist ja das Imaginäre das Reale*, Leonhardt redete unverdrossen weiter. Ich hörte nicht zu. Alles war fern und zugleich penetrant intensiv. Ich hatte ein *déjà-vu*.

Du bist einer der wenigen Menschen, sagte er, für die ich noch Aufmerksamkeit finden kann, ich möchte dich wiedersehen.

Ich sah ihn traurig an. Ich hätte gern sein Gesicht mit Küssen bedeckt, einfach so, weil es da war und ich solche Sehnsucht hatte, ein Gesicht mit Küssen zu bedecken.

Sätze schreibt man, sagte Leonhardt, um sie am nächsten Tag zu zerstören. So wird man Philosoph.

00000

Mein Bedürfnis nach Zärtlichkeit macht mich irre. Jackson ist schon drei Wochen fort und keine Zeile, kein Anruf. Er könnte ja wenigstens ein Telegramm schicken. Ich setze ihn mir jeden Tag neu zusammen: deine rotbraune Haut, überwuchert von Haaren, die an manchen Stellen verrückte Wirbel bilden, am Bauchnabel, an den Brustwarzen, die sich von der Wirbelsäule wegschleudern, wilde Muster. Ich buchstabiere mir deine Blicke vor, deine Worte, als würden sie sonst weggewischt wie Voodoozeichen im Sand, ich denke, und mein Körper denkt die ganze Zeit viel lauter als ich, mein Körper frisst alle Zeichen auf, mein Körper verachtet alle Zeichen, mein Körper ist nass und tut weh und schreit: Ich will dich anfassen!!!

Dein Bild an der Wand sieht mich an, Jackson. Es ist trocken, riecht aber noch frisch. Es hängt über meinem Bett. Ich muss nur die Hand ausstrecken. Ich streichle dein Bild. Ich fahre mit den Fingerkuppen über die Erhöhungen des Auftrags der Ölfarbe. Ich fahre in die Schluchten von dünnem

Auftrag und nehme die Kurve zum fetten Auftrag, da, wo du den Pinsel weggelegt und nach dem Spachtel gegriffen hast. Ich grabe meine ganze Hand in diese Spachtelhügel. Ich lege meine Wange an die Farbe, die du aufgetragen hast. Mein Gesicht ist salzig nass. Ich bin von innen nackt. Wie konnte ich nur so offen sein?

august, dummer august, fällst vom
baum, stehst nimmer auf

Vier Wochen. Nun nehmen die Dinge ihren Lauf. Benno kommt, Benno ruft an. Er ist mir nicht böse wegen neulich, als ich so kopflos weggerannt bin. Benno geht mit mir spazieren, er legt seinen Arm vorsichtig um meine Schulter, sieht mich verständnisvoll an. Er erzählt mir von seinen Studien, sein Schwerpunkt ist das Bauhaus in Dessau (insbesondere Fotografie) und die Neue Sachlichkeit, deren Nachwirkungen bis in die Nachkriegszeit er in seiner Magisterarbeit untersucht, und zwar in der DDR. Er sagt, man müsse sich früh spezialisieren. Er möchte gern Professor werden. Ich lerne neuerdings immer so ehrgeizige junge Männer kennen.

Fünf Wochen. Ich fühle mich nachts so krank, dass ich nicht allein sein möchte. Es wäre besser, einen anderen Körper zu fühlen.

Ich vermisse Jackson so sehr, dass es mich umbringt. Ich fresse jeden Tag Aspirin, ich habe aufgehört zu zählen. Kamikaze.

Ich vermisse Jackson und habe mit Benno geschlafen.
Liebe ich schlecht? fragt er.
O nein. Was mache ich nur?

Noch einmal Benno, er ist drahtig, und seine Haut ist feucht. Einmal lache ich sogar. Wir haben Samstagnachmittag ab fünf bis nachts um eins in seinem Bett verbracht; dann bin ich abgehauen. Ich dachte, es würde mich freier machen, ich folgte einem seltsamen *ordre du cœur.*

Du bist genial in deiner Fähigkeit, dir einfach zu nehmen, hat er gesagt.

Naja.

Ich hätte doch Leonhardt nehmen sollen. Nein. Ich sollte auch lieber etwas Ehrgeiz entwickeln statt mit Männern zu schlafen. Ich würde mich gern einmal ausruhen von diesem Spiel, von dem ich offensichtlich nichts verstehe. Von der Wissenschaft verstehe ich auch nichts. Professor Weidenmüller hat mir auf den Kopf zugesagt, ich sei dafür nur *bedingt geeignet.* Was ich über Beuys' *Nike* geschrieben hätte (seine kopflose Friedensfigur »Torso«, 1949/1951), wäre ein hübscher Essay. Aber Wissenschaft sei etwas anderes. Er hat mir trotzdem eine Eins gegeben!!?? Ich sage ja, ich verstehe nichts mehr.

Benno sagt, ich solle mich mehr konzentrieren. Benno möchte mich sehen. Er fährt bald weg, nach Italien, ob ich nicht mitkommen möchte. Es würde mir guttun, sagt er. Seine Stimme knarrt dabei etwas drängend; ich kriege eine Gänsehaut.

Alle geben mir Ratschläge. Ich habe jeden Tag Kopfschmerzen und quäle mich. Es war eine dumme Idee, mich auf Benno einzulassen.

DIE Maler des Lichts (von Corot über die Impressionisten und Manet bis zu van Gogh) transformieren den Illusionismus, in der zweidimensionalen Fläche einen dreidimensionalen Raum oder Körper zu schaffen. Sie denken die Fläche neu. Sie setzen das Licht = die Farbe à la prima auf die Leinwand, unmittelbar, direkt aus der Tube, mit dem Spachtel: Sie setzen Licht (=Farbe), ohne die Illusion von Licht zu schaffen.

Sechs Wochen. Ich konnte nicht allein sein, ich krepiere, wenn ich allein bin, Josef hilft auch nicht, er maunzt nur und will spielen, ich gehe die Wände hoch, dann fiel mir Heumann ein, ich rief ihn an, wir sind zu Theo ins Atelier, und ich bin vollkommen abgestürzt. Ich bin bei Theo auf dem Boden aufgewacht, zugedeckt von irgendeinem Hemd, ohne Erinnerung an die Nacht. Heumann war nicht mehr da, Theo schlief wie ein Stein, ich bin nach Hause und musste drei Aspirin schlucken.

Dann habe ich die Malsachen ausgepackt und angefangen, etwas direkt auf die Leinwand zu knallen. Violett. Zitronengelb. Orange. Schwarz.

Ich will nur eines: Jacksons Sprache kennen.

Berlin, Ende August

Jackson. Ich stehe vor deinem Bild und streichle die Farbe mit geschlossenen Augen. Ihren Verlauf. Alles ist entsetzlich provisorisch in meinem Leben. Ich bin niemandes. Die meine Leidenschaft sind, stehen nicht zu mir, und ich verletze die, deren Leidenschaft ich bin. Ich bin keine Heilige. Ich sehe nur Blessuren. Ich brauche Freunde und habe keine. Ich träume mit offenen Augen und werde immer dunkler um die Augen. Ich muss weinen, ununterbrochen. Ich halte es nicht aus, diese Hingabe ohne Antwort. Du läufst in einem fremden Land herum. Ich weiß noch nicht einmal, wo. Du hast noch immer keine Adresse geschickt. Du kommst wieder, vielleicht, in ein, zwei Jahren, vielleicht auch nicht. Ich will nicht warten. Ich kann nicht. Am Ende kommst du, aber nicht allein. Du bist ja auch jetzt gegangen.

Silvie hat gesagt, den schaffen wir ab, wenn er nimmer wiederkommt.

Ich bin die traurige Ulme, die den Efeu will, der sie aussaugt. Ich habe mir das Haar abrasiert, ein stacheliger Flaum wächst. Ich sehe aus wie eine nasse Ratte. Ich trage stolz meinen Kopf. Ich kann nicht allein sein, ich halte das nicht aus. Doch mein Verlangen trägt nur deinen Namen.

Ich las einen schönen Satz bei Rilke, er schrieb ihn in Paris im Oktober 1907: *... man ist ja noch immer so weit vom Immer-arbeiten-können. Van Gogh konnte die Fassung verlieren, aber die Arbeit war noch hinter der Fassung, aus ihr konnte er nicht mehr herausfallen (...) Mir ahnt aber, dass das nicht bloß Erziehung ist und Zwang, so zur Arbeit zu sein (es würde sonst ermüden ...), es ist lauter Freude; es ist das natürliche Wohlsein in diesem Einen, an das nichts anderes heranreicht. Vielleicht muss man deutlicher noch die Aufgabe einsehen, die man hat, greifbarer noch, in Hunderten von Einzelheiten erkennbar. Ich fühle ja wohl, was van Gogh an einer gewissen Stelle gefühlt haben muss, und fühle stark und groß: dass alles noch zu machen ist.*

Du, Jackson, hast diese Arbeit. Du hast dieses Eine, an das nichts anderes heranreicht. Ich habe so etwas nicht. Ich sacke jeden Moment irgendwo hinein. Ich beneide dich und ich kenne deinen Weg. Sorg dich nicht um mich. Morgen trage ich Frohsinn aus wie ein Postbote, und manchmal wird er echt sein, ich weiß das.

Ade, du Herzensfresser. Du bist mein Schönes.

2

(Transitorisch)

Der haarige Maler im weißen T-Shirt verschwand aus Evas Leben so plötzlich, wie er hineingekommen war. Er hinterließ ein riesiges, scheußliches Bild und eine Eva, die sich nicht wusch, die nicht aß, die sich von einer Migräne zur anderen hangelte.

Die Wochen in diesem Sommer hatten sich gedehnt, bis Eva unerwartet anrief.

Ich bin aus den Latschen gekippt, hörte ich sie keuchen, kannst du mich holen? Bahnhof Zoo.

Ich raste im DAF hin, wollte den Wagen vor der Heinrich-Heine-Buchhandlung abstellen, doch ein Bus hinter mir hupte, ich musste weiter, um die Ecke, in die Jebenstraße, an der Post vorbei, dann war es mir egal, ich parkte die Karre am Hinterausgang und rannte in die Halle. Ein ekliger Geruch schlug mir entgegen, nach Bier und Pommes-Fett, altem Schweiß, etwas Süßlichem und den Toiletten. Ich riss die Tür des Damenklos auf und schmiss sie wieder zu, ich drängelte mich an verdreckten Typen vorbei, den üblichen Daueranwohnern, jungen Strichern, alten Freiern, bleichen Fixern mit blauen Augenhöhlen, ich schubste Reisende, die durch das versiffte, syphige Ankunfts- und Aushängeschild unserer Stadt huschten oder ratlos mitten im schmuddeligen Ocker herumstanden. Kopflos suchte ich, ich wusste ja gar nicht, wo Eva war.

Sie hockte mitten in der Halle unter der großen Uhr auf dem schmutzigen Boden. Mit ihrer Rattenfastglatze sah sie aus wie ein Junkie. Mir rutschte das Herz in die Kniekehlen. Sie trug helle Sachen, die so schmutzig waren, als säße sie schon die ganze Woche dort. Ich bückte mich, griff ungelenk nach ihr wie nach einer Katze im Wasser.

Du bist ja schneeweiß, sagte ich, sollen wir nicht besser ins Krankenhaus?

Bloß nicht, sagte sie.

Ich half ihr hoch, griff nach ihrer Tasche.

Ich hab Durst. Kauf mir 'ne Cola. Hier ist ein Licht wie aus Scheiße und Gold, fing sie an, doch ihre Knie knickten ein, ich musste ihr unter die Arme greifen. Hast du was genommen, fragte ich, nee, sie schüttelte schwach den Kopf. Sie wirkte völlig desorientiert und spuckte nur noch einzelne Wörter aus, rasende Kopfschmerzen, Staatsbibliothek, auf dem Weg.

Sie übergab sich immer wieder, im Auto, und stammelte, in ihrem Kopf gäbe es lauter Explosionen.

Die ganze Zeit hatte ich gespürt, dass sie Hilfe brauchte. Sie hatte unser sexuelles Verhältnis ordentlich abgeschlossen; nicht aber unsere Beziehung, unsere Liebe. Ich wusste nicht, wie ich dies alles einschätzen sollte. Sie hatte mich weggeschickt, als ich bei ihr hereingeplatzt war, irgendwann im Juli, und das grässliche Bild von ihrem haarigen Maler über dem Bett entdeckt hatte.

Ich brauche Zeit für mich, hatte sie gesagt, bitte hab etwas Geduld mit mir.

Ich bin für dich da, hatte ich geantwortet.

Ich hatte gewartet und sie von Weitem beobachtet. Ich kannte ja ihre Wege und Zeiten. Nervös rauchend verbarg ich mich im Eingang der Bibliothek hinter einer der Säulen oder beobachtete sie aus der hinteren Ecke der Mensa. Ich sah sie auf dem Unigelände, sie federte nicht wie sonst. Sie trug immer dieselben Sachen, grünes T-Shirt, helle Hose. Sie roch ganz sicher nicht nach Seife. Ich lauerte ihr im Wedding auf, in der Nähe ihrer Wohnung, an der U-Bahn Amrumer Straße, oder bei den Geschäften in der Müllerstraße, in denen sie einkaufte. Ich blieb vor Schaufenstern stehen, an denen ich sonst nur vorbeigerannt war: billige Schuhe, schreifarbene Accessoires, kitschige Blumengewinde. Ich sah Eva, allein. Langsam. Mit abwesendem Blick. Einmal blieb sie mehrere Stunden in meinem Lieblingsantiquariat, bei dem Mann, der stinkende Stumpen rauchte.

Der Maler war fort. Wie vom Erdboden verschluckt.

Ich überlegte, ob sie vielleicht bei jemand anderem Zuflucht suchte. Aber wer wäre infrage gekommen?

Silvie war nach Köln gefahren, um ihren Großvater zu beerdigen, und dann überraschend nach Israel abgehauen. Evas

Vater war ständig auf Geschäftsreisen, und Eva hätte niemals zugegeben, ihn zu brauchen. Robert hatte schnell Wind von unserer vorläufigen Trennung bekommen und Eva einige Male angerufen, behauptete aber, sie hatte ihn abgewimmelt.

Ich dachte, dass sie sich vielleicht mit Nora angefreundet hätte, und versuchte, dort etwas rauszufinden. Nora sah mich nur schnippisch an, legte die Finger auf ihre Lippen und zuckte die Achseln.

Schlecht leben die Geliebten und in Gefahr. Ach, dass sie sich überstünden und Liebende würden. So heißt es bei Rilke, und so ließe sich wohl meine Idee von mir selbst damals gut beschreiben. Meine Maxime, wie Kant sagen würde. In Liebesdingen greift man doch eher auf die Dichter zurück, vor allem, wenn man sie in der Wohnung der Liebsten findet. Und doch, im Sinne des kategorischen Imperativs: Tun wir nicht das, was wir uns von den anderen wünschen?

Eva sah in diesen Wochen verlottert und durchsichtig aus. Ich kannte sie gut genug, um zu wissen, dass sie körperlichen Trost brauchte. Von mir würde sie ihn nicht annehmen, das war klar. Durch Zufall lief ich Leonhardt über den Weg, ihrem Sportcenterphilosophen; er nickte zwar, als ich ihn grüßte, schlug dann aber einen Haken und sah zu, dass er wegkam. Ich bekam eine enge Kehle, sofort hatte ich ihn in Verdacht.

Das Semester endete; alle kamen nur noch unregelmäßig aufs Unigelände, um in die Bibliothek zu gehen.

Die Lage wurde unübersichtlich.

Ich litt. Ich wollte mich verstecken wie ein krankes Tier, nicht mehr ans Tageslicht gehen, doch Robert rief an. Robert war für mich da, ohne ein Wort darüber zu verlieren. Er überredete mich, mit ihm Billard zu spielen oder einen Film zu sehen. Ich konnte mich weder auf das eine noch das andere konzentrieren. Macht nichts, sagte er. Wir liefen kreuz und quer durch die Stadt. Wir hatten das immer gern zusammen gemacht; wir fuhren mit dem Bus; hier vielleicht? fragte einer von uns, warum nicht? sagte der andere, und wir stiegen aus und liefen los. In irgendeine Richtung.

Eines Abends, noch bevor Eva zusammenklappte und ich sie auflas, waren wir von Schöneberg aus an der Urania vorbei bis zum Tiergarten gewandert; auf dem Weg aßen wir in einem neu eröffneten asiatischen Restaurant, das Robert nicht nur wegen der extravaganten Inneneinrichtung grandios fand. Alles war zeremoniös und gewichtig, mitten im grün schimmernden Raum plätscherte ein Wasserfall. Ich hatte überhaupt keinen Appetit; nur ein schlechtes Gewissen, dass er für mich so viel Geld ausgab. Er hatte darauf bestanden, mich einzuladen. Er war vollkommen ernst und hielt mir einen Vortrag über Spiritualität; wie man den kleinen Dingen des Alltags eine geistige Dimension abgewinnen konnte. Über das Mitleiden als Grundlage menschlichen Verhaltens und den Gleichmut als zu erstrebende Haltung gegenüber dem Leben. Er sah mich sanft an, und ich dachte daran, wie verquält er manchmal gewesen war, in unserer Schulzeit, und dass er oft, wenn er sich mit einem anderen stritt, die Fäuste geballt hatte, bis die Knochen weiß unter der gespannten Haut hervortraten. Dieselben Hände, die feingliedrig und hell waren, hoben jetzt mit zwei Stäbchen essbare Blütenblätter vom Teller, behutsam und geschickt. Etwas war sonderbar an diesem Bild. Wieso erzählte er mir all das, nachdem er mir vor nicht allzu langer Zeit vorgeworfen hatte, dass ich mich von Eva ausnutzen ließ?

Du musst den Kontakt zu ihr aufrechterhalten, sagte er zu meiner Überraschung und schob nachdenklich Reis und scharfes Gemüse in den Mund. Er malmte das Essen, die Haut über der Kinnpartie bis zu den Wangenknochen spannte. Er starrte durch mich hindurch.

Es ist wichtig. Man darf die Dinge nicht abreißen lassen. Du wirst sehen.

Ich konnte nicht weiteressen. Ein fieser fauliger Geschmack überdeckte den der Zitronengrassuppe. Ich fing an zu zittern.

Entschuldige, sagte ich.

Du bist ganz grün im Gesicht, sagte Robert, magst du das Essen nicht? Er rief den Kellner und bestellte einen Schnaps.

Ich sah ein Gerippe an den Tisch kommen, das Gerippe beugte sich vornüber, ich erkannte, dass es eine weiße Stehkragenjacke war.

Ich sehnte mich entsetzlich nach Eva. In mir brannte die Gegend zwischen Magen und Herz; wehmütig dachte ich daran, wie es mit ihr gewesen war, wenn wir essen gingen. Sie hatte nach zwei Minuten fettige Finger. Sie aß mit großem Appetit und kleckerte jede Tischdecke voll, und sie brachte jeden Kellner zum Lachen. Schmerz und Scheiße, dachte ich und kippte den vietnamesischen Schnaps runter.

Nach dem Essen wanderten Robert und ich an den buntgestrichenen Häusern der Internationalen Bauausstellung entlang in den dunklen Tiergarten, an der ehemaligen japanischen Botschaft vorbei, die seit dem Ende des Kriegs leer stand. Als schwarzer Block ragte der faschistische Bau in die Nacht, unter dem riesigen leuchtenden Mercedesstern, der sich im Hintergrund auf einem Hochhaus über der Stadt dreht. Die Mondsichel war fast weiß und hing schief zwischen den Ästen, das Wasser schien unter einer Brücke zu stehen, es roch modrig von der tropisch wirkenden Schwüle, die Baumreihe spiegelte sich schwarz darin. Ich fühlte mich selber modrig, und seltsam verschwommen.

Robert redete leise und eindringlich vom Paradies. Seine Züge wirkten feiner als sonst, er sah schön aus. Das Gesicht des Vierzigjährigen schien in dem des Vierundzwanzigjährigen auf. Er würde immer markanter aussehen, je älter er würde. Plötzlich fiel mir auf, dass ich ihn mit Evas Augen ansah. So wie ich es mir jedenfalls vorstellte, dass sie ihn ansehen würde.

Wir trafen uns, und manchmal schien es, als wäre nie etwas gewesen. Dabei war ich ein anderer geworden, und Robert quittierte es mit einem Mehr an Respekt und einer leicht inquisitorischen Neugier. Ich konnte mit niemandem sonst über Eva sprechen; Opa hatte ich gesagt, dass sie verreist wäre, zu ihrer Schwester. Opa glaubte mir kein Wort. Aber es war Ehrensache, dass er nichts dazu bemerkte.

Einmal lungerte ich spät in der Nacht vor ihrem Hauseingang herum, bis mich ein Mieter mit hineinnahm; ohne Durchsteckschlüssel kam man ja abends nach acht nicht mehr rein.

Die Hitze des Tages hing noch immer zwischen den Mauern. Es roch nach Trockenheit. Ich stand in Evas Hinterhof und blickte hinauf zu ihrem Fenster im dritten Stock und hörte Mozart, aber die Musik kam nicht aus ihrer Wohnung. Bei ihr sah ich Licht. Vielleicht lag sie auf ihrem Bett oder saß am Schreibtisch. Es war, als fühlte ich sie durch die warmen Mauern, durch die Stockwerke hinweg. Ihren Atem, ihre Haut. Es war, als hörte ich ihre sanfte Stimme ganz nah an meinem Ohr.

Ich begriff, was los war. Sie versuchte weiterzuleben wie bisher. Ging es ihr nicht wie mir, nachdem sie aufgehört hatte, mit mir zu schlafen? War sie nicht in derselben Lage wie ich? Und hatte sie nicht aufgehört mit mir zu schlafen, weil sie begriffen hatte, dass es für sie und mich nicht gut war? Hatte ich nicht sogar Schuld daran, dass sie sich diesem Maler in die Arme geworfen hatte?

Ich liebte sie so sehr, dass mir alles wehtat, als ich sie schließlich am Bahnhof Zoo auflas. Wochenlang hatte ich dieses Bild vor Augen: Wie sie leichenblass auf dem dreckigen Boden hockte, unter der Uhr, *weil man sich doch dort immer verabredet, ich dachte, da kommst du dann hin*, den kalten Schweiß im Gesicht, das abgesäbelte Haar. Die Leute sahen sie aus den Augenwinkeln komisch an, gingen aber an ihr vorüber. Zu viele lungerten am Bahnhof herum, und zu viele streckten ihre

Glieder auf dem Boden aus, bevor irgendjemand in der Politik beschloss, diesem Bahnhofsleben ein Ende zu bereiten, das zum Synonym unserer Stadt geworden war.

Opa hat uns geholfen; Eva ließ sich nur von Opa helfen. Sie wollte zu keinem anderen Arzt. Opa gab ihr eine Beruhigungsspritze, ich kochte Tee, legte ihr kalte Tücher auf die Stirn und wiegte sie wie ein Kind. Wollte ich vom Bett fort, krallte sie sich an meiner Hand fest; einmal fiel sie aus dem Bett und kroch hinter mir her. Ich rief Robert an, er sollte das Tier füttern gehen. Zu Opa konnte ich Josef nicht nehmen. Nach drei Tagen transportierten Robert und ich sie in ihre Wohnung, sie wollte es unbedingt, damit der Kater nicht allein blieb.

Die Wohnung war vollkommen verwahrlost. Es stank nach Katzenpisse und Terpentin. Farbtuben lagen herum, ausgebreitetes Zeitungspapier, ein angefangenes, wüstes Bild, ihre Anziehsachen, Bücher, Platten. Josef war noch magerer geworden und strich jammernd um meine Beine. Im Kühlschrank lagen vergammelte Reste.

Los, sagte ich, wir räumen auf.

Robert ging einkaufen. Eva setzte sich aufs Bett und sah mir zu. Es war eine Heidenarbeit. Einmal ging ich in die Küche, und als ich wiederkam, war sie umgekippt und eingeschlafen. Sie sah noch tagelang elend aus, mit tiefen Ringen unter den Augen und blutleeren Lippen. Unter dem nachwachsenden dunklen Haar sah man die helle Kopfhaut, sie hatte etwas von einem nassen Tier.

Es dauerte zwei, drei Wochen, bis sie aus diesem Zustand wieder herausfand. Jeden Morgen wollte sie zur Hochschule fahren; doch schon in der Küche beim Frühstück war sie so kraftlos, dass ich ihr wieder ins Bett helfen musste. Einmal fragte sie mitten in der Nacht, wie spät es wäre. Ich sagte: Mitternacht.

Der wievielte ist heute? fragte sie.

Ich sagte ihr das Datum.

Dass man den neuen Tag mitten in der Nacht anfängt, sagte sie und schüttelte lange den Kopf.

Sie bat mich, neben ihr im Bett zu schlafen. Ich legte mich in einem vorsichtigen Abstand zu ihr, doch oft rückte sie dicht an meinen Körper oder streckte im Halbschlaf ihre Hand nach mir aus. Manchmal stieß sie mich auch böse weg und sagte, ich sei ein Dogmatiker, ein Melancholiker, der die maßlose Unordnung seines Herzens in einer selbst verordneten Ordnungszwanghaftigkeit besiegen wollte. So ähnlich jedenfalls. Sie redete wirr über die Gewalt gegen sich selbst, die ich mir antäte.

Du bist mir ja ein großartiges Vorbild in diesen Dingen, erwiderte ich nur.

Unterwürfigkeit und Betteln gegen andere! schrie sie mit ihrer halben Stimme; danach entschuldigte sie sich. Oder sie blaffte mich nur mit einzelnen Worten an: Ich-Welt-Ordnung. Welt-Ordnung-Ich!

Manchmal musste ich darüber lachen, manchmal weinen.

Kannst du denn nicht mal wütend werden? fragte sie, bevor sie wieder umkippte und einschlief.

Nein, sagte ich leise, nicht bei dir, und streichelte sie im Schlaf.

Ich fragte Opa, ob sie es allein schaffen würde. Ich hatte das dringende Gefühl, sie würde Hilfe brauchen. Eine andere als meine. Opa sagte, wenn es länger als drei oder vier Wochen anhalten würde, müsste er sie einweisen. Aber er wüsste, was es hieß, eingewiesen zu werden, und was es insbesondere für einen Menschen wie Eva heißen würde, eingesperrt unter Fremden zu sein, und wenn mir an ihr läge, würde er mir helfen, sie so durchzubekommen. Er gab ihr Medikamente und Vitamin-B-Spritzen, verordnete Schlaf, regelmäßiges Essen und Spaziergänge. Zu den beiden letzteren Dingen hätte ich sie zwingen müssen.

Ich hatte Opa bis dahin nie als Arzt erlebt. Er war in seine

Praxis gegangen und damit aus meinem Gesichtsfeld verschwunden. Zum ersten Mal hörte ich ihn mit seiner ärztlichen Stimme sprechen, die anders als seine sonstige war, kontrollierter und neutraler, bei aller Anteilnahme etwas streng. Ich wurde fast eifersüchtig: auf ihn, weil Eva ihn vertrauensvoll ansah, und auf sie, weil sie in den Genuss dieser Zuwendung kam. Weil er mich mehrmals aus dem Zimmer schickte und die Tür hinter sich schloss, um mit Eva allein zu sprechen.

Als es ihr etwas besser ging, lud ich sie zum Essen ins »Aroma« ein, ein italienisches Restaurant in Schöneberg, das überwiegend von Studenten besucht wurde und das sie immer gemocht hatte. Ich dachte, es wäre gut, wenn sie unter Leute käme. Robert begleitete uns. Auch er sah blass aus, übernächtigt.

Ich kann mit euch beiden bald ein Lazarett aufmachen, sagte ich zu ihm.

Wie kommst du denn darauf? gab er unwirsch zurück. Eva gegenüber trug er Samtpfötchen. Er brachte ihr Kuchen mit und zu meiner Überraschung Blumen.

Wir saßen mit ihr im hellen, lauten Lokal und erlebten eine Eva, die kein Wort sagte. Sie trank mechanisch ein Glas nach dem anderen; sie hätte literweise Wein getrunken, hätten wir ihr nicht Wasser hingeschoben. Wir mussten ihr die Pizza in Stücke schneiden. Nun iss doch mal ein bisschen, sagte ich und wickelte ihr versuchsweise Nudeln auf die Gabel. Sie saß da und war traurig. Als wir sie nach Hause brachten, sagte sie Danke. Sie wollte nicht, dass wir mit hochgingen.

Es geht schon, sagte sie, tschüß.

Bis morgen, sagten wir.

Ich verbrachte einige Nächte in ihrem Treppenhaus. Der mehlbestäubte Hardrocker war zum Glück verreist. Robert schickte ich fort. Wir können uns abwechseln, sagte er. Ist schon in Ordnung, sagte ich, ich krieg sowieso kein Auge zu. Ich schlug mich gerade mit den Vorbereitungen für die Examensprüfungen herum, die im Herbst anstanden, paukte Zivil- und Strafrecht, übte zu systematisieren und zu subsumieren. *Quae sit actio?* und *nulla poena sine lege* ratterten durch meinen Kopf, wenn ich nachts auf Evas Treppe hockte und die Risse im Putz zählte, *keine Strafe ohne Gesetz*, doch welches Gesetz, fragte ich mich, war denn hier am Walten? Die Gewalt der Natur? Ich zweifelte an allem und hielt mich an meinen Zweifeln fest, wie andere sich an ihrem Sportprogramm. Es war absurd, aber es half. Robert seinerseits schrieb umständliche Gedichte mit langen Zeilen über das Mitleid als Grundlage für eine Theorie des Miteinanders. Er zeigte sie mir, und ich las sie und nickte.

Ist gut, sagte Eva eines Abends, als wir uns vor ihrer Tür verabschiedeten.

Eva hatte schon immer eine wunderbare Art gehabt, *ist gut* zu sagen. Es war ihr Allerweltswort, es bedeutete sehr viel Verschiedenes auf einmal. Als sie zum ersten Mal wieder *ist gut* sagte, wusste ich, dass ich gehen konnte.

Es waren schwüle Nächte; es war ein außerordentlich langer, heißer Sommer, in dem die Fische in den Flüssen starben, am Dreck und am Gift. Der Mond dieses Sommers hängt in meiner Erinnerung wie ein riesiger gelber, oranger oder rosa gefleckter Ballon ungewöhnlich niedrig zwischen den Häusern. Wahrscheinlich sind alle unglücklich Liebenden irgendwie mondfixiert. Robert und ich liefen, wenn wir Eva verließen, manchmal die ganze Strecke schweigend, zu Fuß vom Wedding bis zum Bahnhof Zoo. Dort trennten wir uns.

Im September wurde in Roberts Hinterhaus eine Wohnung frei. Seine lag im ersten Hof, die andere im Gartenhaus des zweiten. Obwohl ich ahnte, worauf das hinauslaufen würde, überredete ich Eva umzuziehen.

Etwas Veränderung tut dir gut, sagte ich.

Aber ihr dürft mir keine Vorschriften machen, sagte sie.

Wir versprachen alles. Ich kaufte Gemüse, Käse und Salat und kochte für uns drei. Ich hatte es mit zwei Vegetariern zu tun: er aus Überzeugung, sie aus Angst vor Radioaktivität.

Natürlich war die Hausverwaltung von Eva entzückt, wer war es nicht, und Eva, meine Liebste, zog in das Haus gleich neben Robert, meinen besten Freund.

Ich strich die Dielen ihres Zimmers weiß, ich strich die Dielen ihres Flurs grau, und in der Küche verlegten Robert und ich zusammen einen grau-schwarz gesprenkelten Linoleumboden. Ich schlief noch einmal bei ihr, wir kamen uns nah, *aber nur, wenn es ganz frei bleibt*, ich räumte ihre Bücher und Schallplatten in ein neues, richtiges Bücherregal, und ich glaubte an die Tage, an denen ich noch mit ihr glücklich sein würde.

3
(Unübersichtlichkeit)

Berlin, Ende September

Liebster,

bald drei Monate bist du nun fort. Fast ein Vierteljahr. Ich habe von dir geträumt, du warst zornig, weil ich dich betrog, dabei war ich die Betrogene, und du hast auch V. betrogen, mit mir. Ich betrüge dich nie, eher die andern. Ich sage allen die Wahrheit. Aber ich muss mich ja irgendwie retten.

Im Traum bist du fortgerannt.

Mein Verstand sagt, er ist fort, er kommt nicht wieder, mein Herz fühlt sich elend, und obwohl ich gern mit anderen zusammen bin, zeigen sich täglich neue Entfernungen. Manchmal ist die Stadt so groß, wie ich sie niemals erlebt habe. Ich habe das Gefühl, darin verloren zu gehen, mir selbst abhanden zu kommen. Doch ich mache immer weiter.

Heumann ist mir eine große Unterstützung. Er nimmt mich

mit in die Ateliers und passt auf, dass ich mit keinem der Maler etwas anfange, obwohl es ein Leichtes wäre. Ich lerne jeden Tag. Das rettet mich. Ich gerate in Regionen beim Sehen, in die ich ohne meinen großen Kummer niemals geraten wäre. Ich sehe Schwarzes, ich sehe das Nichts, und ich sehe, wie Formen und Farben daraus wachsen. Ich verschwinde in van Goghs Wirbeln, die er um die Sterne malt, Spiralnebel, von denen er glaubte, dass die Sterne aus ihnen zusammengesetzt wären. Die himmlischen Körper sind nichts gegen die irdischen, Jackson!

Weil mein Schönes mir abhanden kam, suche ich die Schönheit in den Bildern. Ich vermeide die Erinnerung an dich, weil sie mir jedes Mal ein Zucken durch den Körper jagt, und ich suche die Erinnerung, weil ich sonst ein Glück verliere, das ich nun einmal kennenlernte.

Ich war so krank, und du hast nur zweimal angerufen, und ich weiß nicht, wohin ich dir diesen Brief schicken soll, denn ich habe noch immer keine Adresse, obwohl du längst in Australien bist. Ich habe ein solches Bedürfnis, mit dir zu reden. Ich nehme nicht mehr so viele Tabletten und habe nicht mehr so oft Kopfschmerzen; sie lauern aber noch in meinem Rücken. Wenn ich mich auf Bilder konzentriere, verschwinden die Schmerzen. Ich gehe oft mit Heumann ins Museum. Heumann ist so freigebig mit seinem Wissen, wo andere knauserig sind, als würde man ihnen etwas wegnehmen. Er weiß, wie Bilder und andere Arbeiten gemacht sind; er versteht etwas vom Material, was darin gespeichert ist, welche Bedeutung es hat. Was bei Beuys zum Beispiel alles im Fett und im Filz steckt, an historischer und persönlicher Erfahrung, der Mantel, in den ihn die Russen wickelten, die ihn fanden und aufnahmen, als er im Krieg über der Krim mit dem Flugzeug abgestürzt war. Das Talgfett, mit dem sie seine Wunden einrieben. Und dann der Hunger der Nachkriegsjahre. Das Grünbraun des Filzes und das milchige Gelb des Fetts sind Farben, die eng mit dieser Zeit verbunden sind –

und die ich aus eigener Anschauung schon gar nicht mehr kenne, nicht kennen kann. Wir sprechen oft vom Gedächtnis der Farben.

Hast du gar kein Gedächtnis? Du schweigst zu viel! Schreibe mir doch wenigstens! Wenn ich dein Bild nicht hätte, würde ich allmählich glauben, ich hätte mir dich ausgedacht. Ich wünschte, der Sommer wäre zu Ende, denn das Gedächtnis des Sommers wird auf immer Jackson heißen ...

In seinem letzten Brief, er ist nun schon sechs Wochen alt, hatte J. geschrieben: *tausend traurige Tropenküsse* und über die fremden Straßen, durch die er läuft. Wie sehr er an die Wochen unwirklicher Nähe zwischen uns denkt und bei jeder räudigen Katze, die er sieht, an meinen Kater, und noch viel mehr an mich. Jackson schreibt, du darfst nicht direkt an mich schreiben, wegen V., es würde sie umbringen, und du bist stark.

Ich lese den Brief, weil es noch immer keinen neuen gibt, und erleide einen Rückfall.

Die neue Wohnung tröstet mich. Sie ist hell, klar, fast leer, ich habe ein paar Pflanzen, ein Bücherregal. Erst haben wir den Schrank in das größere Zimmer gestellt, aber es gefiel mir nicht, zu voll, also schleppten Konrad und ich den Schrank in das kleinere Zimmer, in dem der Schreibtisch steht, so dass es im großen nur die Matratze mit dem Holzkasten gibt, das Bücherregal und der Sessel, den wir auf dem Sperrmüll gefunden haben, mit der Leselampe neben dem Ofen. So mag ich es, leer und halb improvisiert. Robert kam dazu und brachte mir eine Bank für die Küche, die er selbst gezimmert hat, und eine Flasche Wein, und dann saßen wir drei in der Küche, und ich merkte, dass die beiden befangen waren, aber ich war es nicht, und ich redete und lachte und hörte überhaupt nicht mehr auf. Nach Mitternacht sind wir noch zur Mini-Pizza-Bude neben dem Eingang zur S-Bahn Savignyplatz, und haben

Schweinepizza gegessen, so nennt Robert sie, keine Ahnung, weshalb. Der kleine dünne Sizilianer, der sie bäckt, steht in einem winzigen Kabuff, er passt gerade mal hinein, zwischen den Ofen und die Arbeitsplatte am Fenster, das zugleich seine Durchreiche zur Straße hin ist, auf der er den Teig knetet, ausrollt und belegt. Über ihm rattert regelmäßig die S-Bahn und dann wackeln und klappern die Gläser, in denen er die Tomaten und Gewürze aufbewahrt. Es ist die beste Pizza, die ich kenne. Ein Stück eine Mark.

Konrad hat mir geholfen, die letzten Sachen aus der alten Wohnung zu räumen und sie sauber zu machen. Alles war sehr leicht, einen Moment lang stellte ich mir vor, ich wäre mit ihm zusammen und alles wäre klar.

Robert hat für mich Kohlen mitbestellt; er sagt, es wird bald kalt, und es ist billiger, sie jetzt zu kaufen. Er saß im Sessel mit Josef auf dem Schoß; er sah aus wie ein Mädchen und ein Junge zugleich. Er hat schöne sanfte Augen. Sein Bart leuchtet wie ein Schatten auf seinem Gesicht, selbst wenn er sich gerade rasiert hat. Er ist zierlich, bewegt sich aber wie ein Sportler. Seltsame Zurückhaltung in Berührungen. Unmöglich, ihm wie einem Kumpel übers Haar zu streichen. Ihn zu umarmen. Er stand vor dem Regal und sah sich an, welche Bücher ich habe. Er lieh sich Rimbaud aus. Ob wir immer in diesem berührungslosen Raum miteinander bleiben?

Neulich hat er gesagt, ich wär eine Schlampe, kaum ist der eine fort, nimmt sie sich den Nächsten, aber so ist es nicht, und ich habe keine Lust, mich zu erklären.

Fortan bin ich keinem mehr treu.

Oktober

Mit Benno schlafe ich, wenn mir der Sinn danach steht. Er ist aus Italien zurückgekommen und hat mir von allem vorgeschwärmt, Ravenna, Siena, Florenz, Rom, er war überall.

Schwenkst du jetzt auf Renaissance um? fragte ich, als wir in seinem Bett einen Joghurt aßen.

Wieso denn? fragte er zurück. Das sind doch nur Grundlagen!

Seine Wohnung ist in Friedenau, nahe der S-Bahn, ruhige Gegend, schöne halbsanierte Altbauten. Sein Vater ist Architekt, in Stuttgart, und seine Mutter lehrt Design. Seine Schwester will Jazzsängerin werden. Sie hat eine fantastische Stimme, sagt Benno. In Bennos Familie ist alles in Ordnung. Ich muss mich verirrt haben. Er hat einen Bauhaus-Freischwinger und Keramiktassen aus den zwanziger Jahren, ansonsten ist alles adrett und aufgeräumt; Fernseher, riesiger Schreibtisch, zwei mittelgroße Yuccapalmen am hohen Fenster, ein Lesesessel, ein handgewebter Teppich; das große Bett steht in einem schmalen Extraraum. Er hat sogar einen Computer. Von meinem Zusammenbruch hat er nichts mitbekommen, ich habe ihm auch nichts erzählt. Er ist nicht der, der der Einzige sein könnte. Dafür gab es nur einen. Aber trotzdem, irgendwie mag ich Benno.

Ich träumte, ich käme in Bennos Zimmer, und er sah nur kurz auf und sagte: Ach nein, Eva, es ist wirklich zu spät, worauf ich ihn mit Sachen bewarf. Dann kam es heraus, er hatte ein Verhältnis mit seiner Dozentin, o Gott o Gott, und dann sagte er, weißt du, du langweilst mich mit deiner Muse! Wen meinst du nur um Himmels willen? fragte ich. Der Traum ging seltsam weiter, und ich erinnere mich nur, dass Benno zuerst ganz kalt war, dann aber mein Gesicht streichelte.

Ich wachte auf und fragte mich, ob ich mich womöglich in Benno verliebt habe, ohne es zu merken. Aber es ist Unsinn. Mein Traum ist ein *Verschiebebahnhof*. Ich träume von Benno, der zugibt, etwas mit einer anderen zu haben, und natürlich ist es Jackson – und ich platze vor Eifersucht!

Heute Nacht tanzte Theo Hölt durch meinen Traum und sah aus wie eine Transe, in schrillen Kleidern, und seine Zahnlücke blitzte und seine Augen sahen mich so irre an und er fragte, ob ich das nicht auch immer träume, dass man mir die Brüste amputiert.

Ich habe jetzt schon wieder seit Tagen Kopfschmerzen und kann nicht schlafen. Ich war heute bei Konrads Opa und habe ihn um eine Beruhigungsspritze gebeten; er hat mir keine gegeben, er hat gesagt, es wäre nicht gut, und es würde schon wieder, und dann hat er mir Baldrian gegeben, damit ich besser schlafen kann.

°∧°

1/ 61, Moritzplatz, Büro Berlin, *every day is a new day.* eine woche auf der rolle. keine angst vor dem chaos.

* * * *

Der November ist, wie er sein soll, grau und verhangen. Robert hat mir ein Gedicht geschenkt, es handelt vom Winter und vom *Kennenwollen.* Er scheint immer auf irgendwelche Bekenntnisse zu warten, und dass ich mich ihm anvertraue. Konrad hat es mir vor langer Zeit erzählt, dass Robert so etwas Vampirhaftes haben kann, als ob wir seine geheime Sammlung *Menschenherzen – Geständnisse wider Willen* vervollständigen sollten.

Konrad wollte Fotos vom Wedding machen und bat mich, ihn zu begleiten. Nee, hab ich gesagt, am siebzehnten Juni, in Steglitz, an der Spree, überall, aber da nicht. Er hat noch einmal gefragt, ob ich ihm denn nicht die Geschichte von dem Maler erzählen könnte. Ich überlegte einen Augenblick. Würdest du wollen, fragte ich schließlich, dass ich *unsere* Geschichte jemandem erzähle? –

Ich will keinen verraten, es würde Konrad doch nur verletzen. Das muss ja wirklich nicht sein.

Ich habe dem obdachlosen Maler in Australien geschrieben, dass ich nicht mehr auf ihn warte, aber ich könnte es ebenso gut der Mauer rechts von unserem Haus schreiben. Denn ich habe ja keine Adresse.

Prompt träume ich auch von ihm, dass er sich in eine Frau verwandelt, in schrägen Kleidern herumläuft und mir sagt, mit wem er nun zusammen ist. Ich bin wohl ganz durcheinander im Geschlechtlichen.

Ich habe sein Bild jetzt mit dem Gesicht zur Wand hingestellt. Zum Abgewöhnen. Es in den Keller zu packen, bringe ich noch nicht über mich. Es ist immerhin ein Kunstwerk.

Ich will nichts mehr mit Männern anfangen. Ich will nur meine Arbeit machen. Ich lese viel und denke an nichts.

Benno ruft an und fragt, ob ich mit ihm nach Tunesien fliege.

Was willst du denn in Tunesien?

Auf den Spuren von Nolde und Macke, sagt er.

Natürlich, sage ich, zum Kiffen wohl kaum.

Sein Ehrgeiz macht mich fertig. Diese Systematik.

Es steht fest, Silvie kommt nicht wieder. Sie ist in Israel und bleibt erst einmal dort. Sie hat mir geschrieben, von der Hitze und der Wüstenlandschaft, die sie zu ihrer eigenen Überraschung schön findet. *Ich darf nur nicht in die Sonne, wegen meiner hellen Haut. Im Kibbuz gibt es aber auch viele Büsche und Bäume, vor allem Orangen- und Zitronenbäume, die duften. Es leben dort viele alte Leute, die aus Deutschland emigriert sind.* Sie hatte zuerst Angst, man würde sie ablehnen, aber die Leute nehmen sie auf und freuen sich sogar, mit ihr Deutsch zu sprechen, in ihren Heimatdialekten. Sie arbeitet im Kindergarten und isst mit allen in einer riesigen, hellen Kantine, niemand muss privat kochen, und *es gibt kein Geld: Das ist das Beste, was mir passieren konnte,* schreibt Silvie.

Sie hat mich gebeten, ein paar Sachen aus der Wohnung von Heinrich zu holen, in der jetzt irgendein Typ wohnt, den sie nicht kennt. Ich soll sie in meinen Keller stellen. Ich vermisse Silvie. Ihre Schnodderschnauze, ihr gewelltes Mündchen, ihren trockenen Humor, den Glamour, wenn sie auf ihren hohen Hacken durch die Räume schwebt. Ich möchte unbedingt Nora näher kennenlernen, Robert hat mir so viel von ihr erzählt, dass ich das Gefühl habe, sie ist mir schon vertraut. Ich brauche eine Freundin, unbedingt. Anka meldet sich nicht mehr, weiß der Henker, wo sie wieder steckt. Ich war überrascht zu hören, dass Nora ein paar Jahre älter ist als ich, denn Mirko, mit dem sie verheiratet ist, ist jünger als Robert. Na ja. Darauf kommt es im Grunde gar nicht an. Ich habe sie auf dem Fahrrad gesehen und ihr von Weitem gewunken. Sie sah hübsch aus, in Jeans und einem geringelten T-Shirt, ihr langer dunkler Flechtezopf baumelte auf ihrem Rücken und hopste hin und her wie ein lebendiges Tier.

9. November 1986, Sonntag

Auf den letzten Drücker bin ich nach Ostberlin zur großen Expressionistenausstellung, sie geht nur noch bis zum 16. d.Ms. Ich hatte Benno gefragt, ob er mitkommen will, aber er sagte: Nein, dann rennste mir wieder weg. Auch recht. Dieses Mal bin ich nicht rausgerannt; ich habe die Bilder ausgehalten; nur bei Muellers *Liebenden in der Kaschemme* bekam ich eine Gänsehaut, weil ich an einen Morgen auf einem blauen Sofa im grünen Schatten der Kastanie denken musste. Es gab einen unglaublichen Andrang; ich war neugierig, wie die Ostberliner über die Bilder sprechen würden, und stellte die Lauscher auf. Es ist das erste Mal, dass es eine solche Übersicht über die expressionistische Avantgarde (1905–1920) hier im Osten zu sehen gibt, Bilder von Nolde, Heckel, Kandinsky bis hin zu Dix und Grosz. Seit Tagen gibt es Diskussionen in den Zeitungen über eine gegenseitige

Rückführung von Kulturgütern, die im Krieg *verlagert* wurden, wie es so hübsch euphemistisch heißt. Unser Bundeskanzler hat vor zwei Wochen Gorbatschow beleidigt, und sofort macht sich an der Grenze eine gewisse Nervosität breit. Es gab in diesem Jahr so viele Ausreiseanträge wie noch nie. Die Schlange an der Nationalgalerie war irre lang; ich musste zwei Stunden im Nieselregen anstehen und habe mir fast in die Hose gemacht. Jemand sagte, dass an die *dreihunderttausend* Leute (!) die Ausstellung besucht hätten, der größte Publikumserfolg, den es je in der DDR gegeben hat. Bei Munch und Klee in den beiden vergangenen Jahren in Dresden sollen es immerhin schon die Hälfte davon gewesen sein. Die Leute fahren kreuz und quer durchs ganze Land, um Sachen zu sehen. Es gibt in einigen Museen, in Halle, Leipzig, einzelne Bilder von Expressionisten; allerdings wohl nicht *die* zentralen Werke (das allein wäre für mich schon ein Grund auszuwandern); aber auch in dieser Ausstellung waren es auffallend späte Arbeiten, und kein einziges meiner Lieblingsbilder. Obwohl es extrem voll war, standen einige Leute herum und zeichneten. Ich hab fast geheult, als ich das sah. Der Katalog war ausverkauft; die Postkarten auch; man konnte die Bilder anders nicht mitnehmen.

Eine Frau mit rotgefärbtem Haar und buntem Seidentuch, mit der ich beim Warten ins Gespräch kam (zuerst sehr schüchtern), sagte, in Dresden wäre viel mehr los als in Berlin; die Künstler würden dort sehr wohl die Bilder der Brücke-Maler kennen; und ich sollte bloß nicht glauben, dass sie nicht mit Objekten arbeiteten und mit *Performances*. Ich verstand sie nicht gleich, sie sagte *börwormenses*.

Sie bot mir Schokoladenkekse an, auf der Schachtel stand »Othello«, und etwas Tee aus ihrer Thermoskanne. Sie fragte, ob ich Barlach mag. Ich wiegte das Haupt, geht so. Und welche Maler der DDR? Ich sagte Nuria Quevedo, das fand sie gut, sie nickte zustimmend. Ich hätte auch nicht ehrlich behaupten können, dass ich Willi Sitte oder Bernhard Heisig zu meinen Lieblingsmalern zählen würde, aber Otto Dix ist schließlich auch nicht mein Favorit; vielleicht liegt es an den Kriegsthemen, Soldaten mit abgefetzten Beinen und Nutten mit Monsterbrüsten; bei Beuys kommt die Erfahrung des Kriegs mir näher, obwohl oder weil sie viel vermittelter ist. – Und Sie? fragte ich. – Ich? Nojo, Mattheuer, Tübke, Angela Hampel. Kennen Sie die? – Zum Teil, sagte ich. – Verstehe, sagte sie und grinste. Sie war wirklich *schau*, wie sie gesagt hätte. Echt nett.

Es herrschte eine Aufregung, wie ich sie noch nie in einem Museum erlebt habe. Ich war zum ersten Mal seit Monaten für ein paar Stunden vollkommen glücklich. Am Abend lief ich zurück zum Bahnhof Friedrichstraße; ich hätte gern mit meiner neuen Bekannten noch ein Bier getrunken, aber sie musste zurück nach Dresden.

Leonhardt und ich vermeiden es, zu ihm oder zu mir zu gehen. Leonhardt und ich sollen ein Referat halten, über Martin Kippenberger. Noch vor zehn Jahren wäre es undenkbar gewesen, am Institut für Kunst*geschichte* etwas über einen Zeitgenossen zu machen. Schrift ist ein Riesenthema, zur Zeit.

Leonhardt und ich treffen uns im »Café Berio« am Winterfeldtplatz und stecken die Köpfe zusammen, wir sitzen im »Ansbach« in Schöneberg, oder in der »Wunder-Bar«, wir treffen uns am Nollendorfplatz und arbeiten, wir gehen nach Kreuzberg. Durch die halbe Stadt bewegen wir uns und reden über Postmoderne und *Posthistoire* und was es bedeutet, wenn alles gleichzeitig ist, und ob das heißt, dass man dann keine Erinnerung mehr braucht.

Leonhardt zeigt mir den ›*Angelus Novus*‹ von Paul Klee, eine Zeichnung, die Walter Benjamin liebte: Der Engel, der zurückblickt und zugleich nach vorn gezerrt wird. Leonhardt sieht mich dabei bedeutungsvoll an.

Er redet mit Händen und Füßen, so dass er selber aussieht wie ein Engel mit Flügeln. Er schiebt seine Brille hoch und runter und sieht mir die ganze Zeit auf den Mund, und ich möchte mit ihm schlafen und mit Benno und mit Robert und noch vielen anderen, um den einen loszuwerden, damit mein Körper ihn vergisst, seine rötlich braune Haut an meiner weißen, seine Senken und Mulden und Wirbel aus Haar, die so weich unter meinen Fingerkuppen waren. Und manchmal möchte ich Heumann bitten, mich zu heiraten und allem ein Ende zu setzen, aber er sagt, ich wäre die treuloseste Frau auf der Welt und so eine sollte er besser nicht heiraten, denn das würde sein Unglück bedeuten. Ich bin anhänglich und dann verschwinde ich und manchmal denke ich an Mama, die genauso war wie ich, und dann wird mir hundeelend und ich befehle mir:

HÖR AUF, AN SIE ZU DENKEN!

Ich träume von Briefen, die Jackson mir schreibt. Die ich nicht öffnen kann, die ich zu spät finde, die verloren gehen.

Heumann hat mir heute einen Vortrag über den Tod gehalten. Ganz unvermittelt fing er davon an, als wir durch die Neue Nationalgalerie wanderten. Es gab einen sonderbaren Moment der stillen Übereinkunft, als wir vor einer Skulptur von Barlach standen. Ich musste an die Frau aus Dresden denken, ich hätte Lust sie wiederzusehen, aber wir sind nicht einmal auf die Idee gekommen, die Adressen auszutauschen.

Und mit einem Schlag überfiel mich die Erinnerung an die Nächte mit Jackson, so heftig, als müsste ich nur zu ihm gehen, und als wäre kein einziger Tag vergangen! Ich jaulte innerlich auf. Ich schnappte nach Luft und rannte aufs Klo und drückte mich an die kalte Trennwand und weinte.

DIE LIEBE HAT KEINE GESCHICHTE, SIE IST.

Es gibt auch keinen Verrat, denn ich liebe keinen anderen.

Nach dreimal Naseschnauben machte mich diese Erkenntnis unsinnigerweise froh. Ich sage allen die Wahrheit, ich mache keinem etwas vor.

Du nimmst alles, was du liest oder siehst, viel zu persönlich, sagt Benno.

Aber sonst hat es doch keinen Sinn, sage ich.

Es gibt Erkenntnisse, sagt Benno, die dich nicht betreffen.

So? mache ich und fange an zu lachen.

Ich hatte meinen Teil der Kippenberger-Arbeit fast fertig getippt. Plötzlich habe ich alle Vorüberlegungen und die Bedenken wegen der Vollständigkeit und der Fußnoten und des wissenschaftlichen Apparats über den Haufen geworfen und bin meiner inneren Linie gefolgt, und ich habe an meinem eigenen roten Faden entlang über seine Materialien geschrieben, und wie er Schrift in die Bilder mit einbezieht.

Und jetzt ist Benno *eifersüchtig*, weil ich mit Leonhardt das Referat vorbereite!!!! Also wirklich!

Er wollte unbedingt mit mir ins Bett, aber ich wollte nicht. Er war beleidigt, und dann hat er mich beleidigt, indem er sagte: Du willst doch immer.

Ich *will* jetzt vor allem gehen, sagte ich wütend, aber er griff nach meinem Arm und hielt mich fest.

Ich weiß nicht, ob ich dich liebe oder nicht, sagte er mit hochrotem Kopf. Das ist alles, was dahintersteckt.

Ich zog die Augenbrauen verwundert hoch. Da kann ich dir nicht helfen, sagte ich. Lass mich bitte los.

Stattdessen packte er mich an den Schultern und schüttelte mich, ich war ganz verdutzt.

Ich kann mich nicht auf dich einlassen, schrie er, weil du noch besetzt bist von diesem Pinselaffen!

Ja, schrie ich zurück und riss mich los, so ist es, aber ich habe dir nie etwas vorgemacht!

Und am Ende haben wir doch zusammen geschlafen und es war intensiv und verrückt und ich war erstaunt, dass es so war.

Und dann kam ich nach Hause und fand einen Brief von Jackson! Außer mir vor Aufregung rannte ich durch die Wohnung, mit dem Brief in der Hand, dann riss ich ihn auf und las. Las, dass er an mich denkt und dass er sich nicht auf mich festlegen kann und dass er gern ein Buch für mich schreiben würde, es aber nicht tut, und ich fing an ihn zu hassen und zerknüllte den Brief und faltete ihn wieder auseinander und las ihn wieder und wieder, um die Worte zu begreifen, und ich trat gegen den Ofen und schlug die Wände. Und dann hab ich sein Bild eingepackt und im Schreibzimmer hinter den Schrank gestellt. Obwohl es hinter dem beschissenen Schrank vorguckt, weil es so beschissen groß ist. Ich hasse dich, Jackson, habe ich ihm geantwortet, schreib mir bloß nicht wieder! Bleib in deinem australischen Busch und verrecke. Künstler, die heute was werden wollen, gehen nach Amerika und nicht nach Australien, du kannst ruhig verrecken!

TAG EINS nach dem Brief. Ich habe geträumt, er sitzt nackt auf einer Krankenhausbahre; sein Gesicht ist blau angelaufen.

Jackson hat geschrieben, dass er sich nicht festlegen kann.

Das ist Jacksons Tod.

Nicht weinen! Nicht weinen!

TAG DREI nach Js Brief. Heute Nacht träumte ich, dass Jackson über mir in der Wohnung eine riesige Plastik machte, aus Schaumstoff, die aussah wie ein Frauenkörper und gleichzeitig wie etwas sonderbar Fremdes, das ich nicht einsortieren konnte, und plötzlich brach das Ding krachend durch die Decke herunter in meine Wohnung. Das Ding wuchs und wuchs und füllte das ganze Zimmer und ich geriet völlig in Panik und wachte auf, weil ich keine Luft mehr bekam.

Ich schlief wieder ein und träumte, dass ich mit Jackson

Spaghetti aß und die Nudeln plötzlich in einer Form durch die Luft flogen und wir völlig begeistert von dieser Figur redeten, ununterbrochen, luzide, unglaublich luzide, und heute früh, als ich aufwachte, dachte ich, es ist besser, wenn ich das Studium abbreche und nicht mehr zu den Künstlern gehe und nicht ins Museum, weil ich dann immer an Jackson denken muss und es nicht will.

Ich rief Heumann an und erzählte ihm alles, und er redete auf mich ein wie auf einen alten, störrischen Gaul, dass das nicht ginge, dass ich nicht kneifen sollte, dass Leute wie ich gebraucht würden, die so sehen können, die sich so aussetzen, weil die Kunst, ohne so gesehen zu werden, gar nicht leben kann. Und dass all diese Erfahrungen, die ich gerade mache, die beste Schule des Sehens wären.

Und ich heulte die ganze Zeit, die Tränen liefen und liefen, unhörbar, und irgendwann legte ich ohne ein Wort zu sagen auf.

Ich träumte von Silvies Großvater, weil ich meinen gar nicht kenne, er ging umher und gab allen eine wächserne Hand, sein Gesicht war bläulich, wie eine Maske, und dann war die Beerdigung und er lag nackt auf der Bahre und ich fragte mich die ganze Zeit, warum man ihn so nackt da hinlegte, das gehörte sich doch nicht, einen Toten so nackend hinzulegen und jeder starrt ihn an. Dann sah ich Papa, der mit einer riesigen Gartenschere auftauchte, und dann träumte ich von einer Flucht aus Berlin, das von den Alliierten reokkupiert werden sollte; wir sollten in schwarzer Kleidung fliehen, ich aber fand nur bunte Pullis, ein Soldat pfiff mich zu sich und sagte, wenn ich eine Tochter hätte, dann würde ich doch nicht wollen, dass sie so herumliefe – ich trat ihn und dann war es eine Tür, gegen die ich trat –

Ich habe die Nase voll. Ich glaube, ich muss bald mit Leonhardt schlafen, es mit Robert tun, einfach so, und vielleicht finde ich noch einen anderen oder am besten gleich sieben, für jeden Wochentag einen.

Vielleicht ist alles nur ein Spiel. Ich kenne nur nicht seine Regeln.

Vielleicht geht es nur darum, die Regeln zu begreifen.

III.

Verbrennen

Wer nach zwanzig Jahren Lebenszeit behauptet, sich präzise an eine Unterhaltung zu erinnern, lügt. Wer behauptet, den Ablauf eines ganzen Geschehens genau beschreiben zu können, erfindet. Es ist nichts Schlechtes an der Erfindung, man muss es nur wissen, die Erfindung allein kann einem Ereignis so etwas wie einen Rahmen geben, einen Anfang und ein Ende. Das Leben geht immer weiter, und wann die Liebe beginnt, in Hass umzuschlagen, ist wohl selten ein einziger, festzulegender Moment. Ich jedenfalls denke so. Ich glaube auch, dass Hass leichter spricht als Liebe. Hass schützt. Hass ist für das Gefühl, was Ironie für den Stil ist. Eine Sicherheitsvorkehrung. Das war nicht immer so.

Die Erinnerung legt also Momente fest. Immer? Nein. Und wozu? Um etwas für sich zu gewinnen. Intensitäten vielleicht. Klarheit. Etwas, das man noch nicht weiß. Mein Leben ist schließlich kein Fall, der rekonstruiert werden muss! Nein! Doch selbst in der Bearbeitung von Fällen setze ich immer neu an, wie jetzt, in meinem einsamen Zwiegespräch. Es ist ja ein alter Hut, dass Erinnerung ein Prozess des ständigen Umdeutens ist. Ein Kaleidoskop in Kinderhand: drehen, ein neues Bild, drehen, ein anderes, dabei sind es immer dieselben Farbplättchen. Ich aber muss viel mehr an ein *Verbrennen* denken.

Ich denke nicht an die Asche oder das Verschwinden, sondern an die Verwandlung, die im Feuer geschieht. Ein Prozess, der Energie verbraucht und freisetzt. Hitze. Schmerz und Lust. Wenn man eine Fotografie verbrennt und die Flammen sie von den Seiten her auffressen, verändern sich für einen kurzen Augenblick die Farben: Das Bild, das zerstört wird, gewinnt eine fast unwirkliche, unvergessliche Intensität.

Wann immer ich jedenfalls später an Eva und Robert gedacht habe, trat mir immer wieder e i n bestimmtes Bild vor Augen: Sie kommen mir entgegen, in einer verschneiten Straße, ich weiß nicht mehr, wo, ihre Gesichter leuchten, ihre Wangen sind gerötet, es ist eisig kalt. Sie kommen mir entgegen, und als ich kurz vor ihnen stehe, sehe ich: Sie sind durch Handschellen miteinander verbunden. Ich zucke zusammen, denke, es ist ein Scherz, ich sehe sie fragend an, weiß nicht, ob ich es erwähnen soll oder ob ich so tun soll, als bemerkte ich es nicht. Eva tritt auf mich zu, Robert mit, sie küsst mich, er nickt, wir müssen weiter, sagt Robert, *sorry*, wir haben was vor, und weg sind sie. Macht nichts, habe ich noch gestottert, ich hab's sowieso eilig. Was gar nicht stimmte.

Ich sah ihnen hinterher und dachte, ich hätte fantasiert.

Es muss in jenem Winter gewesen sein, der so kalt war, dass viele Rohre brachen; der erste Winter, in dem Eva mit Robert schlief.

Es war der kälteste Winter seit langem; viele Menschen fanden den Tod; ich liebte ein Mädchen namens Eva und hatte noch nicht aufgegeben, dass es fürs ganze Leben war.

Sanft fielen die Flocken auf Evas Mantel, ihre Wimpern, ihr Gesicht, im November, im Dezember, ich zählte nie die Tage, nur mein Herz zog Striche wie ein Gefangener an der Wand seiner Zelle. Ich küsste sie leicht auf die Wangen, die Stirn, es wurde nie mehr, es war, als gäbe es eine Barriere zwischen ihren Lippen und meinen. Ich weiß nicht, wie ich es aushielt; und seltsamerweise sehe ich immer, wenn ich an diese Tage und Nächte denke, eine großartige Stadt in Weiß, sehe sanfte

Schneeflocken auf einem geröteten Gesicht und spüre das Echo eines Glücksgefühls. Ein endloser Winter, der einem endlosen Sommer folgte.

Zwei Schritte vor, zwei zurück …

Am Anfang dieses Winters schien alles noch offen.

Ich dachte, es würde wieder, mit ihr und mit mir. Es gab Indizien; wir waren oft zusammen. Wir schliefen nur nicht miteinander. Die anderen Männer waren Episoden, mich brauchte sie. So dachte ich.

Eva erholte sich. Die neue Wohnung schien ihr zu helfen, die neue Umgebung. Die Pestalozzistraße, der Savignyplatz, die Buchläden, die Technische Universität am Ernst-Reuter-Platz. Die Universität der Künste am Steinplatz. Dort ging sie allerdings nicht mehr so oft hin; sie belegte überwiegend Seminare und Vorlesungen bei den Kunsthistorikern an der Freien Universität. Sie stürzte sich in Arbeit, schrieb Referate und besuchte weiter die Ateliers. Ich begleitete sie nicht mehr. Ich gestand ihr, wie fremd ich mich dort fühlte. Sie nickte nur. Ich büffelte und bestand gleich zu Beginn des Semesters mehrere Klausuren, jeweils sechs Stunden lang, zu meinem eigenen Erstaunen und mit einem »voll befriedigend«. Das ist in unserem Fach so gut wie eine Eins.

Robert zeigte Eva gegenüber manchmal eine seltsame Aggressivität und machte mokante Bemerkungen über Künstler. Manchmal gingen wir zu dritt ins Kino, diskutierten danach im »Hegel« über den Film und tranken Wodka dabei. Wir schlenderten zusammen nach Hause, es war ja jetzt gleich um die Ecke, Eva oder Robert öffneten die schwere Tür mit dem Durchsteckschlüssel; wir durchquerten zusammen den breiten dunklen Flur, eine leichte Nervosität machte sich bemerkbar, die uns schweigen oder aufgeregt reden ließ; doch dann nickte Robert und wandte sich nach links, an den Mülltonnen und kahlen Büschen vorbei, zu seinem Treppenhaus, während

Eva und ich zum zweiten Hinterhof weitergingen. Manchmal küsste er Eva zum Abschied auf die Wangen, manchmal aber auch dicht an den Mund. Ich sah es und blickte zur Seite. Dann saß ich bis um halb drei, drei bei ihr im Zimmer. Im Allesbrenner glühten die Eierkohlen, das Feuer warf einen rötlichen Schein auf die weißen glänzenden Dielen. Josef saß auf einem Fell, das Eva ihm gekauft hatte, und putzte sich. Ich fragte mich, ob sie an Robert dachte. Wie er sich auszog, die Sachen ordentlich über den Stuhl hängte, sich wusch, sich unter seiner Decke ausstreckte, vielleicht noch eine Zeile las oder schrieb.

Eva und ich redeten, ich legte Kohlen nach, sie las mir vor. Wir kochten Tee auf der Ofenplatte; die Küche beheizte sie nur soviel, dass die Rohre nicht einfroren. Wir blieben im Zimmer. Sie trug weite Hemden über ihren Jeans und lose lange Strickjacken darüber. Manchmal fing sie an zu malen. Es tat mir immer ein bisschen weh, wenn sie die *Jaxon*-Kreiden auspackte oder das Ölzeug. Ich sah ihr niemals über die Schulter, von meinem Platz aus beobachtete ich ihre Bewegungen.

Langsam begannen die Dinge sich zu verändern. Robert schob Zettel unter ihrer Tür durch. Er wurde wütend, wenn er erfuhr, dass ich die halbe Nacht bei ihr gesessen hatte. Er klingelte, wenn er um zwei Uhr Licht sah. Einmal machte Eva es aus und kicherte, einmal schickte sie ihn weg, und dann wieder gefiel es ihr, ihn hereinzubitten. Sie kochte indischen Tee mit Milch und Honig oder holte eine Flasche billigen Rosé aus dem Kühlschrank und goss ihn in drei Gläser. Extremsekt, sagte sie und grinste. Wir hockten dann zu dritt herum, bis ich aufstand und sagte, ich müsste lernen, oder bis Eva uns beide hinauswarf. Ich brauchte viel mehr Schlaf, als ich bekam, deshalb trank ich Unmengen Kaffee und rauchte viel. Robert hielt uns Vorträge über die Bedeutung der Imagination und forderte uns auf, uns dazu zu äußern. Er sprach oft vom Bild, das man von einem anderen hat. Eva zwinkerte mir hin und wieder unbemerkt zu, und ich freute mich, ohne zu verstehen, weshalb.

Diese Nächte kannten oft kein Ende; wir dachten nicht an den kommenden Tag, wir sahen nicht auf die Uhr, wir aßen, wenn wir Hunger hatten, und trennten uns, wann es uns einfiel. Den Gedanken schienen alle Richtungen erlaubt; manchmal fühlte ich mich, als hätte ich eine erhöhte Temperatur, kurz vor dem Fieber, doch angenehm. Diese Nächte werde ich niemals vergessen.

Wie wenig ich von Robert wusste.

Robert las uns Gedichte vor, von sich und anderen, Rimbaud, Majakowski. Seine Stimme, zunächst brüchig schüchtern, wurde beim Lesen immer voller und dunkler. Ich sehe sein Gesicht in dieser Zeit, blass und glühend, konzentriert und wehmütig. Wie er sich allmählich auszog, vor Eva, mit mir als Zuschauer.

Und Eva? Kannte ich sie? Wie sie lauschte, mit geschlossenen Lidern, unter denen ihre Augen sich unruhig bewegten?

Manchmal denke ich, ich mache mir etwas vor. Es ist vor allem diese Stimmung, fiebrig und von einer fast schmerzlichen Genauigkeit, sich selbst leben zu fühlen, an die ich mich erinnere. So, wie man den Atem bei großer Kälte in die Lungen eindringen fühlt. Diese Empfindung trifft mich, wie manchmal überraschend ein Lied aus dieser Zeit, die ich dann sofort schmecke. Aber erst, seit ich Heumann getroffen habe. Davor lag ein langes Vergessen. Das gibt es.

Das gibt es, weil ich den Typen nicht mochte, der mich auf den Fotos von damals ansah. Diese Bilder lösten ein solches Unbehagen in mir aus, dass ich sie, als sie mir nach ein paar Jahren einmal beim Aufräumen in die Hände fielen, sofort wegpackte, erleichtert, nicht mehr dieser Konrad sein zu müssen.

Als ich sechsunddreißig Jahre alt war, gab es einen Bruch in meinem Leben. Damals arbeitete ich für eine Kanzlei, die das Flughafenprojekt Schönefeld betreute, das in der Öffentlichkeit heftig umstritten war. Bei einer der ewigen Pressekonferenzen griffen Umweltschützer uns an. Während ich juristisch argumentierte, sah mich eine junge Journalistin erst kopfschüttelnd, dann mit wachsender Verachtung an. Sie hatte kurzes rotblondes Haar und einen kleinen Kussmund. Auf ihrem braunen Parka leuchteten handgenähte grüne Frösche. *Du zerstörst das Moor*, stand in roten Buchstaben auf einem Stück Stoff, das sie mit Sicherheitsnadeln auf ihrem T-Shirt angebracht hatte. Als wir den Saal verließen, baute sie sich vor mir auf, zog die Nase kraus und sagte: Weißt du, was das Perverse ist? Du glaubst ja selber nicht, was du da erzählst. Du musst dich doch total ankotzen!

Der Zyniker in mir amüsierte sich, ich machte einem Kollegen gegenüber sogar einen Witz über sie. Aber als ich zu Hause in meine Tasche griff, um meine Zigaretten herauszunehmen, fasste ich in etwas Glitschiges. Ich schrie auf, dann sah ich: Sie hatte mir eine Handvoll Schlamm in die Tasche geschleust! Und mittendrin steckte ein Frosch aus Blech, der mich mit großen, verdreckten Augen anglubschte. Fassungslos und hektisch fing ich an, die Sauerei zu beseitigen, bis ich mich plötzlich in meinen Sessel fallen ließ und heulte. Ich blieb lange sitzen und dachte plötzlich daran, wie müde und lustlos ich jeden Morgen ins Büro fuhr. Wie sehr mich die Kollegen nervten. Wie lange ich schon kein Buch mehr gelesen hatte. Irgendein Konrad sagte: *Du wirst doch nicht wegen einer Ökotante zum Paulus werden? – Nein,* antwortete ich. Und dann: *Opa würde sich im Grab umdrehen.*

Es gibt in der Kulturgeschichte Zyniker, die große Moralisten waren, Céline zum Beispiel, und in ihrer scheinbaren Verachtung für die Welt die Trauer um eine bessere verbargen. So wie die romantische Ironie durch ihren Bezug zum Metaphysischen eine Produktionsform war, das Ventil für die Verfestigung des Stils – eine Freiheit –

Der Zyniker Konrad war gar keiner. Er war in irgendeine Existenz hineingerutscht, nicht einmal aus Gleichgültigkeit, sondern aus Unachtsamkeit. Er war *verfestigt.* Man glaubt gar nicht, wie leicht das geschieht. *Opa, Opa*, sagte ich oft vor mich hin.

Ich kündigte bei den Flughafenleuten und übernahm die Kanzlei im Wedding.

Eva wurde *Milena*.

Einmal hockte sie in ihrem Sessel, ich hatte mir einen Stuhl aus der Küche geholt, weil ich mich nicht auf ihr Bett setzen wollte, die Matratze mit dem grünen Überwurf. Die weißen Dielen leuchteten im Kerzenlicht. Es roch nach dem Ofen, nach Kohle und Asche. Draußen im Hof herrschte nächtliche Stille.

Ich habe Benno erzählt, dass ich Robert geküsst habe, sagte Eva und sah mich zutraulich an. Mein Herz begann zu rasen.

Hör auf, Eva, sagte ich.

Es ist nichts, sagte sie, beruhige dich doch! Ich sagte ihm, dass ich mich von Robert habe küssen lassen, und er sagte, das wäre ein doppelter Betrug, weil er dachte, dass Robert ihn mag.

Ich fing an zu lachen. Sie sah mich fragend an, dann fing auch sie an zu lachen.

Da kennt er ihn aber schlecht, was?

Benno war einmal hereingeschneit, als wir zu dritt Extremsekt tranken. Er hatte versucht, mit Robert über Literatur zu sprechen. Robert hatte seine Lider müde gesenkt und ihn etwas von oben herab angesehen. Eva nannte das den *von-Mann-zu-Mann-Blick*. Und Benno hatte sich ins Zeug gelegt und wie ein Wasserfall geredet. Immer wieder hatte er den Arm um Eva gelegt, und immer wieder hatte Eva ihn abgeschüttelt. Irgendwann steckte Eva sich zu unserer Verblüffung eine Zigarette an. Sie rauchte und sah uns dabei schweigend an. Dann stand sie auf und ging hinaus. Wir dachten, sie ginge aufs Klo; doch dann hörten wir die Haustür ins Schloss fallen.

Dieser Julius, sagte Robert, nachdem Benno aufgebracht hinter ihr her gestürzt war, dieser *Julien*, das ist ein Übergangsphänomen, nichts Ernstes. (Er sagte *Schülijään.*)

Ich dachte, er heißt Benno, sagte ich.

Robert lachte. Lies mal ›Rot und Schwarz‹ von Stendhal, sagte er, dann weißt du, was ich meine.

Jetzt soll ich auch noch Romane lesen, sagte ich, du spinnst ja.

Benno hat gedacht, sagte Eva jetzt und räkelte sich vergnügt in ihrem Sessel, wenn er Robert einwickelt, hat der kein Recht auf mich! Zur Strafe habe ich ihm erzählt, dass ich mich mit Robert anregend über Seidenwäsche unterhalten habe.

Sie lachte böse. Ich schluckte. So kannte ich sie gar nicht. Sie sah plötzlich ganz fremd aus.

Vielleicht hätte ich ihm noch erzählen sollen, dass wir auch vom Verschlingen sprachen, von Seelenschlingen und Fallstricken, brüllte sie und hielt sich vor Lachen die Rippen.

Der Arme, sagte ich. Mir wurde schlecht.

Er kränkelt herum, erzählte sie weiter, alles strengt ihn an, er hat keine Lust auf gar nichts. Er ist genauso anfällig für Lebensmüdigkeit wie wir alle, und hinter seinem wild entschlossenen Arbeiten steht der Wunsch, nicht in depressive Löcher zu fallen. Alles getan haben wollen, nichts versäumen, dann muss es ja klappen mit Karriere und Anerkennung. Er hat Angst vor der Zukunft, was er nie zugeben würde. Weißt du, was er über Robert gesagt hat?

Ich schüttelte den Kopf. Ich hörte nur noch halb zu, denn ich fragte mich, wann Robert und Eva solche Gespräche führten. Und was für eine Art Kuss das gewesen sein mochte.

Er findet ihn hysterisch, sagte sie und grinste.

Einmal stand ich mit Robert vor einem Buchladen; wir stöberten in den Ramschkisten, da entdeckten wir Eva im Laden. Sie starrte Robert an; es war unheimlich; er wurde rot und sah sie ebenfalls unverwandt an. Plötzlich kam Benno herausgestürzt, packte Robert am Kragen, zog ihn dicht an sich heran und stieß ihn wieder fort. Dann ging er zurück in den Laden und bezahlte sein Buch.

Verdutzt sahen wir hinter ihm her.

Und Eva? Eva war verschwunden.

Es ist so schwer, die Liebe mit dem in Übereinstimmung zu bringen, was gut für einen ist.

Silvester stand vor der Tür. Die Spannung zwischen Robert, Eva und mir wurde unerträglich. Ich vermied es, Robert allein zu sehen. Eva tänzelte, war überkandidelt, wie Opa das genannt hätte, im Grunde war sie unausstehlich.

Wir organisierten zu dritt eine Silvesterparty, in Evas Wohnung. Wir hatten Bier und Wein, Baguette und Käse gekauft, alle möglichen Leute hatten Salate mitgebracht. Überall standen Kerzen herum, alle rauchten, Eva hatte haufenweise Leute eingeladen, unsere Jungs, Harro, Oliver, Lukas, Studenten, Maler, Mädchen, Männer. Die Männer trugen Jeans und die Mädchen schräge Fummel vom Flohmarkt und glitzernde Ketten aus Strass. Benno tauchte auf. Die ganze Nacht kamen wildfremde Typen, die sagten, sie hätten gehört, hier wäre was los. Stimmen kreuzten sich, Gelächter; laute Musik. Einen besoffenen Randalierer mussten wir rausschmeißen. Eva tanzte mit allen; sie trug ein dunkelblaues, fließendes Kleid mit einem eckigen Ausschnitt, in dem eine dunkle Granatkette auf ihrer weißen Haut funkelte. Ich ließ sie nicht aus den Augen.

Benno lauerte im Türrahmen und tat entspannt, Robert stand in einer anderen Ecke und arbeitete mit dem Kiefer. Ich sah es, und die Jungs sahen es auch. Die Jungs rochen Lunte; und plötzlich dachte ich: *Sie haben von Anfang an Lunte gerochen,* dass da etwas vor sich ging, zwischen Eva und Robert.

Benno und Robert fixierten Eva, es war wie der Countdown in einem Western; und alle waren auf Roberts Seite. Benno tat mir fast schon leid.

Plötzlich steuerte Robert auf Eva zu und sagte etwas zu ihr. Sie wurde ernst. Dann bewegten sich beide zur Musik, es lief gerade etwas sehr Langsames, Auge in Auge, ohne sich anzufassen, wie in Hypnose. Robert war kein Tänzer.

Er war ein zierlicher Mann mit schweren Knochen, der mir in diesem Augenblick so anziehend erschien wie nie, aufregend und extravagant, wie gemacht für meine geliebte Freundin.

Ich war betrunken, von den beiden wie vom Wein. Und ich dachte kurz an Jackson, von dem sie schon lange nicht gesprochen hatte und der irgendwo am anderen Ende der Welt von alledem nichts mitbekam.

Nach Mitternacht, als wir zum Savignyplatz liefen, um das Feuerwerk anzusehen, sagte Eva: Ich glaub, Benno ist abgehaun.

Um uns herum standen die Leute auf der Straße, schossen ihre Lichterblumen, Knaller und Farbregen ab und riefen sich *Ein Glückliches Neues Jahr!* zu. Sie feierten in den anliegenden Kneipen und Cafés. 1987 begann in einer klaren kalten Nacht.

Als wir zu frieren anfingen, liefen wir wieder zurück zu unserem Fest. Ich hakte Robert und Eva unter. Jetzt will ich mal mit meinen liebsten Menschen aufs Neue Jahr anstoßen, sagte ich. Vereinzelte Böller krachten, Lichter flammten auf und verglühten am Himmel. Wir rutschten und schlitterten auf dem vereisten Gehweg herum und hielten uns aneinander fest und lachten.

Jawohl, rief Eva lauthals, auf die Freundschaft!

Robert, betrunken wie selten und ungewöhnlich gelöst, sang laut, wir sind immer für dich da, und redete wie ein Wasserfall vom Geben ohne Nehmen, das wäre die Liebe, und sonst gar nichts, und Eva sagte, das ist aber Konrads Spezialität, und außerdem brauchst du dann immer einen, der nimmt, oder eine, und dann küsste sie mich, und dann küsste sie ihn, und es ging immer so weiter.

Gegen Morgen, als alle übrigen Gäste das Feld geräumt hatten, saßen wir zu dritt in Evas Küche; ihr Zimmer roch extrem nach Rauch; wir hatten die Fenster aufgerissen. Ich fragte mich, wo Eva schlafen würde.

Überall in der Küche standen Pappteller, leer oder mit Essensresten, benutzte Gläser, Flaschen, irgendwelche Gefäße mit ausgedrückten Kippen. Selbst der Herd war vollgestellt, es war unmöglich, ihn zu beheizen. Ich war nicht mehr in der Lage, das ganze eklige Zeug zu entfernen, ich hielt mich gerade so auf den Beinen.

Wir können zu mir rüber, schlug Robert vor.

Nee, sagte Eva.

Wir behielten unsere Mäntel und Schals an. Robert holte zu einer langen Rede über Tarkowskij aus, den russischen Filmemacher, der in Paris im Exil gerade an Krebs gestorben war, und schon wieder über die Liebe. Eva hatte kurz den Kopf auf die Tischplatte gelegt und hob ihn langsam wieder hoch.

Ja, sag mal, sagte sie und sah Robert interessiert an.

Sein letzter Film hieß ›Opfer‹, sagte er, und blieb unvollendet.

Robert stand auf und ging quer durch die Küche auf die Tür zu. Wir sahen ihm erwartungsvoll nach. In der Tür drehte er sich um.

Die Liebe, sagte er, ist die einzige Kraft gegen das Böse. Siehste.

Er stützte nach beiden Seiten den Rahmen.

Se schwankt so, sagte er, ick musse festhalten. Haste nich jesehn, die Tür is janz schief.

Eva und ich nickten ernsthaft. Jaja, mach mal, sagte Eva, das ist wichtig.

Liebe heißt opfern, sagte er – seine Zunge war mehr als schwerfällig, es klang wie *offern* – womit wir wieder beim Heiligen wären.

Eva und ich klatschten. Evas Lidschatten war verschmiert. Sie trug eine dicke Jacke über ihrem Kleid, Handschuhe und Mütze. Sie sah aus wie ein kleines Mädchen beim Schlittenfahren.

Welches Heilige? fragte sie.

Komm her, sagte ich zu Robert, ich glaube, die Tür ist okay.

Okay, sagte er.

Die Minuten dehnten sich. Wir sprachen und bewegten uns in Zeitlupe. Robert kam auf Eva zu, die auf der Bank saß. Sie drehte schmutzige Gläser und Flaschen auf dem Tisch hin und her, verschob sie, intensiv damit beschäftigt, sie immer wieder neu anzuordnen. Manchmal kippte ein Glas, sie fing es auf, wir sahen ihr gebannt dabei zu.

Ich kann nur diese Sicht der Dinge annehmen, murmelte sie versunken, immer eine andere Perspektive, was anderes kann ich nicht.

Perspektive sagte sie ganz deutlich.

Ich werde jetzt einen Kaffee kochen, sagte sie und blieb sitzen.

Wisst ihr, die Liebe, das ist die physische Leidenschaft. Und die Kunst. Die Poesie.

Sie schlug Robert munter auf die Schulter.

Die Poesie ist wichtig!

Sie schwankte mit dem Oberkörper.

Und die Philosophie natürlich! Sie erhob sich halb, streckte den Arm über den Tisch aus, klopfte auf meinen Arm und ließ sich wieder fallen.

Aber, sagte sie, der Benno, der sagt immer, er hat keine Träume. Er ist ein Mann des Tages, sagt er, aber ich bin mir sicher, dass er träumt. Ein Mann, der nicht träumt, das gibt's gar nicht! Ich will wissen, was er träumt! Und er will es mir nicht sagen! Immer muss er die Kontrolle haben! Er will es mir nicht sagen, er gönnt es mir nicht, dieser Geizkragen! Er sagt, dass sich immer ordentliche Kerle in mich verlieben, disziplinierte Männer, die meiner Unordnung verfallen. Er ist ja so gescheit, passt mal auf, wie ich mich da aus der Affäre ziehe, wie raffiniert!

Wir sahen sie erwartungsvoll an. Robert trank Reste aus fremden Gläsern, ich fand eine Flasche Mineralwasser. Das Gespräch schien noch etwas zu dauern.

Er sagt – Eva ruderte mit dem Arm gefährlich nah an den Gläsern entlang – er liebt mehr den Freund in mir, hat er gesagt, mehr als die Frau. So eine Unverschämtheit!

Eva brüllte. Ich –

Pscht! machte ich.

Pisch mich nicht an, sagte Eva und drohte mit dem Zeigefinger. Umgekehrt ist es genauso! Umgekehrt, sage ich zu Benno, ich liebe den Freund in dir, jawohl, und deshalb, lieber Freund, kann ich küssen, wen ich will! Nicht wahr?

Ach, sagte ich.

Das ist eine interessante Feststellung, fügte Robert feierlich hinzu.

Er hat gesagt, sagte sie, seit er mich kennt, wär er nicht mehr depressiv!

Das muss ja schlimm gewesen sein vorher, sagte Robert gespielt ernst.

Ich spürte einen unwiderstehlichen Lachreiz.

Er spielt sogar wieder Bratsche, sagte Eva.

Bravo, schrien wir beide und klatschten, bravo!

Er will auch einen Freund haben, dich, Robert, und dich, mein lieber Konrad!

Sie stand noch einmal schwankend auf, reichte mit ihrer Hand über den Tisch und legte sie kurz an meine Wange. Sie versuchte mich über den Tisch zu küssen. Ein Glas fiel herunter.

Pass auf, sagte ich, setz dich lieber wieder hin.

Sie ließ sich zurück auf die Bank fallen, stützte den Arm auf und legte ihren Kopf in die Hand.

Es ist so schön, wenn ich jemanden glücklich machen kann!

Sie seufzte tief und sah aus, als würde sie gründlich nachdenken. Meine Füße wurden eisig dabei. Robert fielen die Augen zu, er versuchte, sie immer wieder zu öffnen.

Ich habe ihn zum Lachen gebracht, sagte Eva schließlich. Aber vielleicht ist es besser, ihn zur Verzweiflung zu bringen!

Jawohl, sagte ich, bring ihn zur Verzweiflung! Nur in der Verzweiflung fängt der Mensch an zu denken!!!

Ja, sagte Eva, der ist ja sonst immer nur am Rennen.

Sie mimte einen Stier vor einem roten Tuch. Wir lachten.

Der müsste sich mal wie Oblomow aufs Sofa hauen und nichts tun!

Sie schüttelte sich. Sie murmelte etwas, wischte mit der Hand durch die Luft. Zuckte die Achseln.

Jetzt aber mal im Ernst, fing sie an. Sie hickste. Es muss eine Treue ohne Korsett geben. Ich kann schließlich nicht immer türmen, nur weil ich einen andern treffe, der mir auch gefällt! Wo komm ich denn da hin? Es gibt also keine Treulosigkeit in diesem Fall, das ist doch total logisch, oder?

Sie sah uns fragend an. Plötzlich fand ich sie beunruhigend blass, von der langen Nacht, sie hatte starke Schatten unter den dunkelgrünen Augen. Sie hatte viel zu viel getrunken. Ich suchte nach meinen Zigaretten.

Oder? sagte sie drängelnd. Sagt mal!

Noch einmal schlug sie Robert auf den Arm.

Ja, voll logisch, stammelten wir beide.

Ich teile mit allen verschiedene Sachen, sagte sie zufrieden. Ich sehe den Dingen gefasst ins Auge!

Und dann ließ sie sich zur Seite kippen und ihr Kopf fiel in Roberts Schoß. Sie schlief auf der Stelle ein.

Im Januar ist es dann passiert. Ich hab es ihr angesehen.

Eva druckste herum. Sie und Robert wurden befangen, alle beide. Ich blieb nicht mehr so lange, wenn ich sie nach Hause brachte; ich verabschiedete mich unter einem Vorwand schon vor der Tür. Sie nickte zerstreut.

Eva trug trotz der Kälte bunte Kleider; mit dicken Wollstrümpfen und Strickjacken; ihr Haar stand dunkel leuchtend vom Kopf. Sie war zum Weinen schön, transparent ihr Gesicht, ihre Lippen rot ohne jeden Lippenstift, ihr Körper ein schwingendes Lied.

Und dann gab es wieder eine Überraschung.

Groß, gut aussehend, mit schlenkernden Armen stand ein wildfremder Mann in der Tür, sie vergnügt daneben, als Robert und ich an einem Samstag bei Eva vorbeischauten. Eva stellte uns kurz vor, halb deutsch, halb französisch: Ihr alter Freund aus Paris, ein Übersetzer, er habe hier zu tun. Es musste der Mann sein, von dem sie mir nur ein einziges Mal, und das auch nur sehr knapp, erzählt hatte. Kein Wort hatte sie von diesem Besuch zuvor erwähnt!

Paul bleibt nur ein paar Tage, sagte sie.

Paul sah uns an, zuckte mit den Achseln und machte ein bedauerndes Gesicht. Eva lächelte, zog ihren Freund in die Wohnung, sagte *bis dann!* zu uns und machte die Tür zu.

Robert und ich standen verdutzt im Flur: Der Franzose war drin und wir blieben draußen!

Robert tobte. Ich trank die halbe Nacht mit ihm, bis er mir gestand, was bis dahin unausgesprochen geblieben war. Wir hockten da wie zwei Idioten, an der Nase herumgeführt von Fräulein Eva. Mit Roberts Sanftmut war es aus. Ich beschwichtigte ihn.

Ich begreife das nicht, sagte er, sie war fix und fertig, und jetzt vögelt sie in der Gegend herum!

Ach, Robert, sagte ich.

Aber sie hat gesagt –

Er stotterte. Ich hätte ihm am liebsten erzählt, was ich wusste, von Evas Hingabe. Wie sie sich aufbäumte, vor Glück. Wie versessen sie darauf war. Ich wusste, wie sie war, und ich war stolz darauf, dass ich es wusste. Ich mochte nicht daran denken, wie Robert ihr sagen würde: Ich will mit dir schlafen, es kam dennoch in meinen Kopf, ganz trocken hörte ich seine Stimme in meiner Fantasie, sie würde so nackt klingen, wie meine geklungen hatte –

Dieses Mal war ich es, der mit den Achseln zuckte. Robert fluchte und redete wie irre, über ihre Anfälligkeit für das Sinnliche, die er verabscheue; die Haut über seinen Backenknochen war gespannt. Er ließ alle Zurückhaltung fallen, und ich sah ihn, wie sie ihn sehen würde, wie sie mich gesehen hatte: ohne Versteck.

Es ist ihr wunder Punkt, sagte er, das muss man ihr austreiben! Und seine Augen bekamen den leeren Ausdruck, den ich schon einmal an ihm erlebt hatte.

Ich lächelte nur. Ich war gespannt, ob sie ihm geben würde, was ich allein aus Höflichkeit niemals für mich in Anspruch genommen hätte: ihre Treue.

Meine Melancholie kommt aus dieser inneren, höflichen Schicht, die manche mit Gleichgültigkeit verwechseln.

Dann wieder befielen mich Zweifel: Wie konnte Eva nur so unbekümmert sein? Merkte sie nicht, wie traurig ich war und dass Robert innerlich raste? War es ihr denn völlig egal?

Wer weiß. Zwei oder drei Wochen nach der Begegnung im Flur rief Robert frühmorgens an und sagte mit tonloser Stimme: Sie fährt nach Paris. Zu diesem Typen.

Sie macht, was sie will, sagte er.

Ja, dachte ich, zum Glück.

Ich wusste, es war das Ende für mich. Ich ahnte, dass nach dieser Reise etwas zwischen ihr und Robert geschehen würde, das mich noch mehr ausschloss als ihre neue Verliebtheit.

Ich folgte ihr heimlich an dem Nachmittag, als sie den Zug nach Paris nahm. Ich wollte wissen, ob Robert kommen würde, um sie zu verabschieden. Als ob etwas davon abhinge.

Ich sah Eva schon von Weitem, helles Gesicht, dunkles Haar, tiefblauer Mantel, roter Schal, etwas Lila, eine bunte, bewegte Figur.

Sie leuchtete auf dem grauen Bahnhof wie ein ausgebüxter Papagei.

IV.

Eisnächte

1
(Ensemble: Paris)

Im Zug. Januar 1987

So reise ich: im Rock, ein buntes Muster, mit Lila, wie es meine Strümpfe sind und wie es in den Schuhen erscheint, mit der Lasche und dem hell glänzenden dicken Knopf. Der Mantel ist blau, der Schal rot, nicht dieses ewige wintertrübe Schwarz.

Der Zug fährt um halb fünf am Nachmittag hier los und ist morgen früh um sechs in Paris am *Gare du Nord*.

Zuletzt musste ich doch wieder rennen, musste mich beeilen, meine Sachen zusammenzusuchen. Robert, wenn er kommt, um Josef zu füttern, wird sich freuen, überall meine Spuren zu finden; Kerze und Krümel vom Frühstück. Die Zeitung und das Geld für das Futter habe ich ihm daraufgelegt, ohne ein Wort, da ich glaubte, ihn am Bahnhof noch zu sehen.

Ich holte mir einen Kaffee auf dem Bahnsteig, der genau richtig war, ein richtig guter Auf-dem-Bahnsteig-sitzen-und-auf-Robert-und-den-Zug-warten-Kaffee. Genau darauf konzentrierte ich mich, und ich hatte zum ersten Mal ein Gefühl fürs Abreisen, Verreisen, Wegfahren. Ich dachte an nichts anderes. Ich sah Robert in einem Prüfungssaal sitzen und Probleme der Computertheorie für Ingenieure lösen, hoffte, dass er früh genug fertig würde, um zum Bahnhof zu kommen, starrte vom Gleis herunter auf die Treppe zum Glashaus der Reichsbahn, wo die weiblichen Zerberusse der DDR in ihren grauen Uniformen sitzen und keinen ohne Bahnsteigkarte passieren lassen.

Langsam wurde es knapp. Ich wollte nicht, dass der Zug einlief, bevor Robert käme. Aber der Zug kam. Ich musste einsteigen. Ich fand nah zum Ausgang einen Platz und hing schon wieder am Fenster, vielleicht sähe ich sein Gesicht wenigstens noch aufleuchten, in letzter Minute.

Ich fühlte es so, als wäre er tatsächlich gekommen.

Plötzlich hatte ich Magenschmerzen, als wollte etwas in mir nicht abreisen. Ich stellte mir vor, wie er mich abholte und wir durch den frühen Morgen, bevor die Stadt richtig munter wird, zu uns nach Hause liefen, als käme ich schon wieder zurück. Wir könnten Croissants kaufen und starken Milchkaffee kochen, dachte ich, gefangen in meinem Wunsch.

Kaum ist der Zug losgefahren, kaum bin ich fort, spulen mir Bilder und Worte durch den Kopf. Ich habe schon lange kein Tagebuch mehr geführt. Ich kam nicht dazu. Ich bin froh, mit dieser Reise eine Zäsur machen zu können. Ich will mir in Ruhe die letzten Wochen vor Augen führen, sie schmecken, sie von allen Seiten betrachten und bedenken wie die Figuren von Rodin, die ich in Paris sehen werde.

In der Gegend, durch die wir fahren, die auch Deutschland heißt, hat es geschneit. Ansonsten herrscht smogartiger Nebel hier, dunkelgrau. Vorhin gab es noch ein helleres Licht hinter den Wolkenschwaden, auch sah man noch blass überwinterte Wiesen, in denen abgetautes Schneewasser saß. In der Ferne eine Handvoll Häuser. In meinem Abteil sitzen wir zu viert, ein spanisches Ehepaar, ein Mann und ich, nachher klappen wir die Liegen für die Nacht herunter. Der Zug kommt aus Moskau. Die Sitze sind rot und die Plätze nicht voneinander abgetrennt. Ich sitze am Fenster.

Eines weiß ich: dass ich vor nichts ausrücke oder mich drücke.

Der Mann, der mir gegenübersitzt, trägt einen schwarzen Pullover, schwarze Kordhosen und ein Hemd mit Streifen, wie mein Vater sie trägt. Er hat einen Brief gelesen und Notizen gemacht, in Zeilen, wie man Gedichte schreibt, und sofort musste ich wieder an Robert denken. Seit er nachts manchmal neben mir schläft, an meinen heißen Körper rückt und im Halbschlaf meine Hand fasst, hat er fast nichts geschrieben. Sagt er. Stimmt nicht. Er hinterlässt mir Zettel und Briefe und Gedichte. *Liebste Milena*, steht darüber. Heumann sagt, in unserer Generation würde es mehr Künstler und Schriftsteller geben als jemals zuvor. So wie früher die höheren Töchter alle das Klavierspielen lernten, so studieren wir Kunst oder Literatur.

Die langsame Verästelung zwischen Robert und mir wächst.

Manchmal sehen wir uns nur an und wissen, dass wir dasselbe fühlen. Jede Dissonanz, und sei sie auch noch so klein, nehmen wir gemeinsam wahr, genauso wissen wir beide gleichzeitig, wann das Paradies wolkenlos ist. Diese unvermittelte, wortlose Gemeinsamkeit ist es. Gestern lagen wir still beieinander und nahmen mit Zärtlichkeit wahr, dass es uns gar nicht drängte, wegen unserer bevorstehenden Trennung miteinander zu schlafen.

Konrad sagt, er sei nicht eifersüchtig, weil er mit uns zusammen sein darf. Vorgestern hätte ich ihn fast geküsst.

Ich werde Robert niemals sagen: Heute vor einem Monat, heute vor zwei Monaten hast du deine erste Nacht bei mir verbracht. So wird es niemals sein!

Wir liefen im Dezember ums Karree, tranken Kakao im Literaturhaus, stöberten zusammen in Buchhandlungen. Er klingelte bei mir; einige Male besuchte ich ihn in seiner Wohnung. Grauer Teppich; Schreibtisch und Regal schwarz, Sofa weiß. Woher hast du das Geld? frage ich. – Ich habe bei meinem Vater gejobbt, antwortet er. Ich mag schöne Dinge. – Er hat sich sogar eine Gasetagenheizung eingebaut und eine aufstellbare Dusche in die Küche. Eine riesige Bananenpflanze steht im größeren der beiden Zimmer zwischen den Fenstern, im kleineren gibt es nur das Bett. Im Flur sitzt auf einer Konsole, von einem Punktstrahler beleuchtet, ein lächelnder Buddha aus Stein. An den Wänden daneben: vergrößerte Fotografien von buddhistischen Gärten, in denen Mönche Muster in die Kiesel gerecht haben. Sie machen das als Meditation, sagt Robert. Er liest viel über den Buddhismus, aber er kann nicht meditieren. Ich müsste es lernen, sagt er, aber ich fahre lieber auf dem Mountainbike durch den Wald. – Kann ich verstehen. – Wir redeten über Filme, und Robert gab mir Gedichtbände zu lesen und Erzählungen von Kafka. Er verehrt Kafka. Robert lag immer öfter auf den weißen Dielen meines Zimmers, auf einen Arm gestützt, und sah mich an, schwieg plötzlich mitten im Gespräch.

Die Grenze. Die übliche Pause, das Warten auf die Grenzer. Das spanische Ehepaar muss seinen Koffer öffnen. Wir bekommen unsere Transitstempel.

Hannover, die Liegewagen werden angehängt. Der Aufenthalt dauert länger. Auf dem Bahnsteig eine Telefonzelle. Ich sprang hinaus und rief Robert an. Er hat nicht abgenommen. Ich hätte gern seine überraschte Stimme gehört. Ich hätte ihn um irgendetwas bitten können, oder nichts sagen.

Es ist ja gar nichts festzulegen, es ist nur gut, dass es jetzt diese Zäsur gibt, ich kann nicht erklären, warum; damit die Sehnsucht wieder ganz frisch und neu wird vielleicht. Der erste

Kuss, bei dem wir alles weitere schon wussten. Er stand in der Tür, wollte gehen, doch stattdessen drehte er sich um und küsste mich. Wir knallten rückwärts gegen die Wand. Wir hörten nicht auf.

Dass ich so viele Lieben hatte, macht mir die Unternehmung Liebe fragwürdig. Ich muss nachdenken! Ich will Robert nichts davon erzählen! Nichts! Ich möchte alle Wörter wegschmeißen, die mich von ihm entfernen könnten!

Also nur die Gestalt, die, drei Stufen auf einmal nehmend, zum Bahnsteig hochspringt, die schwarze Hose um die Beine, die dunkelgrüne, kompakte Winterjacke, das gestutzte Haar, der kleine Goldohrring, die helle Haut, manchmal wie mein eigenes Gesicht heftig gerötet, oft aber leuchtend weiß, wie neulich, als er überraschend vor dem Buchladen stand. Manchmal läuft eine dicke Einkerbung in großem Bogen von den Augen über die Wange. Der Schatten der Bartstoppeln.

In der Nacht nach dem ersten Kuss träumte ich, dass er einer anderen Gedichte schrieb. Er ist morgens so sanft – nie muss ich etwas sagen. Ganz von selbst hat er verstanden, dass ich vorsichtig vom Träumen in den Tag gelangen muss. Ich dachte, das Geheimnis mit ihm wäre das Sprechen. Aber irgendwann kamen wir damit nicht weiter.

Vor drei Tagen saß er bockig in meinem Zimmer. Er verstand nicht, weshalb ich nach Paris fahren wollte. Er küsste mich und schob mein Hemd hoch, dann wurde er wütend.

Schläfst du noch mit Benno? fragte er. Wirst du mit dem Franzosen schlafen?

Mit Benno, das ist erledigt, sagte ich. Das andere muss ich klären.

Verschlossen und stumm hockte er da. Ich wollte allein sein, lesen, ich konnte ihn aber auch nicht wegschicken. Also las ich.

Ich komme wieder, sagte er nach zwei Stunden und sprang auf, nimm dich in Acht!

Später rief er an und entschuldigte sich.

Es gibt nichts zu entschuldigen, sagte ich.

Ich will keine Zärtlichkeit, sagte er zornig, ich will mit dir kämpfen. Auch wenn es in diesem Kampf keine Sieger gibt.

Es gibt nur Besiegte, wollte ich antworten, da hatte er schon aufgelegt.

Ich spürte, dass er mich bezwingen wollte, obwohl er immer behauptet, Buddhist sein zu wollen und die Dinge sanftmütig geschehen zu lassen. Er hält mich für eine Spielerin.

Im Dezember dachte ich noch, dass es möglich sein müsste, die Liebe zu mehreren Männern zu leben. Für eine Zeit fand ich nichts schöner als allein zu sein. Ich saß in meiner stillen Wohnung und las und schrieb und dachte nach. Alles war so konzentriert. Manchmal ging ich zu Benno, manchmal sah ich Konrad, manchmal besuchte ich Robert. Robert und ich unterhielten uns. Er zeigte sich oft überraschend schüchtern. Wir waren immer ernst. Als er sich zum ersten Mal zu mir legte, fand ich ihn so leicht wie eine Feder, dabei hat er kräftige Schultern und ist größer als ich, und trotzdem kam ich mir schwerfällig vor. Er war unerwartet vorsichtig und zärtlich. In unserer dritten Nacht biss er sich selbst in den Arm, um sich zurückzuhalten. So etwas wäre Benno nie in den Sinn gekommen.

Es war wie die natürliche Erweiterung unseres Verhältnisses, manchmal lagen wir nur beieinander, und ich nahm dieses Gefühl mit in den Tag. In die Gänge an der Uni, die Straßen, in denen es schneite und schneite. Es gefiel mir, ich fühlte mich unabhängig, stark und frei. Ich hielt ein Referat, meine Stimme klang ruhig und fand ihren Weg sicher durch alle Sätze hindurch, wanderte ganz logisch von Satz zu Satz, alle ineinandergreifend, ich spürte richtig, wie wunderbar logisch alles klang, und ich freute mich, dass ich etwas begriffen hatte. Der alte Weidenmüller sagte, es wird ja am Ende doch noch, mit der Wissenschaft, was ich besonders witzig fand, jetzt, wo ich mich vom akademischen Benno immer weiter entfernte.

Er wurde nämlich irgendwann störrisch und redete ununterbrochen davon, ich würde noch vor ihm Professor werden.

Bist du denn übergeschnappt? fragte ich ihn. Das will ich doch gar nicht!

Er wurde sarkastisch und warf mir vor, in einen anderen verliebt zu sein, ich fühlte mich aber gar nicht verliebt. Es war einfach nur offen und schön mit Robert, und ich wollte nicht darauf verzichten. Ich wollte nicht nach dem Morgen fragen. Bei mir hat sonst immer ein solches Sich-Überstürzen geherrscht.

Robert zeigte sich leicht, und Benno wurde grob. Ich wollte immer mehr Leichtigkeit.

Kurz vor Weihnachten lud Benno Leute ein, kochte, gab sich alle Mühe, nur: Außer Konrad und mir kamen alle zu spät, tranken schnell und redeten belangloses Zeug, über das zielstrebige Forschen und Analysieren und über den Verfall von Epochen und wie man sie einteilt und wer diese oder jene Stelle anstrebe (anstrebe!) und ähnliche Dinge – so ungemein gepflegt, oh Gott, sie waren alle so irre kultiviert! Ich wäre lieber mit Heumann und Hölt um die Häuser gezogen als mit diesen angesäuselten Strebern zusammenzuhocken; wir hätten die *Jukebox* angemacht und Hölt hätte den ganzen Laden angemacht und am Ende hätte er ganz laut *Ficken* geschrien oder *Sehnsucht!* und wir hätten gebrüllt: *mehr mehr mehr!*

Konrad redete wie ein Irrer und wiederholte alles wie in einem Endlosband und ruderte mit den Armen, und ich musste die ganze Zeit kichern. Irgendwann hatte ich genug und wollte nach Hause. Benno zischte, du lässt mich im Stich, und da war mir alles so zuwider, ich wurde trotzig und weigerte mich, Benno auch nur auf die Wange zu küssen. Keine Partnerschaft ist ideal, sagte Benno, ich hätte ihm am liebsten eine geknallt. Dann bin ich mit Konrad nach Hause.

Mensch, Eva, hat Konrad gesagt, det hätt ick dir gleich sagen können. Den lassen wir jetzt einfach in Ruhe.

Und ich habe Konrad geküsst und ihn gedrückt und mich gefragt, warum ich nicht einfach mit ihm zusammen geblieben bin.

Ich fing an, mich auf Robert zu freuen, auf seinen Schritt im Treppenhaus zu lauschen. Einmal lagen wir nur nebeneinander, mir gingen Bilder durch den Kopf, so dass ich regelrecht aufwachte und merkte, dass seine Hand zwischen meinen Beinen war, ganz ruhig seine Bewegung, zurückhaltend, still, diese Sicherheit, der es nichts ausmacht, wenn der andere Momente lang abwesend ist – ich wandte mich ihm zu, aufmerksam, langsam, seltsam, wie in Hypnose. Unsere Körper fingen an sich zu finden. Er liebte mich mit solcher Ruhe, wie ich es geahnt hatte und wie es mich doch überraschte.

Es kam von beiden Seiten zugleich, und das war anders als mit Jackson, der sich vor allem mir überließ.

Ich liebte meine langen Nächte allein. Ich wollte einfach nur Zeit haben. Nicht immer diese Rennerei. Ich ging mit Robert ins Kino; wir sahen den ›Stalker‹, den ›Spiegel‹ und ›Solaris‹ von Tarkowskij, den er sehr schätzt, und wir diskutierten über den ungebrochenen Symbolismus in seinen Bildern, der mich überraschte, weil wir doch alles dekonstruieren und ironisieren – und hier diese intensiven Bilder, die die Leute unmittelbar berühren. – Vor sich hinlieben ist nicht, sagte er einmal mitten im Gespräch. – Nein, sagte ich. – Und dann sprachen wir einfach weiter über die langen Kamerafahrten Tarkowskijs, die über Gegenstände, Räume und Landschaften so langsam gleiten, wie man es nur im Traum erleben kann. Oder wie ein Bildhauer, der um den Stein herumgeht und die Form herausarbeitet.

Unsere Gespräche wurden immer direkter. Robert gestand mir, dass er oft Angst vor der Leere in seinem Kopf habe, sie befalle ihn immer wieder und er wüsste nicht, weshalb.

Du darfst nicht davor weglaufen, sagte ich. In diesem Augenblick fing ich an in seine Augen hineinzuwandern, ohne Gepäck, ohne Vergangenheit, ohne Plan.

Daraufhin holte er ein Buch aus der Tasche und las mir vor, was ein Leningrader Arbeiter an Tarkowskij geschrieben hatte, nachdem er seinen Film ›Der Spiegel‹ gesehen hatte: *Die Fähigkeit zuzuhören und zu verstehen, ist von hohem Wert ... Wenn zwei Menschen zumindest ein einziges Mal ein und dasselbe zu empfinden vermögen, werden sie einander immer verstehen können, sogar dann, wenn der eine in der Eiszeit und der andere im Atomzeitalter leben sollte.*

Unsere Lippen still aneinander, unsere Wangen, minutenlang, die Füße eiskalt, zwanzig Grad minus.

Wenn die Kultur unsere zweite Natur ist, sind dann die Werke der Kultur nicht wie Landschaften, in denen wir uns spiegeln?

Vielleicht gibt es in unserem Alter keine stabilen Beziehungen? Vielleicht müssen wir die Liebe erst einmal studieren? Ist die Liebe Natur? Weil wir Körper sind und mit dem Körper Liebe empfinden? Ist die Liebe eine Struktur? Die Natur hat viele Strukturen.

Heumann sagte mir nur einen Satz über Benno: Du hast seine Eitelkeit verletzt, er wird an dir zerren, wie er kann und solange du es zulässt.

Ich ging Benno aus dem Weg.

Und ich ließ mich immer weiter auf Robert ein, und unsere Nächte wurden immer schöner. Robert sagte: Es interessiert mich nicht, ob und wie oft du mit deinem Typen schläfst, ich will dein Inneres wissen, was da vor sich geht – und er tippte auf meinen Kopf.

Das spanische Ehepaar in unserem Abteil hat ein Picknick ausgepackt. Sie haben uns beiden anderen Salami, Brot und Wein angeboten; wir redeten eine Weile miteinander, dann kam der Schaffner und richtete die Betten für die Nacht her, steife weiße Laken und graue Wolldecken wie vom Militär. Ich bedankte mich, verkrümelte mich auf die oberste Liege und überließ mich dem gleichmäßigen Rattata des Zuges.

Paris

Paul ist umgezogen. Er wohnt jetzt nahe dem Turm Montparnasse und sagt, bald würde die Gegend saniert und das Haus, in dem er wohnt, abgerissen. Seine Wohnung liegt im vierten Stock unter dem Dach, er hat einen Diwan mit einer gemusterten Decke, auf dem wir schlafen, einen riesigen Schreibtisch, viele Bücher. Das Zimmer ist voller Dinge, die er aus Nordafrika mitgebracht oder hier im Norden der Stadt bei den Afrikanern gekauft hat.

Ich kam spät an, wir gingen schlafen nach etwas Käse und Wein. Ich schlief sofort ein, obwohl er mich fragend ansah.

Am Morgen brachte er mir einen Kaffee ans Bett. Er sagte: Ich habe dich im Schlaf betrachtet. Etwas ist anders. Ich muss in die Bibliothek gehen, ich rufe dich in der Mittagspause an.

Wir sollten uns lieber am Abend treffen, sagte ich, sonst muss ich hier auf deinen Anruf warten.

Er küsste mich.

Paul übersetzt Romane aus dem Russischen und Englischen.

Ich verbrachte den halben Tag im Louvre und wanderte lange am Seine-Ufer entlang, nahm den Bus ein Stück, stieg an der Place Saint-André-des-Arts aus und kaufte bei *Lejeune* Papier, Blöcke und Stifte.

An wen denkst du? fragte Paul abends beim *Couscous*.

Wir aßen bei einem Libanesen im Viertel unterhalb von Montmartre. Paul liebt diese Gegend, er würde gern dort hinziehen. Es ist das einzige Viertel, in dem Juden und Araber friedlich in einer Straße zusammenleben.

Ich dachte, es zieht dich mehr in den Norden der Stadt.

Die Nordafrikaner liebe ich, sagte er, und die leben dort nicht.

Stimmt nicht, sagte ich, ich kannte zwei nette Tunesier dort –

Hör mir auf mit deinen alten Geschichten!

Wir lachten. Tatsächlich hatte ich in meinem Pariser Jahr ununterbrochen Leute aus allen möglichen Ländern kennengelernt und war mit fast allen nach Hause gegangen, um mehr über sie zu erfahren.

Was ist los? fragte er.

Ach, sagte ich, ich kann doch auch mal traurig sein.

Du weißt doch genau, was ich meine, sagte er.

Ich brauche eine Pause, sagte ich.

Es ist der kleine blasse Mann, stimmt's?

Sche pa, sagte ich, *je ne sais pas*, ich weiß nicht.

Lügnerin, sagte er. Ich nickte.

Seit wann ist das ein Problem für dich? fragte er.

Ich weiß es nicht, sagte ich.

Ich habe es gewusst, sagte er, du bist unverbindlich.

Ich hätte ihm am liebsten eine geklatscht.

Wer wollte denn nicht, dass ich nach Paris ziehe?

Nicht so schnell, sagte er.

Wer musste denn noch seine alten Lieben treffen?

Er zuckte die Achseln. Das hat nichts zu sagen, sagte er.

Es hat keinen Sinn, mit dir darüber zu reden, sagte ich. Ich bin hier wegen Rodin.

Und kein bisschen wegen mir? fragte Paul.

Nein, sagte ich und musste grinsen.

Dann schmeiße ich dich sofort raus! sagte er.

Das macht nichts, sagte ich, dann rufe ich eben deine Schwester an.

Du Biest, sagte er und lachte.

Wir hatten eine Flasche Rotwein getrunken. Ich schwankte und kicherte, er zog mich die Treppe hoch. Im Bett versuchte er, mich zu verführen. Er nahm mich ganz fest in den Arm, er wollte mich küssen, er schmiegte sich fest an mich. Er ist groß; sein Körper hat etwas Gewalttätiges, Drängendes.

Hör auf, sagte ich, *arrête*!

Alles, was zurückkam, war ein *arrête*-Papagei, der sich lustig macht. Ich biss fest zu, in seinen Arm.

Er ließ los.

Diese Art hasse ich, nicht aufzuhören, wenn ich sage, hör auf.

In der Dunkelheit, nach seiner Attacke, musste ich weinen, wie früher oft, wenn ich mit ihm schlief. Ein Leichtes, ihm nachzugeben, ich weiß genau, wie es wirkt, aber ich will das nicht mehr. Er liebt Männer und begehrt Frauen. Hat er gesagt. Ich bin froh, dass er mir nicht mehr den Schlaf raubt. Diese entsetzliche Eifersucht, die ich wegen ihm auszustehen hatte! Dieses schreckliche Auf-ihn-gerichtet-Sein, das mich lähmte! Gut, dass ich darüber hinweg bin.

Können wir nicht Freunde werden, frage ich, ohne diese blöden *désir*-Geschichten?

Ich weiß nicht, sagt er.

Ich habe ihm nicht gesagt, dass es jemanden gibt, den ich nicht betrügen will, denn genau genommen ist dies Robert gegenüber gar nicht die Frage. Da ist nichts zu beweisen, er hat gesagt, er fühlt, dass ich auf seiner Seite bin. Und doch ist es genau das, was ich hier wissen wollte. Ob ich Nein sagen würde. Zu Paul.

Ich bin jetzt drei Tage hier, Paul hat nicht mehr versucht, mich zu verführen. Die Stimmung ist mäßig. Er nimmt mich abends nur noch fest in den Arm, vorm Einschlafen, und legt seine Hand auf meine Brust.

Robert hat mir einen Liebesbrief geschrieben! Ich musste fast weinen vor Rührung und Freude. Paul war außer sich.

Das hättest du früher sein müssen, sagte ich.

Es ist Spätnachmittag, ich sitze in meinem alten Lieblingsbuchladen mit dem Café an der Seine, mit den cognacfarbenen Tapeten und dem Kamin. Das Feuer prasselt im Kamin, ich trinke einen richtigen Kakao, bittersüß und fett. Ich will zurück nach Berlin. Ich habe keine Lust mehr auf destruktive Verhältnisse mit Leuten, deren innere Aufspaltung in Begehren und deklarierte Liebesunfähigkeit unheilbar ist. Ich kann sie nicht heilen und ich will es auch nicht. Langsam lerne ich etwas über glückliche Verhältnisse, außerdem fürchte ich, in mir selber gibt es genug zu heilen. Robert macht mir Hoffnung. Was ich suche, ist ein Du, ein radikales Du.

Tagsüber *Musée Picasso*, abends im Lokal mit Paul. Der Kellner schmatzt und irgendwo läuft ein Wasserhahn, als säßen wir alle auf dem Klo. Paul hat eine Schwäche für düstere Ecken; der Bourgeois von Haus aus liebt das Proletariat, wie er es immer nennt. Ich habe den ganzen Tag Nasen gezeichnet. Paul fing irgendwann beim Essen an zu lachen.

Das hätte ich nicht geglaubt, sagte er.

Heute Abend gehen Paul und ich essen und versuchen, Freunde zu werden.

Mittwoch im *Centre Beaubourg* Kokoschka, Donnerstag *Musée Quai d´Orsay* (ich schickte Heumann eine Karte), Freitag *Musée de l´art moderne*: Ich kann nix mehr sehen. Morgen arbeitet Paul. Sie haben jetzt überall Säulen mit Videos aufgestellt, die ständig ablaufen. Um die Leute in der Métro nicht in Verlegenheit zu bringen, miteinander zu reden? Wir sehen ›*Mauvais Sang*‹ von Patrice Chéreau im Kino, Paul nimmt meine Hand und lässt sie nicht mehr los. Ich muss noch zu Rodin, dann reise ich ab.

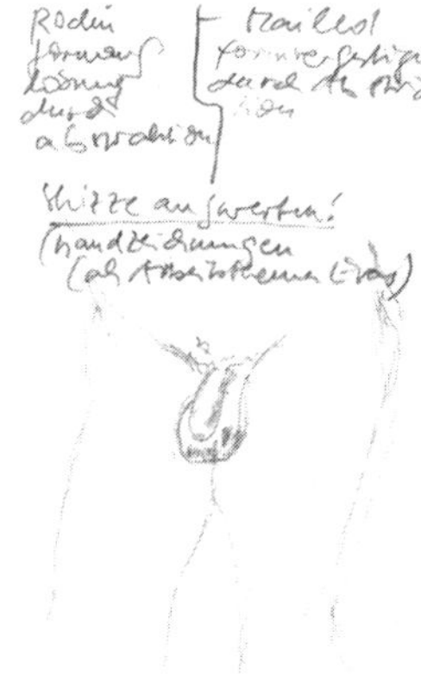

Es schneite, als ich im *Musée Rodin* war: ich hatte plötzlich einen Koller, sprang durch den Garten im Schnee herum und hatte das Gefühl, dass der geformte Stein atmete und mich ansah, und ich hätte am liebsten die Skulpturen geküsst. Natur! Kultur! Ich streichelte die ›*femme accroupie*‹, als der Aufpasser gerade nicht guckte. Ich laufe über vor Zärtlichkeit.

Abschied

Im Zug, der von Paris über Berlin Zoo weiterfährt nach Moskau. Ich habe keine Taschentücher mehr, weil ich beim Abschied ein ganzes Päckchen verschnieft habe. Jetzt sitze ich mit sauber gewaschenen Augen in einem richtigen Schlafwagenabteil für mich allein – Paul hat es mir bezahlt – und meine Hände sind kalt und steif. Ich fahre Richtung Osten und könnte schreien vor Freude! Draußen ist alles weiß. Siehst du, Jackson, ich schlafe nur mit einem! Ich schaffe das!

Es ist ein russischer Zug. Die roten Bezüge sind aus einer Art Samt, mit kleinen Bordüren; und es gibt sogar ein winziges Waschbecken mit einem Wasserhahn aus Kupfer! Ich komme mir vor wie in einem Tarkowskij-Film, nur dass in denen alles immer so ärmlich ist. Es gibt *tschai*, guten, heißen Tee, in einem kleinen Gläschen. Und der Schaffner spricht einfach Russisch mit mir. *Spassibo, karascho*. Danke, gut.

2
(Ensemble: Berliner Winter)

Ich bin eine russische Prinzessin. Es schneit, es ist eisekalt, wir müssen viele Kohlen aus dem Keller hochschleppen, ich höre Prokofieff, Schostakowitsch und träume von Schuld und Sühne. Heute Nacht besuchte mich mein Freund der Nacht und ich wurde zum Mädchen, scheu in allen Berührungen, kniete zärtlich vor seinem schneeweißen Körper, *Aufmerksamkeit das natürliche Gebet der Seele*, wie Wittgenstein das nennt. Draußen heulten die Wölfe der Steppe ... und drinnen saß der Kater am Ofen. Der Schlaf war tief und schön, und der seine so leicht, dass ich dachte, er wäre fortgegangen, als ich erwachte.

Es ist jetzt in der Küche so kalt, dass das Katzenfutter eingefroren ist. Wenn ich aufs Klo gehe, ziehe ich den Mantel über. Ich trage in der Wohnung die gefütterten Stiefel wie draußen. Ich heize nur das große Zimmer, ich koche meinen Tee auf dem Ofen. Ich lese Gedichte von Marina Zwetajewa. Sie war arm und musste ins Exil, sie schrieb, eigentlich ist jeder Dichter ein Emigrant, auch einer in Russland. Sie ging zurück in die Sowjetunion, 1939, aus Liebe; sie hackte die Liebe auf, die Eifersucht, die Diktatur, und die Grammatik. Sie liebte Männer und Frauen – ach was hab ich's hier gemütlich, ich liebe das Geräusch, das der Ofen macht – wie klein bin ich – wie undramatisch unser Leben. Wir verheizen Kohlen, und sie verheizte sich selbst. Ich liebe die Kohlen in meiner Hand, ich bin ja nicht bei Trost!

Papa hat angeboten, mir eine Ladung Kohlen extra zu bezahlen, er hat gefragt, ob ich vorübergehend bei ihm wohnen möchte. So ein Quatsch! habe ich gesagt. Gut, hat er gesagt, ich muss nach Kuweit, pass auf dich auf, mein Kind! – Pass du lieber auf dich auf! Immer fährt Papa in Krisengebiete; er wird dort als Techniker gebraucht.

Komm mich doch mal besuchen, wenn ich wieder zurück bin, sagt er.

Ja, Papa, habe ich gesagt. Ich habe die Neigung, mein Elternhaus komplett zu vergessen.

Ich bin glücklich.

Ein gleißend heller Wintertag, Frost, Sonne, Licht. Die Bürgersteige sind dick vereist. Ich musste an die Uni. In der Mensa habe ich mit Leonhardt über Derrida diskutiert, und was es mit den großen Symbolen auf sich hat, ich habe ihm von Tarkowskij erzählt und mittendrin sah er mich sonderbar an und sagte: Es geht dir wieder gut.

Jetzt wirst du eine Weile warten müssen, sagte ich.

Das macht nichts, sagte er.

Und dann redeten wir weiter über das Kino und den Tod und wie der Film die Zeit festhält und doch in ihren Fluss eintaucht. Dann stellten wir unsere abgegessenen Tabletts auf das Transportband und gingen unserer Wege.

Warst du mit ihm zusammen? fragt Robert.

Nein.

Kann ich dir glauben?

Ja.

Gestern liebte ich R. mit meinem Mund, wir waren beide außer uns und extrem erhitzt, plötzlich nahm er seine Hände, fand den Weg nicht mehr zu mir; und obwohl es mich schockierte und verletzte, erregte es mich, ich fand es schön, wie er es machte, wie seine Hand mit seinem eigenen Körper umging. Dass er sich mir so zeigte. Es war mein erstes Mal.

Wir lagen eine Weile Hand in Hand in der Dunkelheit. Unsere Körper berührten sich nicht. Ich hörte das Geräusch im Ofen, wie die Luft durchs Rohr abzog, und seinen Atem. Er atmete in kurzen Zügen. Seine Hand krallte sich in meiner fest.

Machst du das oft? fragte ich.

Tut mir leid, sagte er. Er schluckte.

So war das nicht gemeint.

Er wollte seine Hand wegziehen, ich hielt sie fest.

Mein Bruder hat mir zu früh Pornos gezeigt, sagte er kaum hörbar. Das hat mich verdorben. Ich hatte dann immer Probleme mit anderen, das ist die Schwierigkeit, wenn man sich selbst so gut befriedigen kann. Ich musste den Mädchen gar nicht erst nahekommen. Ich fand die Begegnung aufregend, das genügte. Ich war vielleicht auch etwas schüchtern. Ich bin nach Hause und hab mir einen runtergeholt. Direkt.

Er machte eine Pause und holte tief Luft. Ich hielt meine an.

Bist du schockiert?

Nein, log ich. Ich wusste nicht genau, was ich war. Ich drehte mich zu ihm und wollte ihn küssen. Er schob mich weg.

Sprich, sagte er. Los, sag was.

Danke, dass du es mir gesagt hast, so, sagte ich verwirrt.

Er streichelt sich nicht zuerst, wie Frauen es tun. Er macht es nach angespannten, knistrigen Begegnungen.

Es hat ihn gewundert, dass ich es wissen will; sein Sprechen wurde ganz spröde, dann sagte er, er wäre neugierig, hätte sich gern von mir lieben lassen, weil er nie im Mund einer Frau gekommen ist –

Wir waren zu müde –

Wenn ich am Schreibtisch sitze, steht er manchmal neben mir oder beugt sich herab, um meinen Nacken zu küssen, und dann durchläuft es mich, als wären wir ineinander und nackt.

Etwas geschieht hier, was ich nicht kenne.

Paul hatte vor nichts Scheu; er packte mich, warf mich manchmal regelrecht hin und her, schob meinen Körper, ließ ihn tanzen – aber niemals hatten unsere Begegnungen diese eigentümliche Spannung, als betrete man verbotene, schwierige Bereiche, wie es jetzt mit Robert ist.

Sollte ich mich untersuchen lassen, wegen früher? Wegen Paul? Paul hat mit Männern und Frauen geschlafen; wir hatten keine Ahnung von Aids.

Letzte Nacht war ihm nach Ausprobieren. Er ist sanft, ganz sanft, so sehr darauf bedacht, mich nicht zu verletzen, mir keine Gewalt anzutun. Er inspizierte vorsichtig meinen anderen Körperausgang. Ich zeigte es ihm, an ihm, er ist sehr empfindlich, es war das erste Mal, dass er erfuhr, wie erregbar er in diesem Bereich ist.

Es tat nicht einmal weh.

Robert ist zum Glück so zart gebaut. Wir benutzten Creme. Wir lachten ein bisschen in Komplizenschaft. Ich habe bestimmt sehr laut geschrien.

Ich hörte Robert heftig atmen, sehr tief. Du, sagte er, du.

Wir sahen uns an, ich bog meinen Kopf zurück über die Schulter – wir sehen uns an – es ist überwältigend – ich habe das Gefühl, wir werden verrückt –

Das wird gefährlich, sagte er später. Doch dann lachte er und fragte: Für wen? Wenn es anders wäre, wäre es nicht so stark. Ich liebe deinen Körper.

Er ist nicht zarter als Konrad, Konrad war wie ein knochiges Mädchen, und er hatte keine Haare an den Beinen, am Rücken oder am Bauch, was mir gut gefallen hat. Er war schüchtern, aber er ließ sich hinreißen. Etwas war vollkommen ungebrochen in ihm. Sein Mund war so weich. Er zitterte oft, wenn wir uns küssten. Ich will gar nicht daran denken.

In meiner Wohnung fühle ich mich freier als in seiner, auch wegen der alten Nachbarn, die unter ihm wohnen. Wir sind fast immer bei mir.

Wir gehen ins Kino, wieder Tarkowskij, ›Nostalghia‹. Ein Mann watet mit einer Kerze durch ein leeres Haus, in dem ihm das Wasser bis zu den Knien steht. Ist es ein Traum oder Wirklichkeit?

Wir gehen getrennt nach Hause, sagt Robert.

Keine Ahnung, warum, ein neues Spiel. Er hat manchmal solche Einfälle. Vor der Tür lauert er mir auf, wir küssen uns wie Fremde.

Um sieben Uhr wache ich auf, ich höre ein Plätschern. Es kommt aus der Küche. Ich stehe mürrisch und verschlafen auf und gehe zur Küche. Ich schalte das Licht in der Küche ein: Das Wasser steht knöchelhoch! Ich gehe wie in Trance zum Bett zurück, schließe die Augen. Ich bin in Tarkowskijs Film. Ich lege mich zu Robert, der noch tief schläft. Das Plätschern hört nicht auf, ich komme langsam zu mir. Robert, die Küche! Ich glaub, sie ist überschwemmt!

Verflucht, schreit er, springt aus dem Bett und rennt im Hemd in den Keller, dreht den Haupthahn ab.

Das Rohr in der Wohnung über mir ist gebrochen, weil die Leute verreist sind und niemand geheizt hat. Draußen sind minus zweiundzwanzig Grad!

In der Küche kommen die Tapeten von der Decke und den Wänden. Sie rollen sich ganz langsam ab, dicke Schichten. Auch der Flur ist nass. Es ist ein riesiger Schaden. Alles ist feucht. Ein Klempner kommt, die Hausverwaltung schickt einen Mann mit Heizgeräten vorbei. Robert sagt: Du kannst bei mir wohnen. – Nein, ich will hier nicht weg, sage ich.

Jetzt regnet es auch noch im Klo! Wir mussten wieder das Wasser abstellen. Im Flur kommen inzwischen ebenfalls die alten Tapeten runter. Ich kriege bestimmt eine Blasenentzündung; Heizgeräte und Nässe machen ein klammes Klima.

Ich fing in der Küche an, abgerissene Tapetenstücke aufzuklauben und wegzubringen. Es sieht irre aus; halb gelb, halb rosa, es sind mindestens sieben Schichten übereinander. Sie rollen sich ganz langsam ab und hängen in den Raum hinein wie riesige Zungen. Ich sollte Heumann anrufen, sich das mal anzusehen! Wie eine Installation. Ich mache Fotos mit meiner Polaroid.

Zwischendurch setze ich mich ins große Zimmer zum Aufwärmen und Lesen und den Schneeflocken beim Fallen Zusehen. Ich tue so, als wäre es nicht real, was da in meiner

Wohnung passiert. Plötzlich ein Krachen in der Küche; ich renne hin: Ein Stück Tapetenschicht hat sich gelöst und ist auf den Boden geknallt.

Ich liebe deine Augen, meine Freundin, ihr helles Flammenspiel, wenn du sie unerwartet hebst ... Robert liest mir ein Gedicht von Tarkowskij vor, mein Körper ist gerührt und wird nass wie die Wände in der Küche.

Robert macht mich zu einem schönen, einfachen Lied, mein Gesicht wird zu einem Kindergesicht voll selbstvergessener Fröhlichkeit. Er liebt die Augen, den Mund, die Grübchen. Zart streichen seine Finger mir Creme auf die wintertrockenen Lippen. Ich werde still und stark wie das Mädchen, das mit seinen Blicken Gläser bewegt, und ich singe, wenn er mich ansieht, und vergesse alle Worte. Ich seufze tief und ruhig und höre ihn tief und ruhig seufzen.

In der Liebe sind wir uns so nah wie in unseren Gesprächen, in denen unsere Augen sich an den Händen halten. Seine Wimpern sind dunkel und lang und gebogen, halb gesenkt, ich sehe, wie sich die Augen nach oben drehen, und ich werde sanft, als hätt ich immer nur diesen einen hier geliebt.

Momente lang werde ich geschont von der Erinnerung, der Frage: Warum konnte ich die andern nicht so satt und heiter machen wie diesen hier?

Kein Vergleichen beleidigt die Liebe.

Nichts zerrt daran, alles ist erfüllte Zeit.

Nur manchmal, wenn ich allein bin, find ich Trauer am Wegesrand, über die, die ich liebte.

Verlier deine Seele in mir, sagt er, dann werden wir glücklich.

Smog Alarmstufe 1. Natürlich wird weitergeheizt, Berlin roch nie schlimmer nach Kohle, die geteilte Stadt ist eins unter der Dunstglocke, und wir atmen alle schwer. Die Kohle hängt in den Straßen, die Inversionslage verstopft die Öfen, es qualmt in unsere Zimmer und wir husten. Ich leide an Schuldgefühlen, ach, wär ich besser erzogen. Ich habe Angst, Illusionen ausgesetzt zu sein und jedesmal zu glauben, es ist Liebe, und dann frage ich mich, ob ich nicht alle betrüge, einen mit dem anderen, und am Ende mich selbst.

Seit ich mit Robert zusammen bin, komme ich überhaupt nicht mehr in irgendwelche Ateliers oder Ausstellungen. Er wartet auf mich, er ruft an, er kommt vorbei, er hat meinen Schlüssel, eigentlich als Ersatz, aber er benutzt ihn.

Gestern liebte ich Robert wieder mit dem Mund und wurde zu heftig, weil ich ganz aufgerissen und nah und verlangend war und ihn am liebsten in mir drin gefühlt hätte. Ich glaube, ich trat mit den Füßen und packte ihn, da stieß er meinen Kopf fort und brachte sich in unglaublicher Ekstase selbst zu Ende. Ich war erschüttert, wegen dieser Offenheit – zugleich konnte ich es nicht verkraften, sank leer und wund in mir zusammen, rollte mich ein in der Ecke des Betts; er lag für sich, völlig entspannt.

Du, brachte ich irgendwann hervor, das war schrecklich. Das war, als wolltest du mir sagen: Lass mich, meine Hand kann es besser, allein geht es eben doch besser, ich brauch dich nicht, ich bin unabhängig.

Was? fragte er. Du warst doch diejenige, die brutal war!

Bitte?

Ich hörte wohl nicht richtig.

Verflucht, sagte ich, dann bring es mir bei!

Wir lagen eine Weile wortlos da, eine grässliche Spannung breitete sich aus. Ich fing an zu frieren, konnte mich aber nicht einmal rühren, um die Decke über mich zu ziehen. Schließlich fing er an zu sprechen. Er hatte als Gewalttätigkeit empfunden, was nichts als meine Ungeschicklichkeit in der Erregung war. Er nannte mich *gewalttätig*! Sprach vom Wehtun. Ich hingegen fühlte mich abgewiesen, allein. Er hatte nur an sich gedacht.

Hör zu, sagte er nach einer Weile, ich bin vollkommen unerfahren. Du versetzt mich in Zustände, die ich nicht kenne. Ich habe keine Kontrolle über mich.

Ich war verwirrt. Ich wusste nicht, wem ich trauen sollte. Er erschien mir plötzlich so – unversehrt. Irgendwie – ungerührt.

Ich, der Frauenheld, sagte er sarkastisch, weiß immer, was zu tun ist.

Da wusste ich überhaupt nicht mehr raus aus der Situation.

Wie nah muss man sich denn noch kommen, um Vertrauen zu haben? fragte er wütend. Vertrauen heißt auch verzeihen!

Mein Kopf redete mir gut zu, doch da war etwas, in seiner Stimme, in seinem Geruch sogar, das mir fremd war. Mich befiel ein schrecklicher Sterbewunsch. Mein Körper spielt verrückt. Ich kenne mich nicht mehr.

Jetzt habe ich Angst, dass es aus ist. Ich kann nichts dagegen machen. Ich scheue mich, ihm diese Angst zu gestehen, obwohl er immerzu sagt, er will alles von mir wissen. Ich verstehe das nicht.

Die Intimität tritt etwas los, was wir nicht kennen. Plötzlich stelle ich mir vor, dass er zu Nora geht. Dass er mit ihr etwas erlebt hat, was er jetzt von mir will und was ich ihm nicht geben kann.

3

(Kleine Odaliske, Matisse)

Also bin ich rüber zu Nora. Ich wollte wissen, mit wem Robert zusammen gewesen ist. Wie er da gewesen ist. Er hat sie mir vorgestellt, auf der Straße, es ist schon Wochen her. Sie hat mir ihre Telefonnummer auf eine leere Zigarettenschachtel geschrieben. Kannst aber auch ohne Anrufen kommen, hat sie gesagt. Sie wohnt gleich um die Ecke, Goethestraße, im fünften Stock. Treppen hoch, Herz laut. Sie wundert sich überhaupt nicht, dass ich so bin.

Kommst du zurecht mit ihm? fragt sie gleich.

Sie sitzt im Schneidersitz auf der Erde und schält eine Apfelsine.

Ich nicke irritiert und schüttle den Kopf.

Ich finde ihn wahnsinnig kompliziert, du nicht?

Ich muss lachen. Na ja, sage ich. Aber.

Wir hörten Billie Holiday, rauchten und redeten, das heißt, sie rauchte und ich paffte. Ich fand es schön, ihre Gesten zu imitieren. Wie sie die Zigarette dreht, das Papierchen leckt, sie zwischen ihre schmalen Lippen klemmt, es hat so etwas Lässiges. Sie hat leicht schräg stehende, kluge Augen. Ich sah mich in dem großen Zimmer um.

Wo ist Mirko, dein Mann? frage ich.

Wir wohnen nicht mehr zusammen.

Das hat Robert mir gar nicht erzählt.

Es ist nur zwei Monate gut gegangen, sagt Nora, wir haben uns über jeden Kleinkram gezankt. Ich bin ordentlich, er ist es nicht; ich habe es gern schön, ihm ist es völlig egal. Um der Liebe willen sind wir auseinandergezogen.

Tatsächlich ist es bei Nora aufgeräumt und alles atmet etwas Luftiges. Wie sie die Dinge anordnet, wie sie die roten Tulpen in die Vase stellt; es entspricht ihrer inneren Anmut. Sie ist großzügig und humorvoll.

Ich hatte Kopfschmerzen; ich dachte, das Paffen hilft; es half aber nicht; schließlich holte Nora Eis aus dem Kühlschrank und steckte es in einen Waschlappen und legte ihn mir auf die Stirn. Ich koch uns einen Espresso, sagte sie, der hilft.

4
(Ensemble: Berliner Winter)

Auf der Leiter stand ich, riss die nassen Tapeten von den Wänden, als das Schloss klang. Meine Stimme, die ich hörte, den Namen meines Liebsten rufend. Da biegt er in den Türrahmen und ich habe Lust, mich von der Leiter rutschen zu lassen – ich warte auf ein Wort, im Kopf die letzte gemeinsame Nacht. Ich hocke mich auf die oberste Stufe, das Zeug in der Hand. Wir lächeln uns an. Wie weggeblasen ist die Angst.

Ich habe etwas für dich, sagt er.

Was denn?

Komm, sagt er und zieht mich ins Zimmer mit dem Bett.

Er küsst mich.

Ich liebe dich, sagt er.

Er streift mir die Kleider ab, bis ich nackt vor ihm liege. Er ist angezogen.

Mach die Augen zu, sagt er. Ich gehorche.

Vertraust du mir?

Ja.

Dann lass die Augen geschlossen. Er zieht sich aus, so hört es sich an.

Robert legt sich warm auf mich. Sein Mund verschließt meinen.

Wenn wir uns alles sagen, kann uns nichts geschehen. Ich werde dir alles von mir zeigen, willst du es auch tun?

Ja, sage ich, unter seinen Küssen.

Ich höre ein Klicken, spüre etwas Metallisches, ich reiße die Augen auf.

Als er fort ist, finde ich einen Zettel: Es wird schon.

5
(Ensemble: Intimität)

Ich habe Kopfschmerzen. ~~Heute.~~

Robert kam früh vorbei und erzählte mir von seiner Mutter. Er hat sie nie nackt gesehen. Er fragte nach meiner Mutter.

Ich rede nicht gern über sie, habe ich gesagt, noch nicht. Aber ich habe sie oft nackt gesehen. *Wir haben manchmal zusammen gebadet, dachte ich, Anka, Mama und ich.*

Die Frauen sind mir immer ein Rätsel gewesen, sagte er, und dann fing er an, mir von Mathilda zu erzählen. Mathilda heißt in Wirklichkeit Susanne, aber er nennt sie stur Mathilda. Mich nennt er Milena, und manchmal, wenn er mich ärgern will oder mich nach Konrad fragt, auch Lilja.

Lilja, wie die Geliebte Majakowskijs, die mit Majakowskijs Verleger verheiratet war und den sie niemals verlassen wollte, weshalb Majakowski sich umgebracht hat. Hat Robert mir erzählt, als er mich zum ersten Mal Lilja nannte. Er nannte mich eigentlich nur im Zusammenhang mit Konrad Lilja. Das sollte mir zu denken geben! Aber in welche Richtung? Es gibt im übrigen andere Meinungen über Majakowskijs Tod; es soll etwas Politisches im Spiel gewesen sein. Vielleicht war es gar kein Selbstmord. Er hatte einen kantigen Schädel und war sehr ungestüm, dabei von vollkommenster Zartheit. Ich lese seine Liebesbriefe an Lilja. Sie sind schön. Ich verrate es Robert aber nicht. Er hat sie mir geschenkt.

Robert hat gesagt, wir sollten absolut ehrlich miteinander sein, egal, wie brutal es ist. Er sagt, sein Motto sei ein Wort von Paracelsus: *Je größer die (Er-)Kenntnis, desto größer die Liebe.* Er will natürlich vor allem wissen, mit wem ich wie geschlafen habe und mit wem ich jetzt schlafe. Es geht immer nur darum. So was Blödes. Ich schlafe mit gar keinem anderen, aber auf diese Weise will ich mich auch nicht festnageln lassen, obwohl ich im Grunde auch vollkommen ehrlich sein möchte, damit wir uns kennenlernen. Ich möchte so gern einen Menschen richtig kennen. Ich möchte einen lieben, von dem ich so viel wie möglich weiß. Und ich möchte mich dabei kennenlernen, denn manchmal denke ich, über mich selbst weiß ich am allerwenigsten.

Als Robert gestern von sich erzählt, bin ich mir nicht mehr so sicher, ob ich wirklich alles wissen muss. ~~Heute.~~

Er erzählte weiter von seiner alten Freundin. Es war die erste, mit der er Sex hatte.

Bei Mathilda hätte er immer gewartet, dass sie ihn auffordert, bei ihr zu bleiben. Bei mir hätte er mich zwar zuerst geküsst, aber dann hätte er auch gewartet. Ich habe es etwas anders in Erinnerung, aber macht nichts. Ich wollte gar nicht so viel von Mathilda wissen. Die ganze blöde Mathilda-Arie. Ich dachte an meine krummen und schiefen und schrägen Leib-Seele-Begehren-Liebe-Trenn-Geschichten. Irgendwie hatte ich nie einfache Geschichten. Die einzige einfache Geschichte wäre vielleicht Benno geworden, aber das war ja von Anfang an schief. Benno war mir zu zwanghaft. Benno musste jeden Tag zur selben Zeit aufstehen, Benno musste jeden Abend die Tagesthemen sehen und danach schlafen gehen, Benno ist der ehrgeizigste Student, den ich je gekannt habe. Benno hat ein spitzbübisches Gesicht mit lebhaften Augen und Grübchen, und ich mochte es, ihn zum Lachen zu bringen. Aber dann sagte er zu mir: Dass du so oft mit mir schlafen willst, das ist doch irgendwie nicht normal.

Manchmal muss ich richtig aufpassen, meine eigene Vergangenheit nicht zu hassen; ich bin ganz müde von dem Durcheinander. Ich empfinde mit Robert eine Wirklichkeit, da, wo ich bei den anderen immer ein Sehnen empfand, aber vielleicht ist das alles Unsinn und ich habe es da auch gedacht und dann war es plötzlich futsch. Hanne Darboven streicht ~~Heute~~ durch, weil im Heute die Vergangenheit wohnt. Die

Vergangenheitsform in der Sprache schafft Distanz. Es war einmal ... und ist nicht mehr? Doch! Gerade! Ja, was denn nun? Es tut weh!

Wir kriegen das schon wieder hin, sagte Robert, als er merkte, dass mich die ganzen Mütter-und-Mathilda-Geschichten traurig machten.

Unsere Zartheit in solchen Gesprächen; die Offenheit; meistens hört man doch auf zu sprechen, wenn es wirklich wichtig wird. Alles wird geheimnisvoll mit Robert.

Trotzdem habe ich Kopfschmerzen. ~~Heute.~~

6
(Ensemble: Soziale Plastik)

Wir waren bei Harro eingeladen; die Jungs gafften; Konrad betrank sich. Seit ich die Jungs das erste Mal kennenlernte, vorm Kino, mit Konrad, gaffen sie mich an. Als ob ich ein Tier wäre. Ich finde sie eng. Robert ließ mich links liegen und redete mit allen möglichen Frauen. Konrad sagte, das sind alles Mädels, die er verhext hat. Robert warf mir nicht ein einziges Mal einen seiner speziellen Blicke des heimlichen Einverständnisses zu; wenn ich mich zu ihm stellte, ging er weg. Keine einzige Berührung. Ich war perplex. Ich trank nichts. Ich aß nichts. Nach eineinhalb Stunden verließ ich die Wohnung und fuhr nach Hause. Ich beschloss, ihn nie wieder zu sehen.

Am Morgen wachte ich auf, er neben mir; beim Frühstück dann ein Riesenstreit.

Ich kann Männer nicht ausstehen, sagte ich, die nachts zu einer Frau zärtlich sind und sie tagsüber ignorieren.

Er entschuldigte sich; bat mich, ihm zu verzeihen, er sei dies alles nicht gewohnt. Ich konnte mich nicht beruhigen.

Das ist eine schreckliche Missachtung, sagte ich.

Du bist die ganze Zeit in meinem Kopf gewesen, sagte er.

Ich stand die ganze Zeit neben dir im Raum, sagte ich. Kein Abstraktum und kein Traum, ein Mädchen aus Fleisch und Blut.

Ich will ihn in den nächsten Nächten nicht bei mir haben. Ich bin mir sicher, dass er eines Tages eine andere anbeten wird.

7
(Ensemble: mémoire)

Ich bin mit den Tapeten noch lange nicht fertig. Sie kommen mir entgegen, aber weiter unten kleben sie fest an der Wand. Ich arbeite mit dem Spachtel. Es ist ätzend kalt; die Kleisterreste und die Tapeten selbst strömen einen fiesen scharfen Geruch aus. Trotz des lauten Heizlüfters sind meine Hände eisig. Ich habe noch ein paar Polaroids gemacht. Klempner, Hausverwaltung, Handwerker. Ich bräuchte so viele Schutzschichten, wie hier Tapeten übereinandergeklebt sind. Bin ich Eva oder Milena? Ist Milena die Geliebte oder Eva? Ich weiß es nicht.

Milena oder Eva geht in ihr kleines Arbeitszimmer und zieht Jacksons Bild hinter dem Schrank hervor. In diesem Moment wird sie sicher: Sie ist Eva. Eva lässt wie lange nicht mehr die Hände über das Bild fahren; ihre Fingerkuppen folgen den Strichen der Farbe, die ihr Freund aufgetragen hat, konzentriert und entrückt. In diesem Zimmer ist es nicht sehr warm; sie hat es in der letzten Zeit kaum genutzt. Sie zieht die Schublade mit der kalten Asche aus dem alten Kachelofen und schüttet sie in den Zinkeimer. Sie atmet den stechenden Geruch ein, sieht, wie Aschestäubchen über dem Eimer aufschweben. Sie öffnet die Abzugsklappe. Sie baut einen Stapel aus Zeitungspapier, Hölzchen, aufgestellten Briketts in den Ofen und hält ein brennendes Streichholz hinein. Sie wartet, bis die Flammen hochschlagen und ihr Gesicht heiß wird, ihr Hals, ihre Schultern, dann schließt sie die untere Klappe.

Sie sitzt lange in diesem Zimmer und betrachtet Jacksons Bild. Sie konzentriert sich mit ihrem Blick auf die Farben. Sie lässt die Farben blasser werden, bis an die Grenze zum Verschwinden, nur mit ihrem Blick, und dann: leuchten sie wieder auf. Sie entdeckt kaum wahrnehmbare Details, feine Rhythmen. Zeit dehnt sich.

Von diesem Tag an darf Robert nicht mehr in dieses Zimmer. Es riecht leicht nach Farbe. Abends, wenn sie allein schlafen geht, zieht sie Jacksons Bild hervor, lässt die Hände darüber wandern, schiebt es zurück.

Ich träume von mir als einem Nicht-Ich. Ich sah mich aus der Perspektive dessen, der mich im Traum auf einen Rollwagen legte und ansah. Ich träume von geheimnisvollen Orten, zu denen ich hin will.

8
(Ensemble: Soziale Plastik II)

Frühstück mit Konrad und Robert in Roberts Wohnung. Er hat uns eingeladen, ganz förmlich. Er will uns seine Küche vorführen; er hat eine neue weiße Einbauzeile und eine graue Arbeitsplatte. Alles ist perfekt ineinandergefügt. In der Ecke steht die aufstellbare Dusche. Sie stört ein wenig das Bild. Das Geschirr ist weiß, das Besteck elegant. Wir trinken Darjeeling. Dann kommt's.

Konrad fängt an, mir Vorwürfe zu machen, den schnellen Wechsel, meine Untreue vorher schon, auch wegen Leonhardt, mit dem ich ganz nebenher angebandelt hätte. Er nannte ihn meinen Sportcenterphilosophen, ich wusste nicht, was ich sagen sollte. Ich schwieg fast die ganze Zeit und stammelte nur *es tut mir leid*. Robert saß da mit hochrotem Kopf.

Du kannst dich jedenfalls darauf einstellen, sagte Konrad, der völlig aus der Fassung war, viel Liebe, aber auch viel Schmerz!

Ich zitterte schon am ganzen Körper. Robert sagte immer noch nichts! Konrad feixte.

Ich habe deinen Freund Benno eingeladen, sagte er, zum Fondue, willkommen im Club der Versehrten! Man darf schließlich keinen ausschließen, oder? Wir müssen alle integrieren, hat doch dein Fitnessphilosoph immer gesagt! Der kann auch gleich kommen, wenn er will!

Was?! sagte Robert. Du spinnst wohl! Da komme ich aber nicht!

Robert war bleich geworden, sein Kinn bebte. Er ballte seine Fäuste, ich sah die Knochen hervortreten.

Das bringst du nicht, sagte Robert.

Konrad fing an zu lachen. Völlig durchgedreht. Er hörte gar nicht mehr auf.

Konrad, sagte ich, Konrad!

Er stieß mich fort. Es war entsetzlich. Mir wurde ganz schlecht.

Konrad schrie, er schrie alles mögliche, ich hörte nur noch: Jetzt hast *du* sie am Hals, du wirst sehen, wie das ist!

Ich sprang auf und rannte aus der Wohnung und durch die Straßen.

Später liefen Robert und ich durch den schneebedeckten Tiergarten. Wir schämten uns wegen Konrad und dann hatten wir es vergessen. Manchmal habe ich das Gefühl, als hätte Konrad es gewollt, dass ich mich in Robert verliebe. Es ist sicher Unsinn.

Du musst so sein, wie du bist, hat Konrad einmal gesagt, dann gibst du anderen am meisten. Nur dort, wo wir uns nackt machen, begegnen wir uns

Robert schiebt einen Brief unter der Tür durch. Vergiss, was gewesen, steht da, verlier dich in mir, nur so können wir glücklich sein.

Im Traum fahre ich mit Skiern einen Hang hinunter, ich sehe Häuser, die schon halb vom Schnee verschlungen sind ... Dann bin ich wieder auf dem Berg, in einer Art Höhle. Ein Bus kommt, eine Gruppe von Menschen steigt aus, von denen es heißt, der eine ihrer Elternteile komme aus Dänemark, sei dort im Krieg gezeugt mit Deutschen. Sie alle, die Kinder dieser Leute, gelten als traumatisiert; ich sehe Robert unter ihnen und verstecke mich. Ich schäme mich entsetzlich: Er gehört zu den *Versehrten*! Das habe ich nicht von ihm gewusst! Er spricht mit verschiedenen Leuten und ich nehme ihn in seiner ganzen zerstörten Zartheit wahr – und bin überschwemmt von Mitgefühl.

Beim Aufwachen habe ich ihm die Ignoranz auf der Party verziehen, so viele Tage hat es gedauert. Wir sind beide verletzlich und impulsiv. Wir sind verletzliche, unvollkommene Wesen.

Natürlich ist Robert nicht das Kind einer Besatzerbeziehung; vielleicht ein Enkel? Das weiß ich nicht; ich muss ihn fragen.

Nachts streichelte er mein Gesicht, als ich schon halb schlief.

Du kannst dich auf mich verlassen, hörte ich ihn sagen. Ich habe gern Geduld mit dir.

Ich wurde wieder wach.

Ich weiß nicht, sagte ich. Du redest so, als wäre ich ein bockiges Pferd, mit dem man Geduld haben muss, und du sagst mir nichts von dir.

Er nickte, er küsste mich, er streichelte mich, und am Ende der Nacht glaubte ich alles –

dass er mich liebt –

Auf der Institutsfete bei den Kunsthistorikern (wir feiern schon wieder das Ende des Semesters) tauchte Benno auf. Er war aggressiv und fragte, wie viele Liebhaber ich denn inzwischen gehabt hätte. Wie viele ich gleichzeitig schaffen würde. Er riss an meinem schwarzen Kleid mit dem runden Ausschnitt. Ich boxte ihn. Er fragte, na, befriedigt Robert dich voll und ganz? – Ja, wenn du das wissen willst. – Na, es wird sicher nicht lange dauern, sagte er. Ich hatte die Nase voll von seinem *Na!* und seinen üblen Reden, auch wenn ich verstehen kann, daß er wütend ist, verlassen worden zu sein. Außerdem war er betrunken.

Wir sollten uns besser nicht sehen, sagte ich zu ihm. Ich glaube, er hätte mich am liebsten geschlagen. Ich spürte es. (Ich sollte auch Konrad nicht sehen, aber Konrad bettelt, und er hat sich schon wieder für seinen Ausbruch beim Frühstück entschuldigt.) Plötzlich umarmte Benno mich, zuerst liebevoll, dann griff er mir herausfordernd in den Ausschnitt hinein, an die Brust, ich schob ihn fort. Du willst ja nur triumphieren, zischte er. Dein schönes Kleid, deine Schuhe, deine Spange im Haar!

Ich sah zu, dass ich fortkam.

Ich komme nach Hause, finde einen warmen Ofen und ein Liebesgedicht auf dem Tisch. Ich putze die Zähne und gehe in mein Zimmer, mache Licht am Bett. Robert liegt darauf, auf den Arm gestützt, und sieht mich an. Wir unterhalten uns leise bis um vier. Er will wissen, wer alles bei dem Fest war. Ich erzähle von Benno. Von Matisse, vom Bildhauern in der Malerei. Von hunderttausend Kleinigkeiten. Das Gefühl, wir brauchen gar nicht zusammen zu schlafen.

Zwei Tage später. Auf dem Ofen liegt ein Zettel: *Jeden ansehen, als wäre er ein solcher Abgrund. Kafka.*

Was ist denn jetzt schon wieder?

An manchen Tagen möchte ich alle um Verzeihung bitten, denen ich ein Leid getan. Gott ist mir so fern, aber die Gefühle der Scham nicht.

Ich muss in die Bibliothek. Ich muss meine Hausarbeit über Rodin schreiben, die Idee des Unvollendeten (der Unvollkommenheit als Verweis auf eine höhere Vollkommenheit) in seinem Frühwerk. Ich muss viel arbeiten. Ich suche mir wieder einen Job als Modell, Papas Geld ist ein bisschen knapp. Wir gehen so viel ins Kino in letzter Zeit … Wenn du mehr brauchst, hat Papa gesagt, musst du zusehen, woher du es kriegst. Da brauche ich nicht noch einmal zu fragen. Ich finde ihn großzügig genug; er hat mir den Aufenthalt in Paris finanziert, nur das Zimmer habe ich bezahlt: mit Putzen. Das war in Ordnung. Und er hat mir versprochen, mir London zu bezahlen, falls *Sotheby's* mich nimmt. Bis dahin muss ich noch einiges tun.

9

(Ensemble: Verletzlicher Frühling)

Nichts ist schwieriger als die Liebe.

Robert hat mir dieses Zitat aus einer Zeitung ausgeschnitten und unter der Tür durchgeschoben.

Ich komme nicht mehr hinterher, alles aufzuschreiben. Tiefes Glück wechselt mit völliger Entfernung. Aufwachen, lächeln, sich berühren. Das Schwierige ist häufiger Anlass zu schreiben als das Schöne.

Robert erzählt von einer Frau, mit der er körperliche Leidenschaft erlebte, aber keine Liebe.

Nora? frage ich.

Er schweigt.

Also Nora.

10
(Ensemble: Odaliske & Geheimnis)

Nora: ihr Lächeln; ihr langer Zopf; wie sie im Schneidersitz am Boden sitzt und Geschichten erzählt. Sie erzählt von ihren Prüfungsängsten, von ihrem strengen Vater, ihrer Kette rauchenden Mutter. Ihrer Panik, wenn ihr ein Mann *durch den Gemüsegarten latscht*. Manchmal ahne ich etwas von ihren schwierigen Seiten. Ein falsches Wort und sie verschließt sich. Ich muss sie in ihrer stolzen Ecke abholen, ich tu es sofort, es fällt mir nicht schwer, dann lacht sie.

In Roberts Familie ist alles düster; geheimnisumwoben; sonderbar. Wir treffen uns in der Wohnung seiner Eltern mit Konrad, Oliver und Harro, die die Eltern natürlich alle aus ihrer Schulzeit kennen. Konrad schämt sich; Roberts Mutter denkt, ich bin noch immer *seine* Freundin. Robert sagt kein Wort, ich auch nicht. Wieso auch? Ich hake mich bei Konrad ein und fühle seine Wärme durch die Jacke hindurch.

Die Wohnung ist im Stil der siebziger Jahre eingerichtet, dazwischen schwere altdeutsche Möbel; in Roberts ehemaligem Zimmer klebt noch die psychedelische lila Tapete an den Wänden, mit Kreisen, von denen mir schwindelig wird (Ornamente!?). So etwas gab es bei uns nicht. Bei uns zu Hause waren alle Wände weiß. Roberts Mutter ist freundlich zu uns allen und bietet uns belegte Brote und Limonade an. Sie fragt, ob wir lieber ein Bier wollen. Wir sagen *nein, nein* und kichern mit vollem Mund. Wir sind alle sehr artig. Sie trägt ihr Haar wie eine Kappe, die eng am Kopf anliegt; ihre Züge wirken wie eingeklemmt, die Lider etwas verquollen, traurig. Robert sagt, sie hat oft Migräne und nimmt Tabletten. Sie liest Bücher über Konzentrationslager, und sie sammelt Mineralien. Tatsächlich liegen überall Halbedelsteine, auf den Fensterbänken, in den Regalen; es gibt viele Kerzenleuchter. Ich muss daran denken, dass Robert sie nie nackt gesehen hat.

Vor allem sein Bruder ist mir unheimlich; er hat eine eigenartige Macht über ihn. Er ist außerdem hässlich; mich stört Hässlichkeit gar nicht, ich meine aber so eine charakterliche Hässlichkeit, so etwas ekelhaft Selbstzufriedenes, das stößt mich ab. Er baut sich eine eigene Firma auf. Nach dem Besuch bei seiner Familie war Robert deutlich mies gelaunt.

In der Nacht träumte ich von einem düsteren, patriarchalischen Schloss (ich nannte es so im Traum: *patriarchalisch*!); ich war in einer Dusche und Blut lief an mir herunter, spritzte überall hin.

Ich schlafe mit R. und höre die Vögel weiß singen, das Rückgrat hinauf bis zur Hirnrinde, wir halten einen Abstand und sehen uns dabei an; er liegt unter mir und vergisst mich, zugleich weiß ich, dass ich der Anlass für dieses Vergessen bin. Ich fühle mich sicher und frei.

Süße Gespräche – Lachen – wie aus einem Mund, zittern, und dann dieses Ruhig-Sein, friedlich – in deinem Gesicht, in meinem Gesicht: Linien nachzeichnen, mit den Fingern, gar kein *Ich-will-dir-etwas-erzählen*, sondern nur dieses *Ich-will-deine-Nähe-fühlen*, und wenn ich sie fühle, ist alles gut – tröstet, wenn dies ein Trost sein soll –

Und dann: Robert verschwindet, ins Lernen, ins Für-sich-sein-Wollen, auch wenn er beteuert, es wäre mit keiner anderen so gewesen wie mit mir –

und ich bin allein.

Als ich Nora kennenlernte ... als Robert mir Nora vorgestellt hat ... als wir Nora zum ersten Mal gemeinsam über den Weg gelaufen sind, hat Robert sich ganz steif gemacht. Er hatte vorher die Hand an meinem Nacken gehabt, er zog sie fort. Ich dachte, er könnte doch einfach zu ihr gehen, sie umarmen und sagen, alles ist gut. Nora zwinkerte mir zu.

Und dann saß ich zum ersten Mal in ihrer Wohnung um die Ecke.

Jetzt sitze ich immer wieder bei ihr, ich gehe am Nachmittag oder am frühen Abend bei ihr vorbei. Jedes Mal stehen überall Obstschalen und Blumen. Nach den Tulpen kamen Mimosen, Margeriten und blaue Anemonen, ein Nizzastrauß, sagte sie, ich habe mir auch gleich einen gekauft. Sie hat viele Bücher, über Psychiatrie natürlich, wegen ihres Studiums, Schizophrenie interessiert sie besonders, aber auch Romane und Landeskunde. Ich frage sie, ob sie die Kunst von den Schizophrenen in Wien kennt, oder aus der Sammlung Prinzhorn, sie schüttelt den Kopf. Ich bringe dir ein Buch mit, das nächste Mal, sage ich. Auf dem Bett liegen bunte Kissen, die Wände sind in verschiedenen Farben gestrichen, Poster von Jazzmusikern hängen daran, und ein Schwarz-Weiß-Foto von ihren Eltern, als sie jung und sehr verliebt waren. Nora liest mir gern vor, wenn ihr etwas gefällt. Sie kocht wunderbar, und es sieht schön aus, wie sie den Tisch deckt; wir essen Reis und Huhn und Salat, und wir trinken Espresso. Sie räumt das Geschirr ab und legt mir Tarotkarten auf dem blauen Wachstuch. Wir lachen oft, denn sie deutet die Karten nach einem eigenwilligen poetischen System; ich habe den Verdacht, dass sie es jedes Mal erfindet.

Wenn ich mich einsam fühle, schaffe ich es nicht, zu Nora zu gehen. Warum fühle ich mich einsam? Ich weiß es nicht genau. Nora sagt, Robert sei mit sich nicht im Reinen. Aber wer ist das schon? In unserem Alter? Sie sieht mich besorgt an.

Ich sinke von dumpfen Freuden in dumpfen Schmerz, sagt Robert, ganz unmittelbar.

Ich erschrecke. Gerade hatte ich so tief unsere Verbindung empfunden. War sorglos und zufrieden. Wie spricht er überhaupt? Ganz fremd!

Unsere Vergangenheit und unsere Zukunft, hat er gesagt, spiegeln ein Bewusstsein des Verlustes und der Langeweile. Und dann hat er mich wahnsinnig geküsst, aber ich war nicht bei der Sache; seine Worte hatten mich zu sehr verwirrt.

Am nächsten Tag schiebt er mir ein Zitat von Ernst Jünger unter der Tür durch: *Wenn der Mensch den Halt verliert, beginnt die Furcht ihn zu regieren, und in ihren Wirbeln treibt er blind dahin.*

Was sind das für Andeutungen? frage ich. Was liest du da?

Ich kann dazu nicht mehr sagen, sagt er und sieht mich trübsinnig an.

Ich rufe bei ihm an, er geht nicht ans Telefon. Ich gehe zu ihm; niemand öffnet. Ich gehe später noch einmal vorbei; ich warte vor seiner Tür; ich gehe die Wege ab, die er täglich nimmt. Ich komme mir dumm vor. Warum kümmere ich mich nicht um meine Dinge? Was ist nur los?

Abends steht er vor der Tür und entschuldigt sich. Meine Prüfungen, sagt er, ich weiß nicht, wie ich das schaffen soll. Vielleicht ist es besser, wir schlafen nicht so oft zusammen, ich brauche mehr Zeit zum Lernen.

Ich habe ein *déjà-vu*.

Wieso schaffe ich meine Arbeit und die Liebe, und die Männer schaffen es nicht?

Lass uns was essen gehen, sagt er, komm.

Nicht küssen, essen. Na gut.

Wir gehen zum chinesischen Imbiss, und er sagt, eine eklige Gleichgültigkeit befalle ihn, wenn er unter Druck gerate.

Er ist bleich, sieht aus wie ausgekotzt.

Ich träume wieder, dass er an eine andere Frau Gedichte schreibt –

– und was geschieht?

Robert erzählt mir, dass er Mathilda getroffen hat! Er hat keine Zeit für mich, aber er trifft Mathilda, seine alte Liebe!

Ich muss da etwas klären, sagt er.

Was denn? frage ich.

Das kann ich dir noch nicht sagen.

Hinter Schwaden eine fahle Sonne, extra für mich. Ich bekomme Kopfschmerzen. Jedes Geräusch stört mich. Wir sind doch erst wenige Monate zusammen! Der Frühling. Die blassen Menschen. Ich fühlte mich verloren, wittere in jedem einen Irren, der etwas von mir will; ich sehe nur Betrunkene und Einsame.

Ich bin bei Robert. Robert redet wirr über Anarchie und Nihilismus und seinen Bruder, der bald heiraten wird. Ich sehe seinen Kiefer malmen; ich spüre, wie Tränen in mir aufsteigen und nicht fließen können. Sein blasses Gesicht, die Bartstoppeln; die sanften Augen. Mein Kopf will mir zerspringen; ich will mit ihm schlafen und ihm nah sein und alles andere vergessen. Kein Wort über Mathilda.

Er wird mich töten, denke ich plötzlich, ich spüre es.

Ich bin willenlos in diesem Ihm-nah-sein-Wollen, ich war darin so aufgehoben, ich will nicht daraus verstoßen werden. Ich glaube, ich habe mich niemals zuvor dorthin gewagt, wo es sich so anfühlt. Ich versuche, mit ihm zu sprechen.

Ich kriege mich nicht in die Sprache, sagt er und sieht mich mit seinen traurigen braunen Augen an. *Er hatte die Achtung vor sich selbst verloren*, zitiert er, *und damit fängt alles Unheil zwischen den Menschen an.* Wieder dieser blöde Ernst Jünger.

Vielleicht liest du besser mal was anderes, sage ich.

Der Typ sagt die Wahrheit, sagt Robert.

Was denn für eine Wahrheit um Himmels willen? Was quält dich denn?

Meine Liebe zu dir, sagt er.

Ich stehe auf und laufe aus seiner Wohnung. Ich renne die Treppen runter, durch den Hof zu mir. Der Weg ist so kurz und dauert ewig! Mein Herz schlägt überall. Er rennt mir hinterher, wir küssen uns noch in der Tür, wir fallen übereinander her, ich will sterben, aber dieses Mal ist es nichts Schönes, kein Glück.

Plötzlich höre ich Vögel singen, in meinem Ohr, obwohl er gar nicht da ist, und ich schreibe einen Zettel: *Ich habe Sehnsucht nach dir und ich möchte weinen.*

Es ist der verfluchte Übergang von der leidenschaftlichen Verliebtheit am Anfang zum normalen Leben. Schreibt er. Und: *Wenn du dich rar machst und mir vertraust, wird es gehen.*

Dieses Mal renne ich zu Nora und zeige ihr den Zettel.

Ich hab es dir ja gesagt. – Sie rollt sich eine Zigarette. – Er will damit sagen, dass er dich nur begehren kann, wenn du dich ihm wieder entziehst, und dass dies auf einem anderen Blatt steht als seine Liebe zu dir, die dich immerzu will, nah will. Du kannst sagen: typisch männlich, typisch weiblich, ich würde sagen: Es hat ihn erwischt und er kommt nicht zurecht.

Was soll ich tun? frage ich.

Gar nichts, sagt Nora und zündet sich die Zigarette an.

Ich komme nach Hause, er wartet auf mich. Er sieht mich an und unsere Fasern verschlingen sich. Missstimmung weicht, wie eine Erinnerung verschwindet; Gewissheit bleibt: deine Haut, meine Haut, du, nur du, und wir lächeln uns an.

Wir sind anders, sagt er, wir schaffen das.

Ich will es so sehr. Ich schlafe ein in seinem Arm.

11
(Ensemble: Minotaurus und Strickbilder oder Rätsel der Anziehung)

Die erotische Liebe ist ein Labyrinth.

Es ist Mai, Robert und ich verbringen die Nächte miteinander, die Nächte sind groß, freizügig, wir überwinden Grenzen, wir sehen uns an dabei, komm, noch ein bisschen weiter, wir atmen nicht, wir keuchen, wir frühstücken zusammen, obwohl ich es hasse, am Morgen mit jemandem Banalitäten auszutauschen. Wir verabreden uns in der Mensa der Technischen Universität, wenn ich nicht an der Hochschule bin oder zu Hause lese, wir gehen ins Kino. Robert hat sich die Woche durchstrukturiert, neben seinem Stundenplan hat er genaue Zeiten festgelegt, wann er was macht. Lernen, Fahrrad fahren, mich sehen. Manchmal braucht Robert einen Abend für sich, er lernt bis um eins und kommt dann zu mir in die Wohnung. Unsere Küsse sind tief. Manchmal lacht Robert sogar oder legt auf der Straße den Arm um mich.

Wir halten den Ball flach. Wie zwei Spieler, die sich vor dem nächsten großen *match* eine Pause gönnen.

So oder so. Ich kann frei atmen und mich auf meine Arbeit konzentrieren, zum Beispiel die Minotaurusdarstellungen von Picasso, im Seminar bei Heumann. Gestern lief ich ihm am Bahnhof Zoo über den Weg.

Weshalb kommst du nicht mal wieder mit in ein Atelier? fragt er.

Ich weiß nicht, sage ich.

Wir gehen ins »Schwarze Café«, er hat das Buch mit den Abbildungen bei sich; wir sehen uns die Picassos an und trinken ein Glas Weißwein. Es ist nachmittags, fünf vorbei. Der Minotaurus: Halb weicher Mann, halb geiler Bock. Das

Monster muss gefüttert werden. Die Sucht ist am größten, wo sie die Sehnsucht nicht erfüllt. Ariadne hilft Theseus aus dem Labyrinth mit ihrem Faden; Picasso konzentriert sich auf Gewalt und Geschlecht. Das zerrissene Halbwesen; die Frauen, die weinen.

Heumann lädt mich zum Essen ein; wir gehen in die »Paris Bar«. Er bestellt Steak mit Pommes, ich nehme Pommes mit Gemüse und Salat. Heumann sitzt sehr gerade, er isst wie ein possierliches Tier. Er sieht ein bisschen aus wie Peter Sellers, nur dass sein dunkelblondes Haar schulterlang ist. Er ist an der holländischen Grenze groß geworden; seine Mutter hat sich in einen ungarischen Offizier verliebt, der auf Seiten der Alliierten gekämpft hatte und deshalb am Niederrhein für eine Weile stationiert war; er war im Leben seiner Mutter aufgetaucht und wieder verschwunden, und der kleine Heumann sah ihm wohl recht ähnlich. Das hört sich an wie ausgedacht, sage ich. Das ist die reine Wahrheit, antwortet er. Er ist fünfzehn Jahre älter als ich, und es ist, als käme er aus einer anderen Welt. Ich höre ihm gern zu; es beruhigt mich.

Der Minotaurus, sagt Heumann, halb Mann, halb Stier, zeigt seine Animalität, das macht ihn verletzlich. Wusstest du, dass die *Anima*, die Seele, eigentlich das Tierhafte in uns bedeutet? Noch bei Hegel ist das so.

Nein, sage ich. Ich dachte, das Seelische wäre gerade nicht das Tierhafte.

Ja, sagt er, weil du es als geistiges Prinzip denkst, womöglich vernunfthaft, aber eigentlich war das gemeint, was besonders lebendig ist. Und das Lebendige teilen wir mit dem Tier.

Die Frauen auf den Bildern weinen, sage ich.

Stimmt, sagt er, aber eine ersticht den Minotaurus.

Weint der Minotaurus auch einmal? frage ich.

Gute Frage, sagt Heumann und überlegt. Er nutzt die Gelegenheit, noch einen Wein zu bestellen. Ich glaube nicht, sagt er schließlich. Nicht bei Picasso. Aber du bist gar nicht bei der Sache.

Er hat recht, ich bin nicht bei der Sache. Oder nur halb. Die Sache mit Robert beschäftigt mich nämlich ununterbrochen. Jetzt denke ich über seine Männlichkeit nach. Einmal hat er gesagt: Ich bin gar nicht männlich. Konrad ist viel männlicher.

Ich war verblüfft; genau so hätte ich es nicht beschrieben. Was meinst du denn? fragte ich.

Konrad ist so zielbewusst; er weiß, was er im Leben will, es gibt Dinge, die ihn fesseln.

Wenn das männlich für dich ist, sagte ich, dann ... weißt du das doch auch, oder?

Nein, sagte er. Das täuscht.

Weiß ich es? Wir haben eine neue Professorin, Sonja Ebiel, sie hat uns eine Liste mit den Namen von Künstlerinnen in die Hand gedrückt, die wir kennen sollten. Die *männliche* Tradition, hat sie gesagt, schreibt eine eigene Kunstgeschichte. Wir wollen mal anfangen, die ein bisschen umzuschreiben. Na, wie wär's?

Wir haben sie mit echten Kinderaugen angeguckt. Sie trägt Stiefel bis über die Knie mit hohen Absätzen, hat wilde lange rot und schwarz gefärbte Haare und eine Brille, die Vivienne Westwood entworfen hat. Auf der Liste des zwanzigsten Jahrhunderts stehen (um nur einige zu nennen): Charlotte Salomon, Frida Kahlo, Louise Nevelson, Louise Bourgeois, Dorothea Tanning, Eva Hesse, Maria Lassnig, Hanne Darboven, Rosemarie Trockel.

Überall geht es um *gender*, Geschlechter, doch ich hab kapiert: Theorie ist eins, meine Gefühle etwas anderes. Aber die Liste mit den Künstlerinnen finde ich gut. Sehr gut sogar. Ich hänge gleich noch welche dran.

Heumann brachte mich nach Hause, *es sind ja nur ein paar Straßen, ich begleite dich gern.* Wir liefen die Kantstraße hoch. Ich dachte daran, wie schön es wäre, jetzt zu einem ins Bett zu kriechen, der sich über mich freuen würde. Ich zwang mich, den Wunsch wegzuschieben. Ich würde allein schlafen. Die Nacht war mild; es waren noch viele Leute unterwegs; es war schön leise, weil nicht mehr so viele Autos fuhren. Ich drehte mich um, zurück zum Bahnhof Zoo; ich mag den Blick auf das Hochhaus, auf dem sich der angestrahlte Mercedesstern dreht. Mercedes hin oder her: Dieser Stern unter dem blauen Himmel, der nie ganz dunkel ist, hat so etwas – Federleichtes. Heumann lief still neben mir her. Plötzlich fiel mir ein, dass ich ihn am Nachmittag am Zoo direkt vor dem Beate-Uhse-Laden getroffen hatte. Verdutzt bleibe ich stehn.

Was hast du? fragt er.

Ich laufe weiter, druckse herum.

Ich, stottere ich, musste gerade daran denken –

Was denn?

Er sieht mich freundlich an. Nein, das konnte nicht sein.

Ach nichts, sage ich, ich bin nur von unserem Gespräch verwirrt.

Es war schön, dich zu sehen, sagt er beim Abschied. Du bist ja in letzter Zeit wie vom Erdboden verschluckt. Pass auf dich auf. Lass uns mal wieder zu Hölt gehen. Er hat richtigen Erfolg.

Tatsächlich? frage ich, dankbar, dass ich vom Thema wegkomme. Ich kann mir Heumann einfach nicht in einem Pornoladen vorstellen. Fast wehmütig denke ich an Theos blitzende Augen.

Er hat eine große Ausstellung am Samstag, sagt Heumann, und die Preise klettern in die Höhe.

Das ist ja toll, sage ich. Ich sehe zu, dass ich hinkomme.

In der Nacht, allein, träume ich von Robert, der mich in einem Raum an Eisenketten aufhängt – ich baumele von der Decke – lauter andere Frauen sind im Raum – die ihn begehren – ich wache schreiend auf – allein – ich dachte, es würde mich wieder innerlich so zerreißen wie nach der Abreise von Jackson – und dann lag ich wimmernd in meinem Bett und wollte zu Jackson! Ich verstand die Welt nicht mehr. Bin ich untreu?

Zwei Tage später. Donnerstag

Gestern früh ging ein Ruck durch mich hindurch, der mich daran erinnern sollte, dass NICHTS selbstverständlich ist, dass alles zerbrechlich ist. Gehört Dankbarkeit zur Liebe? Für die Vorbehaltlosigkeit? Die Rückhaltlosigkeit? Oder will die gar keiner?

Ich hatte ausnahmsweise bei Robert übernachtet, sonst sind wir ja meistens bei mir. Wir wachten auf, Robert sah mich strahlend an; es war noch früh; ich versuchte ihn zu verführen, er ging zunächst darauf ein; ich wollte so sehr seine Finger in mir, und ihn, ich fieberte danach, wir küssten uns – plötzlich brach er ab, sagte, er wolle in den sonnigen Tag hinaus, blieb aber neben mir liegen und sah mich merkwürdig an, kalt und herausfordernd. *Klink* machte etwas in mir, laut und deutlich, *klink*, und ich schubste ihn, geh weg, und rannte selber aus dem Bett, unter die Dusche. Er stieg zu mir in die Dusche, und dann kam die Lust, aber es war eine traurige Lust wider Willen. Dass wir aus dem Wir herausfallen ... dass dies so bald geschehen konnte ... ich will das nicht! Ich verstehe es nicht!

Der Tag war mir verdorben.

Schöne gelbe Narzissen und Mimosen und weiße Margeriten in meinem Zimmer. Ich habe sie mir selbst gekauft, traf Nora zufällig im Blumenladen. Sie erzählt mir von einem Buch, das von der Lust am Schmerz handelt. Ich will davon nichts wissen.

Robert klingelt abends. Ich weiß nicht, ob ich ihn sehen will. Zugleich freue ich mich, will mit ihm zusammen sein, als wäre alles in bester Ordnung. Ich zögere. Er bittet mich. Lass uns was essen, sagt er. Er kommt vom Radfahren, hat geduscht, sein Gesicht ist gerötet, seine schmale gerade Nase ist gereizt, von den Pollen, sagt er. Wir essen draußen auf dem Bürgersteig vorm »Alibaba« eine Minipizza und trinken ein kleines Glas Rotwein. Viele Leute sind unterwegs, auch am langen Holztisch neben uns sitzen sie gedrängt. Er kümmert sich nicht um die Ohren unserer Nachbarn. Er sagt etwas wie *mal wieder mit dir vögeln*. Diesen Ausdruck benutzt er sonst nie. Seine Augen bekommen einen merkwürdig leeren Ausdruck.

Was hast du eigentlich vorgestern Abend gemacht? fragt er.

Ich erzähle ihm von Heumann.

Hat er bei dir übernachtet? fragt er.

Was? frage ich und verschlucke mich.

Hast du mit ihm geschlafen? fragt Robert noch einmal und sieht mich noch sonderbarer an. Als würden die Pupillen in seinen Augen immer größer und langsam über den Rand wachsen.

Nein, sage ich, wie kommst du denn darauf?

Du bumst doch alle, sagt er.

Das ist es also! Heumann! Dass ich ihn traf! Ich sitze da und bin sprachlos. Ich weiß nicht, ob ich weinen soll oder ihm den Wein ins Gesicht schütten.

Er sieht mich unverwandt an.

Ich lasse dir deine Freiheit, sagt er. Er hat immer noch diesen merkwürdigen Ausdruck in den Augen, ich bekomme eine Gänsehaut.

Ich habe mit dir Geduld, sagt er weiter und lächelt von oben herab. Mit deinen Ängsten, deinen Eskapaden, deinen Klammertouren. Ich bitte dich nur, mit meinen Wünschen ebenso umzugehen.

Ich bin so perplex, dass ich die ganze Zeit nichts sagen kann. Mein Magen ist wie ein Stein, gleich würge ich die Pizza hoch. Ich habe immer gedacht, ich könnte mit ihm so reden wie mit keinem anderen, und nun bin ich stumm wie nie zuvor!

Er sagte auch nicht viel. Wir gingen nach Hause. Ich sah die Ampel, die Farben verschwammen, das Rot der Ampel wuchs und schwankte, plötzlich hatte ich die Vision, dass das Rot zerschellt –

Kurz vor unserem Haus geriet ich in Panik. Ich konnte ihn so nicht zu mir mitnehmen, und ich konnte auch nicht die Nacht allein verbringen. Dann wäre alles aus! Mein Herz fing an zu rasen, mir war schwindelig. Ich griff nach seinem Ärmel.

Du, sagte ich und presste die Worte heraus wie gegen einen harten Widerstand, ich musste mich zwingen, als hinge mein Leben davon ab, es zu sagen: Du bist der erste Mann, bei dem ich niemals das Bedürfnis habe, zu einem anderen zu gehen. Du beleidigst mich. Ich habe dir alles von mir erzählt, ich habe gedacht, dass wir es teilen. Du hast gesagt, wir sollten absolut ehrlich miteinander sein, erinnerst du dich? Aber langsam habe ich das Gefühl, nur du darfst erzählen, was du willst und wann du willst, und das, was ich wissen will, verschweigst du, und das, was ich dir sage, willst du nicht wissen! Was ist schlimm daran, dass ich einen andern traf? Du hattest doch sowieso keine Zeit für mich! Was heißt hier Klammertouren? Vor ein paar Wochen noch hast du nicht genug bekommen von mir, hast mich geradezu daran gehindert, andere Leute zu treffen, hast immerzu bei mir gesessen! Hab ich mich beschwert, dass du mehr Zeit zum Lernen brauchst? Hey? Wenn das so weitergeht, verlasse ich dich!

Ich fing an zu weinen, nein, das ist gar kein Ausdruck, ich heulte, ich schluchzte. Ich würgte viehische Geräusche aus meinem Hals, der sich anfühlte, als hätte jemand seine Faust ganz tief hineingesteckt.

Ich kann das nicht! schrie ich. Ich schlug auf seine Brust. Ich will das nicht!

Sei ruhig, zischte er, sei leise, komm jetzt! Er zerrte mich in den Hof und zu seiner Wohnung. Wie kannst du so ein Spektakel machen!

Er hielt mich fest wie ein tobendes Kind, und dann redete er auf mich ein, und am Ende hatte *ich* das Gefühl, die Destruktive zu sein, etwas falsch zu sehen, ihm nicht zu vertrauen, Gespenster zu sehen.

Gegen Morgen schlief ich erledigt ein. Ich wusste nicht mehr, was ich denken sollte.

Die erotische Liebe ist ein Labyrinth. Weh der, die den Faden verliert.

Er mag es, mit mir Geduld zu haben – aber ich will wissen, wer er ist! Er zwingt mich zur Selbstentblößung, er kitzelt alles aus mir heraus, jede Regung, dann nennt er sie unsinnig! Und dann wieder: Er liebe mich doch, ich könne mich ihm doch zeigen, wie ich bin, alles wäre gut –

Im Halbschlaf fühlte ich, wie er mein Gesicht streichelte. Wir schliefen nicht miteinander. Das wäre nicht gut, sagte er.

Er tut so, als wäre ich diejenige, die schwierig ist in der Liebe. Er sagt, zur Liebe gehört die Freiheit, sonst stirbt sie.

Offenbar weiß er ganz genau, was Liebe ist.

Und ich? Ich?

In Filmen und Romanen heißt es immer, die Frau sei ein rätselhaftes Wesen. Demnach wäre Robert eine Frau.

Das Ende vom Lied war sein Vorschlag, wir sollten nicht mehr selbstverständlich jede Nacht miteinander verbringen. Er müsse ein paar Dinge mit sich selbst ausmachen.

Ich nickte. Ich werde beweisen, dass ich lieben kann. Dass ich dich annehme. Ich will das Harte fortschmelzen in dir.

Zähne zusammen! Nicht weinen!

Ich würde am liebsten sofort mit einem anderen schlafen.

Treu heißt tot! lese ich bei Zwetajewa.

Ich will aber nicht fliehen! Ich fliehe ja bei der kleinsten Verstörung!

Also gut. Ich bleibe.

Trotzdem. Ich zweifle an allem. An allen Beziehungen. An mir. Dass ich die anderen nicht so behandeln kann, wie ich behandelt werden möchte. Wenn ich das schaffen würde! Es kommt mir vor, als würde ich mir die ganze Zeit etwas vormachen und ich komme nicht dahinter. Ich habe das Gefühl, zwischen einem großen Entweder-Oder in der Falle zu stecken, ohne zu wissen, worum es sich handelt. Bei Jackson wusste ich, wer ich bin! Alles war einfach und klar, auch die Eifersucht. Sie kam und ging und alles war gut. Wir waren, wie wir sind, ohne irgendwelche Bekenntnisse und Erkenntnisse einzufordern, nichts war kompliziert. Warum nur musste er fortgehen?

Robert hat es geschafft: Ich bin mir selber fremd. Ich muss wissen, was es damit auf sich hat, ich muss begreifen, wer ich bin!

Bin ich darauf hereingefallen, begehrt zu werden? Als er seine Kreise um mich zog? Hätte ich ihn mir gar nicht ausgesucht?

Ich fühle eine große Schwäche. Ich habe Sehnsucht nach Mama und darf es nicht ... Ich liebe den, der mich verbrennt. Warum? Ist Leidenschaft ohne Sinn? Ich muss mit dir sprechen. Du willst allein sein. Ich will lernen, gelassen zu sein, dich anzunehmen, nicht zu verzweifeln, nicht an dir und nicht an mir zu zweifeln, nur weil du Zeit für dich brauchst! Eine Zeit konntest du nicht genug von mir bekommen, hast stundenlang hier gesessen – aber gut, nun brauchst du Zeit, musst dich von mir erholen –

Ach all die klugen Männer, die von der Vernunft sprechen und die Gefühle beherrschen wollen! Bei denen die Bewegung des Geistes ein Rondo tanzen soll und die doch dieser Welt nicht entgeht! Ein System auf das andere stülpen! Eines nach dem anderen zerschlagen! Zerstören, was uns hält, weil wir uns lieber auf nichts verlassen als zu vertrauen und uns fallen zu lassen!

Ich höre den Schlüssel im Schloss sich drehen, ich höre die Tür gehen, ich fühle meinen Puls in den Schläfen rasen – und dann – nichts, nichts, nichts.

Bin ich verrückt oder er?

Ich gehe nicht ans Telefon; ich stecke den Schlüssel von innen ins Schloss, dann kann er nicht aufschließen.

Ich sitze vor dem Telefon und überlege, ob ich Konrad anrufe oder Heumann oder Leonhardt. Ich ziehe mich schön an und schminke mich. Ich trinke ein großes Glas Cognac, ich hatte noch einen Rest von irgendeinem Fest. Ich kämpfe den Impuls herunter, sofort fremdzugehen. Ich habe das Gefühl, dass es nicht funktioniert. Ich muss mich dem hier stellen, blank, ohne Ablenkung, dann begreife ich vielleicht etwas. Wenn ich nur wüsste, was! Ich muss mich aussetzen.

Rosemarie Trockel nimmt die Bilder beim Wort. Sie nimmt den Faden auf und fängt an zu stricken. Sie strickt Bilder und bannt die Magie des Labyrinths.

Ich bin noch Meilen davon entfernt, das, was an mir reißt, in eine Form zu bringen.

Du fesselst mich, auch wenn du mir keine Schnüre um den Leib bindest. Du erniedrigst mich, wenn du dich von mir abwendest; lieber wäre es mir, du würdest auf mich pinkeln und dich darin zeigen. So denke ich.

Wenn es im Wesen der Erotik liegt, sich dem Tod entgegenzustellen, wenn es eine Art ist, an den Himmel zu denken –

Dann will ich mich gern an dieses Auf und Ab gewöhnen.

Die Sonne scheint, die Bäume schlagen aus, die Welt kümmert sich nicht um unsere Belange. Robert schreibt auf einen Zettel:

Aufforderung zum Tanz – die Musik setzt aus – brennende Liebe

Ich möchte seinen Zettel verbrennen, aber es ist Sommer, ich mache den Ofen nicht an. Ich lese ihn und lege ihn auf meinen Bauch.

Gestern wollte er nicht.

So lösen wir nicht unsere Missstimmungen, sagte er.

Heute will ich nicht. Mir steckt der gestrige Tag in den Knochen.

Heißt Freiheit jetzt: Sich-verlassen-können? Selbstbehauptung ist ein Kinderspiel, solange man allein ist. Mit diesem Menschen kann ich mehr erfahren als mit anderen.

Weißt du, sagt er zärtlich, ich habe Angst vor dem Gefängnis Liebe. Gib mir eine Chance, dass ich da herauskomme, dann wird alles gut. Ich muss mich von dir losreißen, um mit dir zusammen zu sein.

Er sieht mich an, lächelt bittend, ich sehe ihn an, eine Sekunde sind wir beide ohne Schale, ohne Panzer, ohne Wollen, voreinander.

Ich lehne nackt an seinem Rücken, er streichelt meinen Körper –

Die erotische Liebe ist ein Labyrinth. Weh der, die den Faden verliert. Misstrauen wuchert und zerfrisst ein Gewebe aus Zärtlichkeit. Ich webe es neu.

Robert verfiel Eva. Ich beobachtete die beiden von Weitem und hielt sie für das größte Liebespaar des Jahrhunderts. Die Luft um sie herum vibrierte vor Intimität, Erotik und Geheimnis.

Ich habe damals nie geweint. Falsch. Ich habe mich nie daran erinnert, geweint zu haben. Hätte ich Heumann nicht wiedergetroffen, es wäre allein meine Geschichte gewesen, und ich hätte sie vergessen. Wer weiß, warum sie mich auf diese Weise eingeholt hat.

Ich habe die ganze Nacht in László F. Földényis Buch ›Melancholie‹ gelesen und bin heute nur mit Mühe aus dem Bett gekommen. Die ganze Zeit habe ich das Bedürfnis, Eva anzurufen. Földényi spricht von der Würde der Schwermut. Ihrer Erkenntnisgabe. Er sagt, der Melancholiker stößt an die Grenzen des Menschen, dorthin, wo er sich vollkommen fremd und einsam fühlt. Nachdem ich Eva verloren hatte, begab ich mich an die Grenzen meiner Verdrängungskapazitäten und wurde schwermütig, ohne einen Begriff davon zu haben. Ich ertappte mich nur manchmal dabei, dass ich auf mein weißes Bettlaken starrte und dachte, es ist so eine Leere in der ganzen Welt. Das hatte ich aber lange vergessen, das fiel mir letzte Nacht erst wieder ein. Ich sehe es genau vor mir, wie ich mit dem Bettzeug in der Hand stehe und starre.

Einmal ging ich in ein Pornokino. Ich betrat den Vorraum, warf mein Geld in einen Schlitz und stieg eine schmale Treppe hinauf. Ich kam in einen dunklen Vorführraum, nicht sehr groß, fast wie ein Wohnzimmer. Der Super-8-Projektor hing an der Decke. Auf den Stuhlreihen saßen verteilt vielleicht zehn andere Männer. Manche nebeneinander, die meisten hielten Abstand. Über die Leinwand flimmerten nackte Körper. Ich sah männliche und weibliche Geschlechtsorgane, direkt, viele, mehrere, ein großes Durcheinander. Hörte Stöhnen. Auffordernde Sätze. *Ich besorg's dir, aber richtig.* Ich ließ mich auf einen Sitz fallen und in einen seltsamen Erregungszustand, in dem ich das tat, was alle anderen Männer auch taten. Plötzlich glaubte ich, in einem der Frauenkörper Evas Rücken zu erkennen. Es durchzuckte mich für eine Sekunde, dann war es vorbei.

Als ich hinaus auf die Straße kam, fühlte ich mich splitternackt.

Augenblicklich wurde mir klar, wenn ich dort suchte, was mir fehlte, würde ich süchtig, weil ich es nie bekäme. Die Lust an der Entladung war trügerisch. Die Lust mit Eva war eine andere gewesen. Nach ihr sehnte ich mich.

Ich gab mich nicht auf, denn ich bin ein Mensch, der geliebt wurde, von meinen Eltern, bevor ich sie verlor, von meinen Großeltern, besonders meinem Großvater. Dieser besonnene Mann, der viel mehr vom Leben wusste als er zu verstehen gab. Als ich zu ihm kam, war er für mich ein großer, stattlicher Mann, aber jetzt habe ich ihn oft so vor Augen, wie er in seinem Lesesessel las, in seiner Hausjacke, wie er die alte, abgewetzte Strickjacke nannte, den kahler werdenden Schädel über ein Buch gebeugt, wie er manchmal einnickte, als er immer müder wurde. Er hat seinen Sohn überlebt, was ich als das Grausamste empfinde, was ich mir vorstellen kann, das eigene Kind zu verlieren; doch er hätte dem Leben gegenüber niemals eine Schwäche gezeigt und mir gegenüber schon gar nicht. Bis zuletzt machte er morgens seine Kniebeugen bei offenem Fenster, doch ich kann mich nicht erinnern, dass er gegen sich oder andere jemals hart gewesen wäre. Nicht unnötig hart jedenfalls. Als Arzt musste er manchmal unliebsame Entscheidungen durchsetzen und verlangen. Mir ist entfallen, wie er damals im einzelnen mit mir umgegangen ist, als ich so unglücklich war; ich weiß nur, dass er einen alten Freund in England anrief, ob ich nicht für eine Zeit ein Praktikum dort machen könnte. Ja, Opa wusste wohl um die schöne gebrechliche Einrichtung der Welt und was man ihr entgegenzusetzen hatte.

Unser Kosmos splitterte auf; der kleine, den wir mit unseren Freunden bildeten, weil jeder eigene Wege beschritt; der große, weil die Vorstellung, ein jeder möge sein eigener Unternehmer sein, sich immer stärker durchsetzte; es wurde zum geflügelten Wort zu sagen, *meine Firma und ich*, wenn wir eigentlich nur von uns selber sprachen. Die Mauer wurde porös, die uns umgab, von zwei Seiten waren die Menschen oft genug dagegengerannt. Ein neues Zeitalter bereitete sich vor, das eine radikale Öffnung der Welt mit sich bringen würde.

Eva. Was auch immer ich an ihr erlebt habe, es blieb das Bild der liebeslustigen, leichtsinnigen, übermütigen jungen Frau. Ihr Blick, wenn sie zu mir sagte: Du riechst so gut, in deinem gebügelten Hemd. Komm, ich will dich küssen!

Ich habe damals vielleicht nicht das Vertrauen in das Leben verloren, doch ich glaube, ich bin lange Zeit wie betäubt durch es hindurchgewandert, habe gegessen, geschlafen und gelernt und meine Schultern noch ein Stück tiefer rutschen lassen.

Ich sah Harro und Oliver manchmal, um ins Kino zu gehen, und wenn wir uns gegenseitig nach Robert fragten, verdrehten die beiden nur die Augen und machten eine obszöne Geste. Wir trafen uns nur noch selten. Robert ging es wie mir zuvor: Er hatte kaum noch Zeit für die Jungs oder mich. Ich wusste ja, was es hieß, mit Eva zusammen zu sein; man kriegte nie genug Schlaf. Eva erzählte mir, wenn ich sie sah oder anrief, nichts mehr wie früher. Schließlich schenkte ich ihr zum Abschied ein Armband. Am liebsten hätte ich ihr einen Ring geschenkt, aber den hätte sie niemals angenommen.

Sie war meine Sonne, ich war ein Planet, doch unaufhaltsam flog ich aus ihrer Bahn.

Nur durch Zufall geriet ich einmal wieder hinein.

Wir trafen uns auf der Straße, in Kreuzberg. Es muss Juli oder August gewesen sein, 1987, im Jahr unserer Trennung. Die Stadt ächzte unter der ungewohnten Hitze und Schwüle;

überall wurden Ventilatoren verkauft; manchmal kam ich mir vor wie in Italien, weil sich neuerdings das ganze Leben im Freien abspielte. Die Büffelei war quälend, aber sie half mir auch. Mein schattiges Souterrainzimmer in Opas Haus wurde wegen der Kühle zu einem ausgesprochen angenehmen Ort.

Was machst du denn hier?

Wir freuten uns.

Wir tranken eine Apfelschorle zusammen. Evas Gesicht wirkte schmal, fast ein bisschen hart. Sie hatte die Haare ungewohnt streng nach hinten gekämmt und mit Klammern gebändigt. Sie trug einen grünen Rock, flache Sandalen und ein ärmelloses weißes T-Shirt. Sie sah nicht besonders gut aus. Ihre Augen sahen geschwollen aus. Angestrengt. Selbst in ihrer kritischen Phase, nachdem Jackson fort war, hatte sie nicht so angespannt gewirkt. Ich sah sie an und wusste, dass ich sie noch immer liebte. Scheiße, dachte ich.

Robert ist verreist, sagte sie.

Zum Glück, dachte ich. So konnte ich mit ihr zusammensitzen. Ich strich ihr übers Haar.

Ich vermisse dich, sagte ich leise.

Sie fing an zu schluchzen.

Er ist in die Berge gefahren, allein, das heißt, mit irgendeinem Kumpel, ich weiß nicht einmal mit welchem.

Was?

Ich war schockiert: So sehr liebte sie ihn, dass sie deswegen weinte?

Er kommt doch wieder, Eva.

Mensch, das ist doch nicht der Punkt.

Was denn dann?

Er hat es mir vorher nicht gesagt! Nicht, dass wir gemeinsame Pläne gemacht hätten. Er bleibt auch nur vierzehn Tage. Aber er hat es nicht mit mir besprochen, er hat es mir *mitgeteilt*! Auf einem Zettel! Den er unter der Tür durchgeschoben hat. Er ist weg, ich weiß nicht, wohin, es ist das Allerletzte!

Der Idiot!

Ich glaube, er hat eine andere, schniefte sie.

Es platzte aus ihr heraus.

Konrad, sagte sie, es kommt mir vor wie ein Verrat, es dir zu erzählen, aber ich kann dir nichts vormachen.

Ich begriff es nicht. Ich hatte Robert kurze Zeit zuvor gesehen, manchmal liefen wir uns über den Weg. Dass er eine andere hatte, hielt ich für ausgeschlossen.

Ich glaube das nicht, sagte ich ruhig.

Er trifft andere Mädchen, sagte Eva, ich wette darauf.

Eva sagte immer noch Mädchen, genau wie ich.

Warum sollte er sonst allein wegfahren wollen? fragte sie. Wir waren doch glücklich zusammen?

Das muss ein Versehen sein, murmelte ich hilflos.

Manchmal, wenn ich ihn anrufe, geht er nicht an den Apparat, oder er ist kurz angebunden und legt dann auf. Da ist bestimmt eine bei ihm, das gibt es doch nicht!

Verbringt ihr denn nicht mehr die Nächte zusammen? fragte ich.

Ich kannte doch Eva. Sie schlief nicht gern allein.

Eva schüttelte traurig den Kopf.

Er sagt, er muss lernen, sagte sie, und er kann das besser, wenn er allein schläft.

Langsam kam auch mir das verdächtig vor. Andererseits – es würde so wenig zu Robert passen.

Wir sehen uns aber oft, sagte sie leise, das heißt, wir haben uns oft gesehen. Jetzt ist er ja weg.

Kannst du nicht auch mit jemandem verreisen? fragte ich.

Sind doch alle weg, antwortete sie. Außerdem, was bringt das denn?

Ich war außer mir vor Zorn, dass Robert meine geliebte Eva in einen solchen Zustand versetzen konnte. Am liebsten wäre ich mit ihr verreist.

Aber ich ignorierte diesen Wunsch.

Opa hatte etwas für mich arrangiert, bei seinem Freund in

Südengland; ich konnte tatsächlich ein Praktikum in dessen Anwaltskanzlei machen und mir danach ein bisschen Cornwall anschauen.

Ich fuhr mit einem schlechten Gefühl. Ich schob das Gespräch mit Eva fort, ich wollte mir keine unrealistischen Hoffnungen machen, und ich war überzeugt davon, dass sich alles wieder aufklären und einrenken würde. Ich hatte immer gedacht, Eva wäre die Unberechenbarkeit in Person, aber Robert hätte ich dieses Verhalten nicht zugetraut. Man ist manchmal so dumm! Warum habe ich sie damals nicht nach ein paar Tagen einfach angerufen?

Ich habe mir nie verziehen, dass ich damals, als sie so aufgelöst vor mir saß, nicht einmal versucht habe, sie zurückzugewinnen.

Heute frage ich mich, ob ich sie mit meinem ewigen Misstrauen und der Angst, dass sie mich verlassen könnte, vertrieben habe. Dass ich mich dann wieder so allein fühlen könnte wie nach dem Tod meiner Eltern. Auf einen solchen Gedanken wäre ich damals nie gekommen; über solche Zusammenhänge habe ich erst viel später nachgedacht. Allerdings kam es mir insgeheim schon immer so vor, als hätte ich sie unbewusst zu Robert hingetrieben. Als hätte ich es irgendwie vermeiden können und es nicht gewollt. Als hätte ich die Idee gehabt, er könnte sie besser festhalten als ich. Aber wenn ich ganz ehrlich bin, werde ich den Verdacht nicht los, dass ich zugleich hoffte, sie würde ihn ebenso betrügen wie mich. Aus Überschwang und Neugier, aus welchem Grund auch immer. So, als wäre das ein Beweis dafür, dass ich nicht selbst daran schuld bin, dass sie heute nicht bei mir ist.

– – –

12
(Ensemble: death & destruction)

Seit Robert aus den Bergen zurückgekommen ist – geht es ständig hin und her. Auf und ab. Es hört nicht auf. Ich weiß nicht, ob ich es schrecklich finde oder schön, ich lasse mich treiben, ich treibe durch diese Liebe ohne Plan und ohne Verstand.

Ich habe Robert gesagt, dass ich es noch nicht verwunden habe, dass er ohne mich weggefahren ist, dass er es mir nur auf einem Zettel mitgeteilt hat, als teilten wir nicht unser Leben. Dass ich für mich nicht weiß, wie sich alles in Zukunft zwischen uns gestalten kann.

Das sind ja rosige Aussichten, sagt er, muss ich mir das jetzt jedes Mal anhören, wenn ich eine eigene Entscheidung treffe? Du bist doch auch ohne Erlaubnis nach Paris gefahren!

Was? Aber da – waren wir doch noch gar kein Paar, will ich sagen, doch er unterbricht mich, macht mir Vorhaltungen, dass ich traurig bin! Schlägt einen harten Ton an. Will er Rache nehmen?

Bist du meiner überdrüssig? frage ich und sehe ihm ganz gerade in die Augen.

Ich muss arbeiten, sagt er, komm später, aber ich warte nicht bis eins.

Seine Stimme klingt gefasst und ekelhaft neutral.

Ich bin völlig durcheinander. Was heißt denn das jetzt wieder? Ist es aus? Soll *ich* einen Trennstrich ziehen? Das wäre vielleicht das Beste! Das kann doch nicht sein! Wann darf ich denn kommen? Wann bin ich denn erwünscht? Ich wandere unsinnig durch meine Wohnung. Lasse Zeit verstreichen. Eine Stunde, zwei. Ich versuche erst gar nicht zu lesen. Rufe keinen an. Ziehe den Mantel an, stehe barfuß am Fenster und sehe hinaus. Sehe nichts.

Ich ging zu ihm, er tat überrascht.

Jetzt arbeite ich, sagte er.

Dann wusch er das Geschirr ab; in Zeitlupe trocknete er ab; ich sah ihm zu. Legte mich zu ihm, im Mantel, ich konnte mich nicht aufraffen zu gehen.

Zieh den Mantel aus, sagt er, das ist doch albern.

Spießer, sage ich und rühre mich nicht.

Es hat mir die ganze Zeit genügt, nur dich zu sehen, sagt er. Ich muss jetzt auch mal wieder andere sehen.

Ich auch, denke ich, ich auch.

Er sprach leise ins dunkle Zimmer hinein. Er sei immer besserer Stimmung, wenn wir hinausgingen, und jedes Mal bedrückt, wenn wir zu Hause allein wären. Das ändere nichts an seiner Neigung. Etwas gequält kam noch das Wort *Liebe* über seine Lippen.

Wenn ich so etwas sagen würde, wäre das Ende nah.

Soll ich ihm vertrauen?

Es quält mich, sagt er, wenn du dich zu mir legst und Leistung erwartest.

Leistung? frage ich.

Ich denke an den weinenden Minotaurus, den es nicht gibt.

Soll ich gehen? frage ich.

Bleib, sagt er.

Ich konnte auch gar nicht gehen. Ich war gelähmt. In der Nacht rückte ich von ihm ab aus Angst, ihn einzuengen. Beim Aufwachen eine Traurigkeit, als wäre kein Schlaf gewesen. Seine erste Frage: Bereust du es, hier geschlafen zu haben?

Ich sah ihn an, seine braunen, brennenden Augen. Ich stand auf und ging.

Ich weiß nicht, wer er ist. Ich sehe ihn, wenn ich allein bin, in meiner Wohnung, und die Wände betrachte: wie er sich auf seinem Rennrad vornüberbeugt, in seiner Windjacke, mit seinem halben Lächeln, das mich mitten ins Herz trifft, und wie er mir zunickt, auf seine unnachahmliche Weise. Ich sehe ihn, wie er auf meinen Planken liegt, im Winter, und nicht von mir weichen will.

Ich fuhr an die Uni. Ich holte Bücher ab. Die letzten Seminare sind längst gelaufen; die Ferien haben begonnen; Hausarbeiten müssen geschrieben werden. Ich verabschiedete mich von den wenigen, die noch nicht verreist sind. Ich aß mit ein paar Leuten aus dem Seminar in der Mensa. Ich bekam irrsinnige Kopfschmerzen. *Die beiden gingen zur Tür hinaus und niemand schaute niemandem nach,* wo hab ich das nur gehört?

Er will allein sein und von mir träumen, sagt er.

Ich wette, er masturbiert. Die Anwesenheit des anderen wünschen und fürchten, lese ich irgendwo. Es ist ja alles schon gedacht.

Ich denke bei jedem Türenschlagen an ihn.

Der Egoismus, sagt Leonhardt, wird durch Schuldgefühle losgekauft. Ich verstehe nichts von solchen Sätzen. Ruf mich an, sagt Leonhardt, ich bleibe die ganze Zeit hier.

So eine Scheiße. Ich soll jetzt nicht mehr Sehnsucht sagen.

Ich muss ihm unbedingt den Schlüssel wegnehmen. Ich brenne. Bilde ich es mir ein? Mir gehen die Bilder unserer Liebe wieder und wieder durch den Sinn. Ich kann diesen Wechsel nicht fassen.

Ich denke nach. Seit ich mit Robert zusammen bin, habe ich Konrad gesehen, Nora, Heumann, Theo, Leonhardt und etliche andere.

Ich will keine neuen Männergeschichten; entweder diese hier wird, oder ich lasse es ganz.

Vielleicht ist er nur aus dem ersten großen Glück gefallen und findet sich jetzt nicht zurecht. Ich muss das Kindliche in mir überwinden, vielleicht gelangen wir dann zu einer anderen Stufe des Paradieses. Ich will lernen, die Angst zu verlieren, damit wir uns nicht verlieren. Wie schnell das Herz Hoffen schlägt. Keinen versteht man durch den Vergleich mit sich selbst. Man darf die Änderung einer Herzensneigung nicht Unrecht nennen.

Schön gesprochen, Mädchen. Schöne Absichtserklärung. Aber.

Ich fühle mich nicht mehr aufgehoben. Da darf ich mir nichts vormachen. Das ist ein Verlust. Unsere Zivilisation fordert Einsamkeit. Allein stark sein.

Individuum sein, auch wenn das Subjekt tot ist.

Ich bin tot.

Ich bin ein Individuum.

Ein Zettel unter der Tür: Besuch mich, es wird besser mit der Zeit.

Ich reagiere nicht. Mein Herz rast. Mein Kopf tut weh. Ich fresse Aspirin. Ich kann nichts lesen, nichts arbeiten. Ich kann das Haus nicht verlassen. Ich hasse mich.

Er ruft an, ich gebe nach. Wir sehen uns.

Er sagt: Weißt du nicht, wie scheu ich bin? Und dann liebt er mich wild und ungezähmt. Seine Haut ist die ganze Zeit so angenehm trocken, er kommt heftig, ich höre die Vögel weiß singen.

Ich laufe aus dem Haus, um einkaufen zu gehen, da kommt Robert mit einem Typen. Sie nicken mir beide komisch zu, ich laufe vorbei, als wäre ich ein dummes Schulmädchen, dann sehe ich seinen heißen Blick und ich weiß, er kommt, er kommt zu mir, und ich sehe, dass er erleichtert ist, und ich bin es auch, es ist, als würde eine böse Macht versuchen, uns auseinanderzuzerren, wir müssen ihr widerstehen, dann wird alles wieder gut!

Und wie erfüllt sind unsere Küsse dann! Er sagt, lieb mich, so dreckig wie ich bin, und ich sage jaja, und ich liebe ihn, so sehr ich kann.

13

(Ensemble: Isolation & Hitze) (oder: Staub trinken)

Der Geruch von Konrads frisch gewaschenen, gebügelten Seidenhemden steigt mir in die Nase und ich muss Tränen herunterkämpfen. Wie unverstellt er doch war. Ich höre Schubert, den ganzen Tag. Ich heule hemmungslos. Der alles von mir wollte, hat mir einen Satz gesagt. Es gibt keine Gründe, nein, in der Liebe soll man annehmen, was man nicht versteht. Es geht nicht um die Sache – es geht um den Ton – feierlich – entschlossen –

Er will, obwohl er – sagt er – es zugleich nicht will –
allein sein
allein sein will, sich *frei* und neu auf mich zubewegen –

Ich bin vierundzwanzig Jahre alt. Wir sind zu alt, nach unserer Mutter zu schreien. Wir sind zu jung, uns selber zu halten. Ich sehe sie, meine Abende allein in diesem schrecklichen, bitteren Sinn. Was nützt es, den Kopf gegen die Wand zu schlagen? Sie mit den Fingernägeln zu kratzen? Was können Gedanken oder Schriften gegen das Zittern des Körpers, die Gewalttätigkeit, die sich Luft machen muss? Was nützt es, den Blumen die Köpfe abzureißen, Bücher zu werfen, Tassen, Gläser, Scheren? Nein, ich werde nicht so weit gehen, mir äußere Verletzungen beizufügen, um die inneren zu übertönen! Nein, nein, nein –

Früher konnte er keine Gelegenheit auslassen, bei mir vorbeizukommen. Früher: das ist nicht einmal zwei Jahreszeiten her!

Ich will allein sein – Ich will –

Ich zittre, die Härchen auf meiner Haut richten sich auf, mir ist schlecht, als hätte er mir in die Magengrube getreten. Was reißt da auf? Ich will das nicht! Dass ein kleiner Satz die letzte Hülle fortfetzt und ich da liege und nichts mehr weiß?

Nur, dass ich mir als Liebende und Gebende und Verstehende offenbar ein Armutszeugnis ausstellen kann? Ich kann keinem sagen, was in mir los ist, ich kann nur schreien.

Ich möchte ihm so gern alles *zugestehen*, wovon er spricht, was er Freiheit nennt, Beweglichkeit, weiß der Teufel – ABER ICH KANN ES NICHT!

Es soll nicht das Ende der Liebe sein, hat er gesagt und mich bitterernst angesehen, bleich, TODernst –

Ich bin fortgerannt, ich hielt es nicht aus, ihm das Gesicht zu zeigen, das ich mit Wucht kommen fühlte. Diese entsetzlichen Abende und Nächte, die ich verbringen werde mit dem Wissen, dass er lieber ohne mich ist!

Wenn du an mir zweifelst, hat er gesagt, zweifelst du in Wirklichkeit an dir!

Ist das wahr? Zweifle ich? Weil ich so wenig von ihm weiß? Weil er sich immer weiter entzieht? Den Wissenden, Großmütigen und Weisen mimt? Er macht mich wahnsinnig!

Ich habe ihm meine Angst gesagt, die kommt, wenn ich mich allein gelassen fühle, ich habe ihm meine Neigung gesagt, sie auszugleichen, mit fremder Liebe, ja, ich habe ihm meine Abhängigkeit gesagt, meine Fantasien, alles! Ich war am Anfang viel zurückhaltender als er, wollte meinen eigenen Dingen nachgehen, arbeiten, und er kam und kam und ließ mich keine Sekunde mehr in Ruhe – und jetzt? Ich möchte schreien: warum willst du nicht bei mir sein? Was ist an mir so schrecklich?

Ich bin zu Farben-Röhrich gerannt und habe zwei Flaschen Acrylfarbe gekauft, rot und schwarz, habe das Wort an meine Flurwand geklatscht, gespritzt, geschleudert, schreiend, trampelnd, tobend. Jetzt prangt es da und glotzt mich an:

ALLEIN

damit es in mein Kinderhirn hineingeht, DASS DAS DAS LEBEN IST!

Wie ich das hasse!

Ich muss so gegen mich selbst. Ich sehe mich mit aufgerissenen Augen, ich buchstabiere alle unsere Nächte des Glücks, der Zärtlichkeit, der Nähe, und ich begreife nicht, warum das nicht mehr gut sein soll!

Ich muss mir ein stählernes Gehäuse umlegen!

Plötzlich denke ich an Konrad. Konrad auf meinem Küchenboden. Ich bin Konrad. Konrad auf meinem blauen Linoleum! Verflucht, und ich habe ihn fortgestoßen! Und jetzt bin ich schrecklicher als Konrad! Ich hasse mich selbst dafür, aber ich habe Robert einen Brief geschrieben, in rotem Lippenstift: Ich blute wie ein Schwein! *Take that! That´s me!*

Ich will nicht fortlaufen! Ich will nicht.

Nora hat mich eingesammelt. Sie kam, holte mich ab, hat mich gewiegt wie ein Baby.

Komm, hat sie gesagt, es gibt doch andre. Warum suchst du alle Fehler bei dir?

Ich habe keine Macht gegen dieses Gefühl der Verlassenheit, sage ich.

Und ich erzähle Nora zum ersten Mal von meiner Mutter, der Waldläuferin. Die immer spazieren ging, die für Stunden und Tage fortblieb und eines Tages nicht zurückkam. Die ich über alles liebte. Ihre hellen unruhigen Augen, ihre Zuneigung zu den Regentropfen, die am Fenster Muster bildeten, zu den Vögeln, die sie an ihren Stimmen erkannte; ihre seltsamen Geschichten, die sie Anka und mir erzählte, ihr schmutzigblondes Haar, mit dem sie über mein Gesicht strich, wenn sie beim Gute-Nacht-Sagen den Kopf zu mir hinabbeugte. Ich weinte und weinte.

Du darfst dich nicht von ihm bestimmen lassen, sagt Nora.

Es ist so überwältigend, sage ich, wenn wir uns nah sind.

Ich sage die Wahrheit, ich kann nicht anders.

Ich raffe mich auf. Reiß mich zusammen. Gehe mit Heumann zu Hölts Ausstellung, er hat einen neuen Galeristen. Unmengen Menschen stehen und trinken und bewundern die großen Bilder. Hölt gibt sich die Kante und pöbelt herum. Ach Theo, ich fühle mich hässlich und unnütz. Alle machen etwas, schaffen etwas, nur ich versinke in meinen Gefühlen. Ich hasse euch, ihr Produktiven. Wie ihr da steht und –

Heumann, hilf mir, dachte ich, aber ich sagte nichts. Es war wie früher, nur ich stand die ganze Zeit neben mir. Theo küsste mich, spät am Abend, drängte meine Lippen auseinander, ich ließ es geschehen, nur ich empfand nichts.

Der endlose Sommer erdrückt die Stadt mit seiner Schwüle. Ich gehe schwimmen, ich schwimme bis zur Erschöpfung, im Halensee, im Schlachtensee, im Schwimmbad am Olympiastadion, am Heidelberger Platz, im türkisen Wasser, im dunkelgrünen Wasser. Schilf, Gräser, Bäume. Licht. Ich bekomme Briefe an *Milena* und schicke sie zurück. Ich werfe sie nicht in seinen Postkasten. Ich klebe eine Briefmarke auf seinen Brief und schreibe: *Empfänger unbekannt* neben das Wort *Milena*.

Ich spreche laut vor mich hin, dass ich von ihm lassen muss. Dass er Kunst und Leben verwechselt. Dass er Menschen formen will, nicht Worte. Dass er mich formen will. Ich aber, so sage ich laut vor mich hin, will mich nicht formen lassen.

Und dann klebe ich an meiner eigenen Wohnungstür und höre auf seinen Schritt im Treppenhaus und bete: Forme mich, forme mich, liebe mich so wie am Anfang. Denn mein Körper ist haltlos ohne dich, und ich will meinen Körper wiederhaben. Dies ist der Angelhaken für Fremde, für bedeutungslose Annäherung, ich weiß, die anderen sehen das, sie sehen es in meinen Augen, dunkle Schächte direkt in mein Herz, und gleich wieder raus, denn mein Herz hält keinen Fremden, nur dich. Und dich hasse ich auch, Jackson, schreie ich hinterher, denn wärst du geblieben, wär das alles nicht!

Nachts allein durch die Straßen laufen, Lichter sehen, Gesichter, und Staub trinken. Ich sehne mich nach der Einsamkeit, die keine Richtung hat, in der ich nicht einmal daran denke, aufgefangen zu werden, nichts ist grausamer als dieses Nicht-gehalten-Werden vom geliebten Menschen, nichts. Muss ich immer nur Stärke zeigen? Ich sehne mich nach der Süße der Ungebundenheit, doch sie kommt nicht über mich. Ich ertrinke an mir selbst. Ich ruf ihn nie mehr an.

Ich lauere im Hof und sehe nach oben. Ich sehe ihn durch die Mauer hindurch seine Liebe einer anderen geben. Sie einatmen. Ich kenne sein verfluchtes Talent, heimliche Räume zu schaffen, mitten auf einem Fest, ich kenne sein Talent, dir das Gefühl zu geben, du bist allein mit ihm auf der Welt. Ich stehe im Hof und mein Herz kotzt alles aus, was es von ihm bekommen hat. Mein Herz stößt es aus wie einen Fremdkörper, den der Körper nicht annimmt. Der Fremdkörper, halb schon ins Fleisch gewachsen, reißt Fasern mit sich. Ich jaule ohne einen Ton.

Ich weiß nicht, wie wir dann wieder zusammenkommen. Die Anziehung ist übermächtig. Ich müsste mich zurückziehen, aber ich kann es nicht. Wir sind einander ausgeliefert. Er war schockiert, als er das rot-schwarze Gekrakel an meiner Wand sah; er fing an zu weinen.

Er kommt, wir liegen Arm in Arm, der Mond hängt wie eine besoffene Pflaume über den Dächern, wir können ihn sehen, er ist knallgelb und hat viele Löcher, ich fühle mich durchlöchert von Schüssen und fließe dahin, verletzt und verausgabt –

Robert spricht leise in mein Ohr. Er küsst es. Ich lache. Ich lächle. Er spricht von seiner Liebe. Er ist so schön, es zerreißt mich.

Er sagt, er habe viele Gedichte geschrieben, in den letzten Tagen.

Darf ich sie lesen? frage ich.

Bald, sagt er. Und spricht weiter in mein Ohr, während seine zarten Finger in mein Inneres wandern.

Sie helfen mir, sagt er, eine Freiheit wiederzufinden, die ich in meiner Leidenschaft zu dir verliere. Ich fühle mich sicher in der Poesie. Ich brauche die Abwesenheit, damit meine Vorstellungskraft Nahrung hat.

Ich muss kichern, beim Wort Nahrung, aber ich verkneife es mir. Ich weiß ja, dass er mir etwas sehr Wichtiges von sich sagt, und ich habe es mir die ganze Zeit gewünscht.

Ich muss frei sein von meinen Gefühlen, sagt er, die mich anderen und den Gefühlen selbst unterwerfen.

Ich zucke ein bisschen mit dem Körper, er lässt mich aber nicht einen Millimeter los.

Freiheit von denen, die ich begehre.

Ich versuche, seine Hand fortzuschieben. Er insistiert.

Ich liebe dich, sagt er und küsst mich sehr.

In die Zeilen gebannt, sagt er, leben sie für mich allein. Wie sie ihrer Wege ziehen, spielt keine Rolle, Hauptsache, sie kreuzten meinen Weg.

(Jetzt meint er hoffentlich die anderen.) Ich spüre eine leichte Verkrampfung da, wo ich besonders weich bin.

Daher wird bleiben, sagt er – und ich halte die Luft an – die Sehnsucht nach den anderen Frauen, den verflossenen, den fernen.

Jetzt schlage ich ihn fort. Mit den Fäusten trommle ich, mit der flachen Hand schlage ich zu. Er tut nichts. Der dicke Mond grollt.

Wie kannst du so etwas sagen? frage ich heiser in diesen gelben Lichtstrahl hinein, der in mein dunkles Zimmer fällt.

Ich verstehe dich, sagt er, ich kenne dich besser, als du denkst. Ich liebe dich, sagt er, sonst würde ich mich dir nicht anvertrauen! Ich will, dass du mich kennst! Es droht keine Gefahr, sagt er beschwörend, ich liebe dich bis zum Wahnsinn, ich will, dass du alles von mir weißt.

Ich habe ein *déjà-vu*.

Er streichelt mich so zart, wie nur er es kann.

Nur so kann ich ein Dichter werden, sagt er. Ich brauche die Imagination.

Mich macht die Imagination verrückt, flüstere ich, und ich wäre lieber kein Dichter, aber dafür ein glücklicher Mensch!

Er küsst meine Tränen, meine Lippen. Er nimmt mich zurück in seinen Arm. Ich sträube mich, aber er bittet mich. Und bald höre ich die Vögel wieder weiß singen. Mitten in meiner Hingabe hasse ich mich.

Ich halte es ja gar nicht aus, wenn er mir die Wahrheit von sich sagt!

Liebes Kind, sagt Heumann zu mir, als ich ganz abstrakt auf die künstlerische Produktion zu sprechen komme, um ihm die Sache mit Robert zu schildern, das Muster, von dem du sprichst, mag für den einen oder anderen Künstler oder Dichter gelten, es klingt mir aber in seiner Banalität nach einem typisch männlichen Klischee.

Ich schlucke. Jetzt redet er schon wie Nora.

Wieso wissen alle um mich herum Bescheid, nur ich nicht?

Weil jeder seine eigenen Erfahrungen machen muss, sagt Heumann.

Jetzt würde ich dir gern eine schallern, sage ich.

Tu's doch, sagt er und sieht mich sonderbar an.

Nein, nein, sage ich, du nicht, du nicht! Ich habe genug mit dem einen zu tun!

Er lacht und schüttelt den Kopf. Seine Haut wird fleckig rot.

Er ist ja auch viel zu alt, denke ich noch. Irgendwann frage ich ihn, ob er drin war, im Pornoladen.

14
(Ensemble: Zerstörung & Intimität)

Zerstören ist der Trost für eine Verzweiflung.

Ich sage Robert, dass *ich* ihn eine Woche lang nicht sehen möchte. Ich kreuze unseren Hof wie eine Spionin, um ihm nicht zu begegnen. Ich gehe jeden Tag schwimmen und lasse mich in der Sonne trocknen und ich fahre in die Bibliothek und verabrede mich für jeden Abend. Zum Glück habe ich im Winter so viel gearbeitet; ich wäre sonst arg im Hintertreffen. Nach einer Woche sehe ich erholt aus und leicht gebräunt. Ich habe einiges geschafft. Wir treffen uns wie verabredet und führen ein langes Gespräch. Robert sieht blass aus und schön; er hat dieses Durchsichtige und Zarte, das ich ganz besonders an ihm liebe. Sein Haar ist ultrakurz, auf dem Hinterkopf ist ein Blitz ausrasiert.

Er legt mir die Briefe auf den Tisch, die ich ihm zurückgeschickt habe.

Ich habe dich so genannt, weil Kafka mein größtes Vorbild ist und weil er sie schrecklich geliebt hat.

Aber es ist nichts geworden mit den beiden, sage ich.

Sag niemals mehr, ich soll mich öffnen, wenn du es nicht tust. Dies ist die Regel des Spiels, das keines ist.

Ich werde dich in die Knie zwingen wie du mich.

Dies ist mein letztes Angebot.

Oktober, neues Semester

Ich versuche, stark zu sein. Ich jammere nicht. *Cold cut, baby.* Kein Pollock mehr, Pollock bleibt für immer; ich beschäftige mich mit Künstlerinnen, Frauen, die *jetzt* leben. Frauen, die Kunst mit dem Körper machen. Carolee Schneemann, Valie Export, Kiki Smith. Ich sehe einen Film von einer *Performance*, von 1973: Carolee Schneemann hängt nackt an einem Seil und zeichnet schwingend mit Kreide die Bewegungen ihres Schwingens auf. Linien entstehen auf dem Boden. Körperschrift. Das ist Jackson Pollock mit anderen Mitteln. Ganz Hitze, ganz Körper. Ich muss an meinen eigenen Traum denken, in dem ich aufgehängt bin an einer Eisenkette. In einem anderen Film nimmt Schneemann sich selbst beim Sex mit ihrem Freund auf, mit einer Handkamera.

Das ist ein Antiporno, sagt Heumann, sie unterläuft das voyeuristische Prinzip, indem sie es durchsichtig macht. Das dient keinem mehr als Wichsvorlage.

Der Film ist von 1966, das ist zwanzig Jahre her, ich staune, dass es da schon Thema war. Damals hatte sie etwas begriffen, das ich mir mühsam aneignen muss. Müssen wir immer selber in die Scheiße rutschen?

Sie überlässt es nicht einem anderen, sie zu filmen, sie nimmt den Blick buchstäblich selbst in die Hand. Sie macht sich unabhängig vom männlichen Blick, denke ich laut.

Nicht nur das, sagt Heumann.

Wir sitzen im »Sehn-Sucht«, einer runtergekommenen Kneipe mit ausrangierten Sesseln in SO 36; wir müssen schreien, weil die Musik so laut ist. Es ist mir egal, ich habe schon drei Wodka hinter mir. Ich seh Heumann jetzt wieder öfter; wenn Robert Wind davon kriegt, wird er toben.

Im Porno tust du so, als könntest du dich selbst ganz sehen, durch die Identifikation mit denen, die du siehst. Wenn du mit jemandem schläfst, kannst du das nicht. Du siehst nie alles. Sehen aber ist Macht. Kontrolle. Das Ganze in den Blick zu kriegen, schafft Distanz, du bekommst eine Art Überblick, denk mal an Spiegel, die über Betten hängen. Darin besteht eine Lust. Macht-Lust. Nicht aber, wenn du ganz nah rangehst; wenn du einen Mund küsst, kannst du zwangsläufig nicht die ganze Frau sehen, wenn du einen Körperteil liebkost – was glaubst du, warum wir beim Sex so oft die Augen schließen?

Wir können uns die ganze Frau vorstellen, sage ich. Aber

ich dachte, in Pornofilmen werden die Geschlechtsorgane immer als Ausschnitt gezeigt, sozusagen nackig.

Einerseits, andererseits, redet er weiter, wenn du so nah drangehst, verlierst du dich, du wirst – im Gefühl jedenfalls – wie das Baby an der Haut der Mutter – die einen finden das schön, schließen die Augen. Andere finden das erschreckend. Sie fühlen sich ausgeliefert. Sie erzählen dir dann natürlich irgendeinen biologischen *bull shit*, nach dem Motto, Männer sind so, das ist Natur und so weiter. Trotzdem gibt es das alles, den Sex ohne Liebe etc. Aber mich interessiert dieser Aspekt: dass die Kontrolle geil macht.

In der Liebe kotzt mich Kontrolle an. Du wirst dabei steif wie ein preußischer Offizier. Ein Laken im Wind peitscht wieder und wieder gegen die Wand. Ein Geräusch zum Wahnsinnigwerden.

Mitten im Gespräch habe ich eine akustische Halluzination, ich höre diese Sätze und dieses Geräusch, *klatsch, klatsch*. Habe ich Heumann gerade eben gefragt? Ob er im Pornokino war, ob er da hingeht? Er erzählt jedenfalls davon, ich muss einen Filmriss gehabt haben, gerade eben, er redet von den Kabinen in den Sexshops, in denen Pornos auf einem fernsehgroßen Bildschirm ablaufen und in denen *mann* allein sitzt, jeder für sich, und sich einen runterholt. Es gibt Löcher, für den Nachbarn, zum Gucken und zum Anfassen. Zum gegenseitigen Einen-Runterholen. Daneben liegt eine Küchenrolle. Zum Abwischen.

Manche kleben damit das Loch zu, sagt Heumann.

Ich starre ihn an.

Sie kleben das Loch zu?

Ich muss lachen. Ich kann nicht anders.

Was hast du?

Ich glaube, ich hab da irgendwas falsch verstanden, sage ich. Dieses ganze Ding mit der Liebe. Mit dem Sex. Da soll gar keine Nähe sein, was?

Ich sehe einen Film mit Heumann, in dem Valie Export vor einem Bild mit zwei Kindern sitzt und sich mit einem Teppichmesser unter die Fingernägel schneidet. Zehn Minuten lang. Das Blut lässt sie in eine Schüssel mit Milch tropfen. Heumann verlässt den Saal, ich bleibe. Ich sehe mir das an. Ich will alles wissen, ich sehe nicht weg. Ich will wissen, wer ich bin.

Muss ich mir eingestehen, Lust an diesem Terror zu empfinden? Warum lasse ich mich wieder auf Robert ein? Ich gefiel mir als die, die Jackson liebte. Warum? Ich hatte keine Angst vor ihm. Ich war nur traurig, als er weg war. Die, die ich mit Robert wurde, gefällt mir nicht, dieses zitternde, auf ihn wartende Häufchen Elend, das ununterbrochen nachdenken muss. Liebe muss da sein oder –

Bull shit. Ich muss mich neu erfinden. Sonst gehe ich unter.

Er ist mein Härtefall. An ihm lerne ich meine Grenzen kennen, mich. Er verlangt keine brutalen Sexualpraktiken von mir, er will mir nicht ins Gesicht pinkeln. Seine Grausamkeiten kommen aus Wankelmut oder Herrschsucht. Er *täuscht an*, wie das beim Sport heißt. Er hat zwei Gesichter. Mir wird plötzlich klar, wie wenig ich diese beiden Gesichter zusammendenken kann, oder besser noch *zusammenfühlen*. Solange ich sie nicht zusammendenken kann, bin ich ihnen ausgeliefert. Werde überrumpelt und in Schach gehalten.

Ich will das Leben und ich will diese Liebe bis zum allerletzten Tropfen. Ich will sehen, ob ich es liebe, gedemütigt zu werden, ich will kalt werden und den *Überblick* kriegen und sehen, ob ich dann noch ich selber bin.

Wenn ich durchhalte, ruft er an. Wenn ich mich unabhängig zeige, verführt er mich. Das meint Heumann mit Banalität. Er will mich erobern. Es gelingt ihm nicht immer. Das macht ihn heiß. Nur: Ich verliere langsam das Interesse.

Manchmal denke ich: Vertrauen bestünde darin, zu wissen,

dass die Verführung sich immer wieder ereignet. Aber was dann? Worum geht es?

Er kommt, er küsst mir Hals und Nacken, während ich ihm erzähle, was ich alles so getan habe, in einer Woche ohne ihn. Er zieht mich langsam zum Bett und aus.

Es war schön, wieder Liebe zu machen, und die ganze Nacht schliefen wir dicht beieinander, hielten uns im Arm und an den Händen, träumten voneinander und liebten uns am Morgen erneut. Ich finde sein Gesicht noch immer so schön; es bewegt mich zutiefst und unerklärlich. Er hat einen angespannten Mund, und seine Bewegungen hatten etwas Ruckartiges, bis er sich löste. Seine Wimpern, Dächer über seinen Augen, die Lippen verletzlich geschwungen. Wehmut und Zorn.

Die Sonne fiel in sein Küchenfenster, die Kühle des beginnenden Herbsttages war trotzdem zu spüren. Er sprach darüber, dass ihn alles traurig mache, dass er nicht mehr so ins Blaue leben könne wie früher, dass er Ziele setzen und darauf zuarbeiten müsse. Dass unsere Liebe ein weiterer Baustein in dieser Zementierung des Lebens sei und ihn deshalb so verrückt mache, obwohl die Liebe als solche so bewegt sei.

Fängst du schon wieder an? fragte ich. Ich bin es leid, wie du unser Zusammensein zerredest, kaum dass wir eine schöne Nacht miteinander verbracht haben.

Ich sage dir nur, was ich denke, sagte er und trank in winzigen Schlucken seinen Tee. Aus einem kleinen Becher ohne Henkel, den ich nie anfassen kann, weil er so heiß ist. Mich nervten seine winzigen Schlucke, das Geräusch. Ich wollte die Nacht nachklingen lassen. Ich wurde wütend, sagte aber sanft:

Es ist doch gut, wenn wir dieses Gefühl teilen können. Wenn wir gemeinsam eine offene Zukunft betreten. *(Du wirst dich wundern.)*

Wir lernen uns kennen, sagte er und sah mich aus ganz offenen Augen an, das ist die einzige Chance. Ich liebe dich mehr als am Anfang, weil ich dich besser kenne.

(Schön, schön, schön.)

Ich hatte immer solche Sehnsucht nach deiner Nähe, sagte er.

Ich spürte, wie ich schon wieder ins Wanken geriet. Vielleicht tat ich ihm wirklich unrecht? Vielleicht fühlte er nur so zart, wie er aussah, und hatte gar keine Machtspiele im Sinn? Andererseits: *hatte*? Wieso sagte er: *hatte?*

Er erzählte mir von der Tochter seines Patenonkels, die er als Junge einmal die halbe Nacht geküsst hatte, und die dann am nächsten Tag mit seinem Bruder ins Bett gegangen war.

Ich habe immer Angst, dass er kommt und dich mir wegnimmt, sagte er.

So ein Quatsch, sagte ich, ich kenne ihn doch kaum. *(Du konstruierst hier doch irgendeinen Scheiß.)*

Ich bin träge, sagte er, du kannst mich dafür verdammen, aber ich bleibe nicht aus Trägheit bei dir.

Er schmiegte sich an mich.

Du warst nie treu, sagte er, ich habe Angst vor deiner Sprunghaftigkeit.

Ich springe nur in dir herum, sagte ich. *(Blöder Witz.)*

Ich brauche immer ganz lange für alle Entscheidungen, sagte er, dann sind sie tief und dauerhaft. Ich liebe Details.

Du meinst wohl Zerstückelung.

Man muss sich ja nur mal seine Wohnung ansehen. Er ist perfektionistisch bis zum Anschlag. Sein ganzer Buddhismus ist doch wohl nur die Liebe zu den schönen fremden Dingen. Deko. Obwohl ich meine Wohnung einigermaßen klar halte, brauche ich es manchmal, alles liegen zu lassen, alles herumzuwerfen, so wie ich es brauche, mich nicht zu waschen, keinen Wecker zu stellen und und und –

Ich sage ihm nicht, worum meine Gedanken kreisen. Ich sage ihm nicht, was ich von ihm denke. Ich sage nichts mehr.

15

(Ensemble: Nach einem Moment der Liebe)

1988

Robert ist wie ausgewechselt. Seit wir zu Silvester in Prag waren, leben wir vertraulich miteinander, sehen uns oft. An Kafkas Grab gab es eine wüste Szene, weil ich einen dämlichen Witz landete, er riss mich an den Haaren, ich hatte Angst vor ihm, doch jetzt schläft mein Misstrauen wieder ein. Gestern brachte er eine Biografie über Majakowskij und schrieb *für uns beide* hinein. Wir laufen Hand in Hand, Gesicht an Gesicht. Beim Essen im indischen Imbiss sagt er: Wie schön wird es sein, wenn du schwanger bist!

Ich fiel fast vom Stuhl.

Nee, nee, sage ich.

Manchmal fühle ich mich so sonderbar, als ob mein Körper *ich* wäre, auf eine verrückte Art, als ob mein Körper mir Einheit gibt, Identität. Wir schlafen miteinander, als lägen wir voreinander auf der Lauer, ich gebe nicht nach, er sieht mich an, über mir aufgerichtet, wiederholt sein Eindringen ganz langsam und sanft, und ich komme ganz langsam und kann ihn ansehen, während er kommt. Wir werden beide verrückt, wenn wir mit den Fingern gegenseitig ineinander eindringen, es scheint auch ihm allergrößte Lust zu bereiten. Ich bin oft völlig entspannt, ich tropfe, der kleine Ring dehnt sich, ich kriege so ein sausendes Gefühl – ich liege danach oft auf seinem Bauch, mit meinem Rücken, und seine immer so angenehm trockenen Hände streicheln mich sanft. Wenn er mich mit dem Mund liebt, ist es so, als würde ich mit ihm in mich selbst hineinschwimmen. Ich bin nur mit diesem Körperempfinden beschäftigt, es verändert mich vollkommen.

Und es ist manchmal so, wie ich es mir gewünscht hatte, wir

können über vieles sprechen und das Körperliche geht zusammen mit einer anderen Nähe.

Er hat seine Eltern besucht, sein Bruder ist auch da gewesen. Er kam zurück und wollte sofort vögeln, aber er war so geladen, ich konnte nicht. Ich werde nicht feucht so, sagte ich.

Ich legte mich neben ihn und streichelte ihn, er fing an zu erzählen, die Kerbe im blassen Gesicht sehr tief, die Augen halb geschlossen, wie sein Bruder ihn mit sarkastischen Bemerkungen niedergemacht hätte. Dass er kein erwachsener Mann wäre und keine Entscheidungen treffen könnte. Es ging um berufliche Pläne, Robert hatte eigentlich nur gesagt, dass er sich Zeit lassen wollte bis zum Examen, dass er nicht sicher wäre, in welche Richtung er gehen wollte. Seine Mutter hätte sich aufgespult und ihre fiese gepresste Stimme bekommen. Sie wollte nicht, dass die Brüder stritten, heizte ihnen aber noch mehr ein. Ich dachte an meinen Besuch, ich hatte sie seitdem nicht mehr gesehen. Sein Vater, den wir damals vor der Tür getroffen hatten, war mir vorgekommen wie ein unkörperliches, dickes Gespenst.

Robert redete immer weiter. Er nannte seine Mutter Elektra. Er redete über ihre Migräne und dass sie zu einem spirituellen Zirkel ging, und ihre Leidenschaft für Filme und Bücher über den Holocaust.

Die Brüder haben sich so erbittert gezankt, dass Robert abgehauen ist. Plötzlich sehe ich die ganze Enge seiner Familie, gegen die er sich wehrt, die tief in ihm drinsitzt, die Routinen, gegen die er anredet, während er ihnen selbst unterliegt. Und plötzlich frage ich mich, ob ich diese Routinen vielleicht gefährde, obwohl er so tut, als wolle er sie nicht. Der Gedanke blitzt nur auf.

Du bist der Spießer, gegen den du dich wehrst, sagte ich langsam, es kam aus mir herausgesprochen. Ich bereute es sofort.

Robert fing an, mit dem Kiefer zu malmen, was ich schon

lange nicht an ihm gesehen habe, und brach mit eisiger Stimme einen Streit vom Zaun, über Moral und Männerbilder. Er brauche keine Anerkennung, behauptete er, und kenne keine Klischees. Er wurde immer starrer und kälter, aber ich ließ nicht locker, bis er weinte und zugab, dass ihn seine Familie mit ihren Anforderungen erdrücke. Er schämte sich. – Es ist nicht leicht, das alles auszuhalten. Doch es ist die Offenheit, die ich mir gewünscht habe.

Wir mussten lange reden, bis wir uns wieder beruhigten und einschliefen.

Es gibt ein geheimes Leben von uns beiden, miteinander.

Robert schreibt mir einen Brief, keinen Zettel wie sonst; ein grüner Briefumschlag. Ich öffne ihn und halte eine schwarzweiße Fotokopie in den Händen, oben ein Foto, unten seine runde Schrift. Der Mann, oder ist es eine Frau?, hat die Augen ekstatisch verdreht. Er ist aufgehängt wie Jesus am Kreuz. Ihm fehlt ein Bein, vom zweiten Bein gibt es noch die Hälfte; die Brust ist herausgeschnitten: zwei klaffende Fleischlöcher. Ein anderer Mann hackt ihm gerade den Arm ab, Leute mit Kappen und langen Zöpfen, eindeutig Chinesen, stehen drum herum und sehen zu.

Unter dem Foto steht in seiner Handschrift in blauer Tinte: *chinesische Folter, auch Folter der hundert Teile genannt. Bei dieser Folter werden einem Menschen bei lebendigem Leib Körperteile abgeschnitten. Der Betroffene erlebt eine religiöse Ekstase.*

Ich sehe das Bild an und fühle wieder diese Faust in meiner Kehle. Mir wird schlecht.

Ich muss warten und mich beruhigen, bevor ich lesen kann, was er schreibt.

Robert schreibt, er stelle sich vor, ohne Sprache zu sein, nicht sagen zu können, dass er mich liebe, und er liebe dieses Gefühl des Schmerzes, das ihn dann überkommt. *Das einzige Reale ist der Schmerz, sagt Kafka.* Er liebe mich brennend, er empfinde keine Gewalt; es ist, als brauche er dieses Gefühl des Verlassenseins, des Einsamseins. *Ich liebe den Tod, den Tod in meiner Empfindung, er ist wie ein Tal, durch das ich wandern muss, um mich lebendig zu fühlen. Ich tauche hinab und komme ans Licht, nur so kann ich existieren. Ich denke ununterbrochen an dich, dabei müsste ich lernen. Der berühmte kleine Tod in der Liebe kann mir gar nicht groß genug sein; du bist in der Lage, ihn mir zu geben, deshalb liebe ich dich.*

Er sei traurig und sein Kopf sei schwer. Er müsse noch viel mehr allein sein.

Ich lese diesen Brief und sacke zusammen. Etwas in mir zerreißt, ich fühle es deutlich. Ich kann dieses Foto nicht ansehen. Es ist das Grausamste, was ich je gesehen habe. Ich weiß nicht, was ich tun soll. Ich wollte ihn so lieben, wie er ist, doch ich bin nicht in der Lage dazu. Ich bin sein Tod, und er ist meiner.

Ich spüre eine Tür schlagen, das Haus vibriert. Ich wünsche sofort, dass er es ist, dass er kommt und niemals diesen Brief geschickt hat, dass er sagt, es ist alles, wie es war, dass er der ist, der er früher war. Dass er sagt, es ist ein Alptraum, jemand hat sich einen Scherz erlaubt, dieser Brief ist gar nicht von ihm. Ich wünsche und wünsche und muss mich zwingen zu denken: Er hat diesen Brief geschrieben. Es ist die Wahrheit, auch wenn ich sie nicht will.

Ich würde gern zu ihm gehen und sagen, komm, doch ich würde es nicht ertragen, dass jede neue Nähe mit einem neuen Hieb beantwortet wird.

Die Menschen öffnen sich erst in ihrem Begehren. Alle Konflikte treten erst dann zutage. Sie brechen vorher gar nicht auf. Aber können wir sie lösen? Keiner ist mir so fremd wie er. Wir verstehen uns gar nicht. Missverständnis. Verwechslung. Robert interessiert sich für Kiesel, von Mönchen geharkte Gärten, die schöne Fremdheit der Dinge –

Wer war das Mädchen? frage ich.
Er leugnet nicht.
Mathilda, sagt er, sie kam zum Frühstück.
Vor acht?
Sie musste zur Uni. Denk dir nichts. Sie wollte auch noch etwas abholen, eine Schallplatte.
Ich schweige.
Ist es zu Ende mit ihr? frage ich.
Ich hoffe doch, sagt er.

Ich hoffe doch! Das Böse ist grün, es schreit in meinem Kopf *ich hoffe*. Ich könnte mich selber fressen für meine unnütze Eifersucht!

Es war nicht Mathilda. Ich habe doch ein Foto von ihr gesehen. Also frage ich noch einmal: Wer war das Mädchen?
Irina.
Wer ist Irina?
Eine Freundin von Mirko. Ich kenne sie aus unserer WG-Zeit.
Und was wollte sie?
Sie hat eine Schallplatte geholt, wie ich es dir gesagt habe.
Warum hast du behauptet, es wäre Mathilda?
Keine Ahnung. Es ist mir so rausgerutscht.

Es ist aus, es ist endgültig aus mit unserem fraglosen Zusammensein.

Er kann seine Zeit nicht einteilen und erzählt mir etwas von Zeitlosigkeit. Er zankt bei jeder Gelegenheit mit mir und ich ziehe eine Flappe und nichts geht mehr. Verdammt! Er sagt, er muss allein sein, und ich sage, geht das wieder los! und lasse ihn allein. Es ist mir egal, dieses Mal warte ich nicht, ich rufe gleich Nora an, gehe rüber, übernachte bei ihr, ich lasse mich nicht noch einmal so kirre machen!

Es war mir klar, dass er sich nicht meldet. Es ist wie ein ungeschriebenes Gesetz zwischen uns, dass wir uns nicht sehen. Eine *Spielregel*.

In der zweiten Nacht rufe ich ihn an. Ich bin nicht gut im Einhalten von Regeln, die ich nicht selbst festlege. Zuerst nimmt er nicht ab. Dann sagt er kurz seinen Namen. Ich höre Stöhnen.

Sag etwas, sage ich.

Er legt auf.

Ich bin mir sicher, dass sie bei ihm ist. Wahrscheinlich hat sie ihm gerade einen geblasen.

Ich habe mir die ganze Zeit etwas vorgemacht. Ich habe in unserem zweiten Paradies alles vergessen, was war. Ich werde das nicht durchstehen. Er ist ein Narziss im Labyrinth, und ich habe keinen Faden, nicht für mich und nicht für ihn.

Irina ist schlank und ihr Haar liegt glatt und blond an; sie trägt es »männlich« kurz. Sie trägt Armeehosen und eine Bomberjacke und ein T-Shirt. Ich kenne diesen Typ, bei Theos Feten und in anderen Ateliers hängen sie herum. Betont antibürgerlich. Betont militant. In welchem Sinne auch immer. Sie hat kräftige Arme und ich stelle mir vor, dass sie meinen Robert fickt, als wäre sie ein Mann.

Ich heule. Ich habe Krämpfe. Katastrophen und Koliken. Ich habe mir eine Flasche Cognac gekauft; das habe ich noch nie gemacht; ich will niemanden sehen. Oder mit Theo schlafen, auf dem harten Boden, bis ich außen blau und innen wund bin und keinen Robert mehr kenne. Mit Theo könnte ich das, es hätte keine tragischen Konsequenzen, es wäre absolut sicher. Irgend so was. Aber ich packe es nicht.

Er geht mit ihr ein Fahrrad kaufen. Im Winter! Er berät sie. Er geht in ihr Atelier. Er steht nach drei Tagen vor meiner Tür; ich bin am Ende; er behauptet, es wäre nichts, ich solle ihm vertrauen, ich müsse ihm das beweisen, er brauche das, er brauche es, dass ich ihm unbedingt vertraue. Ich bin so leer, dass ich nicke, aber ich fühle mich nicht. Er sagt, sie sei so geheimnisvoll, es inspiriere ihn, sie habe diese Aura des Ungewissen. Zugleich gehe sie ihren Weg, es beeindrucke ihn, gebe ihm zu denken. Oh ja. Er liebt diese wässrigen Geschöpfe, fluktuierend und labil. Ein Feld zum Manipulieren, für unseren sanften Robert.

Er will, dass ich sie kennenlerne, ich sage Nein. Auf gar keinen Fall.

Ich gehe mit. Ich gehe mit ihm, bis ich nicht mehr kann. Oder? Bis er nicht mehr kann? Etwas Neues taucht da in mir auf, unbekannt und finster.

Ihr Atelier ist ein normales Zimmer in einem normalen heruntergekommenen Altbau in der Nähe vom Gleisdreieck. Mit Balkon und Rankpflanzen im Sommer, wuchernden Gräsern im Hinterhof, jetzt alles grau, eine Bauruine zur Linken, eine Brandmauer zur Rechten, abblätternder Putz. Gepflegte Kahlheit innen. Eine Pferdedecke auf dem Bett, Kissenbezüge aus alten Teppichen. Rauhe Wände. Farben, Kohle, Bleistifte auf einem Tisch. Überall Zeichnungen, Studien; ringsum nur ihre eigenen Bilder, die sie anglotzen. Ich kenne Ateliers. Von echten Künstlern. Okay, die haben auch ihre Bilder stehen, aber nicht gerahmt und aufgehängt. Eher verdeckt oder umgedreht oder in Arbeit. Die hier will nur eine Künstlerin sein. Ich sehe das sofort. Behauptete Improvisation, behauptete Intimität, dabei alles hininszeniert. Die passt gut zu meinem Möchtegerndichter, soll sie ihn haben.

Ich mache sie an, lasse meinen Charme spielen, und zwar die abgefuckte Art; solche Mädchen stehen drauf. Ich knöpfe mir auf dem Klo die Knöpfe an meinem T-Shirt weiter auf. Ich bewege mich wie eine Katze. Robert wird nervös, ich sehe es aus den Augenwinkeln. Ich streife Irina am Rücken mit meinen Brustwarzen, als ich ihr über die Schulter auf ein Bild schaue. Robert wird rot. Tja, mein Lieber, denke ich, du alter Spießer, du hältst dich für besonders enthemmt, du hast keine Ahnung.

Wir bewegen uns alle in gefährlichen Gewässern, sage ich und tue so, als sagte ich es zu den Bildern. Ich lächle hintergründig. Ich gehe zu Robert und streiche ihm über sein Geschlecht, greife ihm zwischen die Beine, so mal eben im Vorübergehen; das hat mir Theo beigebracht. Es funktioniert, er dreht sich weg.

Irina ist irritiert. Auch darin passt sie zu Robert. Alles schön in der Schwebe lassen, wie auf ihren Bildern, bloß keine nackte Haut zeigen. Die gehen sich nicht auf den Grund, diese Sorte Mäuse, würde Heumann sagen. Heumann, ich danke dir, du hast mir den Blick geschärft, und mein Unglück macht ihn messerscharf.

Ich lächle, ich lache, ich tue so, als wäre es das, was ich mir immer gewünscht hätte.

Irina hat Apfelkuchen gebacken (!), die beiden stochern darin herum, ich tue so, als äße ich mit großem Appetit und schaufle ihn mit Sahne rein. Ich hasse Kuchen.

Abends sage ich, ich will allein sein. Ich fühle die Migräne kommen, wie eine unaufhaltsame Welle, ich fresse drei Aspirin und schleppe mich mit letzter Anstrengung zu Nora. Bei Nora heule ich und heule und heule. Ich habe keine Unschuld mehr, sie ist mir auf immer verloren. Der Sadist erträgt die Unschuld nicht, er muss sie zerstören. Ich bin meine eigene Sadistin. Zu überleben! Zerstören, zerstören! Kauf dir eine Lederhaut und trage sie von Kopf bis Fuß! Bohr dir Nägel in die Haut! Nein! Nein! Schreien!

Das Ende des Subjekts ist sein Anfang.

Die Liebe ist eine endlose Trauer, die ich in Freude zu verwandeln suchte. In der Liebe reißt alles auf. Ich suche endlich Schutz.

Ich wandere durch meine Stadt. Am Abend, in der Nacht. Ich sehe die Lichter, die Häuser. Blicke wie Angelhaken. Ich weiche ihnen aus. Das Alleinsein ist gut. Ich schwebe. Es ist gut. Ich sehe mich in einem Schaufenster, eine Frau huscht hinter mir vorbei, ihr Schemen kreuzt sich mit meinem, ich starre in zwei Glasaugen, die mich anstarren, es ist die Puppe hinter der Scheibe. Die Häuser wachsen in die Höhe, tanzen. Ich tanze.

Ich schlafe allein. Ich habe Alpträume, in denen die Eifersucht ihr hässlichstes Gesicht zeigt. Ich falle auseinander. Ich werde zerstückelt, ich sehe einer Zerstückelung zu. Ich will schreien und ich kann nicht. *This will be the very end.* Ich habe genug. Ich hole weiße Farbe und mache alles neu. Risse im Firnis. Farbe blank.

Irina schreibt mir einen verräterischen Brief, in dem sie behauptet, zwischen ihr und Robert wäre nichts, er wäre ihr zu negativ, aber ich solle sie besuchen kommen.

Robert wimmert vor meiner Tür.

Lasst mich in Ruhe mit euren idiotischen Spielen!

Ich habe das endlose Territorium der Nicht-Identität durchwandert, lese ich, von Virginia Woolf.

Ich liege auf meinem Holzboden und betrachte die Unregelmäßigkeiten im Lack.

Ich besuche Leonhardt. Meinen Sportcenterphilosophen, wie Konrad ihn immer genannt hat. Seine Wohnung ist sehr einfach, nackte Wände, ein hoher Kachelofen, trotzdem hat sie etwas wie die von einem Dandy. Vor seinem Fenster fährt die Straßenbahn.

Wir teilen die Trübsal des Herzens, sagt er und will mich küssen.

Nicht jetzt, sage ich und lächle über das Missverständnis. Er meint eine Verfassung im Leben, ich habe nur ein akutes Problem. Ich sage aber nichts. Und dann sitzen wir ineinander auf dem Boden und verdrehen unsere Augen.

In meinen Träumen zerreißen Theoreme Personen. Ich will mich hemmungslos nach außen kippen. Mit Leonhardt ist es wie mit der Straßenbahn vor seinem Fenster: intensiv, wenn sie gerade vorbeikommt, dann eine Weile nichts, dann kommt sie wieder. Vergessen? Erinnern? Er hat ein schönes Bild von Venus, der Schaumgeborenen, über seinem Schreibtisch hängen.

Muss einer den anderen töten, um das Bild von sich selbst aufrechtzuerhalten? Ich kann den anderen nicht töten, ich töte mich. Ich töte ihn in mir.

Treu ist tot!, komm Leonhardt, komm Theo, kommt alle, dies ist ein großes Spiel, und ich weiß nicht, wo die Grenzen sind, wann es Bedeutung hat für dich und schmerzhafte Folgen, wenn du singst, uraltes, übermütiges Lied: Heute Abend bist du es, heute Abend bleibe bei mir, mit deinem glatten Gesicht und dem zerknautschten, deinen blauen Strümpfen oder den grünen, ich zieh sie dir aus – *treu ist tot*, sie schläft nun mit allen – und manchmal gebe ich meinem Verlangen nach und schlafe mit Robert. Manchmal ist es schön, in diesem Irrsinn, in diesem aufgerissenen Zustand mich hinzugeben, und manchmal steigt ein Ekel in mir auf, der mich austrocknet. Dann bettelt er. Wird sanft. Manchmal macht er sich steif und sagt, es wäre wegen meiner Eifersucht.

Es ist unsere letzte Runde, er glaubt es nicht. Ich habe zu oft eingelenkt. Ich will nur wissen, wie es sich anfühlt.

Jetzt weiß ich: Ich will mich nicht hart machen. Das ist es nicht, was ich suche.

Ich verbringe einen Abend mit Nora; wir gehen in ein spanisches Lokal, das Robert nicht kennt und wo er uns garantiert nicht findet, und trinken Rotwein. Als wir aus dem Lokal kommen, stinken wir nach Knoblauch und Rauch, und draußen ist eine schöne weiße Welt entstanden. Wir stapfen durch den ersten Schnee nach Hause. Wir singen, kichern, ich mache *pscht,* als wir in die Nähe meiner Straße kommen.

Du musst zu dir gehen, sagt Nora, fang bloß nicht an, davor Angst zu haben. Komm, ich bring dich!

Der Schnee fällt ganz langsam, und es kommt mir vor wie eine Unendlichkeit, wenn ich an den letzten Winter denke, oder den vorletzten. Ich fange mit der Zunge Flocken auf. Ich kann nicht glauben, dass dieses Ich, an das ich denke, in diesem selben Körper stecken soll, der ich bin. *Keep mind and body together = remain alive,* das steht auf dem Programm der *Performance*-Filme von Künstlerinnen, die wir nächste Woche mit Professorin Ebiel ansehen werden.

Das Licht aus den Kneipen fällt gelb auf den frischen Schnee, drinnen reden alle lebhaft und rauchen, es ist, als gehörte ich endlich wieder dazu. Nora und ich greifen in den Schnee, werfen ihn und lachen, und mich überfällt seit langem zum ersten Mal – unsinnige Lebenslust, elementare Unbeschwertheit. Luft und Feuer bin ich, dehne mich in die kalte Luft hinein, fasse nach Noras Hand – wir tanzen wie zwei kleine Mädchen durch die Straßen. Dass es dich gibt!

Ich habe ein Geschenk für dich, sagt sie und zündet sich ihre Zigarette an. Wir stehen im Flur, an dessen Wand noch immer das Wort ALLEIN prangt. Sie zieht ein Päckchen aus der Tasche.

Warum? frage ich.

Ach nur so, ich hab's gesehen und dachte, es gefällt dir.

Ich packe es aus, es ist ein Büstenhalter.

Danke, sage ich überrascht, wie nett. Er ist blau mit dunkleren Blumen darauf und kleinen Spitzen.

Los, sagt sie und bläst den Rauch aus. Anziehen!

Ich ziehe meinen Pulli aus, mein Hemd, mein T-Shirt. Ich stelle mich vor dem Spiegel auf, sie hinter mir. Ich ziehe den BH an und verrenke die Arme nach hinten, um ihn zu schließen. Sie steht hinter mir, wir kichern, sie macht ihn zu, die Zigarette zwischen die Lippen geklemmt. Sie guckt mir über die Schulter in den Spiegel. Im Spiegel sehen wir uns an.

Wir sehen schön aus, sagt sie. Mein dunkles Haar und dein dunkles Haar. Sie legt den Kopf an meinen.

Warte, sagt sie und drückt ihre Zigarette auf dem Boden aus, du musst die Möpse richtig reinstecken.

Sie greift nach vorn, die Hände über Kreuz, und nimmt meine Brüste, umschließt sie, berührt sie. Sie bewegt die kühlen Hände langsam um meine heiße Haut; meine Haut mag es, kommt ihr entgegen, ein Schauer zieht Kreise über meinen ganzen Körper. Sie sieht mich im Spiegel fragend an. Ich lehne mich an sie, lächle, flüstere *schön*. Ich spüre sie an meinem Rücken. Wir sehen uns im Spiegel an, dann drehe ich mich um und wir küssen uns. Wir küssen uns sehr langsam und lange, Noras Hände haben nur ganz kurz meine Brüste verlassen, ich taste nach ihr.

Wir gehen zu meinem Bett.

Wir liegen aufeinander und mir wird schwindelig vor dieser Nähe und dem Gefühl der Ähnlichkeit, von Noras Geruch und ihrer zarten Haut. Diese Haut ist zarter als jede, die ich jemals kennengelernt habe. Als würden sich unsere Körper ineinanderdoppeln, seltsamer, unvertrauter Rausch. Ich rieche Himbeeren und Schweiß, Nikotin und Puder. Ich werde eine riesige Empfindungsfläche, die einer anderen, ebensolchen begegnet, sie abtastet, in Schwingung versetzt und die ihr antwortet – hin und her – schwingen – wir – eine schöne große unendliche Welle. Wir küssen uns heftiger, meine Lippen und meine Zunge spielen mit ihren Lippen, wir verkeilen uns ineinander. Atmen schneller. Nora, flüstere ich.

Robert hat im Hof gelauert.

Robert kam dazu. Plötzlich stand er neben uns am Bett. Er hat ja noch immer meinen Schlüssel und ich hatte meinen nicht von innen ins Schloss gesteckt. Verdammt!

Wir hörten ihn, wir konnten nicht aufhören mit uns, wir kümmerten uns einfach nicht um ihn, Robert legte sich dazu, er streichelte Nora und küsste sie und mich im Wechsel und kam in mich hinein, seine Hand zwischen Noras Beinen, und ich küsste Nora –

ich habe Nora verraten, sie aber hat nur gelächelt und mich weiter geküsst.

Mach dir keinen Kopf, hat sie am nächsten Tag gesagt, alles ist in Ordnung.

Ich entschuldige mich, es tut mir unendlich leid.

Ich fange an, Robert zu hassen, sage ich.

Dafür war es in jedem Fall gut, sagt sie und drückt mich.

Es kann einfach sein mit einem Menschen. Der Gedanke nimmt Besitz von mir, er flutet durch mich hindurch. Ich bin ein schönes Feuer und ich muss keinen besiegen.

Ich besuche mit Heumann eine Filmvorführung von einer Performance von Marina Abramović und Ulay, einem Künstlerpaar. Von 1977 ist diese Aktion, »*Light/Dark*« heißt sie. Ein Mann und eine Frau. Sie ohrfeigen sich. Klatsch, klatsch. Eine Stunde lang, oder länger. Die Leute sehen zu. Es ist eine *Life-Performance*. Sie ohrfeigen sich, bis sie nicht mehr können.

Ich weine die ganze Zeit, während ich es sehe. Heumann reicht mir sein Stofftaschentuch.

Ich geh, sage ich, ich hau ab.

Robert hat die schwächsten Seiten aus mir hervorgeholt, und er ließ mich allein. Er will mich zerstören und beherrschen. Ob er es weiß oder nicht, ist mir egal. Seine Gründe sind mir egal. Es wird mit ihm niemals ein Leben in *Vertrauen* geben, es wird überhaupt kein Leben geben, nur eines am Rande des Todes, weil er den Tod liebt und ich nicht.

Ich sehe es, wie ein Kind, das die Schrecken der Nacht vertreibt, indem es das Licht anmacht.

Diese Liebe will ich nicht.

V.

Zerschneiden, sagt sie

Saturn, heißt es, drosselt das Tempo, der Stern der Melancholiker. Kann man mit der Erinnerung die Zeit vertreiben? Die gelebte Zeit oder die zukünftige? Die gegenwärtige, in der man vielleicht traurig ist? Warum macht es mich glücklich, wenn ich eine verloren geglaubte Erinnerung überraschend wiederfinde? Auch wenn es eine unglückliche ist? In der letzten Zeit entfallen mir Dinge, die ich zwei Stunden zuvor noch wusste; ich vergesse, welchen Film ich gestern Abend im Fernsehen gesehen und mit wem ich zuletzt vor Gericht gesprochen habe. Dafür erinnere ich mich an den jungen Mann, der ich einmal war.

Ich weiß, weshalb ich kein *richtiger Mann* bin. Ich bin zu höflich. Ich kann mein Gefühl so schlecht vom Sex trennen. Das können richtige Männer, das höre ich immer wieder, und wenn es so ist, will ich gar keiner sein. Die ganze Frage ist doch unsinnig. Vielleicht fehlen mir bestimmte Hormone. Vielleicht sind meine Gehirnhälften zu gut vernetzt. Was soll's? In jeder Niederlage liegt eine Chance. Wer hat das doch gleich gesagt? Ich nehme mir nichts, ich kämpfe um keine, das ist nicht richtig.

Ich bin nicht männlich, ich bin nicht weiblich, ich weiß nicht, in welcher Zeit ich bin.

Ich weiß nur: Das Spiel, das Eva hieß, war das Leben.

Heute habe ich Heumann wiedergesehen, in der Markthalle, an meinem Lieblingsstand, wo ich immer ein Paar Wiener Würstchen esse. Ich bin in der letzten Zeit oft draußen, auf der Straße, ich bin nicht gern allein in meiner leeren Wohnung. Wienerle zu essen, tröstet immer. Und der Plausch mit der Imbissbesitzerin auch. Die Markthalle soll bald geschlossen und saniert werden. Heumann aß auch Wienerle. Er sah nett aus, irgendwie nicht verlebt wie manche seines Alters und aus diesem Milieu, mit dem ich später, nach Eva, nicht mehr allzu viel zu tun hatte. Wir sprachen kurz miteinander und tauschten erneut unsere Telefonnummern aus. Er verreist für ein paar Tage, danach wollen wir uns treffen.

Ich habe nach Eva immer gedacht, die Liebe ist nicht so wichtig. Ich habe meine Arbeit getan, und mit den Frauen, das ergab sich immer mal. Ich war froh, gebraucht zu werden, beruflich, ein Mann braucht das, gebraucht zu werden, es muss einer ja für etwas gut sein. Ich dachte mir auch, sich so sehr mit Liebesdingen zu befassen, lenkt nur davon ab, dass wir uns einem größeren Netz nicht zugehörig fühlen. Was einer eben so denkt. Wer setzt sich schon gern den eigenen Skrupeln aus?

In meiner Kanzlei sehe ich Leute, die ihre Arbeit verloren haben und sich gegen eine weitere Mieterhöhung wehren. Lebenslustige Männer, die Spielschulden gemacht haben, von denen ihre Familien nichts wissen. Alleinerziehende Frauen, die sich im Blätterwald der Formulare nicht zurechtfinden und schon wieder schwanger sind. Das sind die einen. Auf der anderen Seite sehe ich gut abgesicherte Paare in meinem Alter, die Kinder haben und sich scheiden lassen. Die sich um Geld und Sorgerecht nicht streiten, sondern vernünftig einigen. Sie waren zur selben Zeit jung wie ich. Ich frage mich, ob wir in diesem sonderbaren Jahrzehnt, bevor die Mauer fiel, irgendetwas liegen gelassen haben. Etwas sehr Unlogisches. Etwas, das wir bräuchten, um besser Fuß zu fassen in diesem Leben. Als ob wir alle nur zu Besuch wären. Aber vielleicht rede ich nur von mir selbst. Ich habe es schon immer gehasst, wenn jemand nicht zurückruft, obwohl er gesagt hat, er tut es.

Bevor ich Heumann anrufen konnte oder er mich, sind wir uns wieder über den Weg gelaufen. In der Buchhandlung, bei meiner schönen Buchhändlerin, da stand er, mit ihr ins Gespräch vertieft. Ich wollte eine Neuübersetzung von Robert Burtons ›Anatomie der Melancholie‹ bestellen, ein Klassiker auf diesem Gebiet. Die beiden unterhielten sich angeregt über die ›Geschichte der O.‹ Es hatte wohl einen Film über die Autorin im Fernsehen gegeben. Die schöne Buchhändlerin wurde rot, als sie mich sah, Heumann lächelte erfreut. Sie hat eine große Leidenschaft für Pornografie! Das wusste ich gar nicht. Dabei gehe ich seit Jahren dorthin und verehre sie heimlich. Natürlich wusste ich es nicht. Ich bin nicht der Typ, dem man so etwas erzählt. Aber Heumann. Ich sah Heumann überrascht an. Wir redeten einen Moment zu dritt, dann fragte ich ihn, ob er Zeit hätte. Er überlegte nicht.

Warum nicht? sagte er. Heute Abend?

Irgendwann fragte ich ihn.

Eva? fragte Heumann. Ich habe sie lange nicht gesehen. Sehr lange. Eva und ich haben nie ein Verhältnis miteinander angefangen, wenn du das wissen willst. Wir mochten uns. Sie fand mich viel zu alt, sagte er und lachte wie ein Junge. Ich hatte eine Freundin, außerdem. Meine Treue war immer ein Selbstschutz, der Respekt vor der eigenen Eifersucht, die im anderen ausbrechen könnte. Eva kannte so etwas nicht, sie hat sich nicht geschützt und den anderen auch nicht. Ich hätte mich niemals auf sie eingelassen, obwohl ich mit keiner anderen Frau jemals so habe reden können wie mit ihr. Außerdem hätte ich immer befürchtet, dass sie mich mit ihrem Maler vergleichen würde.

Ihrem was? fragte ich.

Na dem Maler, mit dem sie damals zusammen war. Jackson hieß er, nicht wahr?

Das war doch nur kurz! rief ich aus.

Der war vielleicht der Einzige, dem sie wirklich gern treu gewesen wäre.

Nein, sagte ich entschieden, nein! Über den ist sie bald hinweggekommen und hat mit anderen Typen geschlafen – nein, nein, *Robert* wollte sie treu sein, meinem Freund, das hat sie mir selbst gesagt! Das ging ja auch viel länger mit den beiden, das war –

Tja, sagte Heumann, sie hatte da wohl ein eigenes System mit der Treue. Mit manchen zu schlafen, war ungefährlich, mit anderen hingegen –

Der Maler bedeutete ihr doch nicht mehr als Robert!

Ich geriet in Aufregung, aber Heumann sprach unbeirrt weiter.

– hatte sie offenbar Angst. Ich weiß nicht, wie viele Tage und Nächte sie es durchgehalten hat, mit einem *nicht* zu schlafen, und mit wem, ich weiß nur, dass sie so dachte. Sie war einfach neugierig. Zum Beispiel mit ihrem Pariser Freund, das hat sie mir erzählt, zwischen den beiden gab es wohl eine seltsame Nähe im Sex, der Typ war interessant, einer, der mit Männern und Frauen schlief –

Aber mit dem war sie doch gar nicht mehr zusammen? Wieso weißt du das alles? Und Robert? Herr Gott noch mal, was für ein Bordell!

Heumann kratzte sich an der Stirn. Er hatte rote Flecken auf der empfindlichen Haut. Er sah mich an und drehte den Bierdeckel in seinen Händen. Ich schwitzte.

Sie –

Er zögerte.

Wir sitzen hier wie zwei alte Junggesellen –

Lenk nicht ab! sagte ich. Ich klopfte mit meiner Zigarettenschachtel auf den Tisch. Ich war ungeduldig und entsetzlich nervös, ich fühlte mich, als würde mich etwas aus meiner eigenen Haut zerren.

Plötzlich drehte sich das Kaleidoskop, und die Geschichte, die ich mir selbst in all den Jahren zurechtgelegt hatte, wurde irgendwie brüchig. Ich hatte plötzlich keine Distanz mehr zu ihr; ich war schlagartig eifersüchtig.

Warst du denn nie eifersüchtig? fragte Heumann prompt. Eva hat immer gesagt, du schluckst alles.

Mein Gott, sagte ich. Ich kippte den Schnaps herunter, den die Bedienung gerade brachte. Ich schüttelte mich.

Heumann legte ein paar blaue Schulhefte auf den Tisch.

Was ist das denn? fragte ich. Meine Kehle wurde eng.

Er blätterte eines der abgegriffenen Hefte vor meinen Augen durch.

Woher hast du die?

Ich erkannte sofort ihre Handschrift. Diese einmaligen, großen Buchstaben, die sich gegenseitig umarmten. Die kleinen Zeichnungen, die sie immerzu machte, die Skizzen, wenn wir ins Museum gingen. Mein Eindruck war so lebendig, als säße Eva selbst vor mir, als wären niemals zwanzig Jahre vergangen.

Sie hat mir ein Paket dagelassen, sagte Heumann, bevor sie wegging. Sie hat gesagt, sie müsste alle Fäden zerschneiden, die sie mit hier verbanden. Mit dir, mit diesem Robert, mit ihrem ganzen Leben hier. *Zerschneiden*, sagte sie.

Ich glaub's nicht! sagte ich.

Heumann ließ die Seiten blättern wie ein Daumenkino. Ich starrte das Heft an. Die Schrift verschwamm. Er schlug das Heft zu.

Eva ist eine schreckliche Tagebuchschreiberin, sagte Heumann. Sie datiert nicht, sie schreibt quer über die Seite, dann gerade, sie schreibt Juli, und dann ist Winter. Dazwischen zeichnet sie Nasen und Akte von Frauen und irgendwelche Bilder ab. Sie reißt Seiten heraus. Es gibt lose Zettel, Briefchen. Sie hat die Gleichzeitigkeit der Zeitschichten wörtlich genommen. Das haben wir damals alle gemacht, zumindest in der Kunst.

Ich begreife gar nichts mehr, sagte ich.

Die Wand der Kneipe schimmerte dunkelgrün; Flecken schienen darauf zu tanzen. Ich hielt mich an Heumanns blauen Augen fest.

Was steht da über mich drin?

Heumann druckste herum.

Sag schon!

Ehrlich gesagt, nicht so viel. Das Tagebuch setzt mit dem Maler ein, Jackson. Vielleicht gab es eins –

Warum? fragte ich. Idiotische Frage.

Ich weiß es nicht. Sie hat es nicht kommentiert.

Ich habe manchmal das Gefühl, du redest von einem anderen Jahrhundert als meinem, sagte ich. Mir fiel nur noch Unsinn durch den Kopf. Wieso hatte Eva mir nichts hinterlassen?

Naja, sagte Heumann und lehnte sich zurück, wir haben ja auch in verschiedenen Welten gelebt, oder? Du hast am Nachmittag im »Café Einstein« deine Mélange getrunken und ich war abends da, wenn Kippenberger oder ein anderer seine Show abzog. Aber wir haben beide den ›Himmel über Berlin‹ gesehen, ich meine den von Wenders, da wette ich drauf, der kam damals raus, erinnerst du dich?

Ich hatte schon gar nicht mehr hingehört. Nach Eva, sagte ich schwerfällig und als spräche ich mit mir selbst, habe ich über zwei Jahre lang mit keiner anderen Frau geschlafen. Vielleicht waren es auch drei. Ich wollte sicher sein, dass ich nicht mehr an sie denken würde, wenn ich es tat.

Ich sackte innerlich zusammen. Plötzlich tauchte die Erinnerung an meinen eigenen Abschied von Eva auf, den endgültigen, bevor sie nach London ging.

Sie hatte mich nach schier endloser Zeit angerufen. Sie wollte sich verabschieden, hatte sie gesagt. Ich bin sofort zu ihr. Sie hätte mich von sonst wo rufen können, ich wäre immer hin. Sofort. Ohne zu zogern. Ich kam in ihre Wohnung, es stand ein einziger Koffer darin, sonst nichts. Die Dielen glänzten weiß im hereinfallenden Sonnenlicht; der Frühling fing gerade an. Sie trug eine blaue Arbeitshose und einen grob gestrickten, grauen Pullover. Ihre Augen leuchteten dunkelgrün, ihr Haar fiel ihr ums helle Gesicht auf die Schultern. Es stand ihr gut, dieses längere Haar. Sie hatte etwas sehr Ernstes.

Es war wieder einmal März in unserem Leben, es waren zwei Jahre vergangen, seit unserem ersten, Eva war inzwischen fünfundzwanzig, ich sechsundzwanzig, ich machte mein 2. Staatsexamen. Es war das Jahr 1988.

Sie ging nach London. Sie machte ein Praktikum bei »*Sotheby´s*«.

Du darfst es Robert nicht sagen, sagte sie.

Ich sah sie überrascht an.

Ich hinterlasse keine Adresse, ich weiß nicht, wo ich wohnen werde, und ich weiß nicht, ob ich sie dir mitteilen werde. Ich brauche drei Ozeane zwischen diesem hier – sie machte eine Bewegung mit dem Kopf – und mir, du darfst es mir nicht verübeln, ich schaffe es sonst nicht.

Ich nickte verwirrt. Ich hatte ja nicht einmal damit gerechnet, dass sie sich verabschieden würde.

Robert darf nicht wissen, dass ich dich gesehen habe, er darf nicht einmal ahnen, in welche Richtung ich mich bewege.

Du kannst dich auf mich verlassen, sagte ich. Was ist –

Sie legte mir die Hand auf den Mund.

Ich danke dir.

Dann nahm sie meine Hand und hielt sie. Wir hielten uns eine Weile an den Händen, dann ging ich grübelnd fort. Wieso war es aus mit ihr und Robert? Hatte sie wieder jemanden kennengelernt?

Ich tauchte aus meinen Gedanken auf.

Gibt es das? fragte ich Heumann, der geduldig wartete. Kann man so an einem Menschen hängen, dass man in irgendeiner verdammten Ecke denkt –

Klar, sagte er. Ich hatte jahrelang meine erste große Liebe abgespeichert. Wie einen ultimativen Traum. Alle meine Freundinnen waren eifersüchtig auf dieses Phantom, ich Trottel hab auch noch von ihr erzählt. Du kennst ja diesen Drang, wenn man verliebt ist.

Ich nickte. Ich hatte den Frauen nie von Eva erzählt.

Eines Tages, fuhr Heumann fort, laufe ich ihr auf der Straße in die Arme. Wir reden, ich sehe sie an, ich habe das Gefühl, ich sehe nicht richtig. Nichts. Alles weg. Kein Phantom mehr. *Just another woman.*

Er lachte.

Er stand auf und verschwand Richtung Toiletten. Ich konnte nicht widerstehen. Ich nahm eins der Hefte, schlug es irgendwo auf und fing an zu lesen.

Paul wird nie mit mir leben. Nicht jetzt, und auch nicht später, und er kann es mir so wenig erklären wie ich ihm. Nur Inzest ist wirklich geil, sagt Heumann, und manchmal habe ich das Gefühl, mich auf verbotenem Terrain zu bewegen, und verstehe es selbst nicht einmal. Ich muss Heumann fragen, was das heißt. Paul war charmant und zauberhaft wie immer, wir mussten ins Pergamonmuseum gehen und ins Konzert und die halbe Nacht reden. Seine Berührungen waren so vertraut wie immer. Ich genoss seine Nähe. Auch solche Nächte binden, diese Zärtlichkeit und Ehrlichkeit, auch wenn sie brutal scheint, weil es kein Zusammenleben geben wird, ein Miteinander, das sich nicht versteht und doch. Im Innern dachte ich, wie sehr ich doch an das Paarsein glaube, vielleicht sollte ich diesen Gedanken überprüfen, es ist doch nur eine bürgerliche Erfindung, und so lebe ich von morgens bis mittags mit dem einen und von mittags bis abends mit dem anderen und so fort. Mit Paul habe ich geweint wegen all dieser Kompliziertheiten und weil ich weiß, dass es kein Spiel ist. Beim letzten Mal in Paris, vor über einem Jahr, war er so verhalten, als wollte er sich nicht zu sehr binden, und dieses Mal war ich es, und so ist es und so bleibt es voraussichtlich für alle Zeit, Amen.

Der Franzose durfte rein, und wir mussten draußen bleiben, dachte ich. Heumann war noch nicht in Sicht. Hastig blätterte ich die Seiten durch, suchte meinen eigenen Namen, las weiter.

Gestern Abend kam Robert vorbei, unter irgendeinem Vorwand, und dann saß er bei mir in der Küche und machte mir Vorhaltungen wegen Konrad. Weil ich ihn nicht einfach habe fallen lassen, sondern ihn ausnutze. Ich hielt die Luft an. Na hör mal, sagte ich, wie kannst du so was sagen? Ich hab doch versucht, ihn in Ruhe zu lassen, er ist von sich aus zu mir gekommen, und überhaupt, was geht dich das an?

Ich war außer mir. Was hat er mir die ganze Zeit vorgemacht? Wir drei, dicke Freunde?

Ja, habe ich gesagt, von außen sieht alles immer so einfach aus, nicht wahr? Du kannst mich mal, mit deiner Menschenkennerei!

Dann zog er richtig vom Leder, und endlich begriff ich, was Konrad meinte, als er einmal über Robert gesagt hat, er wäre manchmal so besessen. Robert wetterte, Konrad wäre noch immer verhext von mir, ich dürfte das nicht zulassen. Er würde mich am liebsten verprügeln dafür!

Wie rigoros er auf einmal ist, als wollte er mich dafür bestrafen, dass ich mir von Konrad und ihm helfen ließ!

Weißt du, habe ich gesagt, ich habe schon davon gehört, dass Leute, die man einmal schwach gesehen hat, sich dafür rächen, aber dass sich einer rächt, weil sich eine ihm schwach zeigte – Nein! Du bist –

Wir zankten. Er tat so, als wüsste er genau, was gut ist und was schlecht. Er glaubt nicht, dass man andere Menschen über die Haut kennenlernen kann. Das ist zu wenig, sagte er. Die Seele muss man kennen.

Wenn du wüsstest, sagte ich. Ich hatte plötzlich das Gefühl, Jackson und Benno und Konrad wären gleichzeitig in meinem Körper. Mir wurde schwindelig.

Das ist doch wohl eher eine Erfahrung von Frauen, sagte er.

Ich schmiss ihn raus, und beim Einschlafen weinte ich vor Sehnsucht.

Eine Liebe auf Entfernung funktioniert nicht, keine Körperliebe jedenfalls. Vielleicht kriegen wir noch eine Chance, Jackson und ich, in ein paar Jahren, falls er jemals wieder hierherkommt. And you want to travel with her, *singt Leonard Cohen, und nun reist se mit nem andern und* so what. *Aber eigentlich reist ja Jackson mit ner andern, so sieht das nämlich aus, vielleicht mache ich immer nur eine Umkehrfigur aus allem, was ich sonst nicht ertrage.*

Ich weiß, dass Konrad es viel besser bewältigen kann, wenn er das tun darf, was er immer getan hat und am liebsten tut: sich aufopfern. Da sein. Helfen. Er hat es mir selbst gesagt. Warum auch nicht? Wir mögen uns doch! Mich pisst Roberts Engstirnigkeit an. Wie vertrackt die Menschen sind. Unter anderen Bedingungen hätten wir ein Liebespaar werden können, einfach und schnell, und jetzt sehe ich es schon kommen, wenn überhaupt, dann wird es ein langsamer Prozess sein, mit viel Reibereien, aber wenn wir Glück haben, mit einer richtigen Auseinandersetzung. Warum nur tut Robert immer wieder so, als wolle er es allen recht machen? Und was meint er mit: Er will die Menschen kennen? Er weiß doch schon alles! Ich meine, er denkt, dass er alles weiß, er will nur darin bestätigt werden, er will ja gar nicht wirklich wissen, worin die anderen anders sind! Von meinem Talent für Unabgeschlossenes zum Beispiel will er nichts wissen.

Was Jackson betrifft, habe ich ein Tages-Ich, das Nein sagt, und ein Nacht-Ich, das sich sehnt. Ich träume von ihm, er legt seine Stirn an meine, und wir schweigen.

Benno schreibt mir jetzt kleine Briefe, dass er nicht in mich verliebt ist, aber eifersüchtig, und dass er mich sehen will und dann wieder nicht. Ich weiß nicht, was ich machen soll. Manchmal fehlt er mir, ich kann mich wenigstens mit ihm zanken. Jetzt herrscht hier schon wieder so ein Durcheinander; dabei habe ich mich doch so über die neue Wohnung gefreut! Ich gehe so gern in den Straßen herum und finde heraus, wo es welche Sachen zu kaufen gibt, das Gemüse, das Brot, den Salat. Silvie schreibt, ich sollte doch mal versuchen, eine Zeit lang ohne Männer auszukommen. Sie ist gut! Sie ist auch weit weg.

Ich sehe Benno vielleicht lieber nicht.

Robert kam und hat sich entschuldigt. Es wäre so aus ihm herausgeplatzt. Ob wir nicht einen kleinen Spaziergang zur Versöhnung machen könnten, auf dem Teufelsberg? Wir fuhren hin, mit dem Bus, es war ein schöner Novembertag, der Sand auf dem künstlich aufgeschütteten Berg glitzerte in der Sonne, Lärchen, Birken und Buchen hatten nur noch wenige Blätter, die aber tief leuchteten, orange, gelb, braun. Wir redeten über den märkischen Sand und die Landschaft rund um Berlin und dieses andere Deutschland, das uns umgibt und in das wir nicht einfach hineinlaufen können und wie traurig mich das macht. Ihn macht es nicht so traurig, er ist wie die meisten hier, sie ignorieren diesen Umstand der Teilung und haben keine besonderen Gefühle. Einmal legte er den Arm um meine Schulter und sagte: Nora will dich kennenlernen. Du sollst sie besuchen.

Der Dezember ist kalt und es soll noch kälter werden.

Der schöne Mann liegt auf den weißen Dielen meines Zimmers, wie auf den Planken eines Schiffs, ausgestreckt, ich musste immerzu seine Hüften betrachten und versteckte mich hinter dem Block. Ich zeichnete ihn; obwohl ich die Zeichnerei wegen Jackson eigentlich aufgeben will, aber es kam mir plötzlich in den Sinn, nach dem Block zu greifen. Ein Satz fiel, in den Raum geflüstert, nun ist es ausgesprochen, die Ruhe hin, ist sie ja eh, Wangen rot, die Lippen f a s t nah, und die plötzliche Entschiedenheit machte ihn für einen langen Augenblick zu dem Mann, der sonst hinter seinen verschlossenen Zügen nur ahnbar durchschimmert.

Wie lange noch? Wie lange wird es so weitergehen? Diese seltsame Spannung? Ich will nicht. Ich will Freundschaft und Vertrauen, die Sicherheit, die nur in der Freundschaft sein kann. Ich will helle Tage und mit einem Freund alles teilen. Ich will den Winter überstehen und den Frühling abwarten.

Während ich las, liefen mir die Tränen über das Gesicht. Ich spürte es erst, als ich aufsah. Heumann hatte wohl schon eine Weile still dagesessen. Ich wischte mir über die Wangen; er reichte mir ein Taschentuch.

Ich bin eben ein Weichei, sagte ich und grinste hilflos.

Sei nicht dumm, sagte Heumann. Wir sind unter uns. Nenn uns, wie du willst.

Wir saßen eine Weile da, ohne etwas zu sagen. Das Tischtuch war weiß und gebügelt. Die Weingläser schön poliert. Die Kerzen verbreiteten ein behagliches Licht. Ein freundlicher Mensch saß mir gegenüber und sah mich aufmerksam an.

Wie konnte ich nur so bescheuert sein? fragte ich.

Du warst jung, sagte Heumann, das ist alles.

Zu Hause sah ich noch lange aus meinem Fenster hinab in die nachtleeren Straßen. Ich erinnerte mich an den Morgen, als Robert mich und Eva zu einem Frühstück eingeladen hatte. Eva hatte Josef mitgebracht. Wir bewunderten Roberts neu eingebaute Küchenschränke.

Josef sprang mir auf den Schoß. Gedankenverloren streichelte ich den Kater, wie manches Mal zuvor. Und plötzlich fiel mir ein, wie sehr ich ihn am Anfang abgelehnt hatte. Wie es mich gestört hatte, dass er uns zusah. Dass er da war. Schlagartig fühlte ich mich wie Josef, kurz bevor er vom Bett gestoßen wird. Wut stieg in mir hoch, unaufhaltsam.

Ich fing an, Eva mit Vorwürfen zu überhäufen, wegen ihrer schnellen Wechsel, wegen ihrer Geheimnisse, wegen ich weiß nicht, was. Ich geriet in Rage und schrie Robert an. Du wirst viel Liebe kriegen, schrie ich, aber auch viel Schmerz, herzlichen Glückwunsch, jetzt hast du sie am Hals, du wirst schon sehen, was du davon hast.

Eva war damals fortgerannt. Ich schrie weiter wie verrückt. Mehr weiß ich nicht.

Noch vor Kurzem hätte ich behauptet, ich hätte damals nie geweint. Das Gedächtnis ist ein großer, unübersichtlicher Ort, von dem man nicht alles gleichzeitig in den Blick bekommen kann.

Jetzt aber weiß ich es wieder: Ich habe nach diesem Frühstück mit Robert und Eva, bei dem ich die Fassung verlor, die ganze Nacht geheult. Ich saß auf meinem Bett und rotzte ins Laken.

Ich habe die Frauen nach Eva nicht an mich herangelassen, Cornelia nicht und nicht Irene. Ich konnte es gar nicht. Irgendein Teil von mir war einfach nicht mehr ansprechbar. Melancholie, so lese ich, steht im Zusammenhang mit unerträglichen Zuständen der Gesellschaft. Sie birgt ein utopisches Potenzial.

Mein Versuch, nach diesem Ausbruch die Freundschaft mit ihr und Robert aufrechtzuerhalten, scheiterte. Die Gespräche wurden immer angestrengter. Ich konnte Eva nicht sehen, ohne an Robert in ihr zu denken. Der Wunsch, Robert bekäme genau wie ich nicht alles von ihr, trieb mich um. Der Gedanke, sie könnte sich ihm vollständiger öffnen als mir, machte mich wahnsinnig. Ich bohrte. Ich bettelte und bat, sie sollte mir alles erzählen.

Das geht jetzt nicht mehr, sagte sie. Tut mir leid, Kumpel.

Heumann sagt, es wäre eine Illusion zu denken, wir wären damals irgendwie unschuldiger gewesen. Ich habe einen alten Brief gefunden, in meinem Karton von früher, ich wollte diese Sachen nie anschauen, jetzt habe ich sie hochgeholt, und da lese ich in diesem niemals abgeschickten Brief von mir selbst: Unschuld. Vor Eva unschuldig sein. Ihr nicht wehtun wollen. Sie nicht quälen wollen mit meiner Hingabe, mit dem Mich-Kleinmachen. Der Melancholiker konserviert den Verlust. So bleibt ihm das verlorene Objekt erhalten. Scheiß Freud. Immer hat er recht.

Eine Rechnung blieb offen, ein Verhältnis ungeklärt: das Verhältnis zu mir selbst. Jetzt weiß ich es.

Robert zog sich mit merkwürdigen Briefen von mir zurück, angeblich, weil ich nicht von mir selbst sprach. Ausgerechnet Robert kippte mich aus Evas Leben. Auf die Kippe, alter Freund.

Nur wenn sich ein geliebtes Wesen mir verschließt, fühle ich so eine Leere in der ganzen Welt. Ich wäre lieber wütend gewesen. Ich dachte daran, wie meine Liebe zu Eva gewesen war. Ich beneidete Robert. Ich hörte wieder seine trockene Stimme, die zu ihr sagt: Komm.

Und dann sah ich sie mit den Handschellen.

Von da an machte ich einen großen Bogen um das ganze Viertel. Im Mai zog ich nach Kreuzberg. Im Juni machte ich eine Woche Ferien an der Nordsee, starrte stundenlang ins Wasser und schrieb Eva Briefe, die ich niemals abschickte. Ich schrieb ihr, dass ich jeden Tag ins Wasser ging, egal wie eisig es wäre.

Wieso hat sie dir diese Hefte gegeben? fragte ich Heumann, der vor mir saß, sein Bier trank und mich ansah. Diesmal hatten wir uns im *Milagro* verabredet. Wir saßen an einem blank gescheuerten Holztisch, es roch appetitlich nach Flammkuchen, wir hatten keinen Hunger.

Ich weiß nicht, sagte er. Nicht wirklich. Wir waren befreundet.

Auch noch, als sie mit Robert zusammen war? fragte ich. Ich zündete mir eine Zigarette an.

In der ersten Zeit nicht, sagte er, aber je länger sie zusammen waren, desto öfter wollte Eva mich sehen.

Ihr seid zusammen in die Ateliers?

Sie wollte, dass ich ihr helfe, sagte er. Die Flecken in seinem Gesicht wurden wieder intensiver.

Ihr helfe?

Von ihm wegzukommen, sagte Heumann.

Ach, sagte ich.

Er war ihr zu brutal, zu sehr auf das Machtspiel fixiert. Vielleicht war er auch nur sich selbst ausgeliefert – egal. Wie soll man in dem Alter wissen, was einen da befällt? Sie hat eine ganze Weile gebraucht, es zu verstehen, sie hat immer gedacht, es wird wieder, und er hat sie immer wieder herangezogen. Eva jedenfalls beschäftigte sich damals immer mehr mit Künstlerinnen, ich glaube, sie suchte eine Orientierung, ihr angeknackstes Selbstbewusstsein aufzubauen –

Ihr angeknackstes was? platzte ich heraus. Ich habe nie eine Frau gekannt, die so sicher war wie Eva!

Tja, sagte Heumann.

Er hat sie also doch geknackt, sagte ich leise.

Nein, sagte Heumann und schüttelte den Kopf. Wenn überhaupt, dann war es der Maler. Danach war etwas anders geworden in ihr. Sie wollte Robert unbedingt treu sein. Ich bin mir nicht einmal sicher, ob man das Liebe nennen sollte, was mit den beiden ablief. Sie wollte da etwas wissen. Sie hat sich den Richtigen dafür ausgesucht! Alles ging schief. Vollkommen schief. Aber was soll's? Eva lebte die Verschwendung ihrer eigenen Person. Mit ihrem Körper als Organ der Erkenntnis! Die Liebe als ästhetisches Ereignis!

Heumann lachte. Verschwendung als Erkenntnisform, sagte er, ein interessantes Konzept. Auf die Verschwendung!

Er hob sein Glas. Ich schüttelte wieder den Kopf.

Ich hatte keine Vorstellung davon –

Hör zu, sagte Heumann und beugte sich etwas nach vorn. Dann vergaß er wohl seinen Satz. Er sah mir nur freundlich und offen in die Augen. Mir fiel auf, wie lange mich kein männliches Gegenüber auf diese Weise angesehen hatte, dass ich immer nur Kollegen, Klienten und Richtern gegenübersaß.

Ich habe immer gedacht, sagte ich, sie hätte ihn verlassen, einfach so, aus einer Laune heraus, wie sie nun einmal war. Verschwendung eben.

Nein, sagte Heumann, nicht in diesem Sinn. Sie hatte Glück. Nein, sie hatte Energie. Sie hat sich aus der Sache herausgezogen. Der Typ – Du kannst die Hefte haben, lies selbst. Gib sie mir wieder, wenn du sie nicht mehr brauchst.

Ich will sie nicht, sagte ich.

Na, du weißt ja, wo sie sind. Er lehnte sich zurück. Er sah mich neugierig an. Als wollte er sagen: Na, wie weit bist du bereit zu gehen?

Ich habe noch etwas, sagte er. Es wird dich interessieren. Komm zu mir, besuch mich!

Ein Mensch schlüpft aus seiner Haut, wird schön, verwandelt sich, wird ein andrer, kann sein Schicksal abstreifen – Wenn ich an Heumann denke, fallen mir liebestolle Mädchen und Clochards ein, wenn ich an Heumann denke, befällt mich eine Stimmung, die mich an die erinnert, die ich vor langer, langer Zeit erlebt habe, mit Eva und Robert und mir selbst, dem jungen Mann. Eine Stimmung wie Eva nackt an ihrem Waschbecken.

Ich war jung und bin es nicht mehr. Vielleicht verging die Zeit früher gar nicht langsamer, vielleicht erlebte ich nur alles so intensiv, daß sie sich dehnte. Und vielleicht nahmen wir uns mehr Zeit für andere Dinge. »*It is summer in Siam*«, singen The Pogues, und ich möchte aus dem Fenster brüllen: Sehnsucht! Ich will eine, die sich sorglos die Schnürsenkel bindet, eine, deren Höflichkeit wild ist und zärtlich.

Heumann wohnt im Hinterhof, wie ich, im vierten Stock. Seine Wohnung besteht aus einem großen Zimmer, einer winzigen, zum Zimmer hin offenen Küche und einem Bad. Der Boden ist grau lackiert, wie damals Evas Flur. Hohe Regale mit Büchern bedecken die eine Seite des Raums, Bilder die andere, alles Originale, große Fenster gehen auf den Hof hinaus. Er schläft auf einem ausklappbaren Sofa. Er hat einen Kohleofen, wie früher.

Ich führe ein freies Leben, sagte er, als könnte er meine Gedanken lesen. Dafür habe ich wenig Geld.

Ich schluckte. Wir setzten uns ans Fenster in der Küche. Die Dämmerung tauchte den Himmel in ein lichtes Rosa. Die Kastanie im Hof trug nur noch wenige Blätter. Ich hatte eine Flasche Rotwein mitgebracht.

Was ich nicht verstehe, sagte ich irgendwann: Wieso hat sie mit dir auch keinen Kontakt gehalten?

Ich hatte zu viel mit der Kunst zu tun, sagte Heumann. Mit der ganzen Zeit. Vielleicht – aber warte, jetzt will ich dir zeigen, was sie mir noch dagelassen hat!

Ich weiß nicht, sagte ich.

Komm schon, sagte Heumann. Einen Augenblick. Ich muss Kohlen nachwerfen.

Er stand auf, und ich hörte ihn am Ofen hantieren. Ich sah aus dem Fenster, die Dunkelheit begann, das letzte Licht zu essen; in den Wohnungen gegenüber wurde die eine oder andere Lampe angeschaltet. Ich betrachtete die Gläser und das wenige Geschirr, gute Einzelstücke, fünfziger Jahre, zwanziger

Jahre; die Wand hinter mir war von oben bis unten mit Büchern bedeckt, davor stapelten sich Bücher. Die Zwiebeln musste er wohl auf der Kant-Ausgabe schneiden, die auf der sauberen Ablage neben dem Waschbecken lag.

Heumann stand da, mit einem großen, abgestoßenen Karton. Bevor ich etwas sagen konnte, kippte er den Inhalt aus. Handgroße undefinierbare Stücke krachten auf den Boden. Ich zuckte zusammen.

Was ist denn das? entfuhr es mir. Ich beugte mich unwillkürlich vor.

Na rate mal, sagte Heumann und stellte den Karton weg. Er musste niesen.

Stand lange im Keller, sagte er und schnäuzte sich. Mit einem Stofftaschentuch.

Ich nahm eins der Stücke in die Hand. Ich zitterte. Mein Hals war plötzlich ganz trocken. Es war Leinwand mit Farbe, trocken und hart. Es waren die ungeduldig zerschnittenen Teile einer Leinwand. Viele Teile. Lauter farbige Leinwandstücke übersäten den Boden. Sie leuchteten und tanzten. Ocker, Schwarz, Blau, Weiß, Braun. Wirre Linien, breite Striche. Ich nahm noch ein Stück in die Hand, fuhr vorsichtig über die ungleichmäßig erhabene Farbe.

Was ist das? fragte ich noch einmal. Ich musste wieder schlucken. Ich hatte einen Verdacht.

Zerschneiden, hat sie gesagt, sagte Heumann. Eva hat die Dinge immer etwas wörtlich genommen. Sie hat es zerschnitten.

Meine Güte, sagte ich und ließ die Stücke aus meiner Hand fallen. Ich war fassungslos.

Heumann öffnete eine neue Flasche Rotwein. Wir saßen in der Küche und tranken den Wein. Ich konnte den Blick von den Schnipseln nicht fortnehmen. An einigen hing der Überrest eines Spannrahmens. Manche lagen auf dem Rücken. Die Schnipsel leuchteten.

Wie hat sie es gemacht? fragte ich.

Mit einem Teppichmesser, sagte Heumann.

Nachdem wir die Flasche geleert hatten, begaben wir uns mit einer weiteren Flasche und unseren Gläsern auf den Fußboden. Wir fingen an, auf Heumanns grau lackiertem Fußboden das Bild zusammenzusetzen. Das Bild von Jackson, das ich gehasst hatte und das ich vollkommen anders in Erinnerung hatte. Wir krochen auf allen vieren herum und arbeiteten sehr konzentriert. Wir schoben und probierten.

Ein gründliches Mädchen, hickste ich.

Es ist ein Frühwerk, kicherte Heumann, ich könnte es für viel Geld verkaufen.

Dann müssen wir uns aber richtig anstrengen, sagte ich.

Da war es aus mit uns. Wir fingen an zu lachen. Wir hockten auf den Schnipseln, schüttelten uns vor Lachen und ließen das Bild Bild sein.

Was ist viel Zeit, was wenig, wenn sie stehen bleibt? Zwei langsame Männer, die Wienerle essen und sich an eine schöne Frau erinnern –

Opa starb noch in dem Jahr, in dem Eva weggegangen war. Ich hätte es Eva gern erzählt. Aber ich hatte keine Adresse. Es wäre schön gewesen, sie wäre da gewesen, aber sie hat Friedhöfe gehasst, und es wäre ihr sicher schwergefallen. Ich glaube aber, sie wäre gekommen. Sie hat Opa gemocht, so unmöglich es schien, sie hat ihm auch immer Grüße ausgerichtet. Sie hatte mich sogar gebeten, ihm zu erklären, weshalb sie nicht mehr kommen konnte; ich habe Opa nur ein Wort gesagt, einen Namen. Er hat bedauernd die Achseln gezuckt.

Er wird sie nicht schaffen, hat er gesagt.

Tja. Opa kannte die Leute manchmal besser als sie sich.

Ich frage mich allerdings, wozu es alles gut war.

Ich habe lange gezögert, Opas Haus zu verkaufen. Ich konnte und wollte nicht mehr darin wohnen; allein in diesem großen Haus. Ein paar Jahre lang habe ich es vermietet; es gab immerzu Fragen, Reparaturen, immer wieder musste ich mich damit befassen. Irgendwann verkaufte ich es und legte das Geld für später an.

Manchmal befällt mich in den letzten Tagen so ein Vergnügen, Zeit sinnlos zu vergeuden. Die Leute in der Markthalle zu beobachten. Die kleine türkische Schneiderin, die ihr Maßband um den Hals hängen hat. Die Metzgerin mit den Zöpfen. Den dünnen Mann, der nackte Hühner in rosa Papier schlägt. Das Leben riechen. Leichtsinn und Übermut.

Ich hatte das vergessen. Ich hielt mich für einen Verlierer.

Heute zum Beispiel fiel mir beim Kochen etwas ganz Überraschendes ein. Ich wollte nur ein paar einfache Nudeln mit Ricotta und Pinienkernen machen. Ich koche gern, auch für mich allein. Als ich die Spaghetti ins Wasser warf, fiel mir plötzlich ein, wie meine Mutter manchmal die Nudeln in die Hand nahm und sie wie Mikadostäbchen in immer neue Muster fallen ließ. Ich liebte dieses Spiel. Jetzt ist genug, oder so ähnlich, sagte sie lachend und ließ die Nudeln ins sprudelnd kochende Wasser fallen. So verging die Zeit, bis das Essen fertig war, wie im Flug. Ich stand auf einer kleinen Trittleiter, die ich gern mit mir herumschleppte, und sah in den dampfenden Topf. Mütter gewinnen für uns Zeit, die wir im Leben dann vergeuden. Wie dumm.

Ich legte einen Notizzettel in meinen Melancholie-Ordner: Mütter, Nudeln, Zeit. Meine Mutter spielte übrigens leidenschaftlich gern Mikado.

Heumann hat mir angeboten, Evas Hefte zu lesen. Sie riechen stark nach Staub, ich weiß nicht. Ich werde in den Süden fahren und mich auf Felsen in die Sonne legen.

Und wenn ich wiederkomme, werde ich ausgedehnte Spaziergänge in Pankow, Weißensee und Friedrichshagen machen. Das habe ich nie getan. Nichts ist mehr, wie es war; vielleicht entdecke ich noch ein paar Überreste der Hälfte der Stadt, in der ich mit Eva einige Male unterwegs gewesen bin. Oder etwas Neues.

Jackson ist heute tatsächlich ein international anerkannter Maler. Ich habe im Internet nachgesehen. Heumann hat mich mit zu Theo Hölt geschleppt, der sich nicht an mich erinnert. Ist mir recht. Jedenfalls haben wir nicht darüber gesprochen. Er hat noch schlechtere Zähne als früher. Ich habe ein Bild von ihm gekauft, ein abstraktes, mit komplexen Strukturen, die Heumann mir erklären wird. Nach und nach. Hölt ist zur Zeit nicht *en vogue*, ich kann ihn mir leisten. Aber nach den Figurativen kommen die Abstrakten wieder, und dann wird es vielleicht wieder anders. Heumann sagt, die Leute würden sich neuerdings für Lebenswerke interessieren und nicht mehr nur für die Jungen, die natürlicherweise nachdrängen. Er sucht Kontakt zu den Jungen, *sonst wird man unbeweglich*, die Alten sind ohnehin seine Freunde. Ich glaube, ich habe Lust, etwas von ihm zu lernen.

Ich mag Theo Hölts Bild sehr. Es ist das einzige zeitgenössische Bild, das ich habe. Es ist überhaupt das einzige Bild.

Es fällt auch nach langer Zeit nicht von der Wand, hat Heumann gesagt.

Wir verlieren so viel.

Ich habe immer geglaubt, ich wäre der Verlierer gewesen, in jenem Spiel, in jener Zeit. In jener Zeit –

Ich habe mich verändert. Das ist mein Gewinn. Das weiß ich jetzt.

Nein, Robert hat sie nicht geschafft. Und ich weiß jetzt auch, was sie mir hinterlassen hat.

Ich begriff es eigentlich schon damals, als ich nachdenklich nach Hause trottete, nachdem Eva mich angerufen hatte, um sich von mir zu verabschieden, und ich sie zum letzten Mal gesehen hatte. Sie hatte sich von Robert getrennt, endgültig, deshalb hatte sie mich gebeten, ihm nicht zu sagen, wohin sie ging. So standen die Dinge zwischen ihnen.

Damals wurde mir plötzlich mulmig. Was macht einer, der seinen Zauberstab zerbrochen sieht? Was macht ein Mann, dessen Selbstbild in Scherben geht? Der immer so sicher gewesen ist, alles im Griff zu haben? Der Gedichte voller Zärtlichkeit und Grausamkeit schreibt, der seinem besten Freund die Liebste wegnimmt? Der glaubt, den Abstand wahren zu können, die Oberhand zu haben, der glaubt, frei zu sein von allen Begierden?

Die »richtigen Männer« – töten.

Er konnte sie nicht töten.

Ich schoss hoch und fuhr zu ihm. Ich raste durch die Stadt, in meinem DAF, ich überfuhr Ampeln. Ich rannte die Treppe hoch, ich hämmerte an die Tür, ich ging zur Nachbarin und erzählte ihr sonst etwas, damit sie mir den Zweitschlüssel aushändigte.

Ich fand ihn. In der Badewanne. Voller Wasser und Blut. Ich riss ihn aus der Wanne. Er war schmal, aber schwer. Ich holte Handtücher aus der Küche und band ihm die Handgelenke ab, wie ich es in der Ersten Hilfe gelernt hatte. Ich rief den Notarzt. Bis er kam, kniete ich am Boden und hielt Robert im Arm. Ich hielt Robert wie die Maria den Jesus, ich küsste sein Gesicht, ich flüsterte seinen Namen. Wenn du stirbst, stirbt sie auch, sagte ich. Ich wusste, dass er es nicht hören konnte, aber ich hörte es, und vielleicht hörte er es doch.

Er hat es überlebt. Ich habe ihn gepäppelt, solange er es zuließ, dann trennten sich unsere Wege. Er ließ es nicht so lange zu wie Eva damals, nachdem Jackson fortgegangen war. Eva konnte nehmen, ich konnte nehmen, Robert konnte es nicht. Das hat ihn von uns getrennt. Hätten wir alles gewusst, Eva und ich, was wir heute wissen, vielleicht wären wir ein glückliches Paar geworden. Das Leben ist ungerecht, ich könnte auch sagen, es hat ein beschissenes *timing*.

Ich bin ein Mann mit großem Respekt.

Ich liebte ein Mädchen, das hieß Eva. Mein Freund kam und hat sie mir genommen. Wir waren zu jung, um uns selbst zu verstehen.

Wir haben ihn geliebt, Eva und ich.

Inhalt

I.
Schattennächte
9

II.
Das Gedächtnis der Farben
105

III.
Verbrennen
177

IV.
Eisnächte
197

V.
Zerschneiden, sagt sie
287

Tanja Langer im dtv

»Im Chaos der Sinne:
Gefühlsverwirrungen sind Tanja Langers Leitmotiv.«
Madame

ISBN 978-3-423-**13379**-1

»Es geht ums verlorene Paradies der Kindheit, um die Melancholie des Erwachsenwerdens und das Streben nach individuellem Glück. Selten habe ich Farbigkeit, Duft und Licht der französischen Mittelmeerküste genauer und unaufdringlicher beschrieben gefunden.«
Hans Christoph Buch in der ›Zeit‹

ISBN 978-3-423-**13658**-7

»… ein Roman über die Liebe …, der ohne Klischees und Kitsch auskommt. In einer schlichten, doch packenden Sprache wird das Phänomen Liebe in all seinen Facetten gezeigt.«
Westdeutsche Zeitung

Bitte besuchen Sie uns im Internet: www.dtv.de